DIANA

Das Buch

In der ersten Hälfte des 20. Jahrhunderts, zwischen den beiden Weltkriegen, erlebte der englische Adel seine letzte, schon dekadente Blüte. Lord und Lady Montdore haben als die letzten Vertreter der einst so mächtigen Familie Hampton in bereits fortgeschrittenem Alter nur eine Tochter und keinen Sohn in die Welt gesetzt und bemühen sich nun nach Kräften, ihre Tochter Polly gut zu verheiraten. Das Vorhaben ist allerdings zum Scheitern verurteilt – nicht weil Polly nicht hinreißend schön wäre, denn das ist sie, sondern weil sie leider auch unendlich langweilig ist. Als Polly dann überraschend doch noch heiratet, ist Lady Montdore entsetzt – der frisch gebackene Ehemann ist ihr ehemaliger Liebhaber!

»Nancy Mitfords Romane ›aus der Gesellschaft‹ sind, wovon man sich überzeugen kann, frisch bis heute.«

TAGESSPIEGEL, Berlin

Die Autorin

Nancy Mitford wurde 1904 als älteste Tochter des Barons von Redesdale geboren. Während ihre fünf Schwestern vor allem durch ihren Lebenswandel für Skandale sorgten (so sagt man Unity Mitford eine Affäre mit Hitler nach, während Jessica als Kommunistin im Spanischen Bürgerkrieg kämpfte), versetzte Nancy die Upper Class durch ihre boshaften literarischen Portraits in Aufregung. Sie schrieb ihren ersten Roman 1931, während ihrer Verlobungszeit mit dem homosexuellen St. Clair Erskine. Als dieser nicht zu einer Heirat zu bewegen war, trat sie zwei Jahre später mit dem Diplomatensohn Peter Rodd vor den Traualtar. Während des Zweiten Weltkriegs leitete sie eine Buchhandlung in London und lernte so Colonel Gaston Palewski kennen, der sich als Vertrauter Charles de Gaulles im englischen Exil befand. Sie folgte ihm 1946 nach Paris, verbrachte den Rest ihres Lebens in Frankreich und starb 1973 in Versailles. Von Nancy Mitford erschien außerdem im Diana Taschenbuch: *Englische Liebschaften* (62/0087).

Nancy Mitford

Liebe unter kaltem Himmel

Roman

Aus dem Englischen von
Reinhard Kaiser

DIANA VERLAG
München Zürich

Diana Taschenbuch Nr. 62/205

Die Originalausgabe
»Love in a Cold Climate«
erschien im Verlag Hamish Hamilton, London, 1949

Taschenbuchausgabe 08/2001

Der Diana Verlag ist ein Unternehmen der
Heyne Verlagsgruppe München
Printed in Germany 2001

Umschlagillustration: Jacob Gayer, Washington, D. C.
Umschlaggestaltung: Hauptmann und Kampa Werbeagentur, CH-Zug
Satz: Schaber Satz- und Datentechnik, Wels
Druck und Bindung: Elsnerdruck, Berlin
Gedruckt auf chlor- und säurefreiem Papier

ISBN: 3-453-18969-8

http://www.heyne.de

Für Lord Berners

Erster Teil

1

Ich bin genötigt, diese Erzählung mit ein paar Andeutungen über die Geschichte der Familie Hampton zu beginnen, denn es muß ein für allemal gesagt werden, daß die Hamptons sehr vornehm waren und sehr reich. Ein kurzer Blick in den Adelskalender von Burke oder den von Debrett würde diese Tatsache hinreichend deutlich machen, aber nicht jeder hat diese wuchtigen Bände bei der Hand, und die einschlägigen Bücher von Lord Montdores Schwager, Boy Dougdale, sind allesamt vergriffen. Sein großes Talent für den Snobismus hat im Verein mit seinem geringen Talent für die Literatur drei ausführliche Studien über die Ahnen seiner Gattin hervorgebracht, aber lesen kann sie heutzutage nur, wer zuvor einen Buchhändler darum bittet, sie antiquarisch zu besorgen. (Der Buchhändler setzt alsdann eine Annonce in sein Branchenblatt *Die Clique:* »H. Dougdale, alles, dringend gesucht«, und wenig später hagelt es Exemplare zu ein Shilling das Stück. Stolz unterrichtet er seinen Kunden, er habe »tatsächlich gefunden, was Sie suchten« – womit er stundenlanges Herumstöbern in den Handkarren der fliegenden Buchhändler andeutet – »spottbillig für dreißig Shilling alle drei«.) *Georgiana Lady Montdore und ihr Kreis, Die großen Montdores* und *Alte Chroniken von Hampton* – sie liegen neben mir, während ich dies schreibe, und der erste dieser Bände beginnt so:

»Zwei Damen, die eine brünett, die andere blond, beide jung und hübsch, fuhren an einem schönen

Maimorgen in munterem Tempo auf das kleine Dorf Kensington zu. Es waren Georgiana, Gräfin von Montdore, und ihre beste Freundin Walburga, Herzogin von Paddington. Es war ein Anblick von entzückender Lebhaftigkeit, wie sie die brennende Frage des Augenblicks erörterten – sollte man für ein Abschiedsgeschenk an die arme, liebe Fürstin von Lieven zeichnen oder nicht?«

Gewidmet ist dieses Buch Ihrer Königlichen Hoheit, der Großherzogin Peter von Rußland, mit gnädiger Erlaubnis, und es hat acht ganzseitige Abbildungen.

Es sei auch nicht verschwiegen, daß sich diese triste Trilogie nach ihrem ersten Erscheinen beim Publikum der Leihbibliotheken einiger Beliebtheit erfreute.

»Die Familie Hampton ist im Westen Englands alteingesessen, und tatsächlich schreibt Fuller in seinen *Berühmten Männern,* sie sei von staunenswertem Alter.«

Bei Burke ist sie sogar noch etwas älter eingesessen als bei Debrett, aber beide tauchen bis ins Mittelalter hinab und fördern aus dem Nebel der Zeiten Vorfahren mit Schicksalen wie bei Walter Scott und mit Namen wie Ug und Bert und Thred ans Licht, die den neuesten Romanen von P. G. Wodehouse entnommen sein könnten. »Seine Lordschaft wurde seiner Ehrenrechte für verlustig erklärt – enthauptet – verurteilt – geächtet – des Landes verwiesen – von einer wütenden Menge aus dem Kerker geschleift – bei der Schlacht von Crécy erschlagen – ging mit Wilhelm, dem Sohn Heinrichs I., auf dem ›Weißen Schiff‹ unter – fiel im Dritten Kreuzzug – starb im Zweikampf.«

Natürliche Todesfälle gibt es aus dieser nebelhaften Frühzeit kaum zu berichten. Und sowohl Burke als auch Debrett verweilen mit unverhohlenem Vergnügen bei einem Gegenstand von so echtem Schrot und Korn wie dieser Familie, unverfälscht von den Zweideutigkeiten weiblicher Linien und irgendwelcher Eigentumsübertragungen. Auch vermochte keines jener abscheulichen Bücher, die es im 19. Jahrhundert unter dem Deckmantel genealogischer Interessen auf die Verunglimpfung des Adels abgesehen hatten, dieser Urtümlichkeit etwas anzuhaben. Barone von hohem Wuchs und goldblondem Haar, ehelich geboren und einander allesamt sehr ähnlich, folgten in Hampton einer dem anderen, auf einem Grund und Boden, der nie gekauft und nie verkauft worden war, bis im Jahre 1770 der damalige Lord Hampton von einem Besuch in Versailles eine französische Braut heimführte, eine Mademoiselle de Montdore. Der Sohn, der aus dieser Verbindung hervorging, hatte braune Augen, einen dunklen Teint und vermutlich – auf allen Porträts ist es nämlich gepudert – schwarzes Haar. Die Schwärze indessen hielt sich in der Familie nicht; er heiratete eine Erbin mit goldenem Haar aus Derbyshire, und die Hamptons kehrten zu der blonden Blauäugigkeit zurück, für die sie bis auf den heutigen Tag berühmt sind.

Der Sohn der Französin war klug und weltgewandt; er betätigte sich in der Politik und verfaßte ein Buch mit Aphorismen. Eine tiefe, lebenslange Freundschaft mit dem Regenten verschaffte ihm neben anderen Vergünstigungen auch die Grafenwürde. Nachdem die ganze Familie seiner Mutter während der Schreckensherrschaft in Frankreich ausgelöscht worden war, nahm er ihren Namen als Titel an. Er war ungeheuer reich und gab ungeheuer viel aus, hegte eine Vorliebe für französische Kunstgegenstände und kaufte in den Jahren nach der Revolution eine großartige

Kollektion zusammen, darunter viele Stücke aus den königlichen Haushaltungen und andere, die von Plünderern aus dem Hôtel de Montdore in der Rue de Varenne geraubt worden waren. Um für diese Sammlung eine angemessene Umgebung zu schaffen, machte er sich daran, in Hampton das große, schlichte Haus niederzureißen, das der berühmte Adam für seinen Großvater gebaut hatte, und statt dessen ein gotisches Château Stein für Stein aus Frankreich nach England herüberzuschaffen (wie es heutzutage angeblich die amerikanischen Millionäre tun). Dieses Château baute er um einen prachtvollen, von ihm selbst entworfenen Turm wieder zusammen, verkleidete die Zimmerwände mit französischer Holztäfelung und Seide und umgab das Ganze mit einer formvollendeten Landschaft, die er ebenfalls selbst entwarf und selbst anlegte. Alles war sehr großartig und sehr verrückt, und in der Zeit zwischen den Weltkriegen, über die ich hier schreibe, auch sehr altmodisch. »Vermutlich ist es schön«, sagten die Leute, »aber offen gestanden, begeistert bin ich nicht.«

Dieser Lord Montdore erbaute auch Montdore House an der Park Lane in London und ein Schloß auf einer Felsenspitze in Aberdeenshire. Er war der bei weitem interessanteste und originellste Charakter, den die Familie je hervorbrachte, aber jedes ihrer Mitglieder wahrte das überkommene Ansehen. Einen tüchtigen, ehrenwerten, mächtigen Hampton mit enormem Einfluß in Westengland, dessen Rat auch in London nicht unbeachtet blieb, findet man auf jeder Seite der englischen Geschichte.

Diese Tradition wurde auch von dem Vater meiner Freundin Polly Hampton fortgeführt. Wenn es unter Engländern je einen Abkömmling der Götter gab, dann ihn; so sehr verkörperte er den englischen Edelmann, daß diejenigen, die an die Adelsherrschaft glaubten, zur Rechtfertigung ihrer Thesen stets zuerst auf ihn verwiesen. Jeder war der Meinung, daß es sehr viel besser um dieses Land bestellt wäre, wenn es mehr Menschen seines Schlages gäbe, und sogar die Sozialisten räumten seine Vortrefflichkeit ein – sie konnten es sich leisten, weil es nur einen Mann wie Lord Montdore gab und dieser eine obendrein immer älter wurde. Gelehrter, Christenmensch und Gentleman, der beste Schütze der Britischen Inseln, der bestaussehende Vizekönig, den wir je nach Indien entsandten, ein allseits beliebter Grundbesitzer, ein Stützpfeiler der Konservativen Partei, kurzum, ein wunderbarer alter Herr, der niemals etwas Nichtswürdiges tat noch dachte. Meine Cousine Linda und ich, zwei respektlose kleine Mädchen, auf deren Ansichten es nicht ankam, hielten ihn indessen für einen wunderbaren alten Heuchler, denn uns schien, daß in seinem Hause in Wirklichkeit Lady Montdore das Zepter führte. Lady Montdore ihrerseits tat und dachte fortwährend Nichtswürdiges. Sie war außerordentlich unpopulär und so verhaßt, wie ihr Gatte beliebt, dergestalt, daß jede Handlung, die man seiner nicht für würdig hielt oder die seinem Ansehen nicht gemäß schien, sogleich ihr zur Last gelegt wurde. »Bestimmt steckt wieder sie dahinter.« Andererseits habe ich mich oft gefragt, ob er jemals etwas wirklich Bemerkenswertes in der Welt zuwege gebracht hätte, wenn sie ihn nicht gedrängt und geschoben hätte, wenn sie für ihn nicht die Pläne geschmiedet und intrigiert und »dahintergesteckt« hätte und wenn ihr hierbei nicht eben jene Eigenschaften zu Hilfe gekommen wären, derentwegen sie so unbeliebt war, ihre Hartnäckigkeit, ihr Ehrgeiz, ihre nimmermüde Betriebsamkeit.

Sehr populär ist diese Theorie nicht. Man sagt mir, zu der Zeit, da ich ihn näher kennenlernte, nach der Rückkehr der Familie aus Indien, sei er schon alt und erschöpft und kampfesmüde gewesen, während er in der Blüte seiner Jahre nicht nur über die Geschicke der Menschen geboten, sondern auch die vulgäre Art seiner Frau im Zaum gehalten habe. Ich bezweifele das. Lord Montdore hatte nämlich etwas derart Unkräftiges an sich, einen Mangel an Wirkung, der durchaus nicht mit dem Alter zusammenhing; gewiß, er bot einen schönen Anblick, aber es war eine leere Schönheit, wie bei einer Frau, die keine erotische Ausstrahlung besitzt; wunderbar sah er aus und alt, aber obwohl er noch immer regelmäßig ins Oberhaus ging, an den Zusammenkünften des Kronrats teilnahm, in vielen Ausschüssen saß und oft in der Liste der alljährlich zum Geburtstag des Königs mit Orden und Ehrungen Ausgezeichneten erschien, hätte er ebensogut aus wunderbarem, altem Pappkarton sein können.

Lady Montdore hingegen war wirklich aus Fleisch und Blut, eine geborene Perrotte, die hübsche Tochter eines Landadeligen von geringem Vermögen und geringem Verdienst, so daß ihre Heirat mit Lord Montdore das, was sie vernünftigerweise je hatte erhoffen dürfen, weit übertraf. Während ihre Habgier, ihr Snobismus und ihre grobe Art mit der Zeit sprichwörtlich wurden und den Stoff zu mancher Legende lieferten, setzte sich bei den Leuten die Ansicht durch, Lady Montdore müsse entweder niedriger oder transatlantischer Herkunft sein, aber in Wirklichkeit war sie von untadelig vornehmer Abstammung und war ordnungsgemäß zu dem erzogen worden, was man »eine Dame« zu nennen pflegte; es gab also keine mildernden Umstände, und sie hätte es besser wissen müssen.

Ohne Zweifel muß ihre vulgäre Art mit den Jahren immer deutlicher und ungehemmter zutage getreten sein. Aber ihr Gatte schien nichts davon zu bemerken, und die Ehe war ein Erfolg. Lady Montdore schob ihn bald auf das Gleis einer öffentlichen Karriere, deren Früchte er ohne übermäßig viel Arbeit genießen konnte, denn stets sorgte seine Gemahlin dafür, daß ihm ein Schwarm tatkräftiger Untergebener zur Seite stand, und obwohl er vorgab, das gesellige Leben zu verachten, welches andererseits dem Dasein von Lady Montdore erst wirklich seinen Sinn gab, fügte er sich doch sehr taktvoll ein, ließ seiner natürlichen Begabung für die gefällige Konversation ihren Lauf und nahm die Bewunderung der Leute entgegen wie etwas, das ihm ganz selbstverständlich zustand.

»Ist Lord Montdore nicht wunderbar? Sonia ist natürlich unmöglich, aber er ist so brillant, ein Schatz, ich mag ihn wirklich.«

Die Leute taten gern so, als würden sie allein seinetwegen in sein Haus kommen, aber das war völliger Unsinn, denn wenn es auf Lady Montdores Partys lebhaft und lustig zuging, so lag dies nicht an ihm, und so unausstehlich sie in vieler Hinsicht sein mochte – als Gastgeberin war sie unübertroffen.

Kurz, sie waren glücklich miteinander und paßten ausgezeichnet zusammen. Doch es gab ein Kümmernis, das sie während vieler Ehejahre tief betrübte; sie hatten keine Kinder. Lord Montdore litt darunter, weil er sich naturgemäß einen Erben wünschte, außerdem auch aus eher gefühlsbestimmten Gründen. Lady Montdore litt noch heftiger. Zum einen, weil sie sich einen Erben wünschte, zum anderen aber auch, weil ihr jede Art von Versagen verhaßt war, weil sie es nicht ertragen konnte, wenn ihr etwas nicht gelang, und außerdem sehnte sie sich nach einem Ding, auf das sie all jene Energien konzentrieren konnte, die weder von der Gesellschaft noch von der Karriere ihres Mannes in Anspruch genommen wurden. Sie waren schon beinahe zwanzig Jahre verheiratet und hatten den Gedanken an ein Kind längst aufgegeben, als sich Lady Montdore ein wenig unwohl zu fühlen begann. Sie achtete nicht weiter darauf, ging ihren gewohnten Geschäften nach und bemerkte erst zwei Monate vor der Geburt, daß ein Kind unterwegs war. Sie war allerdings so klug, sich gegen den Spott, den eine solche Lage oft auf sich zieht, mit der Behauptung abzuschirmen, sie habe das Geheimnis mit Absicht so lange für sich behalten, so daß schließlich kein allgemeines Gelächter losbrach, sondern jeder sagte: »Ist Sonia nicht absolut phänomenal?«

Ich weiß dies alles, weil mein Onkel Davey Warbeck es mir erzählt hat. Er selbst hat während vieler Jahre die meisten der im Gesundheitslexikon verzeichneten Unpäßlichkeiten durchlitten – oder genossen – und kennt sich im Klatsch und Tratsch der Privatkliniken gut aus.

Daß es sich bei diesem Kind, als es dann zur Welt kam, um eine Tochter handelte, scheint die Montdores nicht bekümmert zu haben. Möglich, daß sie Polly zunächst gar nicht als Einzelkind ansahen, denn Lady Montdore war damals noch keine vierzig, und als ihnen im Laufe der Zeit klar wurde, daß sie kein weiteres Kind bekommen würden, da liebten sie Polly längst so sehr, daß der Gedanke, sie könnte auch anders sein, ein anderer Mensch, ein Junge, einfach undenkbar geworden war. Gewiß hätten sie gern einen Jungen gehabt, aber nur zusammen mit Polly – nicht an ihrer Stelle. Sie war ihr Juwel, der Mittelpunkt ihrer Welt, um den sich alles drehte.

Polly Hampton war eine Schönheit, und diese Schönheit war ihr auffälligstes Kennzeichen. Sie gehörte zu jenen Menschen, an die man nicht denkt, ohne daß man sie sofort vor sich sieht, und ihr Aussehen blieb sich stets gleich, unterlag nicht dem Einfluß von Kleidern, Alter, äußeren Umständen und selbst Gesundheit oder Krankheit. Wenn sie krank oder erschöpft war, sah sie allenfalls zerbrechlich aus, aber nie gelb oder welk oder geschrumpft; sie war schön geboren und hat, solange ich sie kannte, nie aufgehört, schön zu sein; ihre Schönheit nahm auch nie ab, im Gegenteil, sie nahm ständig zu.

Pollys Schönheit und die Wichtigkeit ihrer Familie sind wesentliche Bestandteile dieser Geschichte. Aber während man sich über die Hamptons in mehreren einschlägigen Büchern kundig machen kann, hat es wenig Zweck, in alten Ausgaben des *Tatler* nachzublättern und sich Polly auf den Zeichnungen von Lenare oder von Dorothy Wilding anzusehen. Das Knochengerüst, die äußere Gestalt, ist da – häßliche Hüte und altmodische Posen können ihr nichts anhaben, stets sind Pollys Figur und die Form ihres Gesichts vollkommen. Aber Schönheit besteht nicht aus Knochen, Knochen gehören dem Tod an, sie sind unverweslich; Schönheit hingegen ist etwas Lebendiges, hauchdünn liegt sie an der Oberfläche, ein bläulicher Schatten auf weißer Haut, Haar, das wie Goldgefieder in eine glatte, weiße Stirn wippt, sie zeigt sich in den Bewegungen, im Lächeln und vor allem im Blick einer schönen Frau. Pollys Blick war ein blauer Blitz, das Blauste, Plötzlichste, das mir je begegnet ist, so merkwürdig unverbunden mit dem Akt des Sehens, daß man sich gar nicht vorstellen konnte, diese undurchsichtigen blauen Steine würden beobachten und etwas in sich aufnehmen, würden etwas anderes tun, als dem, auf den sie sich richteten, eine Wohltat zu erweisen.

Kein Wunder, daß ihre Eltern sie liebten. Selbst Lady Montdore, die einem häßlichen Mädchen oder einem exzentrischen, eigensinnigen Knaben eine schlimme Mutter gewesen wäre, fiel es nicht schwer, sich in vorbildlicher Weise um ein Kind zu kümmern, das ihr, wie es schien, in der Welt zu Ansehen gereichen mußte und ihren Ehrgeiz krönen würde; dies letztere vielleicht sogar im wörtlichen Sinne. Polly war gewiß zu einer ganz außerordentlichen Ehe ausersehen – und hatte Lady Montdore nicht tatsächlich etwas sehr Großes ins Auge gefaßt, als sie ihr den Namen Leopoldina gab? Hat dieser Name nicht einen königlichen, irgendwie coburgischen Beiklang, der sich eines Tages als äußerst passend erweisen konnte? Träumte sie von einer gewissen Abtei, einem Altar, einem Erzbischof, einer Stimme, die sprach: »Ich, Albert Edward Christian George Andrew Patrick David, nehme dich, Leopoldina«? Der Traum war kein bloßes Hirngespinst. Andererseits konnte nichts englischer, anspruchsloser, schlichter sein als »Polly«.

Meine Cousine Linda Radlett und ich wurden schon in jungen Jahren immer wieder zum Spielen mit Polly ausgeliehen, denn die Montdores lebten wie viele Eltern von Einzelkindern in der ständigen Sorge, ihre Tochter könnte vereinsamen. Ich weiß, daß meine eigene Adoptivmutter, Tante Emily, im Hinblick auf mich die gleichen Ängste hegte und alles lieber getan hätte, als mich während der Ferien ohne Spielgefährten zu lassen. Hampton Park ist nicht weit von Alconleigh entfernt, wo Linda zu

Hause war, und da sie und Polly ungefähr gleichaltrig waren, schien es ihnen vorbestimmt, füreinander die besten Freundinnen zu werden. Aber aus irgendeinem Grunde kamen sie nie besonders gut miteinander aus. Auch konnte Lady Montdore Linda nicht leiden und erklärte, kaum daß Linda alt genug war, sich überhaupt an Gesprächen zu beteiligen, ihre Konversation sei »unpassend«. Ich sehe Linda noch vor mir, beim Lunch im großen Eßzimmer in Hampton (diesem Eßzimmer, in dem ich zu ganz verschiedenen Zeiten meines Lebens solche Schrekken ausgestanden habe, daß allein schon sein Geruch, ein Aroma, das schwere Speisen, schwere Weine, schwere Zigarren und schwerreiche Frauen während hundert Jahren dort verdichtet hatten, auf mich noch heute so wirkt wie der Geruch von Blut auf ein Tier), ich höre ihre laute, singende Radlett-Stimme: »Hast du schon mal Würmer gehabt, Polly? Ich ja, du glaubst nicht, wie zappelig sie sind. Aber das allerschönste war: Doktor Simpson kam und entwurmte mich. Und du weißt doch, Doc Simp war schon immer meine große Liebe – da kannst du dir vorstellen…«

Das war zuviel für Lady Montdore, und Linda wurde nie wieder eingeladen. Aber ich war in den Ferien fast jedesmal eine Woche dort, wurde auf dem Weg nach Alconleigh oder auf dem Heimweg einfach dort deponiert, wie man das mit Kindern eben so macht, ohne zu fragen, ob es ihnen gefällt und ob sie überhaupt wollen. Mein Vater war durch seine Mutter mit Lord Montdore verwandt. Ich war ein braves Kind, und ich glaube, Lady Montdore hatte mich ganz gern, jedenfalls muß sie mich für »passend« gehalten haben, ein Ausdruck, der in ihrem Wortschatz eine wichtige Rolle spielte. Irgendwann jedenfalls war einmal die Rede davon, ich könnte auch während der Schulzeit in Hampton wohnen und zusammen mit Polly Unterricht bekommen. Aber als ich dreizehn war, reisten sie ab, um Indien zu regieren, und nachher verblaßten Hampton und seine Besitzer für mich zu einer verschwommenen und dennoch stets beunruhigenden Erinnerung.

2

Als die Montdores und Polly aus Indien zurückkehrten, war ich herangewachsen und hatte schon eine Saison in London hinter mir. Lindas Mutter, meine Tante Sadie (Lady Alconleigh), hatte mich zusammen mit Linda »eingeführt«, das heißt, wir hatten eine Reihe von Debütantinnen-Bällen besucht, auf denen die Leute, die wir kennenlernten, ebenso jung und ebenso schüchtern waren wie wir selbst – und das alles hatte sehr nach Trockenschwimmen ausgesehen; mit der wirklichen Welt hatte es nichts zu tun, und als Vorbereitung auf sie taugte es genausoviel wie ein Kindergeburtstag. Gegen Ende des Sommers verlobte sich Linda, und ich kehrte nach Kent zurück, wo ich bei meiner anderen Tante und meinem anderen Onkel, Tante Emily und Onkel Davey, wohnte, die meinen geschiedenen Eltern die beschwerliche Aufgabe abgenommen hatten, ein Kind großzuziehen.

Ich langweilte mich zu Hause, wie es jungen Mädchen ergeht, wenn sie die Schulzeit hinter sich haben und keine Partys bevorstehen, mit denen sie sich in Gedanken beschäftigen können – doch eines Tages wurde diese Eintönigkeit von einer Einladung unterbrochen, ich solle den Oktober in Hampton verbringen. Tante Emily kam mit dem Brief von Lady Montdore zu mir in den Garten hinaus.

»Lady Montdore schreibt, es würden hauptsächlich Erwachsene kommen, ›junge verheiratete‹ Leute, sagt sie, aber dich möchte sie als Gesellschaft für Polly dabeihaben. Es werden natürlich auch zwei junge Männer für euch eingeladen. Schade, daß ausgerechnet heute der Tag ist, an dem sich Davey immer betrinkt. Ich muß es ihm unbedingt erzählen, es wird ihn sehr interessieren.«

Es blieb uns jedoch nichts anderes übrig, als zu warten; Davey war völlig hinüber, und sein Schnarchen erfüllte das ganze Haus. Die Ausflüge meines Onkels in die Intemperenz hatten indessen nichts Lasterhaftes an sich, sie waren vielmehr rein therapeutischer Natur. Er praktizierte seit einiger Zeit ein neues System zur Erhaltung vollkommener Gesundheit, das auf dem Kontinent damals angeblich sehr in Mode war.

»Das Ziel besteht darin, die Drüsen durch eine Folge von Schocks in Schwung zu bringen. Das Schlimmste, was dem Körper widerfahren kann, ist, daß man sich hinsetzt und ein ruhiges, von regelmäßigen Gewohnheiten erfülltes Leben führt; wenn man das tut, findet der Körper sich nur zu bald mit Alter und Tod ab. Statt dessen muß man die Drüsen aufrütteln und zum Reagieren zwingen, man muß sie in die Jugend zurückscheuchen und unter Spannung setzen, sie dürfen nie wissen, was ihnen als nächstes bevorsteht – da müssen sie jung und gesund bleiben, um mit all den Überraschungen fertig zu werden.«

Demgemäß aß er abwechselnd wie Gandhi und wie Heinrich VIII., machte zehn Meilen lange Wanderungen oder lag den ganzen Tag im Bett, zitterte in einem kalten oder schwitzte in einem heißen Bad. Nichts tat er in Maßen. »Auch ist es sehr wichtig, sich hin und wieder zu betrinken.« Aber Davey war so sehr Gewohnheitsmensch, daß er auch das Regelwidrige nur regelmäßig tun konnte, und betrank sich deshalb immer bei Vollmond. Nachdem er eine Zeitlang unter dem Einfluß Rudolf Steiners gestanden hatte, beobachtete er das Zunehmen und Abnehmen des Mondes immer noch sehr genau und hegte, soviel ich weiß, die vage Vorstellung, auch das Fassungsvermögen seines Magens nehme im Einklang mit den Mondphasen zu oder ab.

Onkel Davey war meine einzige Verbindung zur Welt – nicht zu der Welt trockenschwimmender Mädchen, sondern zu der großen, verruchten Welt selbst. Meine beiden Tanten hatten ihr schon in jungen Jahren entsagt, sie bedeutete ihnen nichts, und ihre Schwester, meine Mutter, war schon vor langer Zeit im Schlund dieser Welt verschwunden. Davey hingegen hegte trotz mancher Vorbehalte eine gewisse Sympathie für sie und unternahm oft auf eigene Faust kleine Ausflüge in ihre Richtung, von denen er dann mit einem Sack voll interessanter Anekdoten zurückkehrte. Ich konnte es kaum erwarten, mit ihm über die neue Wendung in meinem Leben zu plaudern.

»Bist du sicher, daß er zu betrunken ist, Tante Emily?«

»Ganz sicher, Liebling. Wir müssen bis morgen warten.«

Doch da sie alle Briefe postwendend beantwortete, schrieb sie zurück und nahm die Einladung von Lady Montdore an. Als aber Davey dann am nächsten Morgen wieder auftauchte, vollkommen grün im Gesicht und mit fürchterlichen Kopfschmerzen (»Oh, aber es ist großartig, verstehst du, eine derartige Herausforderung für den Stoffwechsel, ich habe eben mit Dr. England telefoniert, und er ist mit meiner Reaktion sehr zufrieden«), da hatte er einige Zweifel, ob sie richtig daran getan habe.

»Meine liebe Emily, das Kind wird vor Angst sterben, das steht fest.« Er las Lady Montdores Brief noch einmal genau durch. Ich wußte, daß er recht hatte. Im

Grunde meines Herzens hatte ich es schon gewußt, als Tante Emily mir den Brief zum erstenmal vorgelesen hatte, aber ich war trotzdem wild entschlossen hinzufahren; der Gedanke besaß für mich eine glitzernde Faszination.

»Ich bin kein Kind mehr, Davey«, sagte ich.

»Auch Erwachsene sind in Hampton schon vor Angst gestorben«, erwiderte er. »Zwei junge Männer für Fanny und Polly – na ja! Zwei alte Liebhaber von zwei alten Damen dort, wenn mich nicht alles täuscht! Warum siehst du mich so an, Emily! Wenn du dieses Kind in die vornehme Gesellschaft katapultieren willst, dann mußt du es auch mit dem Wissen um die Tatsachen des Lebens rüsten. Ich begreife deine Strategie einfach nicht. Zuerst sorgst du dafür, daß sie nur vollkommen harmlosen Menschen begegnet und nicht nach rechts und links schaut – durchaus ein Gesichtspunkt, denke nur ja nicht, ich sei dagegen –, doch dann stößt du sie plötzlich von der Klippe, nach Hampton hinunter, und erwartest, daß sie sofort schwimmen kann.«

»Du mit deinen Gleichnissen, Davey – das ist bloß dieser Alkohol«, sagte Tante Emily in einem für ihre Verhältnisse ziemlich ärgerlichen Ton.

»Laß den Alkohol aus dem Spiel, ich möchte der armen Fanny nur erklären, wie das Ganze abläuft. Zunächst einmal, meine Liebe, laß dir eines gesagt sein, rechne nicht damit, daß dich diese angeblich jungen Männer irgendwie unterhalten werden, für kleine Mädchen haben die nämlich überhaupt keine Zeit, das ist sicher. Andererseits ist aber bestimmt auch der Lasterlektor eingeladen, und da ihr wahrscheinlich noch so gerade in die gleiche Altersgruppe wie er gehört, läßt sich gar nicht sagen, welche Späße und Spiele er nicht mit euch treibt.«

»Oh, Davey«, sagte ich, »du bist schrecklich.«

Der Lasterlektor war Boy Dougdale. Die Radlett-Kinder hatten ihm diesen Namen gegeben, nachdem er einmal einen Vortrag in Tante Sadies »Frauen-Institut« gehalten hatte. Der Vortrag selbst (ich war nicht dabei) scheint sehr langweilig gewesen zu sein, aber die Dinge, die der vortragende Lektor nachher mit Linda und Jassy anstellte, waren ganz und gar nicht langweilig gewesen.

»Du weißt ja, in welcher Abgeschiedenheit wir hier leben«, hatte mir Jassy bei meinem nächsten Besuch in Alconleigh erzählt. »Da ist es natürlich nicht sehr schwierig, unser Interesse zu wecken. Erinnerst du dich zum Beispiel an den netten alten Mann, der mal hier war und einen Vortrag über die Mautschranken zwischen England und Wales gehalten hat? Es war ziemlich öde, aber es hat uns gefallen – er kommt demnächst wieder, diesmal redet er über Heckenwege in Südwestengland. Na ja, bei dem Vortrag des Lasterlektors ging es um Herzoginnen, und man hört natürlich lieber etwas von Menschen als von Mautschranken. Aber das Faszinierende war, daß er uns nach dem Vortrag einen Vorgeschmack von der Erotik vermittelte, stell dir vor, wie aufregend. Er nahm Linda mit unter das Dach und stellte allerlei wonnevolle Dinge mit ihr an; sie konnte sich jedenfalls leicht vorstellen, daß sie mit jedem anderen wonnevoll gewesen wären, außer mit dem Lektor. Ich selbst bekam auf dem Treppenabsatz vor dem Kinderzimmer ein paar ungeheuer erotische Kniffe. Du mußt zugeben, Fanny…«

Meine Tante Sadie hatte natürlich nicht die geringste Ahnung von alledem; sie wäre zutiefst entsetzt gewesen. Sie und Onkel Matthew hatten Mr. Dougdale nie leiden können, und wenn sie den

Vortrag erwähnte, sagte sie, er sei genauso gewesen, wie sie es erwartet hatte, blasiert, langweilig und für ein ländliches Publikum völlig ungeeignet, aber sie hatte in diesem abgelegenen Bezirk solche Schwierigkeiten, das Programm ihres Frauen-Instituts Monat für Monat zu füllen, daß sie, als er von sich aus geschrieben und vorgeschlagen hatte zu kommen, nur gedacht hatte: »Also gut, sei's drum!« Gewiß glaubte sie, ihre Kinder hätten ihm nur um der Alliteration willen und nicht aus wirklichen Gründen den Namen Lasterlektor verliehen, und bei den Radletts konnte man tatsächlich nie wissen. Warum zum Beispiel brüllte Victoria wie am Spieß und brachte Jassy fast um, wenn diese mit einem ganz bestimmten Blick den Finger hob und in einem ganz bestimmten Ton »Einbildung« sagte? Ich glaube, sie wußten es selbst nicht.

Als ich damals nach Hause gekommen war, hatte ich Davey von dem Lektor erzählt, und er hatte schallend gelacht, hatte mir aber auch eingeschärft, Tante Emily kein Sterbenswörtchen davon zu erzählen, sonst würde es einen entsetzlichen Krach geben, und die einzige, die wirklich darunter zu leiden hätte, wäre Lady Patricia Dougdale, Boys Frau.

»Sie hat es ohnehin schon schwer genug«, sagte er, »und außerdem, wozu? Aus diesen Radletts wird sowieso nichts Gescheites. Die arme Sadie weiß gar nicht, was sie da ausgebrütet hat, ein Glück für sie.«

Das alles hatte sich ein oder zwei Jahre vor der Zeit zugetragen, über die ich hier schreibe, und der Name »Lektor« für Boy Dougdale war längst in den Sprachgebrauch der Familie eingegangen, keines von uns Kindern nannte ihn je anders, und auch die Erwachsenen hatten den Namen im Laufe der Zeit übernommen, obgleich Tante Sadie anstandshalber hin und wieder verschwommenen Protest erhob. Er paßte einfach sehr gut.

»Hör nicht auf Davey«, sagte Tante Emily, »er ist im Augenblick unausstehlich. Beim nächsten Mal, wenn wir solche Neuigkeiten zu erzählen haben, werden wir warten, bis der Mond abnimmt. Vernünftig kann man mit ihm nur reden, wenn er fastet. Wir wollen einmal überlegen, was du anziehst, Fanny. Sonias Partys sind immer ungeheuer elegant. Ich nehme an, sie ziehen sich sogar zum Tee um. Wie wäre es, wenn wir dein Ascott-Kleid in einem schönen, dunklen Rot färben ließen? Gut, daß noch fast ein Monat Zeit ist.«

Fast ein Monat – wirklich ein tröstlicher Gedanke. Obwohl ich unbedingt an dieser Hausparty teilnehmen wollte, erfüllte mich schon allein die Vorstellung mit Angst und Schrecken, nicht so sehr wegen Daveys Flachsereien, sondern weil jetzt alte Erinnerungen in mir aufstiegen, Erinnerungen an meine Besuche als Kind und daran, wie wenig sie mir gefallen hatten. »Unten« herrschte in Hampton das Grauen. Man könnte meinen, jemand, der wie ich, an ein von meinem Onkel Matthew Alconleigh bewohntes »Unten« gewöhnt war, ließe sich durch nichts so leicht aus der Fassung bringen. Aber dieses lärmende, tobende Ungeheuer, dieser Mädchenfresser, beschränkte sich keineswegs auf einen bestimmten Teil seines Hauses. Er polterte überall herum, und am sichersten war man vor ihm »unten«, im Salon von Tante Sadie, denn sie war die einzige, die ihn halbwegs zu bändigen vermochte. Das Grauen in Hampton war von anderer Art, eiskalt und leidenschaftslos, und es regierte »unten«. Nach dem Tee mußte man – die ganz Kleinen frisch zurechtgemacht, gewaschen und gekämmt, die etwas Älteren in einem adretten Kleidchen – in die Lange Galerie herunterkommen, wo sich anscheinend Dutzende von Erwachsenen aufhielten, die in der Regel alle Bridge spielten. Das schlimmste am Bridge ist aber, daß von vier Spielern einer immer Zeit hat, herumzustreifen und sich mit kleinen Mädchen nett zu unterhalten.

Aber alles in allem nahmen die Karten doch die meiste Aufmerksamkeit in Anspruch, und wir konnten uns auf dem langen weißen Eisbärenfell vor dem Kamin niederlassen, ein Bilderbuch ansehen, das wir schräg an den Kopf des Bären lehnten, oder einfach plaudern, bis endlich die ersehnte Schlafenszeit kam. Es geschah jedoch auch ziemlich oft, daß Lord Montdore oder Boy Dougdale, wenn er zugegen war, das Kartenspiel aufgab und sich um uns kümmerte. Lord Montdore las uns aus Andersens Märchen oder aus Lewis Carroll vor, und irgend etwas an der Art, wie er las, trieb mir vor heimlicher Verlegenheit jedesmal einen Schauder über den Rücken; Polly hingegen streckte sich der Länge nach aus, legte ihren Kopf auf den des Bären und hörte, wie ich glaube, einfach nicht zu. Viel schlimmer war es, wenn Boy Dougdale »Verstecken« oder »Sardinen« mit uns spielte, zwei Spiele, die er über die Maßen liebte – bei »Sardinen« ging es darum, wie viele Mitspieler sich unter einen kleinen Tisch oder in einen engen Winkel zwängen konnten. Er spielte diese Spiele auf eine Art und Weise, die Linda und ich »blöhöde« nannten. Als wir (die Radletts und ich) noch klein waren, hatte das Wort »blöd«, so ausgesprochen, in unserer Sprache eine ganz bestimmte Bedeutung; erst nach dem Vortrag des Lektors erkannten wir, daß Boy Dougdale nicht blöd gewesen war, sondern lasterhaft.

Wenn Bridge gespielt wurde, blieb uns zumindest die Aufmerksamkeit von Lady Montdore erspart, die auch als Strohmann nur Augen für die Karten hatte. Wenn aber zufällig einmal nicht genügend Gäste da waren, um die Vier vollzumachen, dann spielte sie *Racing Demon* mit uns, ein Kartenspiel, bei dem ich immer Minderwertigkeitsgefühle bekam, weil ich so langsam war.

»Los, Fanny – wir wollen die Sieben sehen. He, träum nicht!«

Sie gewann immer und ließ sich nie einen Stich entgehen. Ihr entging auch nie die geringste Kleinigkeit in unserem Aufzug, die schäbigen, alten Hausschuhe ebensowenig wie die nicht ganz zueinander passenden Strümpfe oder das nette, aber zu kurze und zu enge Kleidchen, aus dem man längst herausgewachsen war – alles wurde registriert und notiert.

So war es unten. Oben konnte man es aushalten, jedenfalls war man vor Eindringlingen vollkommen sicher, im Kinderzimmer walteten Kindermädchen, im Schulzimmer Hauslehrerinnen, und weder hier noch dort drohten Besuche der Montdores, die vielmehr, wenn sie Polly sehen wollten, nach ihr schickten. Aber es war hier auch ziemlich langweilig, bei weitem nicht so lustig wie in Alconleigh. Es gab keinen Wäscheschrank der »honorigen« Hons, keine verworfenen Unterhaltungen, keine Pirschtouren in die Wälder, um die Stahlfallen des Wildhüters zu verstecken oder die Fuchsbauten zu öffnen, die er vor jeder Jagd sorgfältig verstopfte, keine Nester mit kleinen Fledermäusen, die wir heimlich aus den Füllfederhaltern der Erwachsenen fütterten, während die Erwachsenen allerlei abstruse Vorstellungen über Fledermäuse hegten, sie seien voller Ungeziefer und würden sich einem ins Haar krallen. Polly war ein zurückhaltendes, ordentliches kleines Mädchen mit viel Sinn für alles Rituelle und einer Bereitschaft zur absoluten

Unterwerfung unter die Gebote der Etikette, wie man sie allenfalls bei einer spanischen Infantin erwartet hätte. Man mußte sie gern haben, sie war so schön und freundlich, aber ein Gefühl von Nähe und Vertrautheit hatte man bei ihr nie.

Sie war das genaue Gegenteil von den Radletts, die immer alles »erzählten«. Polly »erzählte« nie etwas, und wenn es etwas zu erzählen gegeben hätte, dann hätte sie es für sich behalten und in sich vergraben. Ich weiß noch, wie uns Lord Montdore einmal das Märchen von der Schneekönigin vorlas (ich konnte kaum zuhören, so viel Ausdruck legte er in seine Stimme) und wie mir der Gedanke kam, es müsse von Polly handeln und gewiß trage auch Polly einen Glassplitter im Herzen. Was liebte sie? Das war für mich das große Rätsel. Meine Cousinen und ich, wir überschütteten einander mit Liebe, wir überschütteten die Erwachsenen mit Liebe, außerdem die verschiedensten Tiere und vor allem die (oft historischen oder literarischen) Gestalten, in die wir VERliebt waren. Und wir kannten dabei keine Zurückhaltung, jeder wußte, was jeder andere für jedes andere wirkliche oder imaginäre Wesen empfand. Außerdem war da noch das Kreischen. Kreischendes Gelächter, kreischende Bekundungen von Freude und Ausgelassenheit, die durch Alconleigh gellten, außer wenn Flut war, Tränenflut, was aber selten vorkam. Entweder herrschte Kreischen oder Flut, und meistens Kreischen. Aber Polly überschüttete niemanden mit ihren Gefühlen, sie kreischte nicht, und ich habe sie auch nie in Tränen gesehen. Sie war immer die gleiche, immer reizend, nett, fügsam, höflich, interessierte sich für das, was man sagte, amüsierte sich über die Witze, die man machte, aber ohne Überschwang, ohne Superlative und vor allem ohne Herzensergießungen.

Also noch fast einen Monat bis zu diesem Besuch, dem ich mit so zwiespältigen Gefühlen entgegensah. Doch plötzlich nicht mehr fast einen Monat, sondern jetzt, heute, in diesem Augenblick, und schon glitt ich in einem großen schwarzen Daimler durch die Vororte von Oxford. Zum Glück war ich allein und hatte noch eine lange Fahrt vor mir, ungefähr zwanzig Meilen. Ich kannte die Strecke von den Jagden, an denen ich in dieser Gegend teilgenommen hatte. Vielleicht würde der Wagen ja auch immer so weiterfahren. Oben auf Lady Montdores Briefpapier stand: Hampton Place, Oxford, Bahnstation Twyfold. Aber Twyfold, mit Umsteigen und einer Stunde Wartezeit in Oxford, wurde nur solchen Leuten zugemutet, die aller Wahrscheinlichkeit nach nie imstande sein würden, sich dafür an Lady Montdore zu rächen, während jeder, für den sie die geringste Achtung empfand, in Oxford abgeholt wurde. »Immer höflich zu den Mädchen, man kann nie wissen, wen sie heiraten« ist eine Redensart, die so manches unverheiratete englische Fräulein davor bewahrt hat, daß man sie wie eine indische Witwe behandelt.

So schob ich mich in meiner Ecke unruhig hin und her, sah hinaus in die tiefblaue Herbstdämmerung und wünschte mir, ich säße geborgen zu Hause oder würde nach Alconleigh fahren oder anderswohin, nur nicht nach Hampton. Immer wieder tauchten in der Landschaft vertraute Einzelheiten auf, und trotz der hereinbrechenden Dunkelheit konnte ich die Straße nach Merlinford mit dem riesigen Wegweiser noch erkennen. Aber schon im nächsten Augenblick – so kam es mir jedenfalls vor – bogen wir ab und fuhren durch ein Tor, an einem Pförtnerhaus vorbei. O Schreck! Ich war angekommen.

3

Ein Knirschen im Kies; der Wagen kam zum Stehen, im gleichen Augenblick öffnete sich die Haustür, und ein Streifen Licht fiel mir vor die Füße. Sobald ich drinnen war, kümmerte sich der Butler um mich, nahm mir den Nutriapelz ab (ein Geschenk von Davey zu meiner Einführung in die Gesellschaft), führte mich durch die Vorhalle unter der großen gotischen Doppeltreppe hindurch, deren beide Arme auf hundert Stufen steil gen Himmel führten und sich bei einer Marmorgruppe trafen, die die trauernde Niobe darstellte, durch das achteckige Vorzimmer, durch den grünen Salon und den roten Salon in die Lange Galerie, wo er, ohne danach zu fragen, sehr laut und vernehmlich meinen Namen ausrief und mich dann verließ.

Die Lange Galerie war so, wie ich sie in der Erinnerung immer vor mir sah: voller Leute. Diesmal waren es vielleicht zwanzig oder dreißig; einige saßen um einen Teetisch beim Kamin, andere standen mit Gläsern statt mit Tassen in der Hand und verfolgten eine Partie Backgammon. Diese Gruppe wurde ohne Zweifel von den »jungen verheirateten« Leuten gebildet, die Lady Montdore in ihrem Brief erwähnt hatte. Mir erschienen sie jedoch durchaus nicht jung, sie waren ungefähr so alt wie meine eigene Mutter. Sie schnatterten wie Stare auf einem Baum, unterbrachen ihr Geschnatter auch nicht, als ich hereinkam, und als mich Lady Montdore ihnen vorstellte, da verstummten sie bloß für einen kurzen Moment, sahen zu mir herüber und schnatterten weiter. Als sie meinen Namen nannte, meinte allerdings einer aus der Gruppe:

»Nicht zufällig die Tochter der Hopse?«

Lady Montdore hielt einen Augenblick lang verärgert inne, ich aber war es gewöhnt, daß man meine Mutter als »Hopse« bezeichnete – niemand nannte sie je bei einem anderen Namen, auch ihre eigenen Schwestern nicht –, und flötete einfach: »Ja.«

Jetzt schien es, als erhöben sich alle Stare in die Luft, um sich auf einem anderen Baum niederzulassen, und dieser Baum war ich.

»Das Töchterchen der Hopse?«

»Mach keine Witze – wie kommt die Hopse an eine erwachsene Tochter?«

»Veronica – komm doch mal einen Augenblick herüber –, weißt du, wer das ist? Sie ist das Mädchen der Hopse, was sagst du jetzt?«

»Komm und trink deinen Tee, Fanny«, meinte Lady Montdore. Sie führte mich zu dem Tisch, und die Stare schnatterten weiter über meine Mutter – allerdings in der »Erbsensprache«, die ich jedoch zufällig ziemlich gut verstand.

»Isthistdifist siehiediefie dashastdiefast wirkhirkdifirk lichhichdifich? Für mich ist das ausgesprochen interessant, wenn ich bedenke, daß der allererste, mit dem die Hopse je gehopst ist, Chad war, stimmt's, Liebling? Zum Glück bekam ich ihn dann als nächste, aber erst nachdem sie wieder abgehopst war.«

»Ich verstehe immer noch nicht, wie das sein kann. Die Hopse ist auf keinen Fall älter als sechsunddreißig. Roly, du weißt, wie alt die Hopse ist, wir sind doch alle zusammen immer zu Miss Vacani gegangen, du mit deinem kurzen Kilt, und dann Schürhaken und Zange über Kreuz zum Schwerttanz auf den Boden gelegt. Kann sie denn älter als sechsunddreißig sein?«

»Es stimmt schon, Spatzenhirn, rechne doch mal nach! Sie hat mit achtzehn geheiratet, achtzehn plus achtzehn ergibt sechsunddreißig, stimmt's oder habe ich recht?«

»Ja. Aber was ist mit den neun Monaten?«

»Keine neun, Liebling, keine Rede von neun, weißt du nicht mehr, was das ganze für ein Schwindel war, wie groß der Blumenstrauß sein mußte, den sie vor sich hielt, die Ärmste? Das war es doch! Sie *mußte!*«

»Veronica treibt es mal wieder zu weit – kommt, wir spielen zu Ende.«

Mit einem Ohr lauschte ich dieser fesselnden Unterhaltung, mit dem anderen auf das, was Lady Montdore sagte. Nachdem sie mich mit einem ihrer charakteristischen Blicke, an die ich mich noch gut erinnerte, gemustert und mir auf diese Weise zu verstehen gegeben hatte, was ich schon wußte, daß nämlich mein Tweedrock hinten bauschte und warum ich keine Handschuhe trüge (ja warum eigentlich, ich hatte sie bestimmt im Wagen vergessen, aber woher den Mut nehmen, zu fragen?), erklärte sie in äußerst freundlichem Ton, ich hätte mich in den letzten fünf Jahren mehr verändert als Polly, aber Polly sei jetzt viel größer als ich. Wie ging es Tante Emily? Und Davey?

Darin bestand ihr Charme. Ganz plötzlich konnte sie sehr freundlich werden, gerade wenn es so aussah, als wolle sie kein gutes Haar an einem lassen. Es war der Charme eines schnurrenden Pumas. Sie schickte nun einen der Männer los, nach Polly zu suchen: »Wahrscheinlich spielt sie Billard mit Boy«, und schenkte mir eine Tasse Tee ein.

»Und hier«, sagte sie, indem sie sich an die ganze Gesellschaft wandte, »ist Montdore.«

Vor denen, die sie als ebenbürtig ansah, nannte sie ihren Mann immer Montdore, aber in Grenzfällen, etwa für den Grundstücksverwalter oder Dr. Simpson, war er Lord Montdore, wenn nicht gar Seine Lordschaft. Nie habe ich sie von ihm als »meinem Mann« sprechen hören, denn auch dies gehörte zu der Geisteshaltung, durch die sie sich weithin so unbeliebt machte: die Entschiedenheit, mit der sie jedem bedeutete, wo er ihrer Meinung nach hingehörte und zu bleiben hatte.

Das Geschnatter brach ab, als Lord Montdore im Glanz seines wunderbaren Alters den Raum betrat, und diejenigen, die nicht schon standen, erhoben sich respektvoll. Er gab allen die Hand und hatte für jeden ein passendes Wort.

»Da ist ja auch meine Freundin Fanny. Groß geworden. Weißt du noch, wie wir bei unserem letzten Beisammensein über das Kleine Mädchen mit den Zündhölzern geweint haben?«

Stimmt gar nicht, dachte ich. Menschliche Wesen vermochten mir als Kind grundsätzlich keine Tränen zu entlocken – Black Beauty vielleicht...!

Er wandte sich dem Kamin zu und hielt seine großen, dünnen, weißen Hände an die Flammen, während Lady Montdore ihm Tee eingoß. Das Schweigen im Raum dauerte an. Jetzt griff er nach dem Teegebäck, bestrich sich ein Scone mit Butter, legte es auf die Untertasse und wandte sich einem anderen alten Mann zu: »Was ich dich schon lange fragen wollte...«

Sie ließen sich nebeneinander nieder und begannen eine leise Unterhaltung, während das Geschnatter der Stare nach und nach wieder anschwoll.

Ich erkannte jetzt, daß ich in dieser Gesellschaft nichts zu befürchten hatte, denn für die übrigen

Gäste war ich offenkundig von einer Art Tarnanstrich verdeckt; nachdem sich das anfängliche Interesse an mir gelegt hatte, war ich wie von der Bildfläche verschwunden und konnte mir in aller Ruhe das muntere Treiben ansehen. Die Hauspartys für Leute in meinem Alter, an denen ich im letzten Jahr teilgenommen hatte, waren viel anstrengender gewesen, denn dort erwartete man, daß ich eine Rolle übernahm und mich für die Bewirtung durch unterhaltsame Beiträge zum allgemeinen Gespräch revanchierte. Aber hier, wo ich unter so vielen alten Leuten wieder zum Kind wurde, wollte man mich vielleicht sehen, aber nicht hören. Ich sah mich um und überlegte, welches wohl die jungen Männer sein könnten, von denen Lady Montdore in ihrem Brief gesagt hatte, sie seien eigens für Polly und mich eingeladen. Offenbar waren sie noch nicht eingetroffen, denn keiner der Anwesenden war im entferntesten jung, meiner Schätzung nach alle weit über dreißig, und wahrscheinlich waren sie auch alle verheiratet, obwohl man unmöglich erkennen konnte, welche Paare nun tatsächlich zusammengehörten, denn alle sprachen so, als wären sie miteinander verheiratet – in einem Tonfall und mit Kosenamen, die zumindest bei meinen Tanten unbedingt bedeutet hätten, daß jeder mit dem eigenen Gatten oder der eigenen Gattin sprach.

»Sind die Sauveterres noch nicht angekommen, Sonia?« fragte Lord Montdore, der näher getreten war, um sich eine zweite Tasse Tee zu holen.

Unter den Frauen entstand eine Bewegung. Sie drehten die Köpfe wie Hunde, die glauben, sie hätten soeben gehört, wie jemand eine Tafel Schokolade aufreißt.

»*Die* Sauveterres? Meinst du Fabrice? Soll das heißen, er ist verheiratet? Das wundert mich aber!«

»Nein, nein. Natürlich nicht. Er bringt seine Mutter mit, sie ist eine alte Flamme von Montdore – ich habe sie noch nie gesehen, auch Montdore ist ihr seit vierzig Jahren nicht begegnet. Fabrice haben wir natürlich immer wieder getroffen, er hat uns auch in Indien besucht. Er ist so amüsant, ein köstlicher Mensch. Er hat sich so viel um die kleine Ranee von Rawalpur gekümmert, es heißt sogar, ihr letztes Baby...«

»Sonia...!« sagte Lord Montdore für seine Verhältnisse ziemlich scharf. Sie achtete nicht darauf.

»Ein schrecklicher alter Mann, der Radscha dort, ich hoffe bloß, es stimmt. Arme Geschöpfe sind das, ein Kind nach dem anderen, sie müssen einem einfach leid tun, wie kleine Vögel, wißt ihr. Die, die im Purdah gehalten wurden, habe ich immer besucht, und natürlich haben sie mich vergöttert, es war wirklich rührend.«

Lady Patricia Dougdale wurde angekündigt. Auch während sich die Montdores im Ausland aufgehalten hatten, war ich den Dougdales hin und wieder begegnet, denn sie lebten in der Nachbarschaft von Alconleigh, und obwohl Onkel Matthew Nachbarn keineswegs ermutigte, stand es nicht in seiner Macht, sie völlig fernzuhalten oder sie daran zu hindern, bei den Jagdtreffs, bei den Geländejagden in der Umgebung, auf dem Bahnsteig in Oxford zum Zug um 9 Uhr 10 und in Paddington Station zum Zug um 4 Uhr 45 oder auf dem Marktplatz in Merlinford in Erscheinung zu treten. Außerdem hatten die Dougdales zuweilen ihre eigenen Gäste zu den Bällen nach Alconleigh mitgebracht, die Tante Sadie veranstaltete, als Louisa und später Linda »eingeführt« wurden, und sie hatten Louisa zu deren Hochzeit ein altertümliches, mit Blei gefülltes Nadelkissen von erstaunlichem Gewicht geschenkt. Die romantische Louisa, die sich vergewissern wollte, daß dieses Gewicht von dem Gold herrührte, mit dem es gefüllt sei – »das Ersparte von irgend jemandem, versteht ihr« –, hatte es mit ihrer Nagelschere aufgerissen und doch nur Blei gefunden, was zur Folge hatte, daß keines ihrer Hochzeitsgeschenke ausgestellt werden konnte, um Lady Patricias Gefühle nicht zu verletzen.

Lady Patricia war ein vollkommenes Muster an Schönheit, auch bei ihr lag sie hauchdünn an der Oberfläche. Früher hatte sie das gleiche Gesicht wie Polly, aber das blonde Haar war weiß geworden und die weiße Haut gelb, so daß sie aussah wie eine den Unbilden der Witterung ausgesetzte antike Statue, ein Schneepolster auf dem Kopf und mit von der Nässe verwaschenen Gesichtszügen. Tante Sadie erzählte, sie und Boy hätten einmal als das stattlichste Paar in London gegolten, aber das mußte viele Jahre her sein, jetzt waren sie alt, um die fünfzig, und bald würde das Leben für sie zu Ende sein. Seit langem war Lady Patricias Leben von Gram und Leiden erfüllt, Gram in der Ehe und Leiden in der Leber. (Ich zitiere hier natürlich Davey.) Sie hatte Boy, der etwas jünger war als sie, schon Jahre vor ihrer Heirat leidenschaftlich geliebt, er jedoch hatte sich auf die Ehe mit ihr angeblich nur eingelassen, weil die Verbindung mit der von ihm so hoch geschätzten Familie Hampton für ihn etwas Unwiderstehliches hatte. Der große Kummer seines Lebens war die Kinderlosigkeit, denn von ganzem Herzen hatte er sich eine Schar kleiner Halb-Hamptons gewünscht, und es hieß, die Enttäuschung hierüber habe ihn eine Zeitlang völlig aus der Bahn geworfen, inzwischen habe jedoch seine Nichte Polly offenbar die Stelle einer Tochter für ihn eingenommen, so groß sei die Hingabe, mit der er sich ihr widme.

»Wo ist denn Boy?« fragte Lady Patricia, als sie die Leute in der Nähe des Kamins begrüßt und denen, die weiter weg standen, einen Wink mit den Handschuhen oder ein halbes Lächeln zugesandt hatte. Sie trug einen Filzhut, ein solides Tweedkostüm, Seidenstrümpfe und schöne blanke Kalbslederschuhe.

»Ich warte auch schon auf die beiden«, sagte Lady Montdore, »er soll mir hier am Tisch helfen. Er spielt Billard mit Polly – ich habe Rory zu ihm geschickt – ach, da kommen sie ja.«

Polly gab ihrer Tante einen Kuß und dann auch mir. Sie sah sich um, ob inzwischen jemand eingetroffen war, dem sie noch nicht »Guten Abend« gesagt hatte (sie und ihre Eltern hielten – zweifellos infolge der vielen öffentlichen Ämter, die Lord Montdore bekleidet hatte – sehr auf strenge Umgangsformen), und wandte sich dann wieder mir zu.

»Fanny, bist du schon lange hier? Mir hat keiner was gesagt.«

Da stand sie leibhaftig vor mir, etwas größer als ich, und war plötzlich keine nebelhafte Kindheitserinnerung mehr, und all die verwickelten Gefühle, die wir für Menschen hegen, denen in unserem Leben einige Bedeutung zukommt, stürmten auf mich ein. Auch die Gefühle, die ich gegen den Lektor hegte, stürmten auf mich ein, sie waren nicht verwickelt.

»Ha!« sagte er soeben, »da ist ja auch meine Frau Gemahlin.« Es schüttelte mich, wenn ich ihn sah, mit seinen schwarzen, angegrauten Locken und seinem forschen Schwung. Er war kleiner als die Hampton-Frauen, vielleicht zwei Zentimeter kleiner als Lady Patricia, und versuchte das durch übermäßig hohe Schuhsohlen auszugleichen. Immer blickte er furchtbar selbstzufrieden drein, und schon bei entspannter Miene saßen seine Mundwinkel weit oben, aber wenn ihn irgend etwas bewegte, wanderten sie noch höher und mimten dort ein äußerst irritierendes Lächeln.

Pollys blauer Blick ruhte jetzt auf mir, vermutlich erkannte auch sie einen Menschen wieder, an den sie sich nur undeutlich erinnerte, genau das gleiche Mädchen wie früher, das Mädchen mit den schwarzen Locken, das, wie Tante Sadie immer sagte, aussah wie ein kleines Pony und jeden Augenblick seine struppige Mähne schütteln und davongaloppieren konnte. Noch vor einer halben Stunde wäre ich liebend gern davongaloppiert, aber jetzt hatte ich große Lust, zu bleiben, wo ich war.

Während wir nach oben gingen, legte Polly einen Arm um mich und sagte mit aufrichtiger Herzlichkeit: »Ich bin ja so froh, dich wiederzusehen. Was ich dich alles fragen muß! So oft habe ich in Indien an dich gedacht! Weißt du noch, die schwarzen Samtkleider mit den roten Schärpen, in denen wir nach dem Tee hinuntergingen? Und wie Linda Würmer hatte? Mir kommt es vor wie ein anderes Leben, so weit liegt das zurück. Wie ist denn Lindas Verlobter?«

»Er sieht sehr gut aus«, sagte ich, »ein netter Kerl. Aber in Alconleigh mögen sie ihn nicht sehr, keiner dort.«

»Wie schade. Aber solange Linda ihn gern hat – nun stell sich einer vor, Louisa verheiratet und Linda schon verlobt! Natürlich, vor Indien waren wir ja eigentlich alle noch Babys, und jetzt sind wir alt genug zum Heiraten, das ist schon ein Unterschied, oder?«

Sie seufzte tief.

»Du bist doch sicher in Indien ›eingeführt‹ worden?« fragte ich. Polly war etwas älter als ich.

»Ja, vor zwei Jahren. Es war alles sehr langweilig, dieser Eintritt in die Gesellschaft ist doch eine äußerst trostlose Veranstaltung – macht es dir etwa Spaß, Fanny?«

Ich hatte nie darüber nachgedacht, ob es mir Spaß macht oder nicht, deshalb wußte ich nicht recht, was ich auf ihre Frage antworten sollte. Mädchen wurden »eingeführt«, das war nun mal so. Es war eine Etappe in ihrem Dasein, so wie das Privatinternat im Dasein der Jungen – eine Etappe, die man hinter sich bringen mußte, bevor das Leben, das wirkliche Leben, beginnen konnte. Bälle sind angeblich etwas Herrliches; sie kosten eine Menge Geld, und es ist sehr nett von den Erwachsenen, daß sie sie veranstalten, und sehr nett war es auch von Tante Sadie, daß sie mich zu so vielen Bällen begleitete. Aber obwohl es mir wirklich Spaß machte hinzugehen, hatte ich auf den Bällen selbst immer das unbehagliche Gefühl, irgend etwas nicht mitzubekommen – wie bei einem Theaterstück, das in einer fremden Sprache gegeben wird. Jedesmal hoffte ich von neuem, endlich zu begreifen, worum es hier wirklich ging, aber es gelang mir nie, während alle Leute um mich herum offenbar Bescheid wußten. Linda zum Beispiel hatte es genau begriffen, und dann hatte sie sich mit Erfolg in die Liebe gestürzt.

»Wirklich Spaß macht es mir«, sagte ich wahrheitsgemäß, »mich schick anzuziehen.«

»Oh, mir auch! Denkst du auch immer nur an Kleider und Hüte, sogar in der Kirche? Mir geht es genauso. Übrigens himmlischer Tweed, Fanny, ist mir sofort aufgefallen!«

»Aber er bauscht«, sagte ich.

»Tweed bauscht immer, außer an sehr eleganten, sehr schlanken und zierlichen Frauen, wie Veronica. Freust du dich, wieder in deinem Zimmer zu wohnen? Es ist dasselbe, das du früher immer hattest, erinnerst du dich?«

Natürlich erinnerte ich mich. Immer hatte mein vollständiger Name »The Honble Frances Logan« in gestochen scharfer Zierschrift auf einer Karte an der Tür gestanden, schon als ich noch so klein war, daß ich mit einem Kindermädchen kam, und als Kind hatte es mich immer sehr beeindruckt und gefreut.

»Willst du das heute abend anziehen?«

Polly trat an das riesige Himmelbett, auf dem mein Kleid ausgebreitet lag.

»Wie hübsch – grüner Samt und Silber, wirklich traumhaft, und so weich, bezaubernd.« Mit einer Falte des Rocks strich sie sich über die Wange. »Meins ist aus Silberlamé, wenn es warm wird, riecht es wie in einem Vogelkäfig, aber ich mag es trotzdem. Bist du nicht auch froh, daß die Röcke wieder lang sind? Aber erzähl mir mehr davon, wie es ist, wenn man in England ›eingeführt‹ wird.«

»Bälle«, sagte ich, »Lunch-Partys für Mädchen, Tennis, wenn man's kann, man geht zu Dinner-Partys, ins Theater, nach Ascott, dann die Vorstellung bei Hof. Ach, ich weiß nicht, ich glaube, du kannst es dir ungefähr vorstellen.«

»Und sind alle so wie die Leute da unten?«

»Du meinst das ewige Geplapper? Ja schon, aber die Leute unten sind alt, Polly. Wenn man eingeführt wird, hat man es vor allem mit Gleichaltrigen zu tun, verstehst du.«

»Die da unten finden überhaupt nicht, daß sie alt sind«, sagte sie lachend.

»Aber sie sind es«, sagte ich.

»Auch mir kommen sie eigentlich nicht alt vor, aber das liegt wohl daran, daß sie neben Mami und Daddy so jung wirken. Überleg mal, Fanny, deine Mutter war noch gar nicht geboren, als Mami geheiratet hat, und Mrs. Warbeck war gerade so alt, daß sie

Brautjungfer sein konnte. Mami hat es mir erzählt, bevor du gekommen bist. Nein, aber was ich wirklich wissen möchte: wie ist das mit der Liebe, wenn man eingeführt wird? Haben alle die ganze Zeit über irgendwelche Liebesaffären? Reden sie von nichts anderem?«

Ich mußte zugeben, daß dies der Fall sei.

»So ein Mist! Ich wußte, daß du das sagen würdest – in Indien war es natürlich genau dasselbe, aber ich dachte, vielleicht hier, unter diesem kalten Himmel…! Egal, aber erzähl Mami nichts davon, wenn sie dich fragt, tu so, als wäre englischen Debütantinnen die Liebe einfach schnuppe. Mami bekommt schon Zustände, weil ich mich nie in irgendwen verliebe; die ganze Zeit liegt sie mir damit in den Ohren. Aber es hat keinen Zweck – was nicht ist, ist nicht. Und eigentlich finde ich das in meinem Alter auch ganz natürlich.«

Ich sah sie überrascht an, denn ich fand es höchst unnatürlich, obwohl ich gut verstehen konnte, daß man über solche Dinge mit Erwachsenen nicht sprechen will, und schon gar nicht mit Lady Montdore, wenn man zufällig ihre Tochter war. Aber jetzt kam mir ein neuer Gedanke.

»Hättest du dich denn in Indien überhaupt verlieben können?« fragte ich sie. Polly lachte.

»Liebe Fanny, wovon sprichst du? Selbstverständlich hätte ich gekonnt, warum denn nicht? Es ist einfach nicht dazu gekommen, verstehst du?«

»In Weiße?«

»Ob weiß, ob schwarz«, sagte sie neckisch.

»Sich in einen Schwarzen verlieben?« Was hätte Onkel Matthew dazu gesagt?

»Es kommt vor, und gar nicht so selten. Natürlich, du kannst dir so einen Radscha nicht vorstellen, aber manche von ihnen sind außerordentlich anziehend. Ich hatte eine Freundin dort, die wäre aus lauter Liebe zu einem von ihnen fast gestorben. Und ich kann dir sagen, Fanny, Mami sähe es bestimmt lieber, daß ich mich in einen Inder verliebe, als überhaupt nicht. Natürlich hätte es einen furchtbaren Aufstand gegeben, und ich wäre sofort nach Hause geschickt worden, aber im Grunde genommen hätte sie es für eine gute Sache gehalten. Ihr macht es Kummer, daß sich überhaupt nichts abspielt. Ich weiß, daß sie diesen Franzosen nur eingeladen hat, weil sie glaubt, keine Frau könne ihm widerstehen. In Delhi war es damals auch so, da hat keine mehr an einen anderen gedacht – ich war allerdings gerade nicht in der Stadt, ich war mit Boy und Tante Patsy in den Bergen, eine himmlische Reise – ich muß dir mal davon erzählen, aber nicht jetzt.«

»Würde es deiner Mutter denn gefallen, wenn du einen Franzosen heiratest?« fragte ich. Liebe und Ehe waren für mich damals noch untrennbar verbunden.

»Oh, nicht heiraten, du liebe Güte, nein. Sie möchte bloß, daß ich eine kleine Schwäche für ihn entwickele und zeige, daß ich dazu imstande bin – sie will sehen, daß ich wie andere Frauen bin. Na, sie wird's noch erfahren. Da läutet die Umkleideglocke – ich hole dich ab, wenn ich fertig bin, ich wohne nicht mehr hier oben, ich habe ein neues Zimmer über der Vorhalle. Noch jede Menge Zeit, Fanny, eine ganze Stunde.«

4

Ich war im Turm untergebracht, wo früher auch Polly ihr Kinderzimmer gehabt hatte. Während alle anderen Räume in Hampton im klassischen Stil eingerichtet waren, waltete in den Turmzimmern eine übertriebene Gotik, die Gotik der Märchenbuchillustrationen; in meinem Raum waren Bett, Schränke und Kamin mit Spitztürmchen geziert, die Tapete war mit Schnörkelfiguren gemustert, und es gab hohe Flügelfenster. Während die Familie in Indien gewesen war, hatte man das ganze Haus gründlich modernisiert, und als ich mich umsah, entdeckte ich, daß man in einen der Wandschränke ein gekacheltes Bad eingebaut hatte.

Früher hatte ich mit dem Schwamm in der Hand eine furchtbar steile Wendeltreppe hinuntersteigen müssen, um ins Kinderbadezimmer zu gelangen, und ich konnte mich noch erinnern, wie kalt es draußen auf den Gängen immer gewesen war, auch wenn in meinem Zimmer ein kräftiges Feuer loderte. Aber auch die Zentralheizung war unterdessen erneuert worden, und überall herrschte eine Temperatur wie im Treibhaus. Zwar flackerte unter den Spitztürmchen des Kamins noch immer ein Feuer, aber es diente nur der Dekoration und wurde auch nicht mehr früh um sieben, vor dem Aufwachen, von einem wie eine Maus herumhuschenden Hausmädchen angezündet. Das Zeitalter des Luxus war zu Ende gegangen, und das Zeitalter des Komforts hatte begonnen. Konservativ, wie ich war, freute ich mich, daß man an der Ausstattung des Zimmers nichts verändert hatte, nur die Beleuchtung war erheblich verbessert worden, auf dem Bett lag eine neue Steppdecke, der Mahagoni-Frisiertisch hatte einen Petticoat aus Musselin und einen dreiteiligen Spiegelaufsatz bekommen, und der ganze Raum, auch das Bad, war mit Teppichboden ausgelegt.

Alles andere war genauso geblieben, wie ich es in Erinnerung hatte, auch die beiden großen, nachgedunkelten Bilder waren noch da, die man vom Bett aus sehen konnte, »Die Spieler« von Caravaggio und »Die Kurtisane« von Raffael.

Während ich mich zum Dinner umzog, wünschte ich mir, ich könnte diesen Abend mit Polly hier oben verbringen, und wir würden, wie früher, einfach im Schulzimmer von einem Tablett etwas essen. Ich hatte Angst vor dem Erwachsenen-Dinner, das mir bevorstand, denn ich wußte, sobald ich unten im Eßzimmer zwischen zwei alten Herren saß, würde ich nicht mehr die stille Beobachterin spielen können, ich würde mir etwas einfallen lassen müssen, das zur Unterhaltung beitrug. Mein Leben lang war mir – vor allem von Davey – immer wieder eingeschärft worden, Schweigsamkeit beim Essen sei antisozial.

»Solange du plauderst, Fanny, kommt es nicht darauf an, was du redest, besser das ABC aufsagen als wie eine Taubstumme dasitzen. Denk an deine arme Gastgeberin, ihr gegenüber wäre es einfach nicht fair.«

Im Eßzimmer, zwischen dem Mann namens Rory und dem Mann namens Roly, war dann alles noch schlimmer, als ich es mir vorgestellt hatte. Der Tarnanstrich, der im Salon so gut gewirkt hatte, ging jetzt immer an und aus, wie eine defekte Glühbirne. Etwa so: Ich bin sichtbar, und einer meiner Nachbarn beginnt eine Unterhaltung mit mir. Er scheint auch sehr interessiert an dem, was ich sage, aber plötzlich, ohne jede Vorwarnung, werde ich unsichtbar, denn nun rufen Rory und Roly der Dame namens Veronica auf der anderen Seite des Tisches irgend etwas zu, während ich mit meiner armseligen kleinen Bemerkung in der Luft hänge. Anschließend zeigt sich, daß sie auch vorhin kein einziges Wort von mir mitbekommen haben, sondern die ganze Zeit wie gebannt auf die unendlich faszinierendere Konversation jener Veronica gelauscht haben. Nun gut, ich bin also wieder unsichtbar, und das ist mir ohnehin lieber, denn so kann ich mich in Ruhe dem Essen widmen. Aber nein, keineswegs, denn unerklärlicherweise werde ich mit einem Schlag wieder sichtbar.

»Lord Alconleigh ist also Ihr Onkel? Ist das nicht ein ziemlich verrückter Kerl? Geht der nicht bei Vollmond mit Bluthunden auf Menschenjagd?«

Ich war noch Kinds genug, die Erwachsenen meiner eigenen Familie fraglos zu akzeptieren, und lebte in dem Glauben, jeder von ihnen sei auf seine Weise mehr oder minder vollkommen. Deshalb schockierte es mich, als dieser Fremde meinen Onkel als einen ziemlich verrückten Kerl bezeichnete.

»Oh, aber es macht uns Spaß«, begann ich, »Sie können sich nicht vorstellen, wie lustig...« Vergebens. Selbst während ich sprach, konnte es geschehen, daß ich unsichtbar wurde.

»Nein, nein, Veronica, die Sache war die, er brachte das Mikroskop mit, um darunter seine eigenen...«

»Du getraust dich nicht, das Wort beim Dinner in den Mund zu nehmen, das ist es«, sagte Veronica, »selbst wenn du wüßtest, wie man es ausspricht, was ich bezweifele, es ist zu unfein, so etwas sagt man nicht bei Tisch...« In dieser Weise ging es zwischen ihnen hin und her.

»So ausgelassen habe ich Veronica noch nie erlebt, du vielleicht?«

An den Enden des Tisches ging es gesetzter zu. Am einen redete Lady Montdore auf den Duc de Sauveterre ein, der auch höflich zuhörte, seine kleinen, schwarzglänzenden, munter dreinblickenden Augen aber dennoch herumwandern ließ, und am anderen machten sich Lord Montdore und der Lektor einen Spaß daraus, ihr fehlerloses Französisch vorzuführen, indem sie sich über die alte Herzogin von Sauveterre hinweg in dieser Sprache unterhielten. Ich saß nah genug, um zu verstehen, was sie sagten, und hörte ihnen während der Phasen meiner Unsichtbarkeit aufmerksam zu, und obwohl ihre Unterhaltung vielleicht nicht so geistreich war wie die Konversation in Veronicas Umgebung, hatte sie für mich den Vorzug der Begreiflichkeit. Sie verlief nach folgendem Muster:

Montdore: »Alors le Duc de Maine était le fils de qui?«

Boy: »Mais, dites donc mon vieux, de Louis XIV.«

Montdore: »Bien entendu, mais sa mère?«

Boy: »La Montespan.«

In diesem Augenblick sagte die Herzogin, die die ganze Zeit über schweigend vor sich hingekaut und scheinbar überhaupt nicht zugehört hatte, sehr laut und mißbilligend:

»*Madame* de Montespan.«

Boy: »Oui – oui – oui, parfaitement, Madame la Duchesse.«

(In einer geflüsterten Seitenbemerkung auf englisch zu seinem Schwager: »Die Marquise de Montespan war eine Aristokratin, weißt du, sie vergessen das nie.«)

»Elle avait deux fils d'ailleurs, le Duc de Maine et le Comte de Toulouse et Louis XIV les avait tous deux légitimés. Et sa fille a épousé le Régent. Tout cela est exacte, n'est-ce pas, Madame la Duchesse?«

Aber die alte Dame, derentwegen diese linguistische Leistungsschau offenbar veranstaltet wurde, blieb völlig uninteressiert. Sie aß so schnell sie konnte und hielt nur inne, um sich von den Lakaien mehr Brot zu erbitten. Erst als sie noch einmal direkt angesprochen wurde, sagte sie: »Ich denke, ja.«

»Es steht alles bei Saint-Simon«, sagte Boy. »Ich habe neulich mal wieder darin gelesen, solltest du auch tun, Montdore, einfach hinreißend.« Boy war in der höfischen Memoirenliteratur außerordentlich bewandert und hatte sich damit den Ruf erworben, ein großer Kenner der Geschichte zu sein.

»Auch wenn man ihn nicht mag – über Geschichte weiß Boy eine ganze Menge, man kann ihn wirklich alles fragen.« Es kam allerdings darauf an, was man wissen wollte. Wenn es um die Flucht der Kaiserin Eugénie aus den Tuilerien ging – alles; wenn es um das Martyrium der Märtyrer von Tolpuddle ging, jener sechs unrechtmäßig zu sieben Jahren Australien verurteilten Landarbeiter – nichts. Das historische Wissen des Lektors war geistig veredelter Snobismus.

Nun wandte sich Lady Montdore ihrem Nachbarn auf der anderen Seite zu, und alle folgten ihrem Beispiel.

Infolgedessen hatte ich es jetzt mit Rory statt mit Roly zu tun, aber viel Abwechslung brachte das nicht, denn inzwischen waren beide völlig von dem gefangengenommen, was auf der anderen Seite des Tisches vor sich ging. Und der Lektor mußte den Kampf mit der Herzogin nun allein bestehen. Ich hörte ihn sagen:

»Dans le temps j'étais très lié avec le Duc de Souppes, qu'est-ce qu'il est devenu, Madame la Duchesse?«

»Sind Sie etwa ein Freund von dem armen Souppes«, sagte sie, »diesem ungezogenen Jungen?«

Sie sprach mit einem merkwürdigen Akzent, einer Mischung aus Französisch und Cockney.

»Il habite toujours ce ravissant hôtel dans la rue du Bac?«

»Ich denke, ja.«

»Et la vieille duchesse est toujours en vie?«

Doch seine Nachbarin hatte sich wieder ganz dem Essen zugewandt, und er bekam kein Wort mehr aus ihr heraus. Immer wieder las sie die Speisekarte, reckte den Kopf, um zu sehen, welches Gericht als nächstes aufgetragen würde, und als nach dem Pudding noch einmal Teller ausgeteilt wurden, berührte sie den ihren mit der Hand, und ich hörte, wie sie zufrieden zu sich selbst sagte:

»Encore une assiette chaude, très – très bien.«

Es schmeckte ihr ausgezeichnet.

Auch mir schmeckte es, vor allem seit mein Tarnanstrich wieder vollkommen funktionierte, und dabei blieb es – während des ganzen Abends gab es keine größere Panne mehr.

Wie schade, dachte ich, daß Davey hier nicht einen seiner gefräßigen Tage absolvieren konnte. Immer beklagte er sich, Tante Emily setze ihm bei diesen Gelegenheiten nicht genug unterschiedliche Gerichte vor, um seinem Stoffwechsel wirklich einen gehörigen Schock zu versetzen.

»Ich glaube, du begreifst überhaupt nicht, was ich brauche«, sagte er dann manchmal für seine Verhältnisse ziemlich unwirsch. »Die Völlerei muß mich schwindlig machen und völlig erschöpfen, wenn sie etwas bewirken soll – worauf wir zielen müssen, ist dieses Gefühl, das man nach einer Mahlzeit in einem Pariser Restaurant hat, wenn man so satt ist, daß man nur noch stundenlang auf dem Bett liegen kann, wie eine Kobra – so voll, daß man nicht mal mehr imstande ist, zu schlafen. Es bedarf ganz einfach einer großen Zahl unterschiedlicher Gänge, um meinem Appetit zu schmeicheln – zweite Portionen zählen nicht, die nehme ich sowieso –, einer großen Zahl unterschiedlicher Gänge von wirklich schweren Speisen, liebe Emily. Natürlich, wenn es dir lieber ist, gebe ich die Kur auf – aber es wäre schade, gerade jetzt, wo sie so gut bei mir anschlägt. Und wenn du an das Haushaltsbuch denkst, dann denk bitte auch an meine Fastentage. Die berücksichtigst du nämlich anscheinend nie.«

Aber Tante Emily meinte, die Fastentage würden sich im Haushaltsbudget überhaupt nicht auswirken, und bei dem, was er als Fasten bezeichne, würde jeder andere von vier anständigen Mahlzeiten sprechen.

Rund zwei Dutzend um diesen Tisch versammelte Stoffwechselsysteme, so überlegte ich mir, wurden an diesem Abend kräftig in Schwung gebracht, während das Essen seinen Fortgang nahm. Suppe, Fisch, Fasan, Beefsteak, Spargel, Pudding, Nachspeise, Obst. Hampton-Kost, wie Tante Sadie sie zu nennen pflegte, und die Speisen in Hampton besaßen tatsächlich einen ganz eigentümlichen Charakter, der sich vielleicht am besten folgendermaßen beschreiben läßt: Berge der köstlichsten Schonkost, die man sich vorstellen kann, einfach, gesund, aus erstklassigen Zutaten bereitet, wobei jede einzelne von ihnen stark nach sich selbst schmeckte. Aber wie bei allem in Hampton tat man auch hier des Guten zuviel. So wie Lady Montdore ein bißchen zu sehr Gräfin war und Lord Montdore ein bißchen zu sehr der große alte Staatsmann, die Bediensteten zu perfekt und zu ehrerbietig, die Betten zu weich und die Bettwäsche zu fein, die Automobile zu neu und zu glänzend und alles zu aufgeräumt und zu ordentlich, so schmeckten auch die Pfirsiche zu sehr nach Pfirsich. Als Kind kam mir Hampton wegen dieser übertriebenen Vortrefflichkeit immer ganz unwirklich vor, verglichen mit den wenigen anderen Häusern, die ich kannte, mit Alconleigh und dem kleinen Haus von Tante Emily. Es war wie ein Adelssitz in einem Buch oder einem Theaterstück, nicht wie ein Haus, in dem jemand zu Hause war, und auch die Montdores und Polly kamen mir nie ganz wie Menschen aus Fleisch und Blut vor.

Um die Zeit, da ich mich über einen dieser etwas zu sehr nach Pfirsich schmeckenden Pfirsiche hermachte, hatte ich jede Angst, wenn nicht gar jedes Gefühl für Anstand verloren, drehte mich hierhin und dorthin, wie ich es zu Beginn des Dinners nicht gewagt hätte, und warf kühne Blicke nach rechts und links. Es lag nicht am Wein, ich hatte nur ein Glas Bordeaux getrunken, und meine anderen Gläser standen alle noch voll und unberührt da (der Butler hatte mein Kopfschütteln nicht beachtet); es lag am Essen, ich war betrunken vom Essen. Ich verstand jetzt, was Davey mit der Kobra gemeint hatte, alles an mir war bis zum äußersten angespannt, und mir war, als hätte ich wirklich eine Ziege verschlungen. Ich spürte, daß mein Gesicht gerötet war, und als ich mich umsah, stellte ich fest, daß alle anderen Gesichter die gleiche Farbe angenommen hatten, nur das von Polly nicht.

Polly, die zwischen zwei Männern von gleichem Kaliber wie Rory und Roly saß, hatte sich nicht die geringste Mühe gegeben, ihnen gegenüber nett zu sein, obwohl sich ihre Tischnachbarn um sie sehr viel mehr bemüht hatten als die meinen um mich. Auch das Essen schmeckte ihr nicht. Sie stocherte mit einer

Gabel darin herum, rührte das meiste nicht an und schien völlig in Gedanken versunken, während ihr stumpfer Blick wie der Strahl einer blauen Lampe in Boys Richtung wies, aber nicht so, als würde sie ihn wirklich sehen oder seinem schauderhaft korrekten Französisch lauschen. Lady Montdore warf ihr von Zeit zu Zeit einen unwilligen Blick zu, aber Polly bemerkte es gar nicht. Ihre Gedanken schweiften anscheinend in weiter Entfernung von der Dinnertafel ihrer Mutter umher, und nach einiger Zeit gaben es ihre Tischnachbarn auf, Polly ein Ja oder Nein abzuringen, und mischten sich statt dessen im Verein mit den meinen in das kesse Wortgeplänkel um die Dame namens Veronica.

Diese Veronica war klein, schlank und glitzernd. Ihr gelbblondes Haar lag wie eine Kappe vollkommen glatt auf ihrem Kopf, mit ein paar flach geschwungenen Locken über der Stirn. Sie hatte eine gebogene Nase, ziemlich stark hervortretende blaßblaue Augen und wenig Kinn. Ich fand sie »dekadent«, aber dieses neunmalkluge Erwachsenenwort hatte mir ohne Zweifel meine Trunkenheit eingegeben, denn es ließ sich trotz allem nicht bestreiten, daß Veronica sehr schön war und daß ihre Kleider, ihr Schmuck, ihr Make-up und ihre ganze Erscheinung den Inbegriff höchster Eleganz darstellten. Sie galt offenbar als witziger Kopf, und sobald die Party nach frostigem Beginn ein wenig in Gang gekommen war, drehte sich alles nur noch um sie. Zwischen ihr und den verschiedenen Rorys und Rolys flogen die schlagfertigen Redensarten nur so hin und her, während die übrigen Frauen ihres Alters über die Witze bloß kicherten, ohne sich aktiv zu beteiligen, so als wüßten sie, daß es aussichtslos gewesen wäre, sich neben sie ins Rampenlicht drängeln zu wollen. Die älteren Leute in der Umgebung der Montdores an den beiden Enden des Tisches hingegen waren in ernsthafte Gespräche vertieft und warfen nur hin und wieder einen nachsichtigen Blick auf »Veronica«.

Jetzt, da ich etwas Mut gefaßt hatte, fragte ich einen meiner Nachbarn nach ihrem Namen, aber meine Ahnungslosigkeit überraschte ihn so sehr, daß er vergaß, die Frage, die ich ihm gestellt hatte, zu beantworten.

»Veronica?« fragte er verblüfft. »Aber Sie kennen doch Veronica.«

Es war, als hätte ich noch nie vom Vesuv gehört. Später erfuhr ich, daß sie Mrs. Chaddesley Corbett hieß, und es schien mir merkwürdig, daß Lady Montdore, von deren Snobismus ich schon so viel gehört hatte, eine bloße Mrs., also nicht mal eine Hon. Mrs., überhaupt einlud und sogar mit einer gewissen Ehrerbietung behandelte. Man sieht daran, wie ahnungslos ich in gesellschaftlichen Dingen damals gewesen sein muß, denn jeder Schuljunge (zumindest jeder »Etonian«) wußte über Mrs. Chaddesley Corbett alles. Sie war für die anderen Frauen der eleganten Welt das, was der Star in einer Revue für die Chorus-Girls ist. Sie hatte ein bestimmtes Erscheinungsbild, eine bestimmte Art zu reden, zu gehen und sich zu geben entwickelt, die von der englischen Schickeria seit mindestens zehn Jahren sklavisch nachgeahmt wurden. Daß ich ihren Namen noch nie gehört hatte, lag einfach daran, daß sie mit ihrer Eleganz meilenweit über den unerfahrenen jungen Leuten stand, mit denen ich gewöhnlich verkehrte.

Es war sehr spät, als Lady Montdore endlich die Tafel aufhob. Meine Tanten ließen langes Sitzen im Eßzimmer nie zu – sie dachten an den Abwasch und daran, daß das Personal womöglich zu spät ins Bett käme, aber solche Erwägungen stellte in Hampton niemand an. Auch wandte sich Lady Montdore nicht, wie es Tante Sadie immer tat, mit flehendem Blick und einem »Nicht so lange, Liebling, ja?« an ihren Gatten, als sie nun hinausging und die Männer dem Portwein, dem Brandy, den Zigarren und den traditionellen schmutzigen Witzen überließ, die, so schien es mir, kaum schmutziger sein konnten als das, was ich während der letzten halben Stunde von Veronicas Konversation mitbekommen hatte.

Nachdem wir in die Lange Galerie zurückgekehrt waren, gingen einige Frauen nach oben, um sich »die Nase zu pudern«. Lady Montdore machte ein spöttisches Gesicht.

»Ich gehe morgens«, sagte sie, »und damit hat es sich. Ich muß nicht wie ein Hund in regelmäßigen Abständen nach draußen, Gott sei Dank – ich finde, etwas Gewöhnlicheres gibt es nicht.«

Falls Lady Montdore wirklich gehofft hatte, Sauveterre würde Polly in seinen Bann schlagen und ihr Gedanken an die Liebe einflößen, so wurde ihr eine herbe Enttäuschung zuteil. Kaum waren die Männer aus dem Eßzimmer wieder aufgetaucht, wo sie sich eine gute Stunde aufgehalten hatten (»Diese englische Sitte«, hörte ich Sauveterre sagen, »ist schrecklich«), da umringten ihn auch schon Veronica und ihre Truppe, und er hatte gar nicht die Möglichkeit, mit jemand anderem zu sprechen. Alle führten sich auf wie alte Freundinnen, nannten ihn Fabrice und stellten tausend Fragen nach gemeinsamen Pariser Bekannten, modischen Ausländerinnen mit so altmodischen englischen Namen wie Norah, Cora, Jennie, Daisy, May und Nellie.

»Werden jetzt alle Französinnen nach englischen Dienstmädchen benannt?« fragte Lady Montdore ziemlich unwirsch, denn es blieb ihr nichts anderes übrig, als sich auf eine Plauderei mit der alten Herzogin einzulassen, da das Terrain um Sauveterre offenkundig in fester Hand war. Der schien die Situation zu genießen und sah die ganze Zeit so aus, als würde er einem unanständigen Witz lauschen, während seine zwinkernden Augen eher belustigt als begehrlich die Reihe der gezupften und geschminkten Gesichter musterten, die sich nacheinander mit auffälligem Unernst nach ihren lieben Nellies und Daisys erkundigten. Die Ehemänner dieser verschiedenen Damen, wie alle Engländer aufrichtig erleichtert über die Atempause, die ihnen die anwesende Weiblichkeit gewährte, huldigten unterdessen am anderen Ende des langen Saales dem Spiel. Zweifellos spielten sie um erheblich höhere Einsätze, als ihre Frauen gestattet hätten, und legten dabei jene solide, schwerblütige, männliche Konzentration an den Tag, die gegen jegliche Ablenkungen durch den Eros vollkommen gefeit ist. Lady Patricia begab sich zu Bett; Boy Dougdale schob sich in die Gruppe um Sauveterre, aber als er bemerkte, daß ihm dort niemand die geringste Beachtung schenkte und Sauveterre nicht einmal richtig antwortete, als er ihn nach dem Duc de Souppes fragte, sondern nur ausweichend erklärte: »Ich sehe zuweilen die arme Nina de Souppes«, da gab er mit einem gekränkten Lächeln zwischen den Mundwinkeln auf. Er kam herüber, setzte sich zu Polly und mir und zeigte uns, wie man Backgammon spielt, hielt unsere Hände umschlossen, während wir die Würfel schüttelten, rieb seine Knie an unseren und verhielt sich, wie ich fand, einfach blöhöde und lasterhaft. Lord Montdore begab sich mit ein paar anderen sehr alten Männern hinaus zum Billardtisch; er galt als der beste Billardspieler der Britischen Inseln.

Unterdessen wurde die arme Lady Montdore von der Herzogin, die vielleicht aus Widerspruchsgeist wieder in ihr heimatliches Idiom zurückgefallen war, einem ausgedehnten Verhör unterzogen. Lady Montdore sprach recht gut französisch, aber nicht in der schrecklich vollendeten Art ihres Mannes und ihres Schwagers, und bald geriet sie über Maßeinheiten und Gewichten in ernste Schwierigkeiten; wieviel Hektar war der Park von Hampton groß, wieviel Meter maß der Turm, was würde es – in Francs! – kosten, während der Henley-Regatta ein Hausboot zu mieten, wieviel Kilometer war man hier von Sheffield entfernt? Immer wieder mußte sie Boy zu Hilfe rufen, der sie selbstverständlich nie im Stich ließ, aber in Wirklichkeit war die Herzogin an den Antworten gar nicht sonderlich interessiert, sie war viel zu sehr damit beschäftigt, die nächsten Fragen auszuhecken. Gleich einem Sturzbach ergossen sie sich über Lady Montdore und ließen ihr nicht die geringste Chance, nach dem ersehnten Bridge-Tisch zu entweichen. Was für eine Art von Stromgenerator wurde in Hampton verwendet, wie hoch war das Durchschnittsgewicht eines schottischen Rothirschs, seit wieviel Jahren waren Lord und Lady Montdore verheiratet (»tiens!«), wie wurde das Badewasser erwärmt, wieviel Hunde gehörten bei der Fuchsjagd zu einer Meute, wo hielt sich die königliche Familie zur Zeit auf? Lady Montdore kam sich vor wie das Kaninchen vor der Schlange – eine für sie völlig neue Erfahrung. Zuletzt hielt sie es nicht länger aus und löste die Party auf, so daß die Frauen an diesem Abend sehr viel früher ins Bett kamen, als es in Hampton sonst üblich war.

5

Da ich zum erstenmal zu einer so großen, vornehmen Hausparty für Erwachsene eingeladen war, wußte ich nicht, wie es mit dem Frühstück gehalten wurde, und fragte deshalb Polly, bevor wir uns gute Nacht sagten.

»Ach«, meinte sie unbestimmt, »irgendwann um neun«, und ich verstand es so, wie es zu Hause gemeint gewesen wäre: zwischen fünf nach neun und Viertel nach neun. Am nächsten Morgen wurde ich um acht von einem Dienstmädchen geweckt. Sie fragte mich: »Gehören diese Handschuhe Ihnen, Miss, sie wurden im Wagen gefunden?«, ließ mir ein Bad einlaufen und machte sich anschließend daran, sämtliche sichtbar herumliegenden Kleidungsstücke zum Verschwinden zu bringen, zweifellos, um sie zu dem Tweedkostüm, dem Pullover, den Schuhen, den Strümpfen und der Unterwäsche zu legen, die sie tags zuvor bereits eingesammelt hatte. Bald würde ich ohne alles, nur in Handschuhen, unten erscheinen.

Tante Emily erlaubte mir nie, bei Besuchen ihr Dienstmädchen mitzunehmen, und sagte, es würde mich zu sehr verwöhnen, falls ich später einen armen Mann heiraten würde und ohne Dienstmädchen auskommen müßte; so war ich, wenn ich verreiste, immer dem Wohlwollen fremder Dienstboten ausgeliefert.

Gegen neun war ich gebadet, angezogen und gar nicht abgeneigt, etwas zu mir zu nehmen. Nach dem ausgiebigen Dinner vom Vorabend, das eigentlich eine ganze Woche hätte vorhalten müssen, war ich seltsamerweise hungriger als sonst. Nachdem die Stalluhr neun geschlagen hatte, wartete ich noch ein paar Minuten, um nicht die erste zu sein, bevor ich mich nach unten wagte, mußte aber zu meiner Überraschung feststellen, daß auf dem Tisch im Eßzimmer noch immer der grüne Überzug zu sehen war. Die Tür zum Anrichteraum stand weit offen, und Diener in gestreiften Westen und Hemdsärmeln waren mit lauter Dingen beschäftigt, die keineswegs auf das Herannahen einer Mahlzeit hindeuteten, sortierten Briefe oder falteten die Morgenzeitungen auseinander. Überrascht und feindselig, so schien es mir, sahen sie zu mir herüber und kamen mir noch erschreckender vor als die übrigen Gäste. Gerade wollte ich mich schleunigst in mein Zimmer zurückziehen, als eine Stimme hinter mir sagte:

»Was für ein furchtbarer Anblick, dieser leere Tisch.«

Es war der Duc de Sauveterre. Das Licht des Morgens hatte meine Tarnfärbung offenbar zum Verschwinden gebracht, und der Herzog sprach sogar so, als wären wir alte Freunde. Ich war überrascht, aber meine Überraschung wuchs, als er mir die Hand gab, und sie erreichte ihren Gipfel, als er schließlich sagte: »Auch mich verlangt es nach meinem Porridge, aber hier können wir nicht bleiben, es ist zu trostlos, wollen wir einen Spaziergang machen, solange er noch unterwegs ist?«

Ich fand erst wieder zu mir, als ich schon in einer der großen Lindenalleen des Parks neben ihm herging, sehr rasch, fast im Laufschritt, um mitzuhalten. Dabei redete er ununterbrochen, genauso schnell, wie er ging.

»Zeit der Nebelschleier«, sagte er, »und der mürben Fruchtbarkeit – wie finden Sie meine literarische Beschlagenheit, brillant, wie? Heute morgen sieht man vor lauter Nebelschleiern allerdings nur wenig von der Fruchtbarkeit.«

Tatsächlich umgab uns ein dünner Nebel, aus dem die Silhouetten großer gelber Bäume hervortraten. Das Gras triefte vor Nässe, und ich spürte schon, daß meine Hausschuhe undicht waren.

»Ich liebe es, mit der Lerche aufzustehen«, fuhr er fort, »und vor dem Frühstück zu lustwandeln.«

»Machen Sie das jeden Tag?« fragte ich.

Ich wußte, manche Leute taten das.

»Nein, niemals. Aber heute morgen habe ich meinem Diener aufgetragen, eine Verbindung nach Paris herzustellen, und hatte gedacht, es würde eine Stunde dauern, aber sie war sofort da, und nun weiß ich gar nicht, was ich, an diesem toten Punkt angelangt, mit der mir verbliebenen Zeit Rechtes beginnen soll. Wie finden Sie mein Englisch, wundervoll, wie?«

Dieser Anruf in Paris zeugte in meinen Augen von einer atemberaubenden Verschwendungssucht. Tante Sadie und Tante Emily führten nur in Krisenzeiten Ferngespräche, und auch dann brachen sie meist mitten im Satz ab, wenn das Drei-Minuten-Zeichen ertönte; gewiß, Davey telefonierte fast täglich mit seinem Arzt in London, aber nur von Kent aus, und außerdem sprach einiges dafür, daß sich Daveys Gesundheit wirklich in einem dauernden Krisenzustand befand. Aber nach Paris, ins Ausland!

»Ist jemand krank?« wagte ich zu fragen.

»Nicht direkt krank, aber sie langweilt sich, die Arme. Ich verstehe das gut, Paris muß schlimm sein ohne mich, ich weiß nicht, wie sie es aushält. Sie tut mir wirklich leid.«

Es wäre wohl jedem schwergefallen, bei diesem außerordentlichen Mann lange schüchtern zu bleiben, und auch bei mir siegte die Neugier bald über die Schüchternheit: »Wer denn?« fragte ich.

»Meine *fiancée*«, sagte er unbekümmert.

Ach, herrje! Irgendwie hatte ich geahnt, daß diese Antwort kommen würde; mir sank das Herz, und ich sagte mit dünner Stimme:

»Oh, wie aufregend! Sie sind verlobt?«

Er warf mir einen belustigten Blick von der Seite zu.

»O ja«, sagte er, »und verliebt!«

»Und werden Sie bald heiraten?«

Aber warum, so fragte ich mich, war er allein gekommen, ohne sie? Wenn ich einen so bezaubernden *fiancé* hätte – ich wäre ihm bestimmt wie ein treuer Spaniel überallhin gefolgt.

»Ich glaube nicht, daß es so bald sein wird«, meinte er fröhlich. »Sie wissen ja, wie das mit dem Vatikan ist, Zeit spielt für diese Leute keine Rolle, tausend Äonen sind in ihren Augen wie ein kurzer Abend. Ich kenne mich gut aus in der englischen Dichtung, finden Sie nicht auch?«

»Wenn Sie das Dichtung nennen. Eigentlich ist es aus einem Kirchenlied. Aber was hat ihre Heirat mit dem Vatikan zu tun, der ist doch in Rom, oder?«

»Ganz recht. Aber es gibt sie nun einmal, die Römische Kirche, meine liebe junge Dame, und ich gehöre ihr an, und diese Kirche muß die Ehe meiner Versprochenen zuerst annullieren – kann man das sagen, Versprochene?«

»Man kann. Es klingt aber ziemlich gespreizt.«

»Meine *inamorata,* meine Dulcinea (brillant, wie?) muß ihre Ehe zunächst annullieren, bevor sie mich heiraten kann.«

»Du liebe Güte! Ist sie denn schon verheiratet?«

»Ja, selbstverständlich. Man trifft sehr wenige unverheiratete Damen, wissen Sie. Bei schönen Frauen währt dieser Zustand nicht sehr lange.«

»Meine Tante Emily billigt es nicht, daß sich Leute verloben, wenn sie verheiratet sind. Meine Mutter hat es oft so gemacht, und meine Tante Emily regt sich darüber immer sehr auf.«

»Sie müssen Ihrer lieben Tante Emily erklären, daß es in mancher Hinsicht ziemlich bequem ist. Aber sie hat trotzdem vollkommen recht, ich bin viel zu oft und zu lange *fiancé* gewesen, und es wäre jetzt an der Zeit, daß ich heirate.«

»Wollen Sie denn?«

»Ich weiß nicht recht. Jeden Abend mit der gleichen Person zum Essen ausgehen muß schrecklich sein.«

»Sie können doch zu Hause bleiben.«

»Alte Gewohnheiten aufgeben ist auch ziemlich schrecklich. Ich habe mich so sehr an das Verlobtsein gewöhnt, daß ich mir etwas anderes kaum noch vorstellen kann.«

»Aber waren Sie denn vor dieser Frau schon mit anderen verlobt?«

»Viele, viele Male«, gestand er.

»Und was ist aus all diesen Frauen geworden?«

»Unterschiedliche Schicksale, über die der Mantel des Schweigens gebreitet ist.«

»Was ist zum Beispiel aus der letzten vor dieser geworden?«

»Lassen Sie mich nachdenken. Ach ja – sie tat etwas, das ich nicht billigen konnte, deshalb hörte ich auf, sie zu lieben.«

»Sie können aufhören, einen Menschen zu lieben, weil er Dinge tut, die Sie nicht billigen?«

»Jawohl.«

»Ein glückliches Talent«, sagte ich. »Ich könnte das nicht.«

Wir hatten das Ende der Allee erreicht, und vor uns lag ein Stoppelfeld. Die Strahlen der Sonne drangen jetzt durch den Nebel, lösten ihn nach und nach auf und tauchten die Bäume, das Feld und eine Gruppe von Heuschobern in flimmerndes Gold. Ich überlegte, was für ein Glück mir zuteil wurde, indem ich hier einen so herrlichen Augenblick mit genau dem richtigen Menschen erleben durfte, und daß ich diesen Augenblick nie im Leben vergessen würde. Der Herzog unterbrach diese sentimentalen Erwägungen mit den Worten:

»›Sieh, wie der Morgen hell erstrahlt,
so trüb auch unser Los,
ist unser Herz doch warm.‹

Wie finden Sie meine geflügelten Worte, perfekt, oder? Aber sagen Sie mir, wer ist im Augenblick Veronicas Liebhaber?«

Noch einmal mußte ich gestehen, daß ich Veronica nie zuvor gesehen hatte und nichts über sie wußte. Er schien weniger erstaunt als Roly gestern abend, warf mir allerdings einen nachdenklichen Blick zu und sagte:

»Sie sind sehr jung. Sie haben etwas von Ihrer Mutter. Anfangs dachte ich, da sei nichts, aber jetzt sehe ich es.«

»Und wer ist *Ihrer* Meinung nach der Liebhaber von Mrs. Chaddesley Corbett?« fragte ich. Sie interessierte mich in diesem Augenblick mehr als meine Mutter, und außerdem war ich wie berauscht von dieser Unterhaltung, die sich immerzu um Liebhaber drehte. Natürlich wußte man, daß es sie gab – schon wegen des Herzogs von Monmouth und so weiter –, aber so nah, mit ihnen unter einem Dach, es war wirklich aufregend.

»Eigentlich ist es vollkommen gleichgültig«, sagte er. »Wie all diese Frauen lebt sie in einer winzigen Gruppe, einer Clique, und früher oder später wird innerhalb dieser Clique jeder zum Liebhaber von jedem anderen, und wenn sie ihre Liebhaber wechseln, dann ist das eher wie eine Kabinettsumbildung, nicht wie eine neue Regierung, die alten Karten werden neu gemischt, verstehen Sie?«

»Ist es in Frankreich genauso?« fragte ich.

»In den höheren Kreisen? Überall auf der Welt ist das so, allerdings kommt es in Frankreich im großen und ganzen seltener zu Kabinettsumbildungen als in England, die Minister bleiben länger auf ihrem Posten.«

»Warum?«

»Warum? Die meisten Französinnen behalten ihre Liebhaber, wenn sie es wollen, sie bedienen sich dabei einer unfehlbaren Methode.«

»Was Sie nicht sagen! Oh, erzählen Sie!«

Die Unterhaltung mit ihm faszinierte mich von Minute zu Minute mehr.

»Es ist ganz einfach. Man muß in jeder Beziehung nachgeben.«

»Du liebe Güte!« sagte ich und dachte angestrengt nach.

»Verstehen Sie, diese englischen *femmes du monde,* diese Veronicas und Sheilas und Brendas, auch Ihre Mutter, obwohl man von ihr nun wirklich nicht behaupten kann, sie würde in einer einzigen kleinen Clique leben, hätte sie das getan, dann wäre sie jetzt nicht so *déclassée* – diese Frauen haben eine andere Methode. Sie geben sich stolz und abweisend, sind ausgegangen, wenn das Telefon klingelt, sind verhindert, wenn man sie zum Essen einlädt, außer man meldet es eine Woche vorher an – kurz, *elles cherchent à se faire valoir,* und das gelingt nie. Selbst Engländern, die nichts anderes kennen, gefällt es nach kurzer Zeit nicht mehr. Und ein Franzose würde sich natürlich nicht einen Tag darauf einlassen. Deshalb wird immerzu neu gemischt.«

»Es sind sehr boshafte Frauen, nicht wahr?« fragte ich. Diese Ansicht hatte ich mir am Abend vorher gebildet.

»Ganz und gar nicht, die Armen! Sie sind *les femmes du monde, voilà tout,* ich liebe sie, man kommt so gut mit ihnen aus. Ganz und gar nicht boshaft. Und ich liebe auch *la mère* Montdore, sie und ihren Snobismus, wie amüsant. Ich habe viel übrig für Snobs, sie sind immer so charmant zu mir. Ich habe die Montdores in Indien besucht. Sie war charmant, und Lord Montdore tat so.«

»Tat so?«

»Dieser Mann besteht doch nur aus Verstellung, wie so viele dieser steifen, alten Engländer. Er ist natürlich ein großer Feind meines Landes – arbeitet mit ganzer Hingabe an der Vernichtung des französischen Imperiums.«

»Wieso denn das?« fragte ich. »Ich dachte, wir wären jetzt alle Freunde.«

»Freunde! Wie die Kaninchen und die Schlangen. Für Lord Montdore habe ich nichts übrig, aber er ist gerissen. Gestern abend nach dem Dinner hat er mir hundert Fragen über die Rebhuhnjagd in Frankreich gestellt. Warum? Sie können sicher sein, daß er seine Gründe hatte!«

»Finden Sie nicht auch, daß Polly ausgesprochen schön ist?« sagte ich.

»Ja, aber sie ist mir auch ein ziemliches Rätsel«, erwiderte er. »Vielleicht hat sie kein geregeltes Sexualleben. Ja, das ist es, bestimmt ist sie deshalb so verträumt. Ich muß sehen, was ich für sie tun kann – aber die Zeit ist so knapp.« Er sah auf seine Uhr.

Ich erklärte in geziertem Ton, sehr wenige wohlerzogene englische Mädchen von neunzehn Jahren hätten ein geregeltes Sexualleben. Das meine, soviel wußte ich, war ganz und gar nicht geregelt, doch deshalb kam ich mir nicht besonders verträumt vor.

»Aber was für eine Schönheit – selbst in diesem scheußlichen Kleid. Sobald ihr ein wenig Liebe zuteil geworden ist, könnte sie eine der großen Schönheiten unserer Zeit werden. Sicher ist es allerdings nicht, bei den Engländerinnen kann man nie wissen. Vielleicht stülpt sie sich auch einen Filzhut über und wird eine zweite Lady Patricia Dougdale, es kommt auf den Liebhaber an. Ja, und dieser Boy Dougdale, was ist mit ihm?«

»Blöd«, sagte ich und meinte eigentlich »blöhöde«.

»Aber Sie sind unmöglich, meine Liebe. Boshafte Frauen, blöde Männer – Sie müssen wirklich versuchen, mehr Sympathie für die Menschen aufzubringen, sonst kommen Sie in dieser Welt nicht weiter.«

»Was meinen Sie mit ›weiterkommen‹?«

»Na ja, daß man eben zu all diesen Dingen kommt, zu Ehemännern und *fiancés,* und daß man mit ihnen weiterkommt. Sie sind das, worauf es im Leben einer Frau wirklich ankommt, wissen Sie.«

»Und Kinder?«

Er lachte laut.

»Ja, natürlich, Kinder. Zuerst die Ehemänner, dann die Kinder, dann die *fiancés,* dann noch mehr Kinder – und zum Schluß müssen sie in der Nähe des

Parc Monceau wohnen, wegen der Kindermädchen –, Kinderhaben ist ein logistisches Problem erster Ordnung, das kann ich Ihnen versichern, vor allem wenn man es, wie ich, vorzieht, auf der Rive Gauche zu wohnen.«

Ich verstand kein Wort.

»Werden Sie auch eine Hopse«, fragte er, »so wie Ihre Mutter?«

»Nein, nein«, sagte ich, »die Anhänglichkeit in Person.«

»Wirklich? Da bin ich nicht ganz sicher.«

Bald, für meinen Geschmack zu bald, standen wir wieder vor dem Haus.

»Porridge«, sagte der Herzog und sah noch einmal auf seine Uhr.

Die Haustür tat sich auf, und wir betraten einen Schauplatz, auf dem die allergrößte Verwirrung herrschte. Die meisten Gäste, manche in Tweedsachen, andere in Morgenmänteln, hatten sich in der Vorhalle versammelt, ebenso mehrere Angehörige des Hauspersonals und einige Gutsarbeiter, während der Dorfpolizist, der vor lauter Aufregung sein Fahrrad ins Haus geschoben hatte, mit Lord Montdore verhandelte. Hoch oben, über das Geländer vor der Niobe gelehnt, stand Lady Montdore in einen malvenfarbenen Umhang gehüllt und rief ihrem Gatten zu:

»Sag ihm, daß Scotland Yard unbedingt sofort herüberkommen muß, Montdore. Wenn er sie nicht kommen läßt, rufe ich selbst den Innenminister an. Zum Glück habe ich die Nummer seines Privatanschlusses. Ach was, am besten, ich rufe ihn sofort an.«

»Nein, nein, meine Liebe, bitte nicht. Ich versichere dir, es ist schon ein Inspektor unterwegs.«

»Das will ich hoffen, aber woher wissen wir, daß es der beste Inspektor von allen ist? Ich glaube, ich wende mich doch lieber an meinen Freund, ich glaube, er wäre direkt gekränkt, wenn ich's nicht täte, der Gute. Immer so darauf bedacht, zu helfen, wo er kann.«

Ich war ziemlich überrascht, Lady Montdore so liebevoll über ein Mitglied der Labour-Regierung sprechen zu hören, denn das war nach meiner Erfahrung durchaus nicht die Art der übrigen Erwachsenen, aber als ich sie besser kennenlernte, begriff ich, daß in ihren Augen die Macht als solche etwas Positives war und daß diejenigen, die damit ausgestattet waren, ihr ganz von selbst sympathisch wurden.

Mit jenem Ausdruck von Konzentration, der sich auf dem Gesicht eines Franzosen immer dann einstellt, wenn eine Mahlzeit in Sicht kommt, begab sich mein Begleiter, der von alledem offenbar nichts hören wollte, auf dem kürzesten Weg ins Eßzimmer. Auch ich war nach dem Spaziergang sehr hungrig, aber die Neugier siegte, und ich blieb, um herauszufinden, was dies alles zu bedeuten hatte. Anscheinend war in der Nacht ein Einbruch geschehen, fast jeder im Haus, ausgenommen Lord und Lady Montdore, war bestohlen worden und hatte erhebliche Verluste an Schmuck und Bargeld, an Pelzen und anderen zufällig herumliegenden Wertgegenständen zu verzeichnen. Was die Opfer an der ganzen Angelegenheit aber besonders erregte, war die Tatsache, daß sie alle aufgewacht waren und jemanden durch die Zimmer hatten schleichen hören, aber alle hatten sofort geschlossen, es müsse sich um Sauveterre handeln, der wieder einmal seinem Steckenpferd nachging, und so hatten sich die Ehemänner mit einem Grunzen auf die andere Seite gedreht und bloß gemurmelt: »Tut mir leid, alter Knabe, ich bin's nur, ich würde es mal nebenan versuchen«, während die Frauen, von süßem Verlangen gebannt, ganz still dagelegen und geflüstert hatten, was ihre französischen Sprachkenntnisse an Wörtern der Ermutigung nur immer hergaben. Das erzählten sie jedenfalls übereinander, und als ich auf dem Weg nach oben, wo ich meine nassen Schuhe wechseln wollte, an der Telefonkabine vorbeikam, hörte ich, wie Mrs. Chaddesley Corbett ihre Version der Geschichte bereits in die Außenwelt zwitscherte. Vielleicht wurden die Kabinettsumbildungen mit der Zeit etwas langweilig, und diese Damen sehnten sich im Grunde ihres Herzens doch nach einer neuen Politik.

Die allgemeine Stimmung war nun jedenfalls sehr gegen Sauveterre eingestellt, der offensichtlich an der ganzen Sache schuld war. Und sie geriet in noch heftigere Wallung, als bekannt wurde, daß er nach ruhig verbrachter Nacht um acht Uhr aufgestanden war, um mit seiner Geliebten in Paris zu telefonieren und dann einen Spaziergang mit diesem kleinen Mädchen zu unternehmen. (»Nicht von ungefähr die Tochter der Hopse«, hörte ich jemanden zischeln.) Der Gipfel aber wurde erreicht, als jeder mit ansehen konnte, wie er ein gewaltiges Frühstück vertilgte, Porridge mit Sahne, Reis mit Fisch, Eier, kalten Schinken und dazu eine Scheibe Toast nach der anderen, alle mit Cooper's Oxford bestrichen. Dies alles war höchst unfranzösisch, seinem Ruf durchaus nicht angemessen und im Hinblick auf die allgemein bekannte Hinfälligkeit der übrigen Gäste geradezu unhöflich. Britannia war entrüstet über diesen Fremdling, hinweg mit ihm! Und hinweg begab er sich – gleich nach dem Frühstück, und zwar in einem irrsinnigen Tempo, um in Newhaven noch die Fähre nach Dieppe zu erreichen.

»Vom Leben auf Schlössern«, erklärte seine Mutter, die seelenruhig bis in den späten Montag blieb, »hat Fabrice immer sehr bald genug, es macht ihn nervös, den armen Jungen.«

6

Der übrige Tag verlief ziemlich chaotisch. Die Männer brachen sehr spät schließlich doch noch zur Jagd auf, während die Frauen im Haus blieben und sich von mehreren Inspektoren zu ihren verlorenen Besitztümern befragen ließen. Natürlich war der Einbruch ein herrliches Gesprächsthema, und niemand sprach von etwas anderem.

»An der Diamantenbrosche liegt mir wirklich nicht viel, schließlich ist sie gut versichert, und jetzt kann ich mir statt dessen eine Spange nehmen, das ist viel schicker. Wenn ich Veronica mit ihrer Spange sehe, wird mir jedesmal ganz anders, außerdem hat mich die Brosche immer nur an meine alberne alte Schwiegermutter erinnert. Aber daß sie mir den Pelzkragen weggenommen haben, finde ich einfach abscheulich. Einbrecher denken anscheinend nie daran, daß man auch mal friert. Was würde so ein Mensch wohl sagen, wenn ich seiner Frau den Schal wegnähme?«

»Ja, eine Schande ist das. Ich bin ganz außer mir wegen meinem Amulett-Armband – für jeden anderen völlig wertlos –, wirklich, es macht mich ganz krank. Gerade jetzt, wo ich mir endlich ein Stück Henkerseil besorgt hatte, Mrs. Thompson auch, habe ich euch das schon erzählt? Roly wird jetzt nie mehr im Grand National gewinnen, der Arme.«

»Bei mir ist es das kleine Medaillon, das Mama schon als Kind hatte. Ich weiß gar nicht, warum mein Mädchen, dieses dumme Ding, es überhaupt eingepackt hat, sonst tut sie das nie.«

Diese energischen Damen wirkten sehr menschlich, während sie ihren billigen Pretiosen nachtrauerten, und jetzt, da die Männer aus dem Haus waren, erschienen sie mir plötzlich sehr viel umgänglicher. Ich spreche von Veronicas Gefolge, denn Mrs. Chaddesley Corbett selbst, Lady Montdore und auch Lady Patricia veränderten sich nicht, gleichgültig, in welcher Gesellschaft sie sich befanden.

Zur Teezeit erschien noch einmal der Dorfpolizist mit seinem Fahrrad – und hatte all die großen Inspektoren, die in ihren glänzenden Wagen aus London gekommen waren, ausgestochen. Auf einem Tisch breitete er einen wirren Haufen von Ramsch und Talmi aus, lauter Dinge, die die Einbrecher unter einem Heuschober zurückgelassen hatten und die nun unter spitzen Freudenschreien ihrer Besitzerinnen, denen sie lieb und teuer waren, wieder zum Vorschein kamen. Da schließlich nur noch die wirklich wertvollen Juwelen fehlten, um die sich die Versicherungsgesellschaften kümmern würden, ging die Party in einer sehr viel fröhlicheren Atmosphäre weiter. Keine der Frauen kam noch einmal auf den Einbruch zu sprechen, nur die Ehemänner maulten noch eine Zeitlang über Versicherungsagenten und Prämien. Und es kam eine unverkennbar franzosenfeindliche Stimmung auf. Den Norahs und Nellies wäre kein sehr herzlicher Empfang zuteil geworden, wenn sie jetzt aufgetaucht wären, und wenn Boy überhaupt je von einer Herzogin genug bekommen konnte, dann muß er von der Duchesse de Sauveterre am Ende genug gehabt haben, denn vor dem Maschinengewehrfeuer ihrer Fragen ergriffen alle die Flucht, außer ihm, so daß er die nächsten beiden Tage praktisch allein mit ihr verbringen mußte.

Ich drückte mich gelangweilt in den Zimmern herum und wartete, wie es einem bei Hauspartys so ergeht, auf die nächste Mahlzeit; aber die Zeit zum Umkleiden für das Dinner am Sonntagabend war noch nicht gekommen. Zu den erfreulichen Seiten eines Aufenthalts in Hampton gehörte der riesige Louis-Quinze-Kartentisch mitten in der Langen Galerie, auf dem, sorgfältig in Reihen angeordnet, immer alle erdenklichen Zeitschriften lagen. Zwei- oder dreimal am Tag wurden sie von einem Lakaien, der keine andere Aufgabe zu haben schien, zurechtgerückt.

Ich bekam den *Tatler* und den *Sketch* selten zu sehen, da meine Tanten es für eine völlig ungerechtfertigte Verschwendung hielten, solche Blätter zu abonnieren, und hatte mich in die älteren Ausgaben vertieft, als mich Lady Montdore zu dem Sofa herüberrief, auf dem sie seit dem Tee saß und sich mit Mrs. Chaddesley Corbett unterhielt. Hin und wieder hatte ich einen Blick hinübergeworfen und mich gefragt, worüber die beiden wohl so ernst sprechen mochten. Gern hätte ich die Fliege an der Wand gespielt und sie belauscht und hatte außerdem die ganze Zeit über gedacht, daß zwei Frauen kaum unterschiedlicher aussehen konnten als diese beiden. Mrs. Chaddesley Corbett, die knochigen, schlanken Seidenbeine übereinandergeschlagen und frei bis über die Knie, hockte mehr auf der Sofakante, als daß sie saß. Sie trug ein einfaches beiges Kleid aus Kasha, das sicher in Paris angefertigt, aber ebenso sicher eigens für den angelsächsischen Markt entworfen worden war, und rauchte unter ausgiebigem Spreizen und Abwinkeln ihrer langen, weißen, dank mehrerer Ringe und zehn lackierter Nägel blitzenden Finger, eine Zigarette nach der anderen. Sie saß keinen Augenblick still, obgleich sie sehr ernst und konzentriert sprach.

Lady Montdore saß weit zurückgelehnt auf dem Sofa, beide Füße auf dem Boden, als hätte sie Wurzeln geschlagen, unverrückbar und solide, nicht direkt dick, aber sehr massiv. Auch wenn sie es darauf abgesehen hätte, wäre ihr Eleganz kaum erreichbar gewesen in einer Welt, in der diese von ihrem Gegenüber verkörpert wurde und eigentlich mehr zu einer Frage der Figur und der raschen, nervösen Geste als der Kleidung selbst geworden war. Zwar trug sie kurzgeschnittenes Haar, aber es war grau und flauschig, keineswegs eine glatte Kappe; ihre Augenbrauen wuchsen, wie sie wollten, und wenn es ihr einmal einfiel, Lippenstift und Puder zu benutzen, dann waren sie von beliebiger Farbe und wurden einfach irgendwie aufgeklatscht, so daß ihr Gesicht neben dem von Mrs. Chaddesley Corbett aussah wie eine Wiese neben einem Rasen, und ihr ganzer Kopf wirkte zweimal so groß wie das zurechtgezupfte Köpfchen neben ihr. Trotzdem bot sie keinen unangenehmen Anblick. Ihr Gesicht hatte eine Frische und eine Lebhaftigkeit, die ihm etwas Anziehendes verliehen. Mir kam sie damals natürlich uralt vor. In Wirklichkeit war sie ungefähr achtundfünfzig.

»Komm doch mal herüber, Fanny.«

Ich war viel zu überrascht, um über diese Aufforderung auch noch zu erschrecken, und während ich mich fragte, was sie wohl von mir wollte, eilte ich hinüber.

»Setz dich«, sagte sie, auf einen Stuhl mit einem gestickten Bezug deutend, »und beantworte uns eine Frage. Bist du verliebt?«

Ich spürte, wie ich rot wurde. Woher ahnte sie etwas von meinem Geheimnis? Natürlich war ich seit zwei Tagen verliebt, seit jenem Morgenspaziergang mit dem Duc de Sauveterre. Leidenschaftlich verliebt, aber hoffnungslos, wie ich mir wohl klarmachte. Genau das, was sich Lady Montdore für Polly gewünscht hatte, war mir widerfahren.

»Da hast du's, Sonia«, sagte Mrs. Chaddesley Corbett triumphierend, klopfte mit nervöser Gewalt eine Zigarette gegen ihr edelsteinbesetztes Etui, zündete sie dann mit einem goldenen Feuerzeug an und ließ mich währenddessen keinen Moment aus den fahlblauen Augen. »Was habe ich dir gesagt? Natürlich ist sie verliebt, die Ärmste – sieh nur, wie rot sie geworden ist, es muß etwas ganz Neues sein und furchtbar abgeschmackt. Bestimmt ist es mein Göttergatte. Gestehe! Es macht mir wirklich nichts aus.«

Ich wollte nicht eingestehen, daß ich nach einem ganzen Wochenende noch immer nicht wußte, welcher der vielen anwesenden Gatten der ihre war, und stammelte so schnell ich konnte: »Oh, nein, nein, nicht der Gatte von jemandem. Nur ein *fiancé,* ein fast ganz alleinstehender.«

Beide lachten.

»Nun gut«, sagte Mrs. Chaddesley Corbett, »wir wollen nicht weiterbohren. Aber was wir wirklich von dir wissen möchten, es geht nämlich um eine Wette: Hast du, solange du zurückdenken kannst, immer für irgend jemanden geschwärmt? Eine ehrliche Antwort bitte!«

Ich mußte zugeben, daß dies so gewesen sei. Schon als Kind trug ich in meinem Herzen stets irgendein köstliches Bild mit mir herum, ihm galt der letzte Gedanke am Abend und der erste am Morgen. Fred Terry in der Rolle des Sir Perey Blakeney, Lord Byron, Rudolph Valentino, Henry V., Gerald du Maurier, die wonnige Mrs. Ashton aus meiner Schule in Steerforth, Napoleon, der Schaffner im Zug um 4 Uhr 45 – ein Bild war dem anderen gefolgt. In letzter Zeit war mir ein bleicher, von sich selbst sehr eingenommener junger Mann aus dem Außenministerium, der mich während meiner Saison in London einmal zum Tanz aufgefordert hatte, als die Blüte kosmopolitischer Kultiviertheit erschienen und war der Dreh- und Angelpunkt meines Daseins geblieben, bis Sauveterre ihn aus meinem Gedächtnis verdrängte. Denn so erging es all diesen Bildern. Zeit und Distanz ließen sie verblassen und verschwimmen, löschten sie aber nie ganz aus, bis ein neues köstliches Bild auftauchte und sie wegwischte.

»Da hast du's«, wandte sich Mrs. Chaddesley Corbett triumphierend an Lady Montdore. »Vom Kinderwagen bis zum Katafalk, Liebling, das entspricht auch meiner Erfahrung. Worüber soll man denn sonst auch nachdenken, wenn man mal allein ist?«

Ja, worüber? Diese Veronica hatte den Nagel auf den Kopf getroffen. Lady Montdore schien indessen nicht überzeugt. Sie hatte bestimmt nie irgendwelche romantischen Sehnsüchte gehegt, und trotzdem hatte sie immer reichlich Stoff zum Nachdenken gehabt, auch wenn sie allein war, was ohnehin kaum vorkam.

»Aber in wen soll sie sich denn hier verliebt haben? Und wenn es so wäre, dann würde ich es doch wissen«, sagte sie.

Ich ahnte, daß sie über Polly sprachen, und Mrs. Chaddesley Corbett bestätigte dies, indem sie sagte:

»Nein, Liebling, das würdest du nicht, du bist ihre Mutter. Wenn ich bedenke, was sich Mama über meine Verehrer alles zusammengereimt hat...«

»Nun, Fanny, sag uns deine Meinung. Ist Polly verliebt?«

»Also, sie sagt, sie wäre es nicht, aber...«

»Aber du hältst es für unmöglich, daß man nicht für irgendwen schwärmt. Ganz meine Meinung.«

Ich wußte es nicht. Polly und ich hatten am Abend vorher in unseren Morgenröcken auf meinem Bett gelegen und lange geplaudert, und ich war mir fast sicher gewesen: sie behielt etwas für sich, das sie mir eigentlich gern erzählt hätte.

»Ich nehme an, es hängt davon ab, wie man veranlagt ist, oder?« sagte ich.

»Trotzdem«, sagte Lady Montdore, »eines steht fest. Sie nimmt keine Notiz von den Männern, die ich ihr besorge, und sie nehmen keine Notiz von ihr. *Mich* beten sie an, das versteht sich, aber wozu?«

Mrs. Chaddesley Corbett warf mir einen Blick zu, und ich glaubte, ein verstohlenes Zwinkern darin zu erkennen.

»Sie langweilt sich, und sie langweilt andere – das ist es. Ich kann nicht behaupten, daß ich besonders wild darauf bin, sie in die Londoner Gesellschaft einzuführen, wenn sie so weitermacht. Früher war sie ein so liebes, umgängliches Kind, aber seit sie erwachsen ist, hat sich anscheinend ihr ganzer Charakter verändert. Ich verstehe das nicht.«

»Ach, bei irgendeinem netten Kerl in London wird sie bestimmt schwach werden, Liebling«, sagte Mrs. Chaddesley Corbett. »Ich würde mir an deiner Stelle nicht solche Sorgen machen. Egal, in wen sie verliebt ist, falls sie es ist, wovon Fanny und ich allerdings überzeugt sind – wahrscheinlich hängt sie doch nur irgendeinem Traum nach, und es genügt, daß sie mal ein paar Leute aus Fleisch und Blut zu Gesicht bekommt, damit sie die ganze Sache vergißt. So ergeht es den Mädchen oft.«

»Ja, meine Liebe, alles gut und schön, aber in Indien ist sie schon vor zwei Jahren eingeführt worden. Es gab dort ein paar sehr attraktive Männer, beim Polo und so, natürlich nichts Passendes, und ich war heilfroh, daß sie sich in keinen von ihnen verliebt hat, aber sie hätte gekonnt, es wäre durchaus nicht unverständlich gewesen. Die Tochter der armen Delia hat sich sogar in einen Radscha verliebt, weißt du.«

»Das kann man ihr wirklich nicht zum Vorwurf machen«, meinte Mrs. Chaddesley Corbett. »Radschas müssen einfach himmlisch sein, all die Diamanten.«

»Ach nein, meine Liebe – jede englische Familie besitzt bessere Steine als sie. Als ich dort war, habe ich nie etwas gesehen, das mit meinen zu vergleichen wäre. Aber dieser Radscha, das muß ich sagen, war ziemlich attraktiv, obwohl Polly es natürlich nicht bemerkt hat, sie bemerkt so etwas nie. Herrje! Wären wir doch Franzosen! Die verstehen sich auf diese Dinge wirklich besser als wir. Zunächst einmal hätte dann sie dies alles hier geerbt, und nicht diese dummen Leute in Neuschottland, die hier nicht hingehören – kannst du dir vorstellen, daß hier Kolonisten wohnen? Siedler! –, und außerdem würden wir uns dann selbst nach einem Mann für sie umsehen, und nachher könnten sie abwechselnd bei ihm, bei seinen Eltern und hier bei uns wohnen. Überleg doch mal, wie vernünftig das ist. Diese alte französische Punze hat mir das System gestern abend ganz genau erklärt.«

Lady Montdore war bekannt dafür, daß sie zuweilen Wörter aufschnappte, die sie nicht ganz begriff, und ihnen dann ihre eigene Bedeutung beilegte. Offensichtlich glaubte sie, das Wort »Punze« bedeute so viel wie lästige Person oder hartnäckige Frau oder Besen. Mrs. Chaddesley Corbett war entzückt, sie ließ ein fröhliches, kleines Quietschen vernehmen, erklärte ganz plötzlich, sie müsse sich jetzt zum Dinner umziehen, und stürmte nach oben. Als ich zehn Minuten später ebenfalls nach oben kam, war sie noch immer dabei, die Neuigkeit durch die verschiedenen Badezimmertüren zu verbreiten.

In der folgenden Zeit machte sich Lady Montdore daran, meine Sympathie zu erobern – natürlich mit Erfolg. Schwierig war das nicht, denn ich war jung und verschüchtert, sie hingegen alt, vornehm und einschüchternd, und es bedurfte nur einer gelegentlichen Andeutung von gegenseitigem Verständnis, eines Lächelns, einer Geste der Sympathie – und schon glaubte ich, sie wirklich gern zu haben. Charme besaß sie tatsächlich, und da Charme, verbunden mit Reichtum und Rang, etwas Unwiderstehliches hat, verhielt es sich so, daß sie vor allem von Leuten gehaßt wurde, die ihr entweder noch nie begegnet waren oder irgendwann einmal von ihr brüskiert oder ignoriert worden waren. Zwar mußten auch die, zu denen Lady Montdore freundlich sein wollte, einräumen, daß ihre ganze Art unentschuldbar sei, doch sie fügten meist hinzu: »...zu mir war sie allerdings nett, und eigentlich mag ich sie.« Sie selbst zweifelte natürlich keinen Augenblick daran, daß sie überall nur verehrt wurde, in allen Kreisen der besseren Gesellschaft.

Bevor ich Hampton am Montag morgen verließ, führte mich Polly in das Schlafzimmer ihrer Mutter, wo ich mich verabschieden wollte. Einige Gäste waren schon am Abend vorher abgereist, die übrigen machten sich jetzt auf den Weg, glitten in ihren riesigen Automobilen davon, und das ganze Haus glich einem großen Internat, das in die Ferien aufbricht. Die Zimmertüren, an denen wir vorüberkamen, standen weit offen, und drinnen sah man überall Seidenpapier herumliegen, ungemachte Betten, Diener, die mit Koffern, und Herrschaften, die mit Mänteln kämpften. Alle schienen plötzlich von einer kämpferischen Rastlosigkeit gepackt.

Lady Montdores Zimmer, daran erinnerte ich mich noch von früher, war riesengroß, es glich eher einem Ballsaal als einem Schlafzimmer und war im Geschmack ihrer ersten Ehejahre eingerichtet; die Wände mit rosa Seide bespannt, darauf weißer Spitzenbesatz, und das große, auf einer Estrade stehende Bett aus Korbgeflecht hatte ebenfalls Vorhänge aus rosa Seide. Die Möbel waren weiß, die tiefen Satinpolster rosa, mit Bandrosetten gemustert. Silberne Blumenvasen standen auf allen Tischen, und dazwischen, in silbernen Stellrahmen, zahlreiche Photographien, meist von Personen königlichen Geblüts, mit Inschriften, deren Herzlichkeit im umgekehrten Verhältnis zur tatsächlichen Bedeutung der Abgebildeten stand. Regierende Monarchen hatten sich mit einem Vornamen, einem R und vielleicht einem Datum begnügt, während Ex-Könige und -Königinnen, Erzherzoginnen und Großherzöge ihre Zuneigung reichlich durch »Liebe« und »Liebste Sonia« und »Darling« über ihre Schleppen und Uniformhosen ausgestreut hatten.

Inmitten von soviel Silber und Satin und Seide machte Lady Montdore eine ziemlich komische Figur, wie sie mit unfrisiertem grauen Kraushaar zwischen Bergen von spitzenbesetzten Kissen in einem Gewand dasaß, das unter einem Federschal ganz so wie das Oberteil eines gestreiften Männerpyjamas aussah. Dieser Flanellpyjama war nicht das einzige merkwürdige Element in diesem Zimmer. Auf ihrer Frisierkommode mit dem mächtigen Silberspiegel, zwischen allerlei silbernen und emaillierten Bürsten, Fläschchen und Dosen mit ihrem Monogramm in Diamanten, sah man eine schwarze Haarbürste von Maison Pearson und einen Topf Pond's Cold Cream, und zwischen den königlichen Häuptern lagen, achtlos hingeworfen, eine rostige Nagelfeile, ein kaputter Kamm und ein Wattebausch. Während wir uns unterhielten, kam Lady Montdores Mädchen herein und schickte sich unter vielem Zungenschnalzen an, diese Dinge wegzuräumen, aber Lady Montdore unterband das und erklärte, sie sei noch nicht fertig.

Auf ihrer Bettdecke verstreut lagen Zeitungen und geöffnete Briefe, und die *Times* in ihrer Hand hatte sie bei der Seite mit den Hofnachrichten aufgeschlagen, es war wahrscheinlich die einzige Rubrik, in die sie überhaupt einen Blick warf, denn, so pflegte sie zu sagen, die Nachrichten könne man sich auch von denen erzählen lassen, die sie machen, das sei auch viel unterhaltsamer. Ich glaube, für sie war es fast so erbaulich, wie wenn sie in einem Gebetbuch gelesen hätte, ihren Tag mit Mabell, Gräfin von Airlie, zu beginnen, die soeben die Nachfolge von Lady Elizabeth Motion als Hofdame der Königin angetreten habe. Es zeigte, daß sich die Erdkugel noch immer in Übereinstimmung mit den Naturgesetzen drehte.

»Guten Morgen, meine liebe Fanny«, sagte sie, »ich nehme an, das hier wird dich interessieren.«

Sie reichte mir die *Times*, und ich sah, daß Lindas Verlobung mit Anthony Kroesig endlich angezeigt war.

»Die armen Alconleighs«, fuhr sie in tief befriedigtem Ton fort. »Kein Wunder, daß es ihnen nicht gefällt! So ein dummes Mädchen, aber das war sie meiner Ansicht nach ja schon immer. Er hat kein Amt. Ist zwar reich, aber Bankiersgeld – das kommt und geht, und so viel es auch sein mag, es ist doch etwas anderes, als wenn man alles dies hier heiratet.«

»Alles dies hier« war ein Lieblingsausdruck von Lady Montdore. Er bedeutete nicht all dies Schöne hier, dieses merkwürdige, märchenhafte Haus inmitten von vier großen Alleen, die vier künstliche Abhänge hinanstiegen, nicht das Ebenmaß von Baumgruppen, Rasen und Himmel, das man aus den Fenstern erblickte, und nicht die Freude an den Schätzen, die es enthielt, denn Sinn für Schönheit war ihr nicht gegeben, und wenn sie überhaupt etwas bewunderte, dann einen Stil, den man vielleicht als Börsianerbarock bezeichnen konnte. Sie hatte sich im Park einen kleinen Garten hergerichtet, in Anlehnung an etwas, das sie bei einer der Blumenausstellungen in Chelsea gesehen hatte, ein Ensemble von Kletterrosen, Vergißmeinnicht und Zypressen, um einen italienischen Brunnen gruppiert, und hierhin zog sie sich oft zurück, um den Sonnenuntergang mitzuerleben. »So schön, daß ich in Tränen ausbrechen könnte.« Sie besaß die ganze Sentimentalität ihrer Generation. Wie grünes Moos breitete sich diese Sentimentalität auf ihrem Verstand aus und verdeckte – zwar nicht für andere, aber doch für sie selbst – die Tatsache, daß dieser Verstand aus hartem Stein war. Sie war davon überzeugt, eine tief empfindsame Frau zu sein.

»Alles dies hier« aus ihrem Mund bedeutete Rang, verbunden mit so soliden Vermögenswerten wie Ländereien, Kohlengruben, Immobilien, Juwelen, Silber, Bilder, Inkunabeln und ähnlichen Besitztümern. Lord Montdore besaß zum Glück eine schier unglaubliche Menge derartiger Dinge.

»Nicht, daß ich je erwartet habe, Linda würde standesgemäß heiraten«, fuhr sie fort. »Sadie ist gewiß eine wunderbare Frau, und ich mag sie sehr, aber sie hat leider keine Ahnung, wie man Mädchen erziehen muß.«

Dennoch, kaum setzten die Mädchen von Tante Sadie den Fuß aus dem Schulzimmer, da griff schon jemand zu und heiratete sie, wenn auch nicht standesgemäß, und vielleicht war es dies, was Lady Montdore wurmte, die sich so intensiv mit diesen Dingen befaßte.

Die Beziehungen zwischen Hampton und Alconleigh waren von folgender Art. Lady Montdore empfand eine gereizte Zuneigung zu Tante Sadie, bewunderte einerseits ihre Rechtschaffenheit, die sie anerkennen mußte, machte ihr aber andererseits eine Weltfremdheit zum Vorwurf, die sie bei einer Frau in Tante Sadies Position für unangebracht hielt; Onkel Matthew dagegen war ihr unerträglich, sie hielt ihn für verrückt. Onkel Matthew seinerseits hegte eine tiefe Verehrung für Lord Montdore, der vielleicht der einzige Mensch auf der ganzen Welt war, zu dem Onkel Matthew aufblickte, wohingegen ihm Lady Montdore ein solcher Greuel war, daß er sie, wie er zuweilen erklärte, am liebsten erwürgt hätte. Seit Lord Montdore aus Indien zurück war, traf Onkel Matthew ihn regelmäßig im Oberhaus und bei verschiedenen Grafschaftsgremien, in denen sie beide saßen, und oft kam er nach Hause und zitierte seine banalsten Bemerkungen, als seien es die Aussprüche eines Propheten – »Montdore sagt mir –, Montdore meint…«. Und dabei blieb es. Zwecklos, irgend etwas davon in Frage zu stellen; Lord Montdores Ansicht zu einer Sache war auch für meinen Onkel das letzte Wort.

»Wunderbarer Bursche, dieser Montdore. Begreife nicht, wie wir hierzulande all die Jahre ohne ihn ausgekommen sind. Ein Wahnsinn, ihn an die Schwarzen zu verschwenden, er ist genau von der Sorte, die wir hier dringend brauchen.«

Hampton zuliebe brach er sogar mit seinem Grundsatz, keine Besuche in fremden Häusern zu machen. »Wenn Montdore uns einlädt, sollten wir gehen.«

»Es war aber Sonia, die uns eingeladen hat«, berichtigte Tante Sadie ihn mit einem Augenzwinkern.

»Das alte Wolfsweib. Werde nie begreifen, was über Montdore gekommen ist, als er sie geheiratet hat. Nehme an, er hat damals nicht mitbekommen, was für eine Giftspritze sie ist.«

»Liebling – bitte!«

»Eine Giftspritze, jawohl! Aber wenn Montdore uns einlädt, sollten wir gehen.«

Tante Sadie ihrerseits äußerte sich immer so unbestimmt, hüllte sich so sehr in Wolken, daß man nie genau wußte, wie sie wirklich über andere Menschen dachte, aber ich glaube, in kleinen Dosen war ihr die Gesellschaft von Lady Montdore recht angenehm, während sie die Gefühle meines Onkels für Lord Montdore nicht teilte, denn wenn sie von ihm sprach, schwang immer ein wenig Geringschätzung mit.

»Er hat etwas Albernes an sich«, sagte sie manchmal, aber nie in Gegenwart von Onkel Matthew, denn das hätte ihn tief verletzt.

»Für Louisa und die arme Linda wäre also gesorgt«, fuhr Lady Montdore fort. »Jetzt bist du an der Reihe, Fanny.«

»O nein«, sagte ich. »Mich will bestimmt keiner heiraten.« Ich konnte mir tatsächlich nicht vorstellen, daß mich jemand wollte, ich fand mich so viel weniger faszinierend als die anderen Mädchen, die ich kannte. Ich gefiel mir nicht, und ich haßte meine runden rosa Wangen und mein widerspenstiges schwarzes Lockenhaar, das ich nie dazu bringen konnte, in seidigem Fall mein Gesicht zu umrahmen, so sehr ich es mit Wasser und Bürste zu bändigen versuchte – es wuchs immer in die falsche Richtung, nach oben, wie Heidekraut.

»Unsinn. Aber bitte, heirate nicht einfach irgendwen, aus Liebe«, sagte sie. »Denk daran, Liebe kann nicht dauern, das tut sie nie, aber wenn du alles dies hier heiratest, dann ist das fürs Leben. Eines Tages, vergiß das nicht, wirst du in die mittleren Jahre kommen und dir überlegen, wie muß das wohl für eine Frau sein, die sich, sagen wir, ein Paar Diamantohrringe einfach nicht leisten kann. Eine Frau in meinem Alter braucht Diamanten um ihr Gesicht, damit es funkelt. Und dann bei Tisch immer mit all diesen unbedeutenden Menschen herumsitzen. Und ohne Automobil. Keine sehr erfreuliche Aussicht, nicht wahr. Ich«, fügte sie nach kurzer Überlegung hinzu, »hatte natürlich Glück, ich fand die Liebe und dies alles hier, aber das geschieht nicht oft, und wenn der Augenblick der Entscheidung kommt, dann denk an das, was ich dir gesagt habe. Ich glaube, Fanny sollte jetzt aufbrechen, damit sie ihren Zug nicht verpaßt – und wenn du sie hinausbegleitet hast, dann sieh doch bitte nach, wo Boy steckt, und schicke ihn zu mir, Polly, ja? Ich möchte mit ihm die Dinner-Party in der nächsten Woche besprechen. Also, auf Wiedersehen, Fanny – laß dich ruhig öfter blicken, jetzt, wo wir wieder da sind.«

Auf dem Weg nach unten begegneten wir Boy.

»Mami möchte dich sehen«, sagte Polly und richtete mit ernster Miene ihren blauen Blick auf ihn. Er legte ihr die Hand auf die Schulter und massierte sie mit dem Daumen.

»Ja«, sagte er, »wegen der Dinner-Party, nehme ich an. Kommst du auch hin, altes Mädchen?«

»Aber das nehme ich doch an«, sagte sie. »Ich bin doch jetzt eingeführt.«

»Ich kann nicht behaupten, daß ich sehr erpicht darauf wäre. Die Vorstellungen deiner Mutter über das *placement* werden immer nebulöser. Der Tisch gestern abend war eine absolute Katastrophe, die *duchesse* ist jetzt noch wütend. Sonia sollte sich nicht mit Gästen abgeben, wenn sie nicht bereit ist, sie anständig zu behandeln.«

Diesen Satz hatte ich aus dem Mund meiner Tante Emily schon oft gehört, aber da bezog er sich auf Tiere.

7

Zu Hause konnte ich natürlich von nichts anderem sprechen als von meinem Besuch. Davey amüsierte sich sehr darüber und meinte, er habe mich noch nie so schwatzhaft erlebt.

»Aber liebes Kind«, sagte er, »bist du denn nicht vor lauter Angst erstarrt? Sauveterre *und* die Chaddesley Corbetts...! Das ist ja noch schlimmer, als ich erwartet hatte.«

»Ja, schon, zuerst dachte ich, ich würde es nicht überleben. Aber niemand hat mich beachtet, außer Mrs. Chaddesley Corbett und Lady Montdore...«

»Oh! Und inwiefern haben sie dich beachtet, wenn ich fragen darf?«

»Mrs. Chaddesley Corbett sagte, Mami sei zu allererst mit Mr. Chaddesley Corbett gehopst.«

»Das stimmt«, sagte Davey, »mit Chad, diesem alten Langweiler, ich hatte es ganz vergessen. Aber willst du damit sagen, Veronica habe dir das einfach so erzählt? Das hätte ich selbst ihr nicht zugetraut.«

»Nein, ich habe es mitbekommen, als sie es in der Erbsensprache erzählte.«

»Ich verstehe. Und wie war Sonia?«

»Oh, sie war nett zu mir.«

»Tatsächlich? Das sind ja betrübliche Nachrichten.«

»Was für betrübliche Nachrichten?« fragte Tante Emily, die gerade mit ihren Hunden hereinkam. »Es ist herrlich draußen, ich verstehe nicht, warum ihr beiden hier drinnen herumhockt, an einem so himmlischen Tag.«

»Wir plaudern gerade über die Party, zu der du Fanny unvorsichtigerweise hast gehen lassen. Ich habe gesagt, wenn Sonia unsere Kleine tatsächlich in ihr Herz geschlossen hat, wie es der Fall zu sein scheint, dann können wir uns auf Unheil gefaßt machen, das ist alles.«

»Wieso Unheil?« fragte ich.

»Sonia mischt sich ungeheuer gern in das Leben anderer Menschen ein, um dann ihr Spiel mit ihnen zu treiben. Ich werde nie vergessen, wie sie mich einmal dazu brachte, ihren Arzt aufzusuchen. Ich kann nur sagen, er hätte mich fast umgebracht; an ihr liegt es nicht, wenn ich heute noch hier stehe. Sie ist vollkommen skrupellos, mit ihrem Charme und ihrem Prestige bringt sie die Leute im Handumdrehen auf ihre Seite und nötigt ihnen ihre Wertvorstellungen auf.«

»Nicht bei Fanny«, sagte Tante Emily voller Zuversicht, »sieh dir ihr Kinn an.«

»Immer sagst du, ich soll mir Fannys Kinn ansehen, aber andere Anzeichen von Willenskraft vermag ich bei ihr nicht zu entdecken. Auch die Radletts machen mit ihr, was sie wollen.«

»Du wirst schon sehen«, sagte Tante Emily. »Siegfried geht es übrigens wieder sehr gut, ein niedliches Portiönchen.«

»Ausgezeichnet«, sagte Davey. »Es geht eben nichts über Olivenöl.«

Beide betrachteten liebevoll ihren Pekinesen Siegfried.

Aber ich wollte von Davey mehr Klatsch über die Hamptons hören:

»Weiter, Davey, erzähl mir von Lady Montdore. Wie war sie denn als junge Frau?«

»Genauso wie heute.«

Ich seufzte. »Nein, ich meine, wie sah sie aus?«

»Ich sag's doch, genau wie heute«, erwiderte Davey. »Ich kannte sie schon, als ich noch ganz klein war, und sie hat sich kein bißchen verändert.«

»Ach, Davey...«, begann ich. Aber dann gab ich auf. Es hat keinen Zweck, dachte ich, immer wieder gerät man bei älteren Leuten an diese unüberwindliche Mauer, immer sagen sie voneinander, sie hätten nie anders ausgesehen, aber wie kann das sein? Wenn es stimmt, überlegte ich mir ärgerlich, müssen sie eine schauerliche Generation gewesen sein, schon mit achtzehn verwelkt und rot im Gesicht, ergrautes Haar und knotige Hände, Doppelkinn und kleine Landkarten aus Runzeln um die Augen. Ich stellte mir vor, wie Davey und Tante Emily mit all diesen Alterserscheinungen aussähen, während sie einfach dasaßen und sich in der Vorstellung gefielen, sie hätten sich ihr Leben lang nie verändert. Es ist völlig nutzlos, Fragen des Alters mit alten Leuten zu erörtern, sie haben immer die seltsamsten Vorstellungen über dieses Thema. »Eigentlich noch nicht besonders alt, gerade siebzig«, hört man sie sagen, oder »ganz jung, jünger als ich, kaum über vierzig«. Wenn man selbst achtzehn ist, kommt es einem völlig absurd vor, aber in dem fortgeschrittenen Alter, das ich inzwischen erreicht habe, fange ich an zu verstehen, denn Davey und Tante Emily sehen in meinen Augen noch immer genauso aus wie damals, als ich noch ein kleines Mädchen war und sie kennenlernte.

»Wer war denn noch da«, fragte Davey, »die Dougdales?«

»O ja. Ist der Lektor nicht blöhöd?«

Davey lachte. »Und lasterhaft?« fragte er.

»Nein, lasterhaft eigentlich nicht, nicht mit mir.«

»Natürlich, das konnte er sich nicht leisten, in Sonias Gegenwart, das würde er nicht riskieren. Er war jahrelang ihr Hausfreund, weißt du.«

»Das kann doch nicht wahr sein!« rief ich fasziniert. Das Wunderbare an Davey war, er wußte alles über die Leute, ganz anders als meine Tanten, die jetzt, da wir erwachsen waren, zwar nichts dagegen hatten, wenn wir uns mit Klatsch abgaben, die aber selbst immer gleich wieder alles vergaßen und sich für das Tun und Treiben ihrer Mitmenschen, soweit sie nicht zur eigenen Familie gehörten, einfach nicht interessierten. »Davey, wie konnte sie?«

»Na ja, Boy sieht doch sehr gut aus«, sagte Davey. »Ich würde eher sagen: wie konnte er? Aber eigentlich ist es ein Verhältnis aus rein praktischen Erwägungen und für beide sehr bequem. Boy kennt den Gotha und diese Dinge auswendig, als zusätzlicher Butler ist er wunderbar, und umgekehrt macht ihm Sonia das Leben erst interessant. Ich verstehe das vollkommen.«

Ein Trost, dachte ich, daß sich zwischen älteren Menschen nichts weiter abspielen konnte, aber auch das behielt ich für mich, denn ich wußte, daß die Leute nichts so sehr ärgert, wie wenn man glaubt, sie seien zu alt für die Liebe, und Davey war genauso alt wie der Lektor, sie hatten gemeinsam die Schule besucht. Lady Montdore war natürlich noch älter.

»Erzähl uns von Polly«, sagte Tante Emily, »und dann, finde ich, solltet ihr vor dem Tee wirklich noch ein bißchen nach draußen gehen. Ist sie eine Schönheit geworden, wie Sonia immer prophezeit hat?«

»Bestimmt«, sagte Davey, »Sonia bekommt immer, was sie will.«

»So schön – ihr könnt es euch gar nicht vorstellen«, sagte ich. »Und so freundlich, die freundlichste Person, die mir je begegnet ist.«

»Wenn Fanny einmal angefangen hat, für jemanden zu schwärmen...«, sagte Tante Emily belustigt.

»Ich nehme sogar an, das mit der Schönheit stimmt«, sagte Davey, »denn einmal abgesehen davon, daß Sonia alles bekommt, was sie sich wünscht, sehen die Hamptons doch wirklich blendend aus, und schließlich ist das alte Mädchen selbst sehr hübsch. Meiner Ansicht nach hat sie die Linie genetisch sogar gestärkt, sie hat ihr eine gewisse Festigkeit gegeben – Montdore ähnelt zu sehr einem Collie.«

»Und wen soll dieses wunderbare Mädchen denn nun heiraten?« fragte Tante Emily. »Das ist Sonias nächstes Problem. Ich wüßte nicht, wer für sie je gut genug wäre.«

»Es wird sich schon ein Herzog finden«, sagte Davey, »denn für den Prinzen von Wales ist sie ja wohl zu groß, der mag eher kleine, zierliche Frauen. Wißt ihr, ich glaube, jetzt, da Montdore älter wird, muß es ein schreckliches Gefühl für ihn sein, daß er ihr Hampton nicht vermachen kann. Ich habe mich in der Bibliothek in London neulich lange mit Boy darüber unterhalten. Natürlich, Polly wird sehr reich sein – enorm reich, weil er ihr alles andere hinterlassen kann, aber da sie Hampton so sehr lieben, ist es wohl doch sehr traurig für sie.«

»Kann er Polly denn die Bilder in Montdore House vermachen? Die fallen doch bestimmt dem ersten Erben zu?« fragte Tante Emily.

»Auch in Hampton gibt es wunderbare Bilder«, mischte ich mich in das Gespräch. »Allein schon in meinem Schlafzimmer hingen ein Raffael und ein Caravaggio.«

Beide lachten mich aus, und ich war ziemlich gekränkt.

»Ach, liebes Kind, die Gemälde in den Schlafzimmern englischer Landsitze! Aber die in London bilden tatsächlich eine weltberühmte Sammlung, und ich glaube, Polly wird sie alle bekommen. Der junge Mann aus Neuschottland erhält bloß Hampton mit allem, was dazugehört, aber auch Hampton ist eine Schatzkammer, weißt du, die Möbel, das Silber, die Bibliothek – unschätzbare Werte. Boy meinte, sie sollten ihn wirklich mal herüberkommen lassen und ihm etwas Zivilisation vorführen, bevor er allzu transatlantisch wird.«

»Ich habe vergessen, wie alt er eigentlich ist«, sagte Tante Emily.

»Ich weiß es«, sagte ich, »sechs Jahre älter als ich, ungefähr vierundzwanzig. Und er heißt Cedric, genau wie der Kleine Lord Fauntleroy. Als wir klein waren, haben Linda und ich ihn manchmal nachgeschlagen, um zu sehen, ob er für uns in Frage kommt.«

»Habt ihr das? Typisch!« sagte Tante Emily. »Aber ich könnte mir vorstellen, daß er für Polly wirklich in Frage kommt – dann wäre doch alles geregelt.«

»Das sähe dem Leben aber gar nicht ähnlich«, sagte Davey. »Oh, verflixt, jetzt habe ich über der Unterhaltung mit Fanny meine Drei-Uhr-Pille vergessen.«

»Nimm sie jetzt«, sagte Tante Emily, »und dann geht ein bißchen nach draußen, bitte.«

Von nun an sah ich Polly ziemlich häufig. Wie jedes Jahr kam ich zum Jagen nach Alconleigh und fuhr von dort oft für ein, zwei Tage nach Hampton. Große Hauspartys wurden dort nicht mehr veranstaltet, statt dessen herrschte ein ständiges Kommen und Gehen, und wie es schien, waren die Montdores und Polly bei ihren Mahlzeiten nie allein. Boy Dougdale kam fast jeden Tag von seinem Haus in Silkin herüber, das nur zehn Meilen entfernt war. Nicht selten fuhr er zwischendurch noch einmal nach Hause, um sich für das Dinner umzuziehen, kam dann zurück und verbrachte den Abend in Alconleigh, denn Lady Patricia war anscheinend nicht wohlauf und ging gern früh zu Bett.

Boy kam mir nie ganz wie ein wirklicher Mensch vor, und es lag, glaube ich, daran, daß er immer eine Rolle spielte, einmal den Don Juan, dann den ehemaligen Eton-Schüler und schließlich den Gutsherrn von Silkin oder den versierten Weltbürger. Aber in keiner dieser Rollen war er ganz überzeugend. Der Don Juan kam nur bei ganz einfachen Frauen zum Zuge, wenn man von Lady Montdore einmal absah, und sie behandelte ihn wie einen Gesellschafter oder einen Privatsekretär, aber nicht wie einen Liebhaber, auch wenn die Beziehung der beiden früher eine andere gewesen sein mochte. Der Gutsherr spielte mit der Dorfjugend auf eine etwas hinterhältige Art Cricket und hielt Vorträge für die Frauen des Dorfes, aber allen Bemühungen zum Trotz wirkte er nie wie ein wirklicher Gutsherr, und um den versierten Weltbürger war es geschehen, sobald er den Pinsel auf die Leinwand oder die Feder aufs Papier setzte.

Wenn sie sich auf dem Land aufhielten, waren er und Lady Montdore nämlich immer sehr mit dem beschäftigt, was sie »ihre Kunst« nannten, und stellten Dutzende von riesigen Porträts, Landschaftsbildern und Stilleben her. Im Sommer arbeiteten sie im Freien, und im Winter rückten sie einen großen Ofen in ein nach Norden gelegenes Schlafzimmer, das sie als Atelier benutzten. Jeder bewunderte die eigenen Werke und die des anderen so sehr, daß ihnen die Meinung der Außenwelt kaum etwas bedeutete. Alle ihre Bilder ließen sie rahmen und hängten sie in ihre beiden Häuser, die besten in die Zimmer, die anderen in die Flure.

Gegen Abend liebte es Lady Montdore, sich ein wenig zu entspannen.

»So gefällt es mir«, pflegte sie zu sagen, »tagsüber harte Arbeit und am Abend angenehme Gesellschaft und vielleicht ein Kartenspiel.«

Zum Dinner waren immer Gäste da, ein oder zwei Oxford-Professoren, vor denen sich Lord Montdore mit Livius, Plotin und der Familie der Claudier hervortun konnte, Lord Merlin, der sehr hoch in Lady Montdores Gunst stand und landauf, landab ihre Aussprüche verbreitete, schließlich auch die wichtigeren Nachbarn aus der Grafschaft – in einer genau festgelegten Reihenfolge abwechselnd. Selten setzten sich in Hampton weniger als zehn Personen zu Tisch; es war ganz anders in Alconleigh.

Ich war gern in Hampton zu Besuch. Lady Montdore erschreckte mich immer weniger und bezauberte mich immer mehr, Lord Montdore blieb, wie er war, freundlich und farblos, bei Boy schüttelte es mich nach wie vor, und Polly wurde nach Linda meine zweitbeste Freundin.

Irgendwann meinte Tante Sadie, ich könne Polly gern einmal mit nach Alconleigh bringen, was ich auch sogleich tat. Der Zeitpunkt war für den Besuch nicht sehr günstig gewählt, da wegen Lindas Verlobung im ganzen Haus eine ziemliche Aufregung herrschte, aber Polly schien davon nichts zu bemerken, und zweifellos hielt ihre Anwesenheit Onkel Matthew davon ab, der ganzen Gewalt seiner Gefühle freien Lauf zu lassen. Als wir anschließend zusammen nach Hampton zurückfuhren, meinte sie sogar, sie beneide die Radlett-Kinder darum, daß sie in einer so ruhigen, liebevollen Umgebung aufwachsen durften. Aber so etwas konnte nur jemand sagen, der das allerbeste Gästezimmer außerhalb der Reichweite von Onkel Matthews frühmorgendlichen Grammophonkonzerten bewohnt und diesen gewalttätigen Mann nie bei einem seiner Wutanfälle erlebt hatte. Trotzdem fand ich es seltsam, daß ausgerechnet Polly so redete, denn wenn je ein Mensch sein Leben lang von liebevoller Zuneigung umhegt worden war, dann sie; ich verstand damals noch nicht, wie kompliziert die Beziehung zwischen ihr und ihrer Mutter im Laufe der Zeit wurde.

8

Polly und ich waren Brautjungfern bei Lindas Hochzeit im Februar, und als alles vorüber war, fuhr ich mit Polly und Lady Montdore im Wagen nach Hampton, um dort einige Tage zu bleiben. Ich war Polly sehr dankbar für diesen Vorschlag, denn ich konnte mich noch lebhaft an das gräßliche Gefühl von Leere nach Louisas Hochzeit erinnern, und nach Lindas Hochzeit wäre es bestimmt noch zehnmal schlimmer geworden. Tatsächlich endete mit dieser Hochzeit die erste Phase nicht nur ihres, sondern auch meines Lebens, und nachdem die Kindheit vorbei war, das Eheleben aber noch nicht begonnen hatte, kam ich mir vor wie in einem abscheulichen Vakuum. Sobald Linda und Anthony abgereist waren, ließ Lady Montdore ihr Automobil vorfahren, und wir kuschelten uns zu dritt auf die hintere Bank. Polly und ich hatten noch die Brautjungfernkleider an (Chiffon in zarten rotvioletten Tönen), aber wir hatten uns in unsere Pelzmäntel gehüllt und um die Beine eine Shetland-Decke gewickelt, wie Kinder, die zur Tanzstunde fahren. Der Chauffeur breitete noch ein Bärenfell über uns alle und stellte uns einen Fußwärmer unter die dünnen, silberglänzenden Schuhe. Es war nicht wirklich kalt, aber wir fröstelten, denn es regnete schon den ganzen Tag in Strömen, und jetzt wurde es auch dunkel. Im Inneren des Wagens fühlte man sich wie in einer trockenen kleinen Schachtel, und während wir, nach beiden Seiten spritzend, die vor Nässe glänzende Straße entlangglitten und der Regen gegen die Scheiben trommelte, erfüllte es mich mit einem köstlichen Behagen, daß ich in dieser kleinen Schachtel saß und wußte, wieviel Licht und Wärme und solider Komfort uns am Ziel unserer Fahrt erwarteten.

»Ich liebe es, hier im Trockenen zu sitzen, während die armen Leute draußen alle naß werden«, so formulierte es Lady Montdore.

Sie machte die Reise an diesem Tag schon zum zweiten Mal, war am Morgen von Hampton gekommen, während Polly mit ihrem Vater tags zuvor wegen einer letzten Anprobe des Brautjungfernkleides und um an einem Dinner-Ball teilzunehmen in London gewesen war.

Zuerst unterhielten wir uns natürlich über die Hochzeit. Es war köstlich, mitzuerleben, wie Lady Montdore eine solche Veranstaltung aufs Korn nahm, nichts entging ihrem scharfen Blick, und keine barmherzige Rücksicht schmälerte die Schärfe ihrer Bemerkungen.

»Wie außergewöhnlich Lady Kroesig aussah, die Ärmste! Wahrscheinlich hat ihr jemand gesagt, die Mutter des Bräutigams müsse auf ihrem Hut von allem etwas haben – vielleicht soll es Glück bringen. Pelz, Federn, Blumen und ein Fetzen Spitze – nichts fehlte, und als krönender Abschluß eine Diamantenbrosche. Aber Rosendiamanten – ich habe es genau gesehen. Komisch, daß diese Leute, die doch angeblich so reich sind, nie Schmuck besitzen, den man wirklich vorzeigen kann – mir ist das schon oft aufgefallen. Und habt ihr gesehen, was für knickerige Geschenke sie Linda mitgebracht haben? Ein Scheck – gut und schön, aber über welchen Betrag, möchte ich wissen? Zuchtperlen, das vermute ich jedenfalls, sonst wären sie gut und gern ihre 10000 Pfund wert, und ein scheußliches kleines Armband. Kein Diadem, keine Halskette – was soll das arme Kind denn bei Hof tragen? Wäsche, die wir allerdings nicht gesehen haben, modernes Silberbesteck und ein schreckliches Haus an einem dieser Squares hinter dem Marble Arch. Und sich dafür mit diesem gräßlichen deutschen Namen anreden lassen? Ich finde, das ist es nicht wert. Und Davey sagt, es gibt nicht mal einen richtigen Ehevertrag – wirklich, Matthew Alconleigh sollte sich keine Kinder zulegen, wenn er nicht mehr für sie tun kann. Und trotzdem muß ich sagen, er sah gut aus, als er zum Altar schritt, auch Linda sah großartig aus, wirklich bezaubernd.«

Ich glaube, sie war auf Linda deshalb so gut zu sprechen, weil diese sich beizeiten aus der Konkurrenz zurückgezogen hatte, denn obwohl sie keine Schönheit war wie Polly, war sie bei den jungen Männern doch weitaus beliebter.

»Auch Sadie sah reizend aus, so jung und hübsch, und die Kleinen waren richtig nütlich.« So sprach sie das Wort niedlich aus.

»Hast du unser Dessert-Service gesehen, Fanny? – Oh, hat sie das gesagt, das freut mich aber. Sie könnte es umtauschen, es kommt von Goodes, aber vielleicht will sie gar nicht. Der Unterschied zwischen unserer Seite in der Kirche und der Kroesig-Seite hat mich wirklich amüsiert, dich auch? Irgendwie sehen Bankleute nach nichts aus – äußerst unpassend, daß man überhaupt ihre Bekanntschaft machen muß, vom Heiraten ganz zu schweigen. Aber diese Leute sind heute von einem Größenwahn befallen, man kommt einfach nicht mehr an ihnen vorbei. Hast du die Schwester gesehen? Ach ja, natürlich, sie ist ja neben dir gegangen. Sie werden es schwer haben, die unter die Haube zu bringen!«

»Sie studiert und will Tierärztin werden«, sagte ich.

»Die erste vernünftige Idee, die ich aus dieser Richtung höre. Es ist doch wirklich zwecklos, die Ballsäle mit Mädchen vollzustopfen, die so aussehen, davon hat keiner was. So, Polly, und jetzt möchte ich von dir hören, wie du den gestrigen Tag verbracht hast.«

»Ach – nichts Besonderes.«

»Sei nicht so maulfaul. Um zwölf wart ihr in London, nehme ich an?«

»Ja«, sagte Polly resigniert. Sie wußte, sie würde über jede Minute des Tages berichten müssen, und wenn sie es von sich aus erzählte, hatte sie es schneller hinter sich, als wenn sie sich wegen jeder Einzelheit ausfragen ließ. Sie nestelte an ihrem Brautjungfernkranz aus Silberblättern herum. »Moment mal«, sagte sie, »den muß ich erst abnehmen, sonst bekomme ich Kopfschmerzen.«

Der Kranz war mit Draht in ihr Haar geflochten. Sie zog und zerrte, bis sie ihn endlich losbekam, und schleuderte ihn zu Boden.

»Au«, sagte sie, »das hat weh getan! Also, mal überlegen. Wir kamen an. Daddy machte sich sofort auf den Weg zu seiner Verabredung, und ich habe zu Hause einen frühen Lunch eingenommen.«

»Allein?«

»Nein, Boy war da. Er kam vorbei, um ein paar Bücher zurückzubringen, und Bullitt sagte, es sei genug zu essen da, also lud ich ihn ein.«

»Gut, und dann? Nach dem Lunch?«

»Haar.«

»Gewaschen und frisiert?«

»Ja, natürlich.«

»Man käme nicht darauf. Wir müssen wirklich einen besseren Friseur für dich finden. Fanny zu fragen hätte keinen Zweck, ihr Haar sieht immer aus wie ein Mop.«

Lady Montdore wurde jetzt böse, und wie ein ungezogenes Kind versuchte sie jedem, der in der Nähe war, weh zu tun.

»Es war völlig in Ordnung, bis ich diesen Kranz aufsetzen mußte. Also weiter, Tee mit Daddy im Oberhaus, Ausruhen nach dem Tee, über das Dinner weißt du Bescheid, und Bett«, schloß sie in einem Atemzug. »Reicht das?«

Sie und ihre Mutter schienen einander gründlich auf die Nerven zu gehen, vielleicht war sie auch deshalb so bissig, weil sie sich mit dem Kranz an den Haaren gezerrt hatte. Sie blitzte Lady Montdore über mich hinweg mit einem ganz und gar bösen Blick an. Ich sah es im Scheinwerferlicht eines Wagens, der uns entgegenkam. Lady Montdore bemerkte nichts, und auch der scharfe Ton von Pollys Stimme schien ihr nicht aufzufallen.

»Nein, natürlich nicht. Du hast noch nichts von der Party erzählt. Wer saß beim Dinner neben dir?«

»Oh, an die Namen kann ich mich nicht erinnern.«

»Du kannst dich anscheinend nie an den Namen von irgend jemand erinnern, es ist einfach zu dumm mit dir. Wie soll ich deine Freunde einladen, wenn du nicht mal weißt, wie sie heißen?«

»Aber sie sind nicht meine Freunde, das sind die schlimmsten Langweiler, die man sich vorstellen kann. Mir ist nichts, absolut nichts eingefallen, worüber ich mit ihnen hätte plaudern können.«

Lady Montdore seufzte tief.

»Und nach dem Dinner hast du getanzt?«

»Ja, getanzt und sitzen geblieben und abscheuliches Eis gegessen.«

»Ich bin sicher, das Eis war köstlich. Bei Sylvia Waterman ist immer alles vom Besten. Ich vermute, es gab Champagner?«

»Ich hasse Champagner.«

»Und wer brachte dich nach Hause?«

»Lady Soundso. Sie mußte einen Umweg fahren, weil sie in Chelsea wohnt.«

»Wie außergewöhnlich«, sagte Lady Montdore, ein wenig aufgemuntert durch die Vorstellung, daß gewisse arme Damen in Chelsea leben mußten. »Wer kann das bloß gewesen sein?«

Auch die Dougdales hatten an der Hochzeit teilgenommen und sollten auf dem Heimweg in Hampton zu Abend essen; sie waren schon da, als wir kamen, denn anders als wir hatten sie nicht gewartet, bis Linda abgefahren war. Polly ging sofort nach oben. Sie sah müde aus und ließ durch ihr Mädchen ausrichten, sie wolle im Bett zu Abend essen. Die Dougdales, Lady Montdore und ich speisten, ohne daß wir uns vorher umzogen, in dem kleinen Morgenzimmer, wo sie ihre Mahlzeiten immer dann einnahmen, wenn sie zu weniger als acht Personen waren. Dieser Raum war vielleicht der vollkommenste im ganzen Haus. Man hatte ihn, so wie er war, aus Frankreich herübergebracht, komplett ausgekleidet mit einer kunstvoll geschnitzten, blau und weiß bemalten Holztäfelung; gegenüber den drei Terrassentüren standen drei Schränke, gefüllt mit Porzellan aus dem achtzehnten Jahrhundert. Über den Schränken, den Fenstern und Türen waren sehr dekorative Gemälde von Boucher direkt in die Täfelung eingelassen.

Das Gespräch bei Tisch drehte sich um den Ball, den Lady Montdore im Londoner Montdore House für Polly geben wollte.

»Ich denke, am ersten Mai«, sagte sie.

»Sehr gut«, sagte Boy, »es muß entweder der erste oder der letzte Ball der Saison sein, damit die Leute ihn nicht vergessen.«

»Oh, nicht der letzte, auf gar keinen Fall. Dann müßte ich all die Mädchen einladen, auf deren Bällen Polly vorher gewesen ist, und nichts ist so fatal wie ein Ball mit zu vielen Mädchen.«

»Aber wenn du sie nicht einlädst«, meinte Lady Patricia, »werden sie dann Polly einladen?«

»Aber ja«, sagte Lady Montdore, »sie werden sich um sie reißen. Ich kann mich auf andere Weise bei ihnen revanchieren. Im übrigen habe ich nicht vor, Polly allzuviel in der Debütantinnenwelt herumzuführen (all diese furchtbaren Partys in Südwest-Irgendwo), ich sehe nicht, welchen Sinn das haben soll. Es würde sie nur erschöpfen, und sie würde eine Menge unpassender Leute kennenlernen. Ich werde sie nicht mehr als zwei Bälle in der Woche besuchen lassen, sorgfältig ausgesucht. Das genügt völlig für ein Mädchen, das nicht sehr belastbar ist. Boy, ich habe gedacht, du könntest mir nachher vielleicht helfen, eine Liste von den Frauen aufzustellen, die während unseres Aufenthalts in London Dinners veranstalten könnten. Es muß natürlich von vornherein klar sein, daß sie nur Leute einladen, die ich ihnen nenne; ihre Freunde und Verwandten lasse ich mir nicht aufhalsen.«

Nach dem Essen kehrten wir in die Lange Galerie zurück. Boy nahm seine Petit-Point-Stickerei vor, während wir drei Frauen müßig dasaßen. Er besaß eine Begabung für Handarbeiten und hatte einige Bettücher für das Puppenhaus der Königin gesäumt und viele Stühle in Silkin und Hampton mit Bezügen versehen. Er arbeitete gerade an einem Kaminschirm für die Lange Galerie, den er selbst entworfen hatte, mit einem ausgreifenden jakobitischen Muster, das angeblich von Blumen aus dem Garten von Lady Montdore angeregt war, aber diese Blumen glichen eher abscheulichen Rieseninsekten. Ich war jung und voller Vorurteile, und nie wäre es mir in den Sinn gekommen, seine Arbeit zu bewundern. Ich dachte nur, wie gräßlich der Anblick eines stickenden Mannes war und wie abscheulich er aussah, den ergrauten Kopf über den Kanevas gebeugt, in den er sehr geschickt verschiedene Khakitöne einzog. Er hat ebenso dichtes, dickes Haar wie ich, und ich wußte, daß die munteren (boy-haften) Löckchen darin vor dem Essen sorgfältig angefeuchtet und eingedreht worden sein mußten.

Lady Montdore hatte sich Papier und Stift kommen lassen, um die Namen der Dinner-Gastgeberinnen zu notieren. »Wir schreiben alle auf, die in Frage kommen, und dann wird gesiebt«, sagte sie. Aber bald legte sie den Stift beiseite, um sich über Polly zu beklagen. Ich hatte sie schon einmal über dieses Thema sprechen hören, als sie sich mit Mrs. Chaddesley Corbett unterhielt, aber diesmal klang ihre Stimme noch viel schärfer und verdrießlicher.

»Man tut alles für diese Mädchen«, sagte sie, »alles. Ihr glaubt es vielleicht nicht, aber ich bringe den halben Tag damit zu, Pläne für Polly zu machen – Verabredungen, Kleider, Partys und so weiter. Mir bleibt keine Minute, mich um meine eigenen Freunde zu kümmern, seit Monaten habe ich die Karten kaum angerührt. Meine Kunst habe ich völlig aufgegeben – ausgerechnet, als ich gerade an diesem Akt mit dem Mädchen aus Oxford arbeitete – und widme mich ganz und gar diesem Kind. Das Londoner Haus halte ich offen, bloß damit sie es bequem hat. Ihr wißt, ich hasse London im Winter, und Montdore käme mit zwei Zimmern ohne Köchin gut aus (das viele kalte Essen im Club), statt dessen habe ich dort ein riesiges Personal, das mir die Haare vom Kopf frißt – bloß ihretwegen. Aber meint ihr vielleicht, sie wäre mir dafür dankbar? Nicht im geringsten. Grantig und unausstehlich ist sie, und ich bekomme kaum ein Wort aus ihr heraus.«

Die Dougdales sagten nichts. Er prüfte sehr konzentriert sein Wollgarn, und Lady Patricia hatte sich zurückgelehnt, die Augen geschlossen und litt, wie sie seit langem litt, schweigend. Mehr denn je glich sie einer Gartenstatue, ihre Haut und ihr beiges Londoner Kleid hatten exakt die gleiche Farbe, und ihr armes Gesicht war von Schmerz und Gram zerfurcht, eine Miene wie aus einer antiken Tragödie.

Lady Montdore fuhr fort, ihr Herz auszuschütten, und redete dabei so, als wäre ich gar nicht da.

»Ich gebe mir unendliche Mühe, daß sie nette Häuser besuchen und dort zu Gast sein kann, aber nie scheint es ihr Spaß zu machen, sie kommt heim und beklagt sich in einem fort, und wenn man sie selbst fragt, will sie immer nur nach Alconleigh und zu Emily Warbeck. Beides reine Zeitverschwendung! Alconleigh ist ein Irrenhaus – natürlich, ich liebe Sadie, das tut ja jeder, ich finde sie wunderbar, die Ärmste, und sie ist nicht schuld daran, daß sie alle diese exzentrischen Kinder hat – sie hat getan, was sie konnte –, aber da schlägt eben der Vater durch. Und damit ist wohl alles gesagt. Ich freue mich auch immer, wenn das Kind bei Fanny ist, Emily und Davey kennt man ja seit ewigen Zeiten – Emily war unsere Brautjungfer, und bei dem ersten Kostümumzug, den ich in meinem Leben organisiert habe, war Davey ein Elf –, aber dort lernt Polly nie jemanden kennen, und wenn sie keine Leute kennenlernt, wie soll sie sie dann heiraten?«

»Ist es denn so eilig mit dem Heiraten?« fragte Lady Patricia.

»Also weißt du, im Mai wird sie zwanzig, und so kann es doch nicht ewig weitergehen. Was soll sie denn tun, wenn sie nicht heiratet, ohne Interessen, ohne Beschäftigung? Kunst, Reiten, Geselligkeit – das interessiert sie alles nicht. Sie hat kaum Freunde in der Welt – könnt ihr mir sagen, wie Montdore und ich an so ein Kind geraten sind –, also, wenn ich daran zurückdenke, wie ich in ihrem Alter war. Ich weiß noch genau, wie Mr. Asquith zu mir sagte, ihm sei noch nie ein Mädchen mit so viel Talent zum Improvisieren begegnet.«

»Ja, du warst wunderbar«, sagte Lady Patricia mit einem leichten Lächeln. »Aber vielleicht entwickelt sie sich einfach langsamer als du damals, und du sagst ja selbst, sie ist noch keine zwanzig. Es ist doch bestimmt nett, wenn sie noch ein, zwei Jahre zu Hause wohnt, oder?«

»Es ist nun mal so«, erwiderte ihre Schwägerin, »daß junge Mädchen in diesem Alter überhaupt nicht nett sind, sie sind einfach unausstehlich. Solange sie süße, nützliche Kinder sind, denkt man, es muß herrlich sein, wenn sie einem später Gesellschaft leisten, aber leistet uns Polly etwa Gesellschaft? Sie verträumt ihre Zeit, ist entweder schlecht gelaunt oder erschöpft, interessiert sich für gar nichts, und was sie braucht, ist ein Mann. Sobald sie verheiratet ist, werden wir wieder wunderbar miteinander auskommen, ich habe das so oft erlebt. Neulich sprach ich mit Sadie, und sie war der gleichen Meinung, sie hat mir erzählt, wie schwer sie es zuletzt auch mit Linda hatte – Louisa war natürlich nie ein Problem, sie war umgänglicher, und sie hat ja auch direkt nach der Schule geheiratet. Eins kann man von den Radletts wirklich sagen, wenn es ums Heiraten geht, lassen sie nichts anbrennen, auch wenn dabei nicht unbedingt die Verbindungen herauskommen, die man sich für sein eigenes Kind wünschen würde. Ein Bankier und ein klappriger schottischer Peer – trotzdem, sie sind verheiratet. Was ist bloß mit Polly? So schön und überhaupt kein Boy-Appeal?«

»Es heißt Sex-Appeal«, meinte Lady Patricia schwach.

»Als wir jung waren, gab es das alles nicht, Gott sei Dank. Sex-Appeal oder Boy-Appeal, so ein Unfug – entweder man war eine Schönheit oder eine *jolie-laide*, und damit hatte es sich. Aber da sie ihn nun mal erfunden haben, ist es wahrscheinlich besser, wenn die Mädchen ihn besitzen, ihren Partnern scheint er zu gefallen, aber Polly hat keine Spur davon, das kann man sehen. Daß es im Leben so anders kommen kann«, sagte sie mit einem Seufzen, »als man es erwartet! Seit ihrer Geburt, weißt du, habe ich mir immer Sorgen gemacht und mich aufgeregt, habe mir die schrecklichsten Dinge ausgemalt, die ihr zustoßen könnten – daß Montdore sterben würde, bevor sie versorgt wäre, und wir kein ordentliches Haus hätten, daß sich ihr gutes Aussehen verlieren würde oder daß sie einen Unfall hätte und den Rest ihrer Tage im Rollstuhl verbringen müßte – alles mögliche, und oft bin ich nachts aufgewacht und habe es mir vorgestellt, aber daß sie mal als alte Jungfer enden würde, daran habe ich wirklich nie gedacht.«

In den Klang ihrer Stimme mischte sich nun immer deutlicher eine hysterische Betrübnis.

»Also Sonia«, sagte Lady Patricia in ziemlich scharfem Ton, »das arme Mädchen ist nicht mal zwanzig. Warte doch wenigstens ihre erste Saison in London ab, bevor du sie eine alte Jungfer nennst – sie wird bald genug jemanden finden, da kannst du sicher sein.«

»Ich wollte, ich könnte, aber ich habe das bestimmte Gefühl, daß es nicht so sein wird, und noch schlimmer: ich fürchte, daß sie den jungen Männern nicht gefällt«, sagte Lady Montdore, »sie hat nicht dieses Lockende im Blick. Es ist wirklich zu dumm. Außerdem läßt sie in ihrem Badezimmer jede Nacht das Licht brennen, ich sehe es unter der Tür...«

Lady Montdore war im Umgang mit modernen Erfindungen wie dem elektrischen Licht sehr geizig.

9

Der Sommer kam und ging, ohne daß sich in Pollys Leben irgend etwas veränderte, genau wie es ihre Mutter prophezeit hatte. Die Londoner Saison begann rechtzeitig mit einem Ball in Montdore House, der 2000 Pfund kostete – jedenfalls erzählte Lady Montdore das überall herum –, es wurde wirklich ein strahlendes Fest. Polly trug ein weißes Satinkleid mit rosa Rosen am Busen und einer rosa gefütterten Schärpe (Tupfer von *pink,* stand im *Tatler* zu lesen), das Mrs. Chaddesley Corbett in Paris für sie ausgesucht hatte und das im Koffer irgendeines südamerikanischen Diplomaten, der mit Lady Montdore befreundet war, herüberkam, so daß der Zoll entfiel, ein Vorgang, von dem Lord Montdore nichts wußte und der ihn sehr entsetzt hätte. Pollys Schönheit, noch hervorgehoben durch dieses Kleid und ein wenig Make-up, war in aller Munde, vor allem bei den Angehörigen der älteren Generation, die einhellig erklärten, etwas so Vollkommenes habe man seit Lady Helen Vincent, seit Lily Langtry, seit den Wyndham-Schwestern (je nach Geschmack) in London nicht mehr gesehen. Pollys Altersgenossen indessen waren weniger begeistert. Sie räumten zwar ein, daß Polly schön sei, fanden sie im übrigen aber langweilig und zu groß. Die wirkliche Bewunderung der jungen Leute galt den kleinen, schlanken, glotzäugigen Nachbildungen von Mrs. Chaddesley Corbett, denen man in dieser Saison überall begegnete. Viele, die Lady Montdore haßten, meinten, sie dränge

Polly zu sehr in den Hintergrund, aber das war nicht fair, denn obwohl Lady Montdore in jedem Bild, auf dem sie zu sehen war, wie von selbst den Vordergrund einnahm, gab sie sich stets größte Mühe, Polly vor sich zu schieben, wie eine Geisel, und es war nicht ihre Schuld, wenn Polly immer wieder nach hinten zurückwich.

Anläßlich dieses Balles waren viele der königlichen Hoheiten aus ihren silbernen Rahmen in Lady Montdores Schlafzimmer gestiegen und lebendig geworden, aber die Ärmsten wirkten verstaubter und weniger prächtig, wenn man sie leibhaftig vor sich sah; sie hatten sich in den großen Empfangssälen von Montdore House verteilt, und überall hörte man die Wörter »Sir« oder »Madam«. Die Madams waren wirklich bemitleidenswerte Geschöpfe, fast hätte man sagen können, sie sahen hungrig aus, so alt, in so trostlosen, knittrigen Kleidern, während einige Sirs mit tiefblauem Kinn unter den Gästen waren, die einen schauderhaft fremdländischen Eindruck machten. An einen von ihnen erinnere ich mich besonders, weil es hieß, er werde von der französischen Polizei gesucht, während man ihn sonst eigentlich nirgendwo haben wolle, und ganz besonders nicht in seiner Heimat, wo sein Vetter, der König, täglich damit rechnete, daß ihm ein Windstoß aus Osten die Krone vom Kopf wehen werde. Dieser Fürst roch stark, aber nicht köstlich, nach Kamelien und besaß einen *fond de teint* von glänzender Sonnenbräune.

»Ich lade ihn nur meiner lieben alten Prinzessin Irene zuliebe ein«, erklärte Lady Montdore, wenn Leute die Stirn darüber runzelten, seiner in einem so vornehmen Haus ansichtig zu werden. »Ich werde nie vergessen, wie lieb er zu uns war, als Montdore und ich den Balkan bereisten (so etwas vergißt man nicht). Ich weiß, manche sagen, er sei ein Blumi, was immer das ist, aber wenn man auf alles hören würde, was die Leute sagen, könnte man überhaupt niemanden mehr einladen, außerdem werden diese Gerüchte zur Hälfte von den Anarchisten ausgestreut, das steht fest.«

Lady Montdore liebte jeden Menschen königlichen Geblüts. Es war dies ein aufrichtiges, vollkommen uneigennütziges Gefühl, denn sie liebte sie im Exil genauso, wie wenn sie an der Macht waren, und der Hofknicks war der Vollzug dieser Liebe. Wegen ihrer kräftigen Statur glichen ihre Knickse dem anmutigen Sich-Neigen des Weizens im Winde allerdings nicht ganz. Sie sackte eher zusammen wie ein Kamel und erhob sich dann wie eine Kuh, mit dem Hinterteil zuerst – eine seltsame Darbietung und, so sollte man meinen, für die Darstellerin sehr beschwerlich, aber deren Miene bestätigte diese Vermutung nicht. In ihren Knien krachte es wie Revolverschüsse, doch ihr Lächeln war himmlisch.

Ich war als einzige unverheiratete Frau eingeladen, vor dem Ball in Montdore House zu speisen. Die Dinner-Gesellschaft bestand aus vierzig Gästen, darunter ein außerordentlich vornehmer Sir und eine ebenso vornehme Madam, derentwegen jeder auf die Minute pünktlich kam, so daß alle Gäste gleichzeitig eintrafen und die Menge der Schaulustigen in der Park Lane reichlich Gelegenheit zu ausgiebigen Blicken in die hintereinander wartenden Wagen hatte. Meiner war das einzige Taxi.

Oben folgte dann ein zweites langes Warten ohne Cocktails, bei dem auch Personen wie Mrs. Chaddesley Corbett, die sonst durch nichts zu erschüttern waren, mit der Zeit unruhig wurden, als seien sie einer unerträglichen Belastungsprobe ausgesetzt; sie standen herum und flöteten mit ihren modischen Stimmchen Dummheiten in die Welt. Zuletzt kam der Butler zu Lord Montdore hinauf und flüsterte ihm etwas zu, worauf Lord und Lady Montdore sich nach unten in die Empfangshalle begaben, um ihre hohen Gäste zu begrüßen, während wir anderen, angeführt von Boy, uns zu einem Halbkreis aufstellten. Sehr langsam führte Lady Montdore den erhabenen Sir und die ebenso erhabene Madam in dem Halbkreis herum und stellte vor – in jenem leisen, ehrfürchtigen und dennoch deutlich hörbaren Ton, in dem meine Tanten im Gottesdienst respondierten. Dann begaben sich die vier, Arm in erhabenem Arm, immer noch sehr langsam durch die Doppeltür in den Speisesaal und überließen es uns, wieder zur Ruhe zu kommen und ihnen zu folgen. Alles lief wie am Schnürchen.

Bald nach dem Dinner, das lange Zeit in Anspruch nahm und den Gipfel, die Spitze und die Krone der Hampton-Kost bot, trafen die ersten Gäste zum Ball ein. Lady Montdore in Goldlamé mit vielen Diamanten und ihrem berühmten rosa Diamantendiadem, Lord Montdore, herzlich, würdig, die langen, dünnen Beine in Seidenstrümpfe und Bundhosen gewandet, den Hosenbandorden um eines von ihnen geschlungen, das dazugehörige Ordensband auf dem Hemd, zwischen einem Dutzend an seiner Brust baumelnder Miniaturorden, und Polly, angetan mit ihrem weißen Kleid und ihrer Schönheit, standen eine gute Stunde Hände schüttelnd am Kopf der Treppe, und es war ein sehr schöner Anblick, wie die Leute an ihnen vorbeiströmten. Lady Montdore hatte Wort gehalten und nur sehr wenige Mädchen und noch weniger Mamas eingeladen. Die Gäste waren also weder zu jung noch zu alt, sondern in ihren besten Jahren, und gereichten dem festlichen Anlaß zur Zierde.

Niemand forderte mich zum Tanz auf. Es waren keine Mädchen, aber auch nur sehr wenige junge Männer zum Ball eingeladen worden, außer solchen, die fest zur Gruppe der Jungverheirateten gehörten, aber ich sah auch gern zu, und da niemand dort war, den ich kannte und der sich meiner hätte annehmen können, fühlte ich mich durchaus nicht unbehaglich. Trotzdem freute ich mich, als die Alconleighs mit Louisa und Linda und deren Männern zusammen mit Tante Emily und Davey, wie sie es bei Partys immer taten, nach einem gemeinsamen Abendessen frühzeitig auftauchten. Ich gesellte mich zu ihnen, und wir bezogen eine Position in der Bildergalerie, von wo aus wir einen guten Blick auf das Geschehen hatten. Auf der einen Seite lag der Ballsaal, auf der anderen der Speisesaal, und es herrschte ein ständiges Kommen und Gehen, aber nie entstand ein Gedränge, so daß wir die Kleider und die Juwelen sehr gut sehen konnten. Hinter uns hing ein Heiliger Sebastian von Correggio mit dem üblichen beseligten Lächeln auf den Lippen.

»Fürchterlicher Kitsch«, sagte Onkel Matthew, »der Kerl würde nicht grinsen, mit all den Pfeilen im Leib wäre der längst tot.«

An der Wand gegenüber hing der Botticelli der Montdores, von dem Onkel Matthew sagte, er würde keine 7 Shilling Sixpence dafür geben, und als Davey ihn auf eine Zeichnung von Leonardo aufmerksam machte, erklärte er, es jucke ihn in seinen Fingern nach einem Radiergummi.

»Ich habe mal ein Bild gesehen«, sagte er, »Zugpferde im Schnee, nur die schweren Tiere und ein Stück kaputter Zaun. Es war verflucht gut – bei *Army & Navy*. Wäre ich ein reicher Mann, dann hätte ich es gekauft – verstehst du, man konnte wirklich sehen, wie die armen Viecher gefroren haben müssen. Wenn dieser ganze Quatsch hier wertvoll sein soll, muß das Pferdebild ein Vermögen wert gewesen sein.«

Onkel Matthew, der abends nie ausging, und schon gar nicht auf Bälle, hatte die Einladung nach Montdore House auf keinen Fall ablehnen wollen, obwohl Tante Sadie, die wußte, wie schwer es ihm fiel, nach dem Dinner wach zu bleiben, und wie ihm die armen Augen vor Müdigkeit immer wieder zufielen, gesagt hatte:

»Wirklich, Liebling, da bei unseren Töchtern gerade eine Pause eingetreten ist, zwei sind verheiratet, zwei noch nicht eingeführt, besteht eigentlich kein Anlaß, daß wir hingehen, es sei denn, du willst unbedingt. Sonia hätte volles Verständnis – und sie wäre froh über den zusätzlichen Platz, da bin ich sicher.«

Aber Onkel Matthew hatte mit düsterer Miene erwidert: »Wenn Montdore uns zu seinem Ball einlädt, dann will er uns auch sehen. Ich denke, wir sollten gehen.«

So hatte er sich denn unter gewaltigem Ächzen in die Bundhosen seiner Jugend gezwängt, die inzwischen so gefährlich eng geworden waren, daß er es kaum wagte, sich hinzusetzen, sondern wie ein Storch neben dem Stuhl von Tante Sadie stand. Tante Sadie hatte all ihre Diamanten von der Bank geholt, hatte einige davon Linda und einige Tante Emily geliehen, aber immer noch eine Menge für sich behalten, und nun plauderten sie hier fröhlich mit ihren Verwandten und verschiedenen Bekannten aus der Grafschaft, die kamen und gingen, und sogar Onkel Matthew schien sich ganz gut zu amüsieren, bis ihn ein furchtbarer Schicksalsschlag traf – er mußte die deutsche Botschafterin zu Tisch führen. Das kam so:

Lord Montdore, der direkt hinter Onkel Matthew stand, rief plötzlich erschreckt:

»Gütiger Himmel, da sitzt die deutsche Botschafterin ganz allein!«

»Geschieht ihr recht«, zischte Onkel Matthew. Es wäre klüger gewesen, den Mund zu halten. Lord Montdore hörte ihn nämlich sprechen, ohne zu verstehen, was er gesagt hatte, drehte sich plötzlich um, sah, wer da gesprochen hatte, und ergriff seinen Arm.

»Mein lieber Matthew, genau der Richtige – Baronin von Ravensbrück, darf ich Ihnen meinen Nachbarn vorstellen? Lord Alconleigh. Das Mahl ist gerichtet, im Musikzimmer – du kennst den Weg, Matthew.«

Welchen Einfluß Lord Montdore bei Onkel Matthew besaß, konnte man daran ermessen, daß mein Onkel nicht auf der Stelle kehrtmachte und heimwärts stürmte. Niemand sonst hätte ihn dazu gebracht, zu bleiben, einer Hunnin die Hand zu geben, ihr dann auch noch den Arm zu reichen und sie zu Tisch zu führen. Aber mit einem finsteren Blick über die Schulter zurück zu seiner Frau machte er sich auf den Weg.

Lady Patricia näherte sich, setzte sich zu Tante Sadie, und sie tauschten ziemlich sprunghaft lokale Neuigkeiten aus. Anders als ihr Gatte ging Tante Sadie gern aus, sofern es nicht zu oft geschah, sofern es nicht zu spät wurde und sofern sie friedlich zuschauen konnte und nicht das Gefühl zu haben brauchte, sie müsse zur Konversation beitragen. Fremde langweilten und ermüdeten sie; sie fühlte sich nur wohl in der Gesellschaft von Leuten, mit denen sie durch alltägliche Interessen verbunden war, Nachbarn auf dem Land oder Angehörige ihrer eigenen Familie, und selbst wenn sie mit diesen sprach, war sie meistens ziemlich geistesabwesend. Aber diesmal war es Lady Patricia, die ein bißchen in den Wolken zu schweben schien, Tante Sadie immer nur mit Ja und Nein antwortete und schließlich meinte, es sei einfach ungeheuerlich, daß der Dorfidiot von Skilton wieder draußen sei, jetzt wo jeder wisse, was für ein guter Läufer er sei, nachdem er die hundert Yards in der Anstalt gewonnen hatte.

»Und immer ist er hinter den Leuten her«, sagte Tante Sadie empört.

Aber die Gedanken von Lady Patricia waren nicht bei dem Idioten. Sicher dachte sie an Partys, die sie als junge Frau in diesen gleichen Räumen erlebt hatte, daran, wie sie den Lektor damals angebetet hatte, wie es sie gequält hatte, zu wissen, daß er mit einer anderen tanzte und flirtete, und daran, daß es jetzt fast noch trauriger war, da sie sich um nichts anderes mehr kümmern konnte als das Befinden ihrer Leber.

Ich wußte von Davey (»Was für ein Glück«, sagte Linda manchmal, »daß Davey so ein altes Klatschmaul ist, was wären wir für ahnungslose Gänse, wenn wir ihn nicht hätten!«), daß Lady Patricia Boy schon mehrere Jahre geliebt hatte, bevor er ihr endlich einen Heiratsantrag machte, und daß sie damals schon alle Hoffnung aufgegeben hatte. Und wie kurz war ihr Glück gewesen, kaum sechs Monate hatte es gedauert, bevor sie ihn mit einem Küchenmädchen im Bett fand.

»An Großwild hat sich Boy nie herangewagt«, hörte ich Mrs. Chaddesley Corbett einmal sagen, »er hat immer nur die Kaninchen umgelegt, und jetzt ist er natürlich ein Witz.«

Es war sicher schrecklich, mit einem Witz verheiratet zu sein.

Wenig später sagte sie zu Tante Sadie: »Wann war der erste Ball, zu dem du hier warst?«

»Es muß in demselben Jahr gewesen sein, in dem ich eingeführt wurde, 1906, ich kann mich noch erinnern, wie aufregend ich es fand, König Edward mit eigenen Augen zu sehen und sein lautes ausländisches Lachen zu hören.«

»Vierundzwanzig Jahre ist das jetzt her«, sagte Lady Patricia, »kurz danach haben Boy und ich geheiratet. Weißt du noch, wie die Leute im Krieg immer gesagt haben, so etwas werde es nie wieder geben, und jetzt sieh dich mal um! Sieh dir die Juwelen an!«

Als bald darauf Lady Montdore in Sicht kam, meinte sie:

»Weißt du, Sonia ist wirklich phänomenal. Ich bin überzeugt, sie sieht heute besser aus als je zuvor in ihrem Leben, und sie ist besser angezogen.«

Wieder eine von diesen Alte-Leute-Bemerkungen, die ich nie verstand. Ich fand nicht, daß man Lady Montdore als gutaussehend oder gut angezogen bezeichnen konnte; zunächst einmal und vor allem war sie alt. Andererseits ließ sich nicht leugnen, daß sie bei Anlässen wie diesem beeindruckend wirkte, sie war buchstäblich übersät von großen Diamanten – das Diadem, die Halskette, die Ohrringe, ein großes Pfalzgrafenkreuz auf dem Busen, über ihren Wildlederhandschuhen Armreife vom Handgelenk bis zum Ellbogen und Broschen überall, wo noch Platz war. Angetan mit so herrlichen Juwelen, strahlte ihre ganze Erscheinung inmitten der äußeren Zeichen von »all dem hier« die von ihr selbst so tief empfundene Erhabenheit aus, und sie glich einem Stierkämpfer in der Arena seiner Heimatstadt, einem Götterbild im eigenen Heiligtum, sie war der Grund für das Schauspiel und sein wahrer Mittelpunkt.

Onkel Matthew war der Botschafterin mit einer tiefen Verbeugung, die seinen ganzen Abscheu zum Ausdruck brachte, entkommen und kehrte jetzt zu seinen Angehörigen zurück.

»Alte Kannibalin«, sagte er, »verlangte immer noch mehr ›Fleisch‹. Kann noch keine Stunde her sein, daß sie ihr Dinner verschlungen hat – habe einfach so getan, als würde ich nichts hören, wollte dieser Gefräßigkeit nicht noch Vorschub leisten – wer hat den Krieg denn nun gewonnen? Und wozu, möchte ich mal wissen. Wirklich sehr großherzig von Montdore, daß er dieses Ausländerpack in seinem Haus duldet – ich wäre längst geplatzt. Seht euch doch nur mal diesen Gulli an!« Er funkelte in die Richtung eines Sir mit blauem Kinn, der, Polly am Arm führend, dem Speisesaal zustrebte.

»Ach, Matthew«, sagte Davey, »die Serben waren doch unsere Verbündeten.«

»Verbündete!« meinte Onkel Matthew und knirschte mit den Zähnen. Das Wort war für ihn ein rotes Tuch, der boshafte Davey wußte es und hatte zum Spaß damit gewedelt.

»Das ist also ein Serbe, ja? Genau wie man ihn sich vorstellt, soll sich mal rasieren lassen. Ferkel, alle, wie sie da sind. Montdore lädt sie natürlich nur aus Liebe zu England ein. Ich bewundere diesen Kerl, denkt immer nur an seine Pflicht – vorbildlich!«

Ein mattes Lächeln glitt über Lady Patricias Gesicht. Sie hatte durchaus Sinn für Humor und gehörte zu den wenigen Menschen, die Onkel Matthew mochte, wenngleich er es nicht über sich brachte, gegen Boy höflich zu sein. Wütend starrte er jedesmal Löcher in die Luft, wenn Boy an unserer kleinen Versammlung vorüberkam, was ziemlich häufig geschah, und jedesmal hatte Boy eine alte Dame von königlichem Geblüt am Arm, die er zum Supper begleitete. Das schlimmste der vielen Vergehen, die Boy sich in den Augen von Onkel Matthew hatte zuschulden kommen lassen, bestand darin, daß er als Adjutant eines Generals während des Krieges von meinem Onkel einmal dabei ertappt worden war, wie er hinter den Linien ein Château zeichnete. Irgend etwas konnte nicht stimmen mit einem Mann, der seine Zeit mit Zeichnen verschwenden und überhaupt die Pflichten eines Adjutanten übernehmen konnte, wenn anderswo Gelegenheit bestand, von morgens bis abends Ausländer abzuschlachten.

»Eine verdammte Kammerzofe, sonst gar nichts«, sagte Onkel Matthew jedesmal, wenn der Name Boy fiel. »Ich kann diesen Gulli nicht ausstehen. Boy – paßt genau! Und Dougdale! Was bedeutet das überhaupt? Früher, als der Alte Lord noch lebte, wohnten auf Silkin äußerst ehrenwerte Leute namens Blood. Major und Mrs. Blood!«

Der Alte Lord war der Vater von Lord Montdore. Jassy hatte einmal mit großen Augen gemeint: »Dann muß er ja wirklich alt gewesen sein«, woraufhin Tante Sadie ihr erklärt hatte, die Menschen blieben nicht ihr Leben lang gleich alt, und er sei zu seiner Zeit ganz bestimmt jung gewesen, genauso wie sie, Jassy, eines Tages alt werden würde, auch wenn sie es sich nicht vorstellen könne.

Es war nicht besonders logisch, daß Onkel Matthew Boys militärische Leistungen so sehr heruntermachte, es zeigte nur einmal mehr, daß diejenigen, die er mochte, nichts falsch, und diejenigen, die er nicht mochte, nichts richtig machen konnten – Lord Montdore nämlich, sein großer Held, hatte das vergnügliche Geknatter der Schießübungen in seinem ganzen Leben nie vernommen, und nie hatte es ihn in die Nähe irgendeiner Schlacht verschlagen; er war wohl schon ein wenig zu alt gewesen, um während des Weltkriegs ins Feld zu ziehen, aber auch in seinen jungen Jahren hatte er so manches Gefecht ungenutzt verstreichen lassen, lauter Gelegenheiten, auf Eingeborenenleiber einzudreschen, ganz zu schweigen von den Holländerleibern im Burenkrieg, mit dem Onkel Matthew glanzvolle Erinnerungen verband – an das erste Biwak und die erste Schlacht in seinem Leben.

»Vier Tage im Ochsenkarren«, erzählte er uns oft, »ein Loch, groß wie deine Faust, im Magen, und dann die Maden! War die schönste Zeit meines Lebens. Nur das Hammelfleisch war man irgendwann leid, kein Rindfleisch auf dem ganzen Feldzug, wißt ihr.«

Aber für Lord Montdore galten alle diese Gesichtspunkte nicht, ihm wurde sogar der berühmte Montdore-Brief an die Morning Post verziehen, in dem er geschrieben hatte, der Krieg habe jetzt lange genug gedauert und müsse beendet werden, und dies mehrere Monate bevor die feige Kapitulation des Hunnen es dann tatsächlich nötig gemacht hatte, den Kampf bis auf weiteres zu vertagen. Es fiel Onkel Matthew nicht leicht, diese Spielverderberei zu verzeihen, aber er tat es mit der Bemerkung, Lord Montdore müsse für diesen Brief einen Grund gehabt haben, den niemand sonst kenne.

Meine Gedanken konzentrierten sich jetzt auf den Eingang zum Ballsaal, wo ich plötzlich den Hinterkopf von jemandem entdeckt hatte. Er war also doch gekommen. Zwar hatte ich nicht geglaubt, daß er kommen würde (er hatte eine so ernsthafte Art), aber darum war meine Enttäuschung, als ich ihn dann wirklich nicht gesehen hatte, um nichts geringer gewesen, und nun war er doch da. Ich sollte vielleicht erläuternd hinzufügen, daß das Bild Sauveterres, das mehrere Monate lang in meinem hoffnungslosen Herzen regiert hatte, in letzter Zeit durch etwas Ernsthafteres verdrängt und ersetzt worden war, etwas, das mehr Wirklichkeit besaß und verheißungsvoller schien.

Ein Hinterkopf, der auf einem Ball sichtbar wird, kann eine sehr beflügelnde Wirkung auf ein junges Mädchen ausüben – von anderen Hinterköpfen unterscheidet er sich so sehr, als wäre er mit einem Heiligenschein versehen. Als nächstes stellt sich die Frage: wird er sich umdrehen, wird er sie sehen, und wenn er sie sieht, wird er nur höflich einen guten Abend wünschen oder wird er sie zum Tanz auffordern? Ach, wie sehr wünschte ich mir, in den Armen eines faszinierenden Mannes herumzuwirbeln, statt hier als Mauerblümchen bei meinen Tanten und Onkeln zu sitzen. Obwohl ich eigentlich nichts dagegen hatte. Es vergingen einige Augenblicke furchtbarer Anspannung, bevor der Kopf sich drehte, aber als es dann geschehen war, da sah er mich, kam sofort herüber, sagte mehr als höflich guten Abend und entführte mich auf die Tanzfläche. Er hatte geglaubt, er würde es nicht mehr schaffen; es hing mit den Bundhosen zusammen, er hatte sie sich geliehen und dann gründlich verlegt. Anschließend tanzte er mit Tante Emily, dann noch einmal mit mir, und mit Louisa, nachdem er mich für nachher zum Supper eingeladen hatte.

»Wer ist der Knilch?« fragte Onkel Matthew zähneknirschend, als der junge Mann mit Louisa davonging. »Warum taucht der hier ständig auf?«

»Er heißt Alfred Wincham«, sagte ich, »soll ich ihn dir vorstellen?«

»Um Himmels willen, Fanny!«

»Du alter Pascha!« meinte Davey. Und wirklich, Onkel Matthew hätte allen Frauen in seiner Verwandtschaft am liebsten wenn nicht Jungfräulichkeit, so doch zumindest verschärfte Keuschheit auferlegt und konnte es nie ertragen, wenn fremde Männer sich ihnen näherten.

In der Zeit, in der ich nicht tanzte, kehrte ich zurück und setzte mich zu meinen Verwandten. Nach zwei Tänzen und der Verabredung zum Supper war ich ruhiger und vertrieb mir gern die Zeit damit, dem Gespräch der Älteren zu lauschen.

Bald erhoben sich Tante Sadie und Tante Emily, um das Supper gemeinsam einzunehmen; bei Partys machten sie es gern so. Davey rückte zwei Stühle auf und setzte sich direkt neben Lady Patricia, während Onkel Matthew neben Daveys Stuhl im Stehen schlief, wie ein Pferd, das geduldig wartet, bis man es in den Stall zurückführt. »Meyerstein ist der kommende Mann«, sagte Davey gerade. »Du mußt unbedingt zu ihm, Patricia, er arbeitet mit Salzausscheidung. Man hüpft, damit der Organismus das ganze Salz ausschwitzt, und ißt natürlich auch salzlos. Scheußlich. Aber die Kristalle wird man los.«

»Meinst du Seilhüpfen?«

»Ja, viele hundertmal. Man zählt mit. Ich schaffe es inzwischen dreihundertmal hintereinander, und ein paar kompliziertere Sprünge zusätzlich.«

»Aber ist das nicht furchtbar ermüdend?«

»Nichts kann Davey ermüden – der Bursche ist stark wie ein Stier«, sagte Onkel Matthew, indem er ein Auge öffnete.

Davey warf einen traurigen Blick auf seinen Schwager und meinte, natürlich sei es ermüdend, aber die Ergebnisse seien die Mühe wert.

Polly tanzte jetzt mit ihrem Onkel Boy. Sie strahlte nicht und sah nicht so glücklich aus, wie man es bei einem so verwöhnten Mädchen auf dem eigenen Einführungsball erwartet hätte, statt dessen wirkte sie erschöpft, hatte etwas Verkniffenes um den Mund und plauderte auch nicht so wie die anderen Frauen.

»Mir würde es nicht gefallen, wenn eines von meinen Mädchen so aussähe«, sagte Tante Sadie, »man könnte fast glauben, sie hat etwas auf dem Herzen.«

Und mein neuer Freund Mr. Wincham sagte, als wir vor dem Supper noch einmal tanzten: »Natürlich ist sie eine Schönheit, das sehe ich durchaus, aber anziehend wirkt sie auf mich nicht, mit ihrem Schmollen, sie ist bestimmt sehr langweilig.«

Ich wollte gerade abstreiten, daß sie schmollte oder langweilig sei, als er zum erstenmal »Fanny« zu mir sagte und dann viele andere Dinge folgen ließ, die ich mir genau merken wollte, um sie später, wenn ich allein sein würde, gründlich zu überdenken.

Mrs. Chaddesley Corbett rief mir aus den Armen des Prinzen von Wales zu: »Hallo, meine Süße! Was gibt's Neues von der Hopse? Sind Sie noch verliebt?«

»Was hat das zu bedeuten?« fragte mein Partner. »Wer ist diese Frau? Wer ist die Hopse? Und stimmt es, daß Sie verliebt sind?«

»Das war Mrs. Chaddesley Corbett«, erklärte ich. Ich hatte das Gefühl, die Zeit sei noch nicht reif, ihm zu erklären, wer die Hopse war.

»Und was sollte das mit dem Verliebtsein bedeuten?«

»Gar nichts«, sagte ich errötend, »nur ein Scherz.«

»Gut. Ich würde mich freuen, wenn Sie an der Schwelle zur Liebe ständen, aber nicht mitten darin. Es ist ein sehr angenehmer Zustand, solange er währt.«

Aber ich war natürlich längst über die Schwelle hinaus und schwamm im blauen Meer der Illusion, vermeintlich zu den Inseln der Seligen hinüber, in

Wirklichkeit aber zu Haushalt, Mutterschaft und dem gewöhnlichen Schicksal der Frauen.

Ehrfürchtiges Schweigen breitete sich in der Menge aus, als die Königlichen Hoheiten sich anschickten, nach Hause zu gehen, die wirklich großen Königlichen Hoheiten – die mit der heiteren Gewißheit, daheim neben ihren Betten das traditionelle kalte Brathähnchen zu finden –, nicht die bemitleidenswerten Madams und zwielichtigen Sirs, die sich im Speisesaal den Bauch vollstopften, als seien sie keineswegs sicher, je wieder so viele Speisen nebeneinander zu erblicken, und auch nicht die jungen, ausgelassenen Königlichen Hoheiten, die mit den kleinen, niedlichen Frauen vom Schlage der Mrs. Chaddesley Corbett bis in den Morgen tanzen würden.

»Wie lange sie geblieben sind, ein Triumph für Sonia!« hörte ich Boy zu seiner Frau sagen.

Die Tänzer teilten sich und bildeten wie das Rote Meer eine Gasse sich verbeugender und knicksender Untertanen, durch die Lord und Lady Montdore ihre Gäste geleiteten.

»Sehr freundlich, daß Sie dies anmerken, Madam. Jawohl, auf dem nächsten Empfang bei Hof. Oh, wirklich zu freundlich!«

Strahlend kehrten die Montdores in die Bildergalerie zurück und sagten, an niemand Bestimmten gerichtet:

»So schlicht, so einfach, von jeder kleinen Gefälligkeit entzückt, wunderbare Umgangsformen, und was für ein Gedächtnis! Erstaunlich, wieviel sie über Indien wissen, der Maharadscha war entzückt.«

Sie redeten, als stünden diese Hoheiten dem täglichen Leben so fern, daß schon das geringste Anzeichen von Menschenähnlichkeit, die bloße Tatsache, daß sie sich mit Hilfe der Sprache verständlich machten, bemerkenswert und mitteilenswert erschien.

Den Rest des Abends verbrachte ich in glücklicher Benommenheit, und an die Party selbst kann ich mich nicht erinnern. Ich weiß nur noch, daß ich an einem schönen Maimorgen um fünf Uhr früh von Mr. Wincham in das Goring Hotel, wo wir alle logierten, zurückgebracht wurde. Inzwischen hatte er mir deutlich zu verstehen gegeben, daß er dem Umgang mit mir durchaus nicht abgeneigt war.

10

Polly war also nun in die Londoner Gesellschaft »eingeführt« und spielte für den Rest der Saison ihre Rolle so, wie sie es auf dem Ball getan hatte – bereitwillig, aber zur Vollkommenheit fehlten ihrem Auftreten die Lebhaftigkeit und das Temperament. Sie tat alles, was ihre Mutter für sie arrangierte, besuchte die Partys, trug die Kleider, gewann die Freunde, die Lady Montdore für passend hielt, tat nichts auf eigene Faust und bot keinen Anlaß zu Klagen. Gewiß trug sie nicht dazu bei, eine fröhliche Stimmung zu erzeugen, aber Lady Montdore selbst war gerade hiermit so sehr beschäftigt, daß ihr gar nicht auffiel, wie wenig sich Polly, obgleich gehorsam und ergeben, von den vielen Lustbarkeiten, die sie aufsuchten, mitreißen oder auch nur aufmuntern ließ. Lady Montdore ihrerseits genoß alles sehr, schien mit Polly zufrieden und war entzückt über die öffentliche Aufmerksamkeit, die ihrer Tochter als wichtigster und schönster Debütantin des Jahres zuteil wurde. Die ganze Saison über betätigte sie sich so eifrig im Getriebe und Geschiebe der vornehmen Gesellschaft, daß sie gar keine Zeit fand, sich zu fragen, ob Polly nun ein Erfolg sei oder nicht; als alles vorüber war, begaben sie sich nach Goodwood, nach Cowes auf der Isle of Wight und nach Schottland, wo Lady Montdore inmitten von Dunst und Heidekraut sicherlich die Muße fand, Bilanz zu ziehen. Für viele Wochen verschwanden die beiden aus meinem Leben.

Als ich sie im Herbst wiedersah, war ihr Verhältnis wie früher – sie gingen einander offenbar ganz erheblich auf die Nerven. Tante Emily hatte für den Winter ein kleines Haus an der St. Leonard's Terrace gemietet, und so wohnte auch ich jetzt in London. Für mich war es eine sehr glückliche Zeit, denn bald sollte die Verlobung mit Alfred Wincham stattfinden, jenem jungen Mann, dessen Blick über die Schulter mich auf dem Ball der Montdores so sehr in Aufregung versetzt hatte. In den Wochen vor meiner Verlobung sah ich Polly sehr oft. Manchmal rief sie mich morgens an.

»Was machst du so, Fanny?«

»Ich sterbe«, antwortete ich und meinte: vor Langeweile, ein Leiden, an dem junge Mädchen früher häufig erkrankten, bis der Nationale Hilfsdienst sie davon erlöste.

»Oh, gut. Vielleicht tust du mir dann einen Gefallen? Du ahnst nicht, wie öde es ist, aber wenn du sowieso schon stirbst… Also, ich muß bei Madame Rita den blauen Samthut anprobieren, und dann muß ich bei Debenhams Handschuhe abholen – es hieß, sie würden heute dort sein. Aber das Schlimmste kommt noch – läßt du dich auch dazu breitschlagen, zusammen mit meiner Tante Edna in Hampton Court zu essen und nachher mit ihr zu plaudern, während ich mir das Haar machen lasse? Nein, vergiß, daß ich dich überhaupt gefragt habe, eine Zumutung, ich weiß – trotzdem, wir treffen uns. In einer halben Stunde bin ich bei dir.«

Ich war leicht herumzubekommen. Ich hatte nichts zu tun und fuhr gern in dem großen Daimler durch London spazieren, während Polly all die Dinge tat, die man von einer Schönheit erwartete. Wenngleich die Gesellschaft und die Geselligkeit zu dieser Zeit für sie keinen Reiz besaßen, war sie doch stets auf ihre Erscheinung bedacht, und ich hatte das Gefühl, sie würde auch nie aufhören, sich darum zu kümmern, wie es Lady Patricia eines Tages getan hatte.

Also fuhren wir zu Madame Rita, wo ich mir, während Polly ihre Anprobe hatte, sämtliche vorhandenen Hüte aufsetzte und mich fragte, warum mir Hüte einfach nicht standen, vielleicht hing es mit meinem Heidekrauthaar zusammen, und dann fuhren wir nach Hampton Court hinaus, wo Pollys Großtante, die Witwe eines Generals, eine Wohnung hatte. Hier saß sie von morgens bis abends, legte ihre Patiencen und wartete auf die Ewigkeit.

»Und trotzdem glaube ich nicht, daß sie es sterbenslangweilig findet, weißt du«, sagte Polly.

»Mir ist aufgefallen, daß Ehefrauen und selbst Witwen nie daran sterben. Das Heiraten scheint irgend etwas an sich zu haben, wodurch es für immer aufhört, ich frage mich bloß, was?«

Polly gab keine Antwort. Schon bei der Erwähnung des Wortes Heiraten klappte sie zu wie eine Muschel, daran mußte man immer denken, wenn man mit ihr zusammen war.

Einen Tag bevor meine Verlobung in der *Times* angezeigt werden sollte, schickte mich Tante Emily nachmittags zum Montdore House. Ich sollte die Neuigkeit selbst überbringen. Eigentlich ist es nicht meine Art, einfach irgendwo »hereinzuschneien«. Mir ist lieber, wenn mich die Leute für eine bestimmte Uhrzeit einladen, wenn sie mich erwarten und sich darauf eingestellt haben, daß ich komme, aber ich wußte, Tante Emily hatte recht, als sie mir sagte, Lady Montdore habe mich immer so freundlich behandelt und Polly sei eine so gute Freundin von mir, deshalb dürfte ich nicht zulassen, daß sie von meiner Verlobung erst nebenbei aus der Zeitung erführen.

Also fuhr ich hin, ziemlich nervös. Bullitt, der Butler, jagte mir jedesmal einen Schreck ein. Er sah aus wie Frankensteins Monster und schlurfte mit ruckartigen Schritten durch eine Art von riesigem Museum vor einem her, bevor man in das kleine grüne Zimmer gelangte, in dem sie immer saßen, das einzige im ganzen Haus, das nicht so aussah, als sei es gerade für einen Empfang ausgeräumt worden. Heute jedoch wurde die Haustür von einem Lakaien mit menschlicheren Zügen geöffnet, der überdies die gute Nachricht bereithielt, Ihre Ladyschaft sei noch nicht zurückgekehrt, doch Lady Polly sei anwesend. So machten wir uns auf den langen Weg und fanden sie schließlich auch, umringt von den üblichen Fünf-Uhr-Utensilien: dem Silberkessel auf der Flamme, der silbernen Teekanne, den Tassen und Tellern aus Crown-Derby-Porzellan, dazu Gebäck und Süßigkeiten in solcher Menge, daß man damit eine Konditorei hätte ausstatten können. Sie saß auf der Armlehne eines Sessels und las den *Tatler.*

»Herrlicher *Tatler*-Tag heute«, sagte sie, »so etwas hilft einem beim Sterben über manches hinweg. Ich stehe drin, und Linda auch, aber du fehlst diese Woche. Lieb, daß du gekommen bist, gerade habe ich gedacht, wie schön es wäre, wenn jetzt ein netter Besuch käme – eben ist der Tee fertig.«

Ich wußte nicht, wie sie die Nachricht von meiner Verlobung aufnehmen würde, denn seit ich sie gebeten hatte, Alfred zu dem Ball einzuladen, hatte ich ihr nie mehr von ihm erzählt. Junge Männer und Gespräche über die Liebe, so schien mir, konnte sie nicht leiden. Aber als ich ihr jetzt die Neuigkeit berichtete, war sie begeistert und beschwerte sich nur über meine Heimlichtuerei.

»Ich weiß noch, du hast mich gebeten, ihn zu dem Ball einzuladen«, sagte sie. »Aber dann hast du ihn nie mehr erwähnt, kein einziges Mal.«

»Ich habe mich nicht getraut, darüber zu sprechen«, sagte ich, »falls – na ja – es war einfach zu wichtig.«

»Oh, das verstehe ich gut. Ich bin ja so froh, daß du dich danach gesehnt hast, bevor er dich gefragt hat. An das andere glaube ich nämlich nicht – diese Leute, die erst mit sich zu Rate gehen müssen, weißt du. Was für ein Glück du hast, stell sich einer vor, den heiraten können, den man liebt. Du weißt gar nicht, wie froh du sein kannst.« Ihre Augen hatten sich mit Tränen gefüllt. »Weiter«, sagte sie, »erzähl mir alles.«

Dieser für Polly ganz ungewöhnliche Gefühlsausbruch überraschte mich, aber in meinem großen neuen Glück dachte ich nur an mich und machte mir keine Gedanken darüber. Außerdem wollte ich ihr natürlich unbedingt alles erzählen.

»Auf deinem Ball war er ungeheuer nett zu mir, dabei hatte ich aus einem bestimmten Grund gar nicht erwartet, daß er nach London kommen würde, nämlich wegen der Bundhosen. Ich wußte, er besitzt keine, außerdem hat er immer so viel zu tun und haßt Partys, da kannst du dir vorstellen, wie aufgeregt ich war, als ich ihn dann doch sah. Er forderte mich zum Tanzen auf, anschließend die gute alte Louisa, dann sogar Tante Emily, und da dachte ich mir, ach, er kennt hier sonst niemanden, daran muß es liegen. Nachher nahm er mich mit zum Supper und sagte, er fände mein Kleid schön und er hoffte, ich würde ihn mal in Oxford besuchen, und schließlich sagte er etwas, woran ich erkannte, daß er sich an ein früheres

Gespräch zwischen uns erinnerte. Du weißt ja, wie ermutigend so etwas immer ist. Später hat er mich dann nach Oxford eingeladen, zweimal, einmal zu einer Lunch-Party, und einmal war er allein, aber in den Ferien fuhr er nach Griechenland, und die Ferien in Oxford sind elend lang, weißt du. Nicht mal eine Postkarte – ich dachte schon, es ist alles aus. Aber letzten Donnerstag bin ich wieder in Oxford gewesen, und diesmal hat er mir einen Antrag gemacht, hier, sieh mal…«, sagte ich und zeigte ihr den schönen Ring, einen in Diamanten gefaßten Granat.

»Erzähl mir nicht, daß er ihn selbst getragen hat, so wie in *Werdegang einer Marquise*«, sagte Polly.

»Doch, genau so, bloß daß es kein Rubin ist.«

»Aber dafür groß wie ein Taubenei. Du hast ein Glück!«

Jetzt erschien Lady Montdore. Sie trug noch ihre Straßenkleidung und schien in ungewöhnlich sanfter Stimmung zu sein.

»Aha, die Mädchen!« sagte sie. »Ballgeplauder, nehme ich an, wie üblich! Gehst du heute abend zu den Gravesends, Fanny? Gib mir einen Tee, ich bin sterbensmüde, so ein Nachmittag mit der Großherzogin, ich habe sie am Kensington Palace abgesetzt. Man sollte nicht glauben, daß diese Frau fast achtzig ist, die würde uns alle ganz schön in Trab halten, und dabei so freundlich, so menschlich, über alles kann man mit ihr reden. Wir waren bei Woollands und haben ein paar Wollsachen gekauft – sie friert immer so. Vermißt die Doppelfenster sehr, sagt sie.«

Es muß für Lady Montdore betrüblich gewesen sein (obwohl sie es bei ihrem Talent, Unerfreuliches einfach nicht wahrzuhaben, vermutlich nie bemerkt hat), daß die Freundschaften mit königlichen Hoheiten für sie immer erst begannen, wenn deren Ruhmestage gezählt waren. In Schlössern wie Zarskoje Selo, Schönbrunn, im Quirinal, im Kotrocheny Palast, in Miramar, Laecken und auf Korfu war sie nie zu Gast gewesen, außer inmitten einer riesigen Menschenmenge in den Staatsgemächern. Wenn sie mit ihrem Mann eine ausländische Hauptstadt besuchte, wurde sie natürlich zu offiziellen Empfängen eingeladen, und die ausländischen Herrscher, die nach London kamen, ließen sich auch auf ihren großen Partys sehen, aber das alles blieb sehr förmlich. Gekrönte Häupter hatten vielleicht nicht Verstand genug, die Krone auf dem Kopf zu behalten, aber so dumm waren sie wiederum nicht, daß sie nicht gewußt hätten: wer Lady Montdore einen Finger gibt, der kann ihr gleich die ganze Hand reichen. Sobald sie jedoch im Exil waren, besannen sie sich auf ihre charmante Freundin, und mit jedem untergegangenen Königreich vergrößerte sich die Zahl der *habitués* in Montdore House; und wenn sie dann schließlich völlig abgebrannt waren und alles für den Notfall zurückgelegte Geld durchgebracht hatten, wurde Lady Montdore sogar als Hofdame zugelassen und durfte mit ihnen zu Woollands gehen.

Polly versorgte sie mit einer Tasse Tee und erzählte ihr meine Neuigkeit. Mit einem Schlag erlosch der Nachglanz des königlichen Ausflugs auf ihrem Gesicht, und sie wurde äußerst unangenehm.

»Verlobt?« sagte sie. »Nun, das hört sich ja sehr nett an. Alfred wie doch gleich? Wer ist das? Was ist das für ein Name?«

»Er ist Professor in Oxford.«

»Oh, meine Liebe, wie außergewöhnlich. Aber du wirst doch nicht in Oxford leben wollen? Ich glaube, er sollte lieber in die Politik gehen und sich ein Amt kaufen – er hat vermutlich noch keines, oder? Nein, sonst wäre er nicht Professor und nicht Don, jedenfalls kein englischer, in Spanien ist das etwas anderes – da ist man als Don jemand, soviel ich weiß. Wir wollen einmal überlegen – ja, warum sollte euch dein Vater nicht zur Hochzeit ein Amt schenken? Du bist das einzige Kind, das er aller Wahrscheinlichkeit nach je haben wird. Ich werde ihm sofort schreiben – wo hält er sich zur Zeit auf?«

»Wahrscheinlich in Jamaica«, sagte ich unsicher, konnte aber keine Adresse nennen.

»Also wirklich, was für eine Familie! Ich werde es über das Kolonialamt herausfinden und ihm mit Diplomatenpost schreiben, das dürfte am sichersten sein. Dann kann sich dieser Mr. Dingsda zur Ruhe setzen und Bücher schreiben. Es verschafft einem Mann immer Ansehen, wenn er Bücher schreibt, Fanny, ich rate dir, ihn gleich auf den richtigen Dampfer zu setzen.«

»Leider habe ich keinen großen Einfluß auf ihn«, sagte ich verlegen.

»Dann sieh zu, daß du ihn bekommst. Es hat keinen Zweck, einen Mann zu heiraten, den man nicht beeinflussen kann. Sieh dir an, was ich für Montdore getan habe, immer habe ich dafür gesorgt, daß er sich Mühe gibt und daß er nimmt, was sich ihm bietet (Aufgaben, meine ich), daß er tut, was von ihm erwartet wird, und nichts schleifen läßt. Eine Frau muß stets wachsam sein, die Männer sind von Natur aus faul, Montdore zum Beispiel versucht immer, ein Mittagsschläfchen zu halten, aber ich will nichts davon wissen, wenn du damit anfängst, sage ich zu ihm, bist du alt, und alte Leute verlieren das Interesse, die kümmern sich nicht mehr und könnten genausogut tot sein. Montdore hat es nur mir zu verdanken, wenn er heute nicht in der gleichen Verfassung ist wie seine Altersgenossen, die wie sterbende Fliegen im Marlborough Club herumkriechen und sich kaum noch ins Oberhaus schleppen können. Statt dessen sorge ich dafür, daß Montdore jeden Tag hingeht. Kurz und gut, liebe Fanny, je länger ich darüber nachdenke, desto lächerlicher erscheint es mir, daß du einen Professor heiratest, was sagt denn Emily dazu?«

»Sie freut sich schrecklich.«

»Mit Emily und Sadie ist es hoffnungslos. In diesen Dingen mußt du *mich* um Rat fragen, und ich bin wirklich froh, daß du vorbeigekommen bist, wir müssen überlegen, wie wir dich da wieder herausholen. Du könntest ihn von hier aus anrufen und sagen, du hättest es dir anders überlegt, ich glaube, das wäre auf lange Sicht das vernünftigste.«

»Nein, ich kann nicht.«

»Warum denn nicht, meine Liebe? Es steht doch noch nicht in der Zeitung.«

»Aber morgen steht es drin.«

»Also, da kann ich dir behilflich sein. Ich schicke sofort jemanden zu Geoffrey Dawson und lasse die Sache stoppen.«

Ich war entsetzt. »Bitte...«, sagte ich, »nein, bitte nicht!«

Polly kam mir zu Hilfe. »Aber sie will ihn doch heiraten, Mami, sie ist verliebt, und sieh dir den hübschen Ring an!«

Lady Montdore sah ihn sich an und fühlte sich in ihrer Opposition nur bestätigt. »*Das* ist *kein* Rubin«, erklärte sie, als hätte ich behauptet, es sei einer. »Und was die Liebe angeht – ich dachte, das Beispiel deiner Mutter hätte dich da einiges gelehrt – was hat ihr die Liebe am Ende gebracht? Einen gräßlichen Großwildjäger. Und so etwas nennt man dann Liebe – den, der die Liebe erfunden hat, sollte man erschießen.«

»Professoren sind nun wirklich nicht dasselbe wie Großwildjäger«, sagte Polly. »Du weißt genau, wie gern Daddy sie hat.«

»Oh, gewiß, zum Dinner sind sie ganz nett, wenn man die Art mag. Montdore bittet sie manchmal her, ich weiß, aber deswegen müssen sie hier doch nicht gleich heiraten. Völlig unpassend, Größenwahn nenne ich das. Darunter leiden heutzutage viele Menschen. Nein, Fanny, ich bin sehr betrübt.«

»Oh, bitte, das brauchen Sie nicht zu sein«, sagte ich.

»Tja, also wenn du sagst, es sei abgemacht, dann kann ich ja wohl nur versuchen, das Meine zu tun, damit ein Erfolg daraus wird. Montdore kann den Obersten Parlamentarischen Geschäftsführer im Unterhaus nach einem Wahlkreis fragen, den man sich warmhalten könnte, das wird das beste sein.«

Es lag mir auf der Zunge zu sagen, was ich demnächst warmzuhalten hoffte, werde mir vom lieben Gott geschickt und nicht vom Obersten Parlamentarischen Geschäftsführer des Unterhauses, aber ich hielt mich zurück und wagte auch nicht zu gestehen, daß Alfred kein Tory war.

Die Unterhaltung wendete sich nun meiner Aussteuer zu, wobei sich Lady Montdore genauso rechthaberisch gebärdete, aber es wirkte weniger peinlich. Kleider interessierten mich damals nicht besonders, denn all meine Gedanken kreisten um die Frage, wie wir das zauberhafte kleine alte Haus ausstatten und möblieren sollten, das mir Alfred gezeigt hatte, nachdem er mir den Ring mit dem Taubenei an den Finger gesteckt hatte, und das infolge eines wunderbaren Glücksfalles zu vermieten war.

»Das wichtigste ist, daß man einen wirklich guten Pelzmantel hat, meine Liebe«, sagte Lady Montdore,

»ich meine, einen richtigen, dunklen.« Pelz war für sie gleichbedeutend mit Nerz; etwas anderes kam für sie einfach nicht in Frage, außer Zobel, aber den hätte sie eigens benannt. »Damit sehen nicht nur alle anderen Kleider von dir besser aus, als sie sind, man braucht sich auch sonst um nichts zu kümmern, du kannst ihn ja immer anbehalten. Aber vor allem, verschwende kein Geld für Unterwäsche, etwas Dümmeres gibt es nicht – ich leihe mir immer die von Montdore. Und für den Abend ist eine Diamantenbrosche sehr hilfreich, sofern sie gute, große Steine besitzt. Liebes Kind, wenn ich an die Diamanten denke, die dein Vater dieser Frau geschenkt hat – es ist wirklich grauenhaft. Trotzdem, er kann nicht alles durchgebracht haben, er war ungeheuer reich, als er das Erbe antrat, ich muß ihm schreiben. Jetzt werden wir uns mal ganz der praktischen Seite zuwenden. Jetzt oder nie.«

Sie klingelte nach ihrer Sekretärin und beauftragte sie, die Adresse meines Vaters ausfindig zu machen.

»Sie könnten den Staatssekretär im Kolonialamt anrufen, mit einem schönen Gruß von mir, und notieren Sie sich bitte, daß ich morgen an Lord Logan schreibe.«

Außerdem trug sie ihr auf, eine Liste von Geschäften zusammenzustellen, wo man Bettwäsche, Unterwäsche und Einrichtungsgegenstände zu Großhandelspreisen bekommen konnte.

»Bringen Sie die Aufstellung gleich her, wenn Sie fertig sind, für Miss Logan.«

Als die Sekretärin gegangen war, wandte sich Lady Montdore an Polly und sprach nun mit ihr, als wäre auch ich hinausgegangen und hätte sie allein gelassen. Es war eine Angewohnheit von ihr, die mir immer Unbehagen bereitete, weil ich nie wußte, was sie nun eigentlich von mir erwartete: ob ich sie unterbrechen und mich verabschieden sollte oder ob ich einfach aus dem Fenster sehen und so tun sollte, als wäre ich mit meinen Gedanken woanders. Diesmal aber sollte ich ja auf die Adressenliste warten und hatte deshalb keine Wahl.

»Also, Polly, hast du dir jetzt überlegt, welchen jungen Mann ich für den dritten einladen soll?«

»Ja, wie wäre es mit John Coningsby?« meinte Polly mit einer Gleichgültigkeit, die, wie ich deutlich sah, ihre Mutter zur Raserei bringen mußte. Lord Coningsby war sozusagen Pollys offizieller »junger Mann«. Sie lud ihn immer ein, und anfangs war Lady Montdore darüber auch sehr erfreut gewesen, denn er war reich, sah gut aus, war umgänglich und ein »ältester Sohn«, was in Lady Montdores Sprachgebrauch soviel bedeutete wie der älteste Sohn eines Peers (sollte nur ja kein erstgeborener Jones oder Robinson glauben, er sei ein ältester Sohn). Sehr bald jedoch erkannte sie, daß John Coningsby und Polly sehr gute Freunde waren und nie etwas anderes sein würden, woraufhin sie voller Bedauern jegliches Interesse an ihm verlor.

»Oh, John zähle ich nicht«, sagte sie.

»Was soll das heißen, du zählst ihn nicht?«

»Er ist nur ein Freund. Also, bei Woollands ist mir etwas eingefallen – beim Einkaufen kommen mir oft gute Ideen –, wie wäre es, wenn wir Joyce Fleetwood einladen würden?«

Oje, die Tage, in denen einzig und allein Ich, Albert Edward Christian George Andrew Patrick David, für würdig erachtet wurde, dich, Leopoldina, zu nehmen, mußten weit zurückliegen, wenn inzwischen schon Joyce Fleetwood als Ersatzmann vorgeschlagen wurde. Vielleicht hatte sich Lady Montdore überlegt, wenn Polly schon keine Neigung zeigte, einen Mann von etabliertem, ererbtem Rang zu heiraten, dann sei die zweitbeste Lösung jemand, der imstande war, einen solchen Rang aus eigener Kraft zu erringen. Joyce Fleetwood war ein vorlauter, eingebildeter junger Abgeordneter der Konservativen Partei, der sich in einigen der langweiligeren parlamentarischen Fragen kundig gemacht hatte, Landwirtschaft, das Britische Weltreich und so weiter, und jederzeit gern bereit war, sich im Unterhaus über sie zu verbreiten. Er hatte sich bei Lady Montdore eingeschmeichelt, die ihn für klüger hielt, als er wirklich war; sie kannte seine Eltern, sie lebten in Norfolk.

»Nun, Polly?«

»Ja, warum eigentlich nicht«, sagte Polly. »Man kommt sich zwar vor, als stände man unter der Dusche, wenn er redet, aber dafür ist er ja so ungeheuer faszinierend, nicht wahr?«

Jetzt riß bei Lady Montdore der Geduldsfaden, und ihre Stimme geriet außer Kontrolle. Ich empfand mit ihr, und sie tat mir wirklich leid, denn es war völlig klar, daß Polly sie absichtlich provozierte.

»So kann es nicht weitergehen, das ist einfach albern.«

Polly erwiderte nichts. Sie legte den Kopf schräg und tat so, als hätte sie sich in die für sie auf dem Kopf stehenden Schlagzeilen der Abendzeitung vertieft, die auf einem Stuhl neben ihrer Mutter lag. Ebensogut hätte sie laut sagen können: »Du abscheuliches, vulgäres Weib, nur weiter so, mir ist es gleichgültig, ich will von dir nichts wissen«, so unmißverständlich war ihr Gebaren.

»Hör bitte zu, wenn ich mit dir rede, Polly.«

Polly schielte weiter nach den Schlagzeilen.

»Polly, würdest du jetzt bitte zuhören.«

»Was hast du gerade gesagt? Etwas über Mr. Fleetwood?«

»Jetzt laß Mr. Fleetwood mal für einen Moment aus dem Spiel. Ich möchte von dir wissen, was du mit deinem Leben anzufangen gedenkst. Hast du die Absicht, für immer hier im Haus zu wohnen und vor dich hin zu träumen wie bisher?«

»Was soll ich denn sonst tun? Für eine Berufskarriere hast du mich ja nun nicht gerade erzogen, oder?«

»O doch, das habe ich! Ich habe dich für die Ehe erzogen, und das ist meiner Ansicht nach (vielleicht bin ich ja altmodisch) immer noch die beste Berufskarriere für jede Frau.«

»Alles gut und schön, aber wie soll ich heiraten, wenn niemand um meine Hand anhält?«

Natürlich, das war bei Lady Montdore der wunde Punkt: daß sich niemand um Polly bewarb. Eine ausgelassene, kokette Polly, inmitten von passablen Freiern, die sie, tändelnd und neckisch, gegeneinander ausspielte, eine Polly, die von verheirateten Männern begehrt wurde und die Romanzen ihrer Freundinnen verwirrte – diesem Spiel hätte Lady Montdore, wenn es sein mußte, gern ein paar Jahre zugesehen, solange erkennbar war, daß sich Polly am Ende einen passenden, vornehmen Mann aussuchen und mit ihm einen Hausstand gründen würde. Was ihrer Mutter so zu schaffen machte, war der Umstand, daß diese allseits anerkannte Schönheit womöglich überhaupt keine Anziehung auf das männliche Geschlecht ausübte. Die »ältesten Söhne« sahen einmal hin, sagten: »Ist sie nicht schön?« und zogen mit einem der kinn- und willenlosen Geschöpfe vom Cadogan Square ab. In letzter Zeit hatte es drei oder vier solcher Verlobungen gegeben. Sie hatten Lady Montdore sehr bestürzt.

»Und warum halten sie nicht um deine Hand an? Weil du sie nicht ermutigst! Kannst du nicht ein bißchen fröhlicher und netter zu ihnen sein, kein Mann will sich mit einer Schaufensterpuppe ins Bett legen, das ist einfach entmutigend, verstehst du.«

»Vielen Dank, ich will nicht, daß sich jemand zu mir ins Bett legt.«

»Aber liebes Kind! Was willst du denn dann?«

»Laß mich in Ruhe, Mutter, bitte!«

»Hier wohnen, bis du alt bist?«

»Daddy würde es nichts ausmachen.«

»O doch, es würde ihm etwas ausmachen, täusch dich da nicht! Ein, zwei Jahre würde es ihm vielleicht nichts ausmachen, aber am Ende doch. Niemand will, daß die eigene Tochter sitzenbleibt und als alte Jungfer versauert, und du würdest versauern, das ist schon jetzt unübersehbar, meine Liebe, verhutzeln und versauern würdest du.«

Ich traute meinen Ohren nicht; war das wirklich Lady Montdore, die in diesem hemmungslosen Ton zu ihrem Ein und Alles sprach, zu Polly, der sie aus lauter Liebe ohne weiteres verziehen hatte, daß sie eine Tochter und kein Erbe war? Ich fand es erschrekkend, und es lief mir kalt den Rücken herunter. Nun trat eine lange, unbehagliche Stille ein, die erst durch das ruckartige Schlurfen von Frankensteins Monster unterbrochen wurde, das sich zur Tür hereinschob und erklärte, der König von Portugal sei am Apparat. Lady Montdore stapfte davon, während ich die Gelegenheit nutzte und die Flucht ergriff.

»Ich hasse sie«, sagte Polly, als sie mir zum Abschied einen Kuß gab. »Ich hasse sie und wollte, sie wäre tot. Oh, Fanny, sei froh, daß dich nicht deine eigene Mutter großzieht – beneidenswert, du ahnst nicht, wie schrecklich eine solche Beziehung sein kann.«

»Arme Polly«, sagte ich bestürzt. »Wie traurig. Aber als du klein warst, da war es doch nicht schrecklich, oder?«

»Immer, immer war es schrecklich. Ich habe sie immer aus tiefstem Herzen gehaßt.«

Ich glaubte ihr nicht.

»Sie ist doch nicht immer so?« fragte ich.

»Noch schlimmer, viel schlimmer. Sieh zu, daß du fortkommst, Liebe, sonst geht es gleich wieder los. Ich rufe dich an, bis bald...«

11

Ich heiratete zu Beginn der Weihnachtsferien, und als Alfred und ich von unserer Hochzeitsreise zurückkehrten, nahmen wir, solange unser kleines Haus in Oxford noch renoviert wurde, Quartier in Alconleigh. Für uns war das sehr praktisch, denn Alfred konnte von dort jeden Tag in sein College nach Oxford fahren, und ich konnte mich um die Arbeiten in unserem Haus kümmern, aber obwohl Alconleigh für mich immer ein zweites Zuhause gewesen war, nahm ich nur zögernd an, als Tante Sadie mich einlud, meinen Mann gleich am Beginn unserer Ehe zu einem so langen Besuch dorthin mitzunehmen. Die Sympathien und Antipathien meines Onkels Matthew waren berühmt für ihre Heftigkeit, für die Vorherrschaft der letzteren über die ersteren und auch dafür, daß er nie den geringsten Versuch unternahm, sie vor dem Betroffenen zu verbergen; ich glaubte zu sehen, wie sich in seinem Kopf die Vorurteile gegen den armen Alfred zusammenbrauten. Es war allgemein bekannt, daß Onkel Matthew mich verabscheute; sodann haßte er neue Gesichter, er haßte Männer, die seine weiblichen Verwandten heirateten, und schließlich haßte und verachtete er Leute, die sich nicht an Fuchsjagden beteiligten. Ich hatte wenig Hoffnung für Alfred, vor allem – Gipfel des Schreckens – weil »der Bursche Bücher liest«.

Gewiß, das alles hatte auch für Davey gegolten, als er nach der Verlobung mit Tante Emily zum erstenmal in Erscheinung getreten war, und trotzdem hatte Onkel Matthew sofort eine unbegreifliche Neigung zu Davey gefaßt, aber es bestand wenig Aussicht, daß sich ein solches Wunder noch einmal wiederholen würde. Meine Befürchtungen erfüllten sich jedoch nicht ganz. Ich vermute, Tante Sadie hatte ihrem Mann vor unserer Ankunft kräftig zugesetzt, und auch ich hatte bei Alfred mein Bestes versucht. Ich hatte ihn dazu gebracht, sein Haar auf eine soldatische Kürze stutzen zu lassen, hatte ihm erklärt, wenn er unbedingt ein Buch aufschlagen müsse, dann möge er dies in der Abgeschiedenheit seines Schlafzimmers tun, und vor allem hatte ich ihm äußerste Pünktlichkeit bei den Mahlzeiten eingeschärft. Onkel Matthew, so hatte ich ihm erläutert, schätzte es, wenn wir alle uns mindestens fünf Minuten, bevor das Essen fertig war, im Eßzimmer versammelten. »Los, kommt«, pflegte er zu sagen, »wir setzen uns schon mal hin.« Und schon setzte sich die Familie mal hin. Alle drückten sich die heißen Teller vor die Brust (Tante Sadie hatte das einmal aus lauter Zerstreutheit mit einem Teller Artischockensuppe getan) und hefteten den Blick auf die Tür zum Anrichteraum.

Ich versuchte, Alfred diese Dinge zu erklären, und er hörte mir geduldig, aber verständnislos zu. Ich versuchte ihn auch auf die verheerende Wirkung der Wutanfälle meines Onkels vorzubereiten und versetzte den Armen damit unnötigerweise in Angst und Schrecken.

»Gehen wir lieber ins Mitre«, meinte er immer wieder.

»Vielleicht wird es ja gar nicht so schlimm«, entgegnete ich unsicher.

Und am Ende war es tatsächlich nicht so schlimm. Die traditionelle Abscheu, die Onkel Matthew schon gegen mich entwickelt hatte, als ich noch ganz klein gewesen war, und die meine ganze Kindheit mit Angst überschattet hatte, war inzwischen nämlich mehr Sage als Wirklichkeit. Ich war ein so regelmäßiger Gast in seinem Haus und er ein so konservativ veranlagter Mensch, daß diese Abscheu zusammen mit der gegen Josh, den Pferdeknecht, und verschiedene andere alte Vertraute nicht nur an Kraft eingebüßt hatte, sondern, wie ich glaube, im Laufe der Jahre sogar in echte Liebe umgeschlagen war – denn eine lauwarme Gefühlsregung wie etwa die herkömmliche onkelhafte Jovialität war seinem ganzen Wesen selbstverständlich völlig fremd. Aber wie dem auch sei – er hatte offenbar nicht die Absicht, die Anfänge meines Ehelebens zu vergiften und bemühte sich in rührender Weise, verschiedene Anwandlungen von Ärger über gewisse Unzulänglichkeiten Alfreds zu unterdrücken: über seine unmännliche Ahnungslosigkeit in Fragen, die das eigene Automobil betrafen, zum Beispiel, über sein etwas verschwommenes Zeitgefühl und einen fatalen Hang, beim Frühstück mit Marmelade zu klekkern. Daß Alfred morgens um neun nach Oxford fuhr und erst zum Dinner zurückkehrte und daß wir Woche für Woche von Samstag bis Montag in Kent bei Tante Emily waren, machte unseren Besuch für Onkel Matthew gerade eben erträglich und übrigens auch für Alfred, der meine vorbehaltlose Bewunderung für alle Mitglieder der Familie Radlett nicht teilte.

Für die Radlett-Jungen hatte die Schulzeit wieder begonnen, und meine Cousine Linda, die ich nach Alfred auf dieser Welt am meisten liebte, wohnte jetzt in London und erwartete ein Kind, aber auch wenn Alconleigh ohne sie nicht mehr wie früher war, wohnten doch immer noch Jassy und Victoria zu Hause (kein Mädchen der Radletts besuchte eine Schule), und durch das ganze Haus gellten wie eh und je ihr Singsang, ihre Sprüche und ihr unsinniges Gekreisch. Irgendein Witz wurde in Alconleigh immer gerade zu Tode geritten, und im Augenblick waren es die Schlagzeilen des *Daily Express*, aus denen die Kinder ein Liedchen gemacht hatten, das sie von morgens bis abends zum besten gaben.

Jassy: »Aufzugschacht wird Todesfalle.«

Victoria: »Mann im Lift langsam zerquetscht.«

Tante Sadie wurde sehr böse und meinte, sie seien wirklich zu alt für solche grausamen Scherze, außerdem sei es kein bißchen komisch, sondern nur dumm und ekelhaft, und verbot ihnen ein für allemal, dieses Lied zu singen. Aber nun klopften sie es einander zu, an Türen, unter dem Eßtisch, schnalzten es mit der Zunge oder zwinkerten es mit den Augenlidern, immer unter heftigen Anfällen von boshaftem Gekicher. Ich sah, daß Alfred sie schrecklich albern fand und seine Entrüstung kaum verbergen konnte, als er erfuhr, daß sie überhaupt keinen Unterricht erhielten.

»Dank sei dem Himmel für deine Tante Emily«, meinte er. »Eine vollkommene Analphabetin hätte ich nicht heiraten können.«

Natürlich war auch ich dankbarer denn je dafür, daß ich meine Tante Emily hatte, aber gleichzeitig brachten mich Jassy und Victoria so oft zum Lachen und ich mochte sie so gern, daß ich mir die beiden einfach nicht anders wünschen konnte, als sie waren. Kaum war ich angekommen, da schleppten sie mich schon zu ihrem geheimen Treffpunkt, dem Wäscheschrank der honorigen Hons, und fragten mich aus, wie ES sei.

»Linda sagt, so gut, wie immer behauptet wird, sei es nun auch wieder nicht«, erklärte Jassy, »und das wundert uns nicht, wenn wir uns Tony vorstellen.«

»Aber Louisa sagt, wenn man sich erst daran gewöhnt hat, sei es die reinste Wonne«, fuhr Victoria fort, »und das wundert uns nun wieder sehr, wenn wir uns John vorstellen.«

»Was stimmt denn nicht mit Tony und John?«

»Langweilig und alt. Los, Fanny, erzähl du mal…«

Ich sagte, ich sei der gleichen Ansicht wie Louisa, weigerte mich aber, in die Einzelheiten zu gehen.

»Das ist unfair, niemand erzählt uns was. Sadie weiß es einfach nicht, das ist klar, und Louisa ist prüde, aber wir haben gedacht, auf Linda und dich sei Verlaß. Na schön, dann werden wir eben ahnungslos in unsere Ehebetten steigen, wie viktorianische Damen, und am Morgen danach wird man uns finden, wie wir starr vor Entsetzen vor uns hinstieren, und die nächsten sechzig Jahre verbringen wir in einer kostspieligen Klapsmühle, spätestens dann wirst du vielleicht bereuen, daß du uns nicht weitergeholfen hast.«

»Unter der Last von Juwelen und Valenciennesspitzen, die in die Tausende gehen«, sagte Victoria. »Der Lektor war übrigens letzte Woche hier und hat Sadie ein paar sehr nette erotische Geschichten über diese Dinge erzählt – wir sollten natürlich nichts hören, aber du kannst dir vorstellen, wie es ausging: Sadie hörte nicht zu, und wir spitzten die Ohren.«

»Ich an euerer Stelle würde den Lektor fragen«, sagte ich. »Er würde euch alles erzählen.«

»Er würde es uns zeigen. Nein, vielen Dank.«

Polly kam herüber, um mich zu besuchen. Sie war bleich und dünner geworden, hatte Ringe unter den Augen und wirkte sehr verschlossen, obwohl der

Gegensatz zu den übermütigen Radletts diesen Eindruck vielleicht noch verstärkte. Neben Jassy und Victoria sah sie aus wie ein Schwan in Begleitung von zwei komischen, ausgelassenen Entchen. Sie hatte die beiden sehr gern. Mit Linda war sie nie sonderlich gut ausgekommen, aber alle anderen in Alconleigh hatte sie sehr gern, besonders Tante Sadie, und niemand, der nicht zur Familie gehörte, kam mit Onkel Matthew so gut zurecht wie sie. Er seinerseits übertrug einen Teil der Verehrung, die er Lord Montdore entgegenbrachte, auf sie, nannte sie Lady Polly und lächelte jedesmal, wenn ihm ihr schönes Antlitz zu Gesicht kam.

»Kinder«, sagte Tante Sadie, »jetzt laßt Fanny und Polly ein bißchen plaudern und stört sie nicht immer, hört ihr.«

»Das ist unfair – Fanny *erzählt* es jetzt bestimmt Polly. Na schön, zurück zum Gesundheitslexikon und zur Bibel. Wenn diese Dinge in gedruckter Form bloß nicht so ernüchternd wirken würden. Wir brauchen eine vernünftige verheiratete Frau, die es uns erklärt, aber wo finden wir die?«

Die Unterhaltung zwischen Polly und mir war jedoch nur sehr sprunghaft. Ich zeigte ihr Fotos von Alfred und mir in Südfrankreich, wo er meine arme Mutter, die Hopse, kennengelernt hatte, die dort jetzt mit einem unangenehmen neuen Ehemann lebte. Polly erzählte, auch die Dougdales würden in der nächsten Woche nach Südfrankreich fahren, die Kälte mache Lady Patricia in diesem Winter sehr zu schaffen. Außerdem berichtete sie, in Hampton habe eine gewaltige Weihnachtsparty stattgefunden, und Joyce Fleetwood sei bei ihrer Mutter in Ungnade gefallen, weil er seine Bridge-Schulden nicht bezahlt habe.

»Immerhin *ein* Trost«, meinte Polly. »Die Großherzogin ist immer noch da, die Arme. So etwas Langweiliges – aber Mami sieht das anscheinend anders.«

Ich mochte nicht danach fragen, ob Polly und ihre Mutter jetzt besser miteinander auskamen, und Polly kam nicht auf dieses Thema zu sprechen, aber ich fand, sie sah sehr mitgenommen aus. Wenig später sagte sie, sie müsse jetzt gehen.

»Komm doch mal herüber zu uns und bring Alfred mit.«

Aber die Wirkung von Lady Montdore auf Alfred fürchtete ich noch mehr als die von Onkel Matthew und erklärte, er sei zu beschäftigt, aber ich würde demnächst einmal allein kommen.

»Wie ich höre, sieht es zwischen ihr und Sonia mal wieder sehr schlecht aus«, sagte Tante Sadie, als Polly abgefahren war.

»Diese Schreckschraube«, sagte Onkel Matthew. »Ich würde sie ertränken, wenn ich Montdore wäre.«

»Er könnte sie auch mit der Nagelschere in kleine Stücke schneiden, wie der französische Herzog, von dem dir der Lasterlektor letztens erzählt hat, Sadie, als du nicht zugehört hast, aber wir.«

»Nennt mich nicht immer Sadie, Kinder, und zu Mr. Dougdale sollt ihr nicht Lasterlektor sagen.«

»Ach, wir tun das immer hinter eurem Rücken, und manchmal rutscht es uns eben heraus.«

In diesem Augenblick kam Davey herein. Er wollte ungefähr eine Woche bleiben, um sich im Radcliffe Krankenhaus in Oxford behandeln zu lassen. Tante Emily ließ sich nur noch selten überreden, ihre vielen Tiere allein zu lassen, wofür wir ihr damals sehr dankbar waren, denn die Sonntage in Kent waren mir und Alfred als Erholung wirklich unentbehrlich.

»Ich habe Polly auf der Zufahrt getroffen«, sagte Davey, »wir haben angehalten und uns kurz unterhalten. Ich finde, sie sieht richtig krank aus.«

»Unsinn«, sagte Tante Sadie, die nicht an Krankheiten glaubte, außer an Blinddarmentzündung. »Polly hat gar nichts, sie braucht einen Mann, das ist alles.«

»Oh! Typisch Frau!« sagte Davey. »Die praktische Liebe, meine liebe Sadie, ist keineswegs ein Allheilmittel, weißt du. Ich wollte, es wäre so!«

»Diese Praxis habe ich gar nicht gemeint«, entgegnete meine Tante, höchst aufgebracht über diese Deutung. Sie war, wie die Kinder es ausdrückten, »dagegen«, das heißt, die praktische Liebe spielte in ihren Überlegungen keine Rolle. »Ich habe gesagt und ich habe gemeint, daß sie einen Mann braucht. Mädchen in ihrem Alter, die zu Hause wohnen, sind fast nie glücklich, und Polly ist ein besonders schwerer Fall, weil sie absolut nichts zu tun hat, sie interessiert sich nicht fürs Jagen, für Partys oder sonst etwas, und sie versteht sich nicht mit ihrer Mutter. Gewiß, Sonia meckert an ihr herum und bevormundet sie und packt überhaupt alles falsch an, sie ist eine taktlose Person, aber sie hat vollkommen recht, verstehst du. Polly muß ihr eigenes Leben führen, Kinder, eine Beschäftigung, Interessen – eben einen Platz im Leben –, und dazu braucht sie nun mal einen Mann.«

»Oder eine der zärtlichen Ladys von Llangollen«, sagte Victoria.

»Zeit, daß du ins Bett kommst, Fräulein, ab mit euch, beide.«

»Ich noch nicht. Es ist noch längst nicht Schlafenszeit.«

»Ich habe gesagt: beide. Ab jetzt.«

So langsam, wie sie sich getrauten, schlichen sie aus dem Zimmer, aber oben auf den Dielen vor den

Kinderzimmern stampften sie so laut, daß niemand im Haus es überhören konnte, »Aufzugschacht wird Todesfalle«.

»Diese Kinder lesen zuviel«, sagte Tante Sadie. »Aber ich kann sie nicht daran hindern. Ich bin überzeugt, wenn sie nichts anderes hätten, würden sie noch die Etiketten auf den Arzneiflaschen lesen.«

»Also, gerade Etiketten auf Arzneiflaschen lese ich für mein Leben gern«, sagte Davey, »sie sind irrsinnig unterhaltsam, weißt du.«

12

Als ich am nächsten Morgen zum Frühstück nach unten kam, saßen alle, selbst die Kinder, ganz betrübt da. Irgendeine geheimnisvolle Buschtrommel hatte Tante Sadie die Nachricht zugetragen, daß Lady Patricia in dieser Nacht gestorben war. Ganz plötzlich war sie zusammengebrochen, man hatte zu Lord Montdore geschickt, aber als er schließlich kam, hatte sie das Bewußtsein schon verloren, und eine Stunde später war sie tot.

»Die arme Patricia«, sagte Tante Sadie immer wieder tief betrübt, und Onkel Matthew, dem leicht die Tränen kamen, wischte sich die Augen, während er sich weniger begeistert als sonst über den warmen Teller beugte und ein Würstchen oder, wie er es nannte, einen »Knalldarm« nahm.

»Letzte Woche habe ich sie noch in Oxford gesehen«, sagte er, »am Clarendon Yard.«

»Ja«, sagte Tante Sadie, »du hast es mir erzählt, ich erinnere mich. Arme Patricia, ich hatte sie immer so gern, obwohl natürlich ihre Hinfälligkeit immer etwas anstrengend war.«

»Jetzt siehst du selbst, daß sie hinfällig war«, sagte Davey triumphierend. »Sie ist tot. Es hat sie umgebracht. Begreift ihr immer noch nicht? Wenn ich euch Radletts bloß klarmachen könnte, daß es so etwas wie eine eingebildete Krankheit nicht gibt. Niemand, der wirklich gesund ist, würde je den ganzen Verdruß auf sich nehmen, den zum Beispiel ich über mich ergehen lasse, um mein Gerippe auf den Beinen zu halten.«

Die Kinder begannen zu kichern, und sogar Tante Sadie schmunzelte, denn alle wußten, daß hier von Verdruß nicht die Rede sein konnte, daß dieser »Verdruß« vielmehr eine Beschäftigung war, die Davey ganz und gar fesselte und die er über die Maßen genoß.

»Natürlich, ich weiß, ihr haltet das bloß für einen großen Witz, und Jassy und Victoria werden wahrscheinlich kreischen vor Lachen, wenn ich dereinst den Löffel weglege, aber für mich ist es kein Witz, das kann ich euch sagen, und auch für die arme Patricia war eine Leber in diesem Zustand bestimmt nicht sehr lustig, von anderem nicht zu reden.«

»Arme Patricia, ich fürchte, es war ein trauriges Leben mit diesem langweiligen alten Lektor.«

Typisch Tante Sadie! Nachdem sie jahrelang gegen den Namen »Lektor« für Boy Dougdale protestiert hatte, benutzte sie ihn jetzt selbst, so ging es immer; demnächst würden wir sie »Aufzugschacht wird Todesfalle« singen hören.

»Aus irgendeinem Grund, den ich nie verstanden habe, hat sie ihn wirklich geliebt.«

»Jedenfalls bis vor kurzem«, meinte Davey. »Ich glaube, im letzten Jahr oder noch etwas früher hat sich das Verhältnis umgekehrt, da war er eher von ihr abhängig gewesen, aber das kam zu spät, da war er ihr schon gleichgültig geworden.«

»Möglich. Jedenfalls kam es, wie es kam, und alles ist sehr traurig. Wir müssen einen Kranz schikken, Liebling, und zwar sofort. Ausgerechnet in dieser Jahreszeit – wahrscheinlich müssen wir ihn aus Oxford kommen lassen – oh, diese Geldverschwendung!«

»Schick einen Kranz aus Froschlaich, Froschlaich, Froschlaich, schöner, guter Froschlaich ist das beste auf der Welt«, sang Jassy.

»Wenn ihr weiter so albern seid, Kinder«, sagte Tante Sadie, die einen Ausdruck äußersten Mißfallens auf Alfreds Gesicht entdeckt hatte, »werde ich euch zur Schule schicken müssen, verstanden?«

»Aber kannst du dir das auch leisten?« fragte Victoria. »Du müßtest uns Turnschuhe und Turnhemden und Unterwäsche in einem anständigen Zustand kaufen und gute, solide Koffer und Taschen. Ich habe Mädchen ins Internat abreisen sehen, die waren über und über mit teuren Sachen behängt. Wir möchten natürlich unbedingt hin, die Vertrauensschülerinnen anhimmeln und nachts im Schlafsaal quatschen. Die Schule hat eine sehr erotische Seite, weißt du, Sadie – allein schon das Wort ›Lehrkörper‹, nicht wahr...«

Aber Tante Sadie hörte gar nicht zu; sie saß auf ihrer Wolke und sagte bloß:

»Hm, sehr ungezogen und albern, außerdem sollt ihr nicht immer Sadie zu mir sagen.«

Tante Sadie und Davey fuhren zusammen zur Beerdigung. Onkel Matthew hatte an diesem Tag »Gericht« und wollte die Sitzung diesmal auf keinen Fall verpassen, wollte vielmehr dafür sorgen, daß ein bestimmter Bösewicht, der an diesem Tag erscheinen sollte, vor ein Schwurgericht gestellt wurde, wo er hoffentlich mehrere Jahre bekommen würde und außerdem die neunschwänzige Katze. Einige Richterkollegen von Onkel Matthew hegten in Fragen der Justiz allerlei verschrobene moderne Ideen, so daß er genötigt war, gegen sie einen energischen Krieg zu führen, bei dem ihm ein pensionierter Admiral aus der Nachbarschaft tatkräftig zur Seite stand.

Deshalb hatten Tante Sadie und Davey ohne ihn zur Beerdigung fahren müssen und kamen in gedrückter Stimmung zurück.

»Es bröckelt im Gemäuer«, sagte Tante Sadie. »Ich habe immer Angst vor dem Tag gehabt, an dem es beginnt. Bald werden wir alle nicht mehr da sein – na ja, macht nichts.«

»Unsinn«, meinte Davey munter. »Die moderne Wissenschaft wird uns noch so manchen langen Tag jung und am Leben erhalten. In Patricias Körper muß es furchtbar ausgesehen haben – ich hatte ein kurzes Gespräch mit Dr. Simpson, während du bei Sonia warst, und es ist offenbar ein wahres Wunder, daß sie nicht schon vor Jahren gestorben ist. Wenn die Kinder zu Bett sind, erzähle ich es dir.«

»Nein, danke«, sagte Tante Sadie, während die Kinder ihn anflehten, er möge auf der Stelle mit in den Wäscheschrank der Hons kommen und ihnen alles erzählen.

»Das ist unfair, Sadie will nichts davon hören, und wir sterben vor Neugier.«

»Wie alt war Patricia eigentlich?« fragte Tante Sadie.

»Älter als wir«, sagte Davey. »Ich erinnere mich, als die beiden heirateten, hieß es, sie sei um einiges älter als Boy.«

»Aber in der windigen Kälte da draußen sah er aus wie hundert.«

»Auf mich machte er einen furchtbar mitgenommenen Eindruck, der arme Boy.«

Bei einem kleinen Geplauder am Grab mit Lady Montdore hatte Tante Sadie erfahren, daß dieser Tod für alle völlig überraschend gekommen war, zwar hatten sie gewußt, daß sich Lady Patricia keineswegs in bester Gesundheit befand, aber daß sie in unmittelbarer Gefahr schwebte, hatte niemand geahnt; und sie selbst hatte sich so sehr auf die Reise gefreut, zu der sie in der folgenden Woche mit ihrem Mann aufbrechen wollte. Lady Montdore, die den Tod verabscheute, fand es offenbar einfach rücksichtslos, daß ihre Schwägerin den kleinen Familienkreis so plötzlich hatte aus den Fugen geraten lassen, und Lord Montdore, der seine Schwester sehr geliebt hatte, war von der mitternächtlichen Autofahrt und der anschließenden Totenwache noch furchtbar erschöpft gewesen. Am härtesten aber hatte es überraschenderweise Polly getroffen. Sie hatte sich, wie es schien, heftig erbrochen, als sie die Nachricht erfuhr, hatte zwei Tage das Bett gehütet und sah noch immer so krank aus, daß ihre Mutter sich geweigert hatte, sie mit zur Beerdigung zu nehmen.

»Ein bißchen seltsam ist das schon«, meinte Tante Sadie. »Ich hatte keine Ahnung, daß sie Patricia so gern gehabt hat, wußtest du das, Fanny?«

»Der Nervenschock«, sagte Davey. »Ich glaube, sie hat noch nie einen Todesfall in nächster Nähe erlebt.«

»Aber sicher hat sie«, meinte Jassy. »Ranger.«

»Hunde sind nicht dasselbe wie Menschen, meine liebe Jassy.«

Doch für die Radletts waren sie genau dasselbe, mit dem einen Unterschied, daß ihnen Hunde meistens wirklicher vorkamen als Menschen.

»Erzähl von dem Grab«, sagte Victoria.

»Da gibt es nicht viel zu erzählen, wirklich«, sagte Tante Sadie. »Einfach ein Grab, weißt du, viele Blumen und viel Matsch.«

»Sie hatten es mit Heidekraut eingefaßt«, sagte Davey, »aus Craigside. Die arme Patricia, sie hat Schottland wirklich geliebt.«

»Und wo war es?«

»Auf dem Friedhof natürlich, in Silkin – zwischen der Gruft der Wellingtons und der Gruft der Bloods, wenn du weißt, was ich meine. Boy kann es übrigens von seinem Schlafzimmerfenster aus sehen.«

Jetzt begann Jassy sehr schnell und sehr ernsthaft zu reden.

»Ihr müßt mir versprechen, daß ihr mich hier beerdigt, egal, was geschieht, tut ihr das, ja? Ich will an eine ganz bestimmte Stelle, ich sehe sie jedesmal, wenn ich zur Kirche gehe, gleich neben der alten Dame, die fast hundert geworden ist.«

»Das ist doch gar nicht unser Teil des Friedhofs – meilenweit von Großvater entfernt.«

»Schon, aber da möchte ich hin. Ich habe mal ein winziges totes Wühlmausbaby dort gesehen. Bitte, bitte, vergeßt es nicht.«

»Bis dahin hast du längst irgendeinen Gulli geheiratet und wohnst bei den Antipoden«, sagte Onkel Matthew, der gerade hereingekommen war. »Sie haben den Dreckskerl laufen lassen, Mangel an Beweisen, hieß es. Zum Teufel mit Beweisen, dem brauchte man nur ins Gesicht zu sehen, dann wußte man, wer es gewesen ist, der ganze Nachmittag für die Katz, der Admiral und ich treten zurück.«

»Dann müßt ihr mich eben von dort holen lassen«, sagte Jassy, »sauer eingelegt. Ich bezahle es auch, das schwöre ich. Bitte, Fa, ihr müßt.«

»Schreib's auf«, sagte Onkel Matthew und holte ein Blatt Papier und einen Füllfederhalter heraus, »wenn solche Dinge nicht schriftlich festgehalten werden, vergißt man sie. Außerdem hätte ich bitteschön gern eine Anzahlung von 10 Shilling.«

»Du kannst sie von meinem Geburtstagsgeschenk abziehen«, sagte Jassy, während sie sehr konzentriert kritzelte. »Hier, ich habe eine Karte gezeichnet, wie in der *Schatzinsel*. Sieh mal.«

»Ja, danke. Daraus geht alles hervor«, sagte Onkel Matthew. Er trat an die Wand, nahm seinen Hauptschlüssel aus der Tasche, öffnete einen Safe und legte das Blatt hinein. In jedem Zimmer in Alconleigh gab es solche Wandsafes, deren Inhalt einen Einbrecher, dem es gelungen wäre, sie zu öffnen, in Erstaunen versetzt hätte. Tante Sadies Schmuckstücke, unter denen es einige sehr gute Steine gab, wurden nie darin aufbewahrt, sie lagen glitzernd überall in Haus und Garten herum, wo Tante Sadie sie gerade abgelegt und nachher vergessen hatte, neben dem Waschbekken im unteren Stock, neben der Blumenrabatte, in der sie Unkraut gejätet hatte, in der Waschküche, weil sie damit irgendeinen abgerissenen Träger an einem Kleid festgesteckt hatte. Ihre großen Juwelen für festliche Anlässe lagen auf der Bank. Onkel Matthew selbst besaß keinen Schmuck und verachtete alle Männer, die dergleichen besaßen. (Boys Siegelring und seine Uhrkette aus Platin mit Perlenverzierung für den Abendanzug waren ein häufiger Anlaß für heftiges Zähneknirschen.) Onkel Matthews eigene Uhr war ein laut tickender Mechanismus aus Kanonenmetall, der zweimal am Tag an Hand eines Chronometers im Geschäftszimmer mit der mittleren Greenwich-Zeit verglichen wurde und angeblich drei Sekunden in der Woche vorging. Sie war an seinem Schlüsselring befestigt, und zwar mit einem einfachen, unter seiner Moleskin-Weste entlanglaufenden Lederschnürsenkel, in den Tante Sadie oft Knoten machte, um ihn an irgend etwas zu erinnern.

Trotzdem waren die Safes voller Schätze, wenn auch nicht voller Wertsachen, denn Onkel Matthews Schätze waren Objekte von esoterischem Wert, etwa der auf seinem Grund und Boden ausgegrabene Stein, unter dem angeblich zweitausend Jahre lang eine Kröte bei lebendigem Leib gefangen gesessen hatte; Lindas erste Schuhe; das von einer Eule wieder ausgespieene Skelett einer Maus; eine winzige Pistole, mit der man Schmeißfliegen erschießen konnte; Haar von allen seinen Kindern, zu einem Armreif geflochten; ein Scherenschnitt von Tante Sadie, den sie von einer Kirmes mitgebracht hatten; eine Nuß mit Schnitzereien; ein Flaschenschiff; alles in allem ein Sammelsurium aus Empfindsamkeit, Naturgeschichte und verschiedenen Kleinigkeiten, die irgendwann einmal Onkel Matthews Phantasie angeregt hatten.

»Los, laß mal sehen«, sagten Jassy und Victoria und stürzten zu der Tür in der Wand hinüber. Es war immer sehr aufregend, wenn die Safes geöffnet wurden, denn es geschah nur selten, und einen Blick hineinzuwerfen war etwas Besonderes.

»Oh! Das nette Stückchen Schrapnell, darf ich es mal haben?«

»Nein, darfst du nicht. Das hat mir mal eine ganze Woche in der Leiste gesteckt.«

»Wo wir gerade vom Tod sprechen«, sagte Davey. »Als größtes medizinisches Wunder unserer Tage muß die Tatsache gelten, daß Matthew immer noch unter uns weilt.«

»Es zeigt nur«, sagte Tante Sadie, »daß es kommt, wie es kommt, warum also all diese furchtbaren Anstrengungen, am Leben zu bleiben?«

»Oh, aber die Anstrengung ist doch gerade das Schöne daran«, meinte Davey, und diesmal sprach er die Wahrheit.

13

Ich glaube, es war ungefähr vierzehn Tage nach der Beerdigung von Lady Patricia, als Onkel Matthew nach dem Lunch mit der Uhr in der Hand draußen vor der Tür stand, drohende Blicke um sich warf und unter heftigem Zähneknirschen das größte Ereignis des ganzen Jahres erwartete, das nachmittägliche Döbel-Beduseln. Der Döbel-Beduseler sollte um halb drei da sein.

»Dreiundzwanzig und eine viertel Minute nach«, schimpfte Onkel Matthew vor sich hin, »in genau sechsdreiviertel Minuten ist der verdammte Kerl überfällig.«

Besucher, die nicht vor der vereinbarten Zeit da waren, betrachtete Onkel Matthew immer als zu spät gekommen. Schon eine halbe Stunde vorher begann er unruhig zu werden, vertat auf diese Weise genausoviel Zeit wie Leute, die überhaupt nicht auf die Zeit achten, und geriet außerdem noch in sehr schlechte Laune.

Der berühmte Forellenbach, der unterhalb von Alconleigh durchs Tal lief, war eines der Besitztümer, die Onkel Matthew ganz besonders liebte. Mein Onkel war ein ausgezeichneter Angler und am glücklichsten immer dann, wenn er sich während oder außerhalb der Fangzeit in Wasserstiefeln am Fluß herumtrieb und sich für seine Anlagen großartige Verbesserungen ausdachte. Hier war der Traum eines kleinen Jungen wahr geworden. Er baute Dämme und Wehre, schnitt Unkraut und säuberte die Ufer, erlegte Fischreiher, machte Jagd auf Fischotter und setzte jedes Jahr junge Forellen aus. Aber die größeren Raubfische machten ihm Schwierigkeiten, vor allem die Döbel, die nicht nur die jungen Forellen, sondern auch deren Nahrung fraßen und ihm deshalb außerordentlich zuwider waren. Da stieß er eines Tages in *Börse und Markt* auf eine Annonce: »Bestellen Sie den Döbel-Beduseler«.

Die Radletts behaupteten immer, ihr Vater habe nie lesen gelernt, aber in Wirklichkeit konnte er sehr gut lesen, sofern ihn das Thema wirklich faszinierte, und der Beweis dafür ist, daß er den Döbel-Beduseler ganz allein gefunden hat. Sofort setzte er sich hin und bestellte ihn. Es dauerte einige Zeit, in der er, schwer atmend und tief über das Schreibpapier gebeugt, wie immer mehrere Abschriften anfertigte, bis er seinen Brief schließlich versiegelte und frankierte.

»Der Kerl schreibt, man soll einen adressierten Freiumschlag beilegen, aber da kann er lange warten, entweder er kommt, oder er läßt es bleiben.«

Er kam. Er ging am Ufer entlang und säte Zauberkörner auf dem Wasser aus, die bald eine magische Wirkung taten, denn zuckend, um sich schlagend, der Ohnmacht nahe, nach Luft schnappend, gründlich und unzweifelhaft beduselt, kamen Hunderte und Aberhunderte von Döbeln an die Oberfläche. Die gesamte männliche Bevölkerung des Dorfes, die vorher unterrichtet worden war und sich, mit Rechen und Keschern bewaffnet, am Ufer eingefunden hatte, fiel über die Fische her, füllte mehrere Schubkarren mit ihnen und schaffte die Beute davon, um sie als Dünger in den Bauerngärten zu verwenden oder aber Döbel-Pie daraus zu bereiten, je nach Geschmack.

Von da an wurde das Döbel-Beduseln zu einem alljährlich wiederkehrenden Ereignis in Alconleigh. Regelmäßig mit den Schneeglöckchen erschien auch der Beduseler, und ihm bei der Arbeit zuzusehen wurde niemals langweilig. Auch diesmal erwarteten wir ihn alle, Onkel Matthew draußen vor der Tür, heftig auf und ab gehend, wir anderen der bitteren Kälte wegen drinnen am Fenster, während sich alle Männer des Hofgutes schon in Gruppen unten am Fluß versammelt hatten. Niemand wollte den Augenblick des Beduselns verpassen, selbst Tante Sadie nicht. Bloß Davey hatte sich auf sein Zimmer zurückgezogen und erklärt:

»Ich bin nicht wild darauf, schon gar nicht bei diesem Wetter.«

Das Geräusch eines näher kommenden Autos wurde vernehmbar, das Knirschen der Räder, ein leises, sonores Hupen, und gerade als Onkel Matthew mit einem letzten Blick auf das Zifferblatt seine Uhr in die Tasche zurückschob, erschien in der Zufahrt nicht etwa der kleine Standard des Döbel-Beduselers, sondern der riesige schwarze Daimler aus Hampton Park mit Lord und Lady Montdore. Das war nun wirklich eine Sensation! Besucher waren in Alconleigh unbekannt, denn jedem, der dieses Experiment unvorsichtigerweise einmal unternommen hatte, waren weder Tante Sadie noch die Kinder je zu Gesicht gekommen, sie hatten vielmehr, jedem Blick entzogen, flach auf dem Fußboden gelegen, wohingegen Onkel Matthew mit einem bedrohlichen Funkeln in den Augen deutlich sichtbar am Fenster stand, während dem Besucher unten mitgeteilt wurde, es sei »niemand zu Hause«. Die Nachbarn wußten, daß es aussichtslos war, und hatten ihre Versuche längst eingestellt. Hinzu kam noch, daß die Montdores sich als das Königspaar der näheren Umgebung betrachteten und deshalb nie Besuche machten, sondern erwarteten, daß die Leute zu ihnen kamen –

Unter kaltem Himmel warten Pressephotographen nach der Eröffnung der Saison am Strandbad der »Serpentine« im Londoner Hyde Park vergeblich auf die ersten Badegäste. 30. Mai 1936.

Nach einem Empfang im Londonderry House an der Londoner Park Lane warten Gäste, flankiert von Lakaien in Livree, auf ihre Karosse. 1937.

Ramsay MacDonald, 1924 Premierminister des ersten Labour-Kabinetts in der englischen Geschichte, wurde 1929 erneut in dieses Amt gewählt. Mai 1937.

Harold MacMillan heiratet Lady Dorothy Cavendish, die Tochter des Herzogs von Devonshire. April 1920.

Der dritte Sohn König Georgs V., der Herzog von Gloucester, heiratet 1935 Lady Alice Montagu-Douglas Scott. Mit Festgästen, die das Paar bei der Abreise in die Flitterwochen verabschieden, freut sich auch die neunjährige Prinzessin Elizabeth.

Für eine Party im Hause von Mrs. Ronnie Greville 1933 wurde der Ballsaal in eine Bahnhofsgaststätte mit wirklichkeitsgetreuer Geräuschkulisse (rangierende und pfeifende Dampflokomotiven) verwandelt. Die Gäste sollten als »gestrandete Reisende« erscheinen. Im Vordergrund Lady Bridges (links) und Lady Carisbrooke.

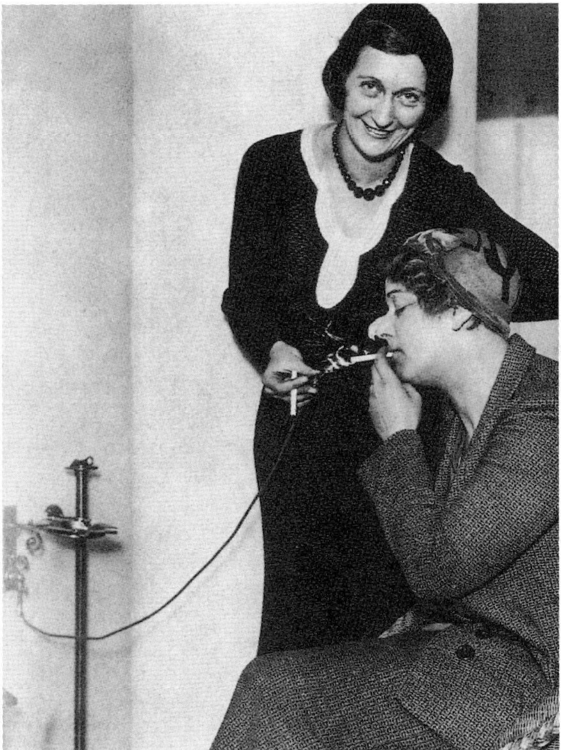

Ein Gas-Zigarettenanzünder, 1932.
Um diese Zeit wurde das Rauchen während der Mahlzeiten akzeptabel, außer in einigen altmodischen Häusern, wo junge Mädchen, die eine Zigarette nahmen, zuweilen noch gebeten wurden, mit dem nächsten Zug abzureisen.

Nancy Mitford bei einer Party in London 1959.

die ganze Sache war also in jeder Hinsicht äußerst rätselhaft. Ich bin ziemlich sicher, daß Onkel Matthew jedem anderen, der es gewagt hätte, die freudige Aussicht auf ein nachmittägliches Döbel-Beduseln zu stören, ein verärgertes »Verschwinden Sie« entgegengeschleudert und vielleicht sogar einen Stein nachgeworfen hätte. Als er jedoch erkannte, um wen es sich handelte, stand er vor lauter Überraschung einen Augenblick wie gelähmt da, ehe er einen Sprung nach vorn machte, um die Tür des Automobils zu öffnen, so wie einst der Knappe gesprungen war, um den Steigbügel seines Herrn zu halten.

Die Giftspritze, das konnten wir sogar vom Fenster aus erkennen, war in einem furchtbaren Zustand. Ihr Gesicht wirkte fleckig und geschwollen, als hätte sie stundenlang geweint. Sie schien Onkel Matthew überhaupt nicht wahrzunehmen, gönnte ihm weder einen Blick noch ein Wort, während sie zornig nach der um ihre Füße gelegten Decke trat, und stapfte dann mit schwachen, krummen Beinen wie eine sehr alte Frau auf das Haus zu. Tante Sadie kam herausgestürzt, legte einen Arm um sie, führte sie in den Salon und warf die Tür mit einem lauten »Bleibt-draußen-Kinder«-Knall zu. Im gleichen Augenblick verschwanden Lord Montdore und Onkel Matthew im Geschäftszimmer meines Onkels; Jassy, Victoria und ich, wir standen da und glotzten uns mit tellergroßen Augen an, sprachlos vor Staunen über diese außergewöhnlichen Vorgänge. Aber noch bevor wir erste Mutmaßungen darüber anstellen konnten, was dies alles zu bedeuten hatte, fuhr der Beduseler vor, auf die Minute pünktlich.

»Verdammter Kerl«, sagte Onkel Matthew nachher, »wenn er nicht so spät gekommen wäre, dann wären wir längst weggewesen, als sie kamen.«

Er parkte seine kleine Blechbüchse neben dem Daimler und tänzelte mit einem fröhlichen Lächeln auf den Lippen die Stufen zur Vordertür hinauf. Bei seinem ersten Besuch hatte er ganz bescheiden die hintere Auffahrt benutzt, aber der Erfolg seiner Magie hatte Onkel Matthew so für ihn eingenommen, daß er ihm gesagt hatte, er könne in Zukunft den vorderen Eingang nehmen, und ihm nun jedesmal vor Beginn der Operation ein Glas Port kredenzte. Er hätte ihm zweifellos Kaiser-Tokayer gereicht, wenn er welchen gehabt hätte.

Noch bevor der Beduseler klingeln konnte, öffnete Jassy die Tür, und dann umringten wir ihn alle, während er seinen Port trank und meinte: »Ziemlich kalt draußen, wie?« Er war ein wenig ratlos.

»Seine Lordschaft ist doch nicht krank, hoffe ich?« fragte er, offenbar überrascht, daß mein Onkel nicht vor der Tür gelauert hatte und ihm, während sich die wütende Miene plötzlich zu einem freundlichen Willkommenslächeln aufklärte, nicht auf die Schulter geklopft und selbst den Wein eingeschenkt hatte.

»Nein, nein, er ist bestimmt gleich da. Er hat noch zu tun.«

»Verspätung sieht Seiner Lordschaft aber gar nicht ähnlich, wie?«

Doch bald darauf ließ Onkel Matthew ausrichten, wir sollten schon zum Fluß hinuntergehen und anfangen. Wir fanden es sehr schade, daß das große Ereignis ohne ihn stattfinden sollte, aber das Beduseln mußte natürlich bei Tageslicht abgeschlossen werden. Also verließen wir zitternd das Haus, fanden zeitweilig Zuflucht in dem Standard des Beduselers und standen dann in dem eiskalten Nordwind, der durch das Tal blies. Während der Beduseler sein Mittel auf das Wasser streute, krochen wir in seinen Wagen zurück, um uns zu wärmen, und fingen an, über den Grund für den ungewöhnlichen Besuch zu spekulieren. Wir platzten vor Neugier.

»Ich schätze, die Regierung ist gestürzt«, sagte Jassy.

»Warum sollte Lady Montdore deshalb in Tränen ausbrechen?«

»Na, wer erledigt denn jetzt all die Kleinigkeiten für sie?«

»Es wären doch bald andere da, die ihr einen Gefallen tun könnten – diesmal vielleicht die Konservativen. Die sind ihr ohnehin lieber.«

»Meint ihr, Polly ist tot?«

»Nein, nein, dann säßen sie zu Hause über ihrer schönen Leiche und würden nicht im Auto herumkutschieren und andere Leute besuchen.«

»Vielleicht haben sie ihr ganzes Geld verloren und sind gekommen, um jetzt bei uns zu wohnen«, sagte Victoria. Das waren trübe Aussichten, es sprach nämlich tatsächlich einiges für diese Erklärung. Denn obwohl die Leute in jenen Tagen so reich und ihre Vermögen so unendlich sicher waren, lebten sie doch in der Vorstellung, andauernd am Rande des Ruins zu stehen, und die Radlett-Kinder waren im bedrohlichen Schatten des Arbeitshauses aufgewachsen, weil Onkel Matthew, der mit einem jährlichen Einkommen von rund 10000 Pfund eigentlich sehr gut dastand, alle zwei oder drei Jahre eine finanzielle Krise durchlitt und selbst fest überzeugt war, daß er am Ende seiner Tage auf die Spenden der Kirchengemeinde angewiesen sein würde.

Der Beduseler hatte seine Arbeit getan, hatte sein Korn gesät, und wir stiegen mit unseren Keschern aus dem Wagen. Dieser Augenblick war immer der aufregendste, an den Flußufern drängten sich Menschen, die gespannt auf das Wasser starrten, und schon bald wanden und krümmten sich die armen Fische an der Oberfläche. Ich zog ein paar große Kerle an Land, dann einen kleineren, und gerade als ich ihn aus dem Netz schütteln wollte, ertönte hinter mir, vor Erregung zitternd, eine wohlbekannte Stimme:

»Wirf ihn sofort zurück, du verdammte Idiotin – siehst du denn nicht, daß das eine Äsche ist, Fanny? O mein Gott, Frauen – ahnungslos – und ist das nicht überhaupt mein Kescher, den du da hast? Ich habe ihn überall gesucht.«

Ziemlich erleichtert gab ich auf. Zehn Minuten am Wasser reichten mir vollkommen, bei diesem Wind. Jassy rief: »Sieh mal, sie fahren ab«, und tatsächlich überquerte gerade der Daimler die Brücke, Lord Montdore saß sehr gerade auf dem Rücksitz und machte nach beiden Seiten kleine Verbeugungen, fast wie eine königliche Hoheit. Sie überholten den Lieferwagen einer Metzgerei, und ich sah, wie er sich vorbeugte und dem Fahrer huldvoll zuwinkte, weil er sie vorbeigelassen hatte. Lady Montdore hatte sich in ihre Ecke verkrochen, von ihr war kaum etwas zu sehen. Sie hatten sich also wieder auf den Weg gemacht, ein gutes Zeichen.

»Los, Fanny«, sagten meine Cousinen und ließen die Waffen sinken, »zurück zum Haus, findest du nicht? Es wird uns zu kalt«, riefen sie ihrem Vater zu, aber der stopfte gerade einen riesigen, in den letzten Zuckungen liegenden Döbel in seine Hasenfelltasche und hörte nichts.

»Und jetzt«, meinte Jassy, während wir den Hang hinaufhasteten, »werden wir Sadie mal ein bißchen aushorchen.«

Aber es war gar nicht nötig, sie auszuhorchen, denn Tante Sadie platzte vor Mitteilungsbedürfnis. Mit ihren jüngeren Kindern war sie schon immer sehr viel menschlicher und natürlicher umgegangen als mit ihren älteren. Ihre ganze Haltung, ursprünglich eine Mischung aus ehrfurchteinflößender Unbestimmtheit und plötzlichen Anwandlungen von Strenge, die im Verein mit Onkel Matthews Wutanfällen Louisa, Linda und die Jungen in den Untergrund des Wäscheschranks der Hons getrieben hatte, wo sie ihr wirkliches Leben lebten, hatte sich bei Jassy und Victoria sehr verändert. Unbestimmt war sie noch immer, aber nie besonders streng und viel umgänglicher. Sie neigte dazu, ihre Kinder so zu behandeln, als seien sie alle gleich alt, und die jüngeren waren nun die Nutznießer der Tatsache, daß Louisa und Linda inzwischen verheiratete Frauen waren, mit denen und vor denen man ohne Zurückhaltung sprechen konnte.

Wir fanden sie und Davey in der Vorhalle. Sie war ganz rot vor Anspannung, und Davey wirkte so erregt, als hätte sich soeben ein neues, faszinierendes Symptom bei ihm gezeigt.

»Los«, sagten die Kinder, die Gesichter voller Fragezeichen. »Erzählt.«

»Du wirst es nicht glauben«, sagte Tante Sadie, zu mir gewandt. »Polly Hampton hat ihrer armen Mutter mitgeteilt, daß sie Boy Dougdale heiraten wird. Ihren Onkel, stell dir vor! Hat man so etwas schon gehört? Die arme Patricia, noch nicht kalt in ihrem Grab...«

»Ach wo«, sagte Jassy für sich, »bei dem Wetter kühlt sie schnell aus...«

»Dieser alte Unhold!« Tante Sadie sprach mit tiefer Empörung in der Stimme und war offenkundig hundertprozentig auf der Seite von Lady Montdore. »Verstehst du jetzt, wie recht Matthew die ganzen Jahre über hatte, Davey?«

»Ach, der arme Boy, so übel ist er gar nicht«, sagte Davey verlegen.

»Ich verstehe einfach nicht, wie du ihn jetzt noch in Schutz nehmen kannst, Davey.«

»Aber Sadie«, meinte Victoria, »wie kann sie ihn heiraten, wenn er doch ihr Onkel ist?«

»Das ist es ja gerade! Aber bei einem angeheirateten Onkel geht das anscheinend. Hättet ihr geglaubt, daß so etwas Abscheuliches erlaubt sein könnte?«

»Donnerwetter!« sagte Jassy. »Wie wär's mit uns, Davey?«

»Nein danke, meine Liebe. Eine von euch Hexen heiraten? Nicht für alles Geld der Welt!«

»Was für ein Gesetz!« sagte Tante Sadie. »Seit wann gibt es so etwas? Es ist das Ende jeglichen Familienlebens!«

»Außer für Polly – für sie ist es der Anfang.«

»Wer hat es Lady Montdore gesagt?« Ich war natürlich fasziniert. Mit diesem Puzzleteil, das mir bisher gefehlt hatte, war plötzlich alles völlig klar, und ich konnte gar nicht mehr begreifen, wie ich so dumm sein und es übersehen konnte.

»Polly hat es ihr gesagt«, meinte Tante Sadie. »Einfach so! Sie hatten Boy seit der Beerdigung nicht gesehen, weil er stark erkältet war und nicht aus dem Haus ging – Sonia hatte sich ebenfalls eine schlimme Erkältung geholt, die sie noch immer nicht los ist, aber er hatte jeden Tag mit Sonia telefoniert, wie immer. Gestern fühlten sich beide etwas besser, und er fuhr nach Hampton hinüber, brachte die Briefe mit, die er wegen der armen Patricia von Infantinnen und allen möglichen Leuten bekommen hatte, an denen haben sie sich ein bißchen getröstet, und dann folgte eine lange Diskussion darüber, was auf den Grabstein gesetzt werden soll. Anscheinend haben sie sich auf den Satz: ›Sie wird nicht altern, wir indessen müssen ausharren und altern‹ geeinigt.«

»Unfug!« sagte Jassy. »Sie war doch schon alt.«

»Was heißt hier alt? Ein paar Jahre älter als ich«, sagte Davey.

»Na, eben...!« sagte Jassy.

»Jetzt reicht es, Fräulein! Sonia sagt, er habe sehr bedrückt und unglücklich ausgesehen, habe über Patricia gesprochen und wieviel sie ihm bedeutet habe und wie leer das Haus jetzt ohne sie sei – was man nach dreiundzwanzig Ehejahren eben so erwartet. Der alte Heuchler! Also, sie dachten, er würde zum Dinner bleiben – ohne sich umzuziehen, wegen seiner Erkältung. Sonia und Lord Montdore gingen zum Umkleiden nach oben, und als Sonia wieder herunterkam, saß Polly, immer noch im Tageskleid auf dem weißen Bärenfell am Kamin. Sonia sagte: ›Was machst du denn da, Polly? Es ist schon spät. Steh auf und zieh dich um. Wo ist Boy?‹ Polly stand auf, reckte sich und sagte: ›Er ist nach Hause gefahren, und ich muß dir etwas sagen. Boy und ich werden heiraten!‹ Zuerst wollte Sonia es natürlich nicht glauben, aber ihr wißt ja, Polly macht keine Witze, und bald erkannte Sonia, daß Polly es todernst meinte. Da wurde sie wütend, rasend vor Wut – ich kann sie gut verstehen –, sie fiel über Polly her und ohrfeigte sie, und Polly stieß ihre Mutter in einen Sessel und ging nach oben. Ich nehme an, Sonia war inzwischen vollkommen hysterisch; jedenfalls klingelte sie nach ihrem Mädchen und ließ sich nach oben und sofort zu Bett bringen. Währenddessen zog Polly sich um, kam wieder nach unten und verbrachte den Abend seelenruhig mit ihrem Vater, ohne auch nur ein Wort über die ganze Sache zu verlieren, sie sagte ihm nur, Sonia habe Kopfschmerzen und würde deshalb nicht mitessen. So mußte die arme Sonia es ihm heute morgen auch noch selbst erzählen, sie sagt, es sei furchtbar gewesen, weil er Polly doch so vergöttert. Dann hat sie versucht, Boy anzurufen, aber dieser Feigling ist verreist oder tut jedenfalls so und hat keine Adresse hinterlassen. Hat man so etwas je gehört?«

Ich war sprachlos. Davey sagte:

»Persönlich und in meiner Eigenschaft als Onkel muß ich sagen: wirklich leid tut mir vor allem der arme Boy.«

»Nicht doch, Davey, was für ein Unsinn! Überleg doch mal, was die Montdores durchgemacht haben – als sie heute morgen versuchten, ihr die Sache auszureden, da hat sie ihnen erzählt, daß sie sich schon vor Indien, als vierzehnjähriges Mädchen in ihn verliebt hat.«

»Ja, das klingt sehr wahrscheinlich, aber woher wissen wir, daß er wollte, daß sie sich in ihn verliebt. Wenn ihr mich fragt, ich glaube, er hatte nicht die leiseste Ahnung.«

»Also, Davey, vierzehnjährige Mädchen verlieben sich nicht, ohne daß man sie ermuntert.«

»Leider doch«, mischte sich Jassy ein, »sieh mich an und Mr. Fosdyke. Nie hat er mir auch nur ein Wort, einen freundlichen Blick geschenkt, und trotzdem ist er der Glanz meines Lebens.«

Mr. Fosdyke war der *Master of the Foxhounds* der Gegend.

Ich fragte, ob denn Lady Montdore von alledem etwas geahnt habe, dabei wußte ich im Grunde schon, daß es nicht so war, denn sie konnte nichts für sich behalten, und weder sie noch Polly hätten fortan eine ruhige Minute gehabt.

»Nichts, überhaupt nichts, es kam wie ein Blitz aus heiterem Himmel. Wir wissen, die arme Sonia hat ihre Fehler, aber ich finde, das hat sie nicht verdient. Sie sagt, Boy habe immer angeboten, sich um Polly zu kümmern, wenn sie in London waren, zur Royal Academy und so weiter, und Sonia sei froh darüber gewesen, weil das Kind sonst anscheinend niemanden hatte, mit dem sie sich amüsieren konnte. Es war keine sonderlich dankbare Aufgabe, Polly in die Gesellschaft einzuführen. Ich mag sie auch sehr gern und habe sie schon immer gemocht, aber man hat ja gesehen, wie schwer es Sonia in vieler Hinsicht mit ihr hatte. Ach, arme Sonia, und wenn ich dann noch bedenke – so, Kinder, wollt ihr jetzt mal nach oben gehen und euch vor dem Tee die Fischhände waschen?«

»Das ist die Höhe – bestimmt willst du etwas erzählen, während wir nicht da sind. Und was ist mit Fannys Fischhänden?«

»Fanny ist erwachsen, sie wäscht sich ihre Hände, wenn sie es für richtig hält. Ab jetzt!«

Als die beiden schließlich draußen waren, erklärte sie mir und Davey voller Entsetzen:

»Stellt euch bloß vor, Sonia hatte ihre Selbstbeherrschung völlig verloren (was ich ihr wirklich nicht zum Vorwurf mache) und dabei angedeutet, daß Boy früher ihr eigener Liebhaber gewesen ist.«

»Liebste Sadie, deine Unschuld!« sagte Davey lachend. »Das ist eine sehr berühmte Affäre, über die außer dir jeder gründlich Bescheid weiß. Manchmal glaube ich, deine Kinder haben recht: von den Tatsachen des Lebens hast du keine Ahnung.«

»Da kann ich nur sagen: zum Glück. Wie abscheulich! Meinst du, Patricia wußte etwas?«

»Natürlich wußte sie es, und sie war heilfroh darüber. Bevor das Verhältnis mit Sonia begann, hatte Patricia immer all die schrecklichen kleinen Debütantinnen am Hals, auf die Boy ein Auge geworfen hatte, sie weinten sich bei ihr aus und bettelten, sie solle sich von ihm scheiden lassen, aber das war natürlich das letzte, was er wollte. Sie hatte ziemlich viel Ärger mit ihm, weißt du.«

»Ich erinnere mich an ein Küchenmädchen«, sagte Tante Sadie.

»Oh, da kam eins aufs andere, bevor Sonia sich mit ihm einließ, aber sie hatte einen gewissen Einfluß auf ihn, und Patricias Leben war von da an viel leichter und angenehmer, bis es mit ihrer Leber so schlimm wurde.«

»Trotzdem«, sagte ich, »war er, wie wir wissen, noch immer hinter kleinen Mädchen her, denk an Linda.«

»Tatsächlich?« sagte Tante Sadie. »Ich habe mich manchmal gefragt – pfui! was für ein Mann! Wie kommst du bloß darauf, daß irgend etwas für ihn spricht, Davey, und wie kannst du behaupten, er habe nicht die leiseste Ahnung gehabt, daß Polly sich in ihn verliebte? Wenn er sich an Linda herangemacht hat, dann muß er es bei ihr natürlich genauso gemacht haben.«

»Ja, aber Linda hat sich nicht in ihn verliebt, oder? Wie soll er ahnen, daß ein vierzehnjähriges Mädchen, dem er über das Haar streicht, später, als Erwachsene darauf besteht, ihn zu heiraten – das ist einfach zuviel verlangt, oder? Ich nenne das Pech für ihn.«

»Davey, du bist unmöglich! Und wenn ich nicht wüßte, daß du mich bloß ärgern willst, wäre ich dir wirklich böse.«

»Arme Sonia«, sagte Davey. »Sie tut mir leid, die Tochter und den Liebhaber auf einen Schlag zu verlieren – na, das kommt oft vor, aber sonderlich angenehm ist es bestimmt nicht.«

»Ich bin sicher, daß es die Tochter ist, die ihr Kummer macht«, sagte Tante Sadie, »von Boy hat sie kaum gesprochen. Geseufzt und gestöhnt hat sie wegen Polly, eine solche Schönheit, einfach weggeworfen. Mir würde es genauso ergehen, ich könnte das bei meinen Kindern auch nicht ertragen – dieser Kerl, den sie schon seit ewigen Zeiten kennen, und bei Sonia ist es noch schlimmer, Polly ist ja ihre einzige.«

»Und ein solcher Schatz, ihr Augenstern. Ja, je mehr ich vom Leben sehe, desto dankbarer bin ich, daß ich keine Kinder habe.«

»Zwischen zwei und sechs sind sie wunderbar«, sagte meine Tante ziemlich traurig, »danach, muß ich sagen, fängt dann der Kummer mit den lieben Kleinen an. Und was für Sonia außerdem noch so entsetzlich ist: sie fragt sich, was während all der Jahre zwischen Polly und Boy gewesen ist. Sie sagt, letzte Nacht habe sie gar nicht schlafen können, weil sie immer daran denken mußte, wie es war, wenn Polly behauptet hatte, sie sei beim Friseur gewesen, aber offensichtlich nicht dort gewesen war – solche Dinge – sie sagt, es mache sie verrückt.«

»Das braucht es nicht«, sagte ich entschieden. »Ich bin ganz sicher, daß nie irgend etwas vorgefallen ist. Ich kann mich an manches erinnern, was Polly mir erzählt hat, und ich bin sicher, daß sie ihre Liebe zum Lektor immer für eine hoffnungslose Sache gehalten hat. Polly war sehr artig, weißt du, und außerdem hatte sie ihre Tante sehr gern.«

»Ich glaube sogar, du hast recht, Fanny. Sonia hat selbst gesagt, als sie heruntergekommen sei und Polly auf dem Fußboden saß, da sei ihr sofort der Gedanke gekommen, ›das Mädchen sieht aus, als hätte es sich der Liebe hingegeben‹, noch nie habe sie so ausgesehen, rot im Gesicht, die Augen weit aufgerissen, eine zerzauste Locke in der Stirn – ihr Äußeres habe sie sehr überrascht, und dann habe Polly es ihr erzählt...«

Ich konnte mir die Szene genau vorstellen, wie Polly auf dem Kaminvorleger sitzt, es war eine typische Haltung von ihr, wie sie langsam aufsteht, sich reckt und dann mit unbekümmerter Anmut die grausamen Banderillas wirft – erste Phase in einem Kampf, der nur mit dem Tod enden konnte.

»Ich vermute«, so sagte ich, »er hat sie ein bißchen gestreichelt, als sie vierzehn war, und sie hat sich in ihn verliebt, ohne daß er es wußte. Polly vergräbt immer alles tief in sich, und ich glaube nicht, daß zwischen ihnen noch etwas gewesen ist, bis zu dem Abend neulich.«

»Es ist einfach gräßlich«, sagte Tante Sadie.

»Trotzdem, Boy hat bestimmt nicht erwartet, daß er sich dort so plötzlich verloben würde, sonst hätte er sich doch nicht so lange mit Sonia über die Briefe der Infantinnen und den Grabstein unterhalten, oder?« sagte Davey. »Ich glaube, was Fanny sagt, stimmt.«

»Ihr habt geredet – das ist unfair – Fannys Hände stinken noch immer nach Fisch.« Die Kinder waren außer Atem.

»Ich frage mich, was Onkel Matthew und Lord Montdore im Geschäftszimmer besprochen haben«, sagte ich. Ich konnte mir nicht vorstellen, wie sich eine solche Geschichte zwischen ihnen entfalten sollte.

»Sie haben sich über dies und das unterhalten«, sagte Tante Sadie. »Nachher habe ich es Matthew dann erzählt, so wütend habe ich noch nie jemanden gesehen. Aber ich habe euch noch gar nicht gesagt, weshalb Sonia eigentlich da war. Sie schickt Polly für ein, zwei Wochen zu uns.«

»Nein!« riefen wir alle im Chor.

»Ist ja hinreißend!« rief Jassy. »Aber warum denn?«

»Polly möchte kommen, es war ihre Idee, und Sonia will sie im Moment einfach nicht sehen, was ich gut verstehen kann. Ich muß sagen, zuerst habe ich gezögert, aber ich mag das Mädchen so gern, ich mag sie wirklich, und wenn sie daheim bleibt, dann hat ihre Mutter sie in einer Woche so weit gebracht, daß sie durchbrennt. Wenn sie hierher kommt, können wir sie von dieser schrecklichen Heirat vielleicht ein bißchen abbringen – ich meine nicht euch, Kinder. Ihr werdet euch bitte einmal im Leben zusammenreißen und taktvoll sein.«

»Ich ganz bestimmt«, sagte Jassy ernsthaft, »aber mit der lieben kleinen Vicki würde ich an deiner Stelle noch mal reden, die ist nämlich taktleer, und ich persönlich halte es für einen großen Fehler, daß du ihr überhaupt etwas erzählt hast – au – Hilfe! Hilfe! – Sadie, sie bringt mich um…«

»Ich meine euch beide«, sagte Tante Sadie gelassen und kümmerte sich nicht um das Handgemenge zwischen ihnen, »ihr könnt beim Dinner von den Döbeln erzählen, das dürfte ein unverfängliches Thema sein.«

»Wie bitte?« sagten sie und hörten auf zu ringen. »Kommt sie etwa schon heute?«

»Jawohl. Nach dem Tee.«

»Wie aufregend. Glaubst du, der Lektor läßt sich, in einem Holzsack versteckt, ins Haus schmuggeln?«

»Unter meinem Dach werden sie sich nicht treffen«, sagte Tante Sadie mit fester Stimme. »Das habe ich Sonia versprochen, aber ich habe ihr natürlich auch gesagt, daß ich nicht kontrollieren kann, was Polly anderswo treibt, das kann ich nur ihrem guten Geschmack überlassen, solange sie bei uns wohnt.«

14

Polly ließ bald erkennen, daß Tante Sadie für den Aufenthalt in Alconleigh nichts zu fürchten brauchte. Ihre Selbstbeherrschung war vollkommen, und das einzige Anzeichen für die Krise, in die ihr Leben geraten war, bestand darin, daß sie eine Freude ausstrahlte, durch die sich ihre Erscheinung völlig veränderte. Nichts von dem, was sie sagte oder tat, war ungewöhnlich, und nie wäre man auf die Idee gekommen, daß sie erst kürzlich einige außerordentlich dramatische Szenen erlebt hatte, und es war offensichtlich, daß sie zu Boy keine Verbindung unterhielt. Dem Telefon näherte sie sich nie, saß auch nicht da und kritzelte den ganzen Tag Briefe, bekam selbst nur wenig Post und keine, so berichteten mir die Kinder, mit dem Stempel von Silkin; sie ging kaum aus dem Haus, und wenn, dann nur, um mit uns anderen ein bißchen Luft zu schnappen, aber lange einsame Spaziergänge, die in einem Rendezvous hätten enden können, unternahm sie nicht.

Jassy und Victoria, romantisch veranlagt wie alle Radletts, fanden dies alles unbegreiflich und sehr enttäuschend. Sie hatten sich schon in einer komischen Oper gesehen, hatten erwartet, der Lektor werde seufzend, aber hoffnungsfroh durch das Gelände streichen, Polly werde seufzend, aber dem Bund fürs Leben erwartungsvoll entgegensehend, im Mondenschein aus einem Fenster nach ihren ebenso scharfsinnigen wie tatkräftigen jungen Freundinnen Ausschau halten, um sich von ihnen auf den Weg nach Gretna Green bringen zu lassen.

Sie schafften eine Matratze und Nahrungsmittelvorräte in den Wäscheschrank der Hons, falls Boy sich dort ein paar Tage versteckt halten wollte. Sie hatten an alles gedacht, wie sie mir berichteten, und waren gerade dabei, eine Strickleiter herzustellen. Aber Polly spielte nicht mit.

»Wenn du irgendwelche Briefe hast, die zur Post sollen, Polly, du weißt schon, einen Brief – wir könnten ihn mit dem Fahrrad ins Dorf bringen, es macht uns nichts aus.«

»Lieb von euch, aber wenn ich sie auf den Tisch in der Vorhalle lege, geht es genauso schnell, oder?«

»Natürlich, wie du willst, aber dann wird jeder die Anschrift lesen, und ich dachte… Oder irgendwelche Botschaften? Im Postamt unten im Dorf gibt es ein Telefon, es ist zwar öffentlich, aber du könntest französisch sprechen.«

»Mein Französisch ist nicht besonders gut. Gibt es denn hier kein Telefon?«

»Ein gräßlicher Apparat, überall Nebenanschlüsse. Im Park steht ein hohler Baum, so groß, daß sich ein Mensch darin verstecken kann – ganz trocken und sehr bequem – sollen wir ihn dir zeigen?«

»Das müßt ihr demnächst unbedingt mal tun. Aber ich finde, heute ist es zu kalt, um hinauszugehen.«

»Übrigens, in einem Wald auf der anderen Seite des Flusses steht ein niedliches Tempelchen, wir könnten dich hinführen?«

»Meint ihr Faulkner's Folly, wo immer die Jagdtreffen stattfinden? Aber Jassy, das kenne ich sehr gut. Ich war oft dort. Sehr hübsch.«

»Was ich eigentlich sagen wollte: der Schlüssel wird unter einem Stein aufbewahrt, wir könnten dir genau zeigen, wo, und du könntest hinein.«

»Außer Spinnweben gibt es nichts darin«, warf ich ein, »du weißt doch, es ist nie fertig geworden.«

Jassy warf mir einen wütenden Blick zu. »Taktleer«, murmelte sie.

»Wir können ja im Sommer mal hingehen«, meinte Polly, »und dort picknicken. Bei diesem Wetter macht es mir draußen keinen Spaß, meine Augen tränen so leicht.«

Entmutigt schlichen die Kinder davon.

Polly brach in Lachen aus: »Sind sie nicht himmlisch? Aber ich verstehe wirklich nicht, warum ich mich derart abmühen soll, um ein paar Minuten mit Boy in einem eiskalten Tempel zu verbringen, oder warum ich ihm über nichts und wieder nichts schreiben soll, wenn ich ihn doch bald mein Leben lang für mich habe. Außerdem will ich Lady Alconleigh nicht verärgern, wo sie schon so nett ist, mich hier wohnen zu lassen.«

Tante Sadie begrüßte Pollys Haltung zwar sehr, weil sie ihr jeden Grund zur Sorge nahm, aber auch ihr erschien sie höchst unnatürlich.

»Ist das nicht seltsam«, sagte sie, »man sieht ihr an, daß sie sehr glücklich ist, aber davon einmal abgesehen, käme man nicht auf den Gedanken, daß sie verliebt ist. Meine Mädchen werden immer so träumerisch, schreiben den ganzen Tag seitenlange Briefe, stürzen zum Telefon, wenn es läutet, und so weiter, aber nichts von alledem bei Polly. Gestern habe ich sie beobachtet, als Matthew *Che Gelida Manina* auf dem Grammophon spielte, sie sah kein bißchen sentimental aus. Erinnert ihr euch, wie furchtbar es mit Linda war, als Tony nach Amerika gefahren war – immerzu Flut, Tränenflut.«

Aber Polly hatte eine härtere Schule des Gefühls durchgemacht als die Radletts, bei einer Mutter, die entschlossen war, alles herauszufinden, was ihrer Tochter durch den Kopf ging, und auch noch deren Gedanken nach ihren eigenen Wünschen zu formen. Wie erfolgreich Polly sich diesen beiden Absichten widersetzt hatte, konnte man nur bewundern. Offensichtlich war ihr Charakter in einem Maße abgehärtet, wie es meinen Cousinen, die sich von den Böen und Stürmen des Gefühls hierhin und dorthin treiben ließen, ganz unbegreiflich erschien.

Diesmal gelang es mir, einige lange Gespräche allein mit Polly zu führen, aber einfach war es nicht. Jassy und Victoria ließen uns kaum eine Minute Ruhe und lebten in der ständigen Angst, etwas zu verpassen; außerdem waren sie schamlose Lauscherinnen, während die Plauderstunde beim abendlichen Haarebürsten für mich und Polly ausfiel, nachdem ich vor kurzem geheiratet hatte. Zum Glück machten die Kinder jeden Tag einen Ausritt, und dann konnten wir für eine Stunde mit ungestörter Ruhe rechnen; gejagt wurde wegen der Maul- und Klauenseuche damals nicht.

Nach und nach kam alles heraus. Polly gab ihre Zurückhaltung zwar nie auf, aber hin und wieder erhellte eine plötzliche Vertraulichkeit die Umgebung wie ein Blitz, und ich sah alles deutlich vor mir. Es verhielt sich ungefähr, wie wir es vermutet hatten. So fragte ich sie einmal, wann Boy ihr seinen Antrag gemacht habe, worauf sie ganz unbekümmert erwiderte:

»Oh, Boy hat mir überhaupt keinen Antrag gemacht, und ich glaube nicht, daß er es je getan hätte, mit seiner ganzen Art – ich meine, diese ungeheure Selbstlosigkeit, wenn er zum Beispiel glaubt, mir würde es etwas ausmachen, wenn ich nicht erbe und dieser ganze Quatsch. Außerdem kennt er Mami sehr gut und wußte, was für einen Aufstand sie machen würde – er wollte mir das nicht zumuten. Nein, nein, ich habe immer gewußt, daß ich ihm einen Antrag machen müßte, und das habe ich getan. Es war nicht sehr schwierig.«

Davey hatte also recht. Dem Lektor wäre der Gedanke an eine solche Ehe nie in den Sinn gekommen, wenn Polly nicht nachgeholfen hätte. Danach allerdings konnte er einfach nicht widerstehen, das große Los auch wirklich zu ziehen, die größte Schönheit und reichste Erbin ihrer Generation und vielleicht die Mutter der Kinder, der kleinen Halb-Hamptons, nach denen er sich schon immer gesehnt hatte. In dem Augenblick, wo dies alles vor ihm lag und er nur zuzugreifen brauchte, hatte er nicht nein sagen können.

»Schließlich liebe ich ihn so lange, wie ich zurückdenken kann. Ach, Fanny – ist es nicht wunderbar, glücklich zu sein?«

Ich fühlte genauso und konnte ihr von ganzem Herzen zustimmen. Aber ihr Glück hatte etwas eigenartig Gesetztes an sich, und ihre Liebe glich weniger dem verzückten Hingerissensein eines jungen, frisch verlobten Mädchens als vielmehr der Behaglichkeit eines seit langem bestehenden Verhältnisses, diese Liebe brauchte sich nicht durch fortwährende Begegnungen und rastlosen Austausch von Briefen mit dem geliebten Menschen oder durch unablässiges Reden über ihn zu bestätigen, sie hielt sich selbst und seine Reaktion für selbstverständlich. Von den Zweifeln und Eifersuchtsgefühlen, die so quälend sein und eine aufkeimende Liebe manchmal fast zur Hölle machen können, schien Polly nie befallen. Ihrer Ansicht nach waren sie und Boy bisher einfach durch ein unüberwindliches Hindernis getrennt gewesen, und nun, da dieses Hindernis aus dem Weg geräumt war, tat sich vor ihnen der Weg zu einem Leben voller Wonne auf.

»Was macht es schon, wenn diese gräßliche Warterei noch ein paar Wochen dauert, da wir doch von nun an für immer zusammenleben und später im selben Grab liegen werden.«

»Stell dir vor, mit dem Lektor im selben Grab zu liegen«, sagte Jassy, als sie vor dem Lunch in mein Zimmer kam.

»Jassy, ich finde es einfach abscheulich, wie ihr an den Türen lauscht.«

»Ruhig Blut, Fanny, ich will doch Romanschriftstellerin werden (junge Autorin setzt Kritik in Erstaunen) und studiere gerade wie verrückt die menschliche Natur.«

»Ich sollte Tante Sadie Bescheid sagen.«

»Nur zu! Lauf ruhig zu den Gruftis über, jetzt, wo du verheiratet bist, genau wie Louisa. Nein, mal ernsthaft, Fanny, stell dir vor, gemeinsam mit dem Lektor in einem Grab, wäre das nicht abscheulich? Und überhaupt, was ist denn mit Lady Patricia?«

»Die hat ein Grab für sich allein, eingefaßt mit Heidekraut. Da liegt sie sehr gut.«

»Ich finde es schockierend.«

Unterdessen tat Tante Sadie das Ihre, um Polly zu beeinflussen, aber da sie sich scheute, über so intime Fragen wie Sexualität und Ehe offen zu sprechen, bediente sie sich einer indirekten Methode und ließ gelegentlich eine allgemeine Bemerkung fallen, in der Hoffnung, Polly werde sie auf ihren besonderen Fall anwenden.

»Denkt immer daran, Kinder, die Ehe ist eine sehr enge Beziehung, da sitzt man nicht nur mit einem anderen da und plaudert, die Ehe hat auch andere Seiten, versteht ihr.«

Boy Dougdale wirkte körperlich abstoßend auf sie, wie wohl auf die meisten Frauen, die ihn nicht unwiderstehlich fanden, und sie dachte, wenn Polly dazu gebracht werden könnte, sich die körperliche Seite der Ehe vorzustellen, würde sie sich vielleicht für immer von ihm abkehren.

Aber Jassy erkannte völlig richtig: »Ist Sadie nicht zum Schreien? Sie begreift einfach nicht, daß die scheußlichen Sachen, die der Lektor mit Polly angestellt hat und die er ja auch mal bei Linda und mir versucht hat, genau das waren, was sie in seine Arme getrieben hat, und daß sie jetzt nichts sehnlicher wünscht, als sich in einem Doppelbett mit ihm zu wälzen, zu wälzen und noch mal zu wälzen.«

»Ja, auf dem Gebiet der Psychologie ist die arme Sadie nicht besonders helle«, sagte Victoria. »Ich behaupte, die einzige Hoffnung, Polly von ihrer Onkel-Fixierung zu heilen, besteht darin, daß man sie analysiert. Sollen wir mal versuchen, ob sie uns läßt?«

»Kinder, das kommt überhaupt nicht in Frage, auf gar keinen Fall«, sagte ich entschlossen, »und wenn ihr es doch versucht, erzähle ich Tante Sadie, daß ihr gelauscht habt, also!«

Ich wußte, die beiden würden Polly schauderhafte Fragen stellen, und da sie ziemlich spröde war, würde es sie schockieren und wütend machen. Jassy und Victoria beschäftigten sich gerade sehr intensiv mit Theorie und Praxis der Psychoanalyse. Ihnen war ein Buch über dieses Thema in die Hände gefallen (»In Elliston's Leihbücherei, hättest du das für möglich gehalten?«), dann folgten mehrere Tage ungestörter Ruhe, in denen sie es einander im Wäscheschrank der Hons vorlasen, und schließlich schritten sie zur Tat.

»Laßt euch analysieren«, krakeelten sie, »wir beseitigen das Gift, das euer Seelenleben hemmt, indem wir euch alles über euch sagen. Vielleicht sollten wir mit Fa anfangen, er ist der einfachste Fall im Haus.«

»Was heißt hier einfach?«

»Für uns das kleine Einmaleins. Nein, nicht die Hand, Alterchen, über die Chiromantie sind wir hinaus, wir betreiben Wissenschaft.«

»Na, dann laßt mal hören.«

»Also, du bist ein vollkommen klarer Fall von Frustration – wolltest Wildhüter sein und mußtest Lord werden –, gefolgt von der in solchen Fällen üblichen Ausbildung einer Überkompensation, so daß du jetzt ein Psychoneurotiker vom obsessiv-hysterischen Typus auf der Grundlage einer paranoiden und schizoiden Persönlichkeit bist.«

»Kinder, so redet man nicht mit seinem Vater.«

»Wissenschaftlichen Wahrheiten muß man sich fügen, Sadie, und unserer Erfahrung nach freut sich jeder, wenn er etwas über sich selbst erfährt. Hast du etwas dagegen, wenn wir dein Intelligenzniveau mit einem Tintenklecks testen, Fa?«

»Wie das?«

»Wir könnten es mit euch allen machen und dann eine Tabelle aufstellen, wenn ihr wollt. Es ist ganz einfach, man zeigt der Untersuchungsperson einen gewöhnlichen Tintenklecks auf weißem Papier, und je nachdem, was für ein Bild der einzelne darin erkennt (ihr versteht, was ich meine: sieht es aus wie eine Spinne oder wie der Himalaya? Jeder sieht etwas anderes), kann ein geübter Fragensteller sofort das Intelligenzniveau des Befragten bestimmen.«

»Und seid ihr geübte Fragensteller?«

»Also, wir haben schon untereinander und mit allen Joshs und mit Mrs. Aster geübt. Die Ergebnisse haben wir in unseren wissenschaftlichen Notizbüchern festgehalten, also los.«

Onkel Matthew betrachtete den Klecks eine Weile und meinte dann, in seinen Augen sehe er ganz so aus wie ein gewöhnlicher Tintenklecks und er erinnere ihn eigentlich nur an *Stephens' Schwarzblau.*

»Wie ich befürchtet hatte«, sagte Jassy, »eindeutig untermenschliches Niveau – selbst das Baby der Joshs hat mehr gebracht. Oje, Untermenschen-Niveau, schlimm…«

Jetzt hatte Jassy die Grenze in dem immerwährenden Tom-Tiddler-Spiel überschritten, bei dem Onkel Matthew der Fänger war und die anderen versuchen mußten, in sein scharf bewachtes Gebiet einzudringen. In einem plötzlichen Wutanfall brüllte er los und scheuchte sie ins Bett. Im Fortgehen sang sie »paranoid *und* schizoid, paranoid *und* schizoid«, es war der Nachfolgevers von »Aufzugschacht wird Todesfalle«. Später erklärten mir die beiden noch: »Es ist natürlich ziemlich bedrohlich für uns alle, denn ob man nun an Vererbung oder Umwelteinflüsse glaubt, in der Klemme stecken wir so und so, mit diesem Untermenschen von Vater.«

Davey kam zu dem Entschluß, es sei nur freundlich, wenn er seiner alten Freundin Lady Montdore einen Besuch machte, also rief er sie an und wurde zum Lunch eingeladen. Er blieb bis nach dem Tee, und dank einer glücklichen Fügung hatte sich Polly schon zu Bett begeben, als er zurückkehrte, so daß er alles berichten konnte.

»Sie tobt vor Wut«, sagte er, »sie tobt wirklich. Einfach erschreckend. Und dabei ist ihr das zugestoßen, was die Franzosen einen *coup de vieux* nennen; sie sieht aus wie hundert. Ich möchte von niemandem so gehaßt werden, wie sie Boy haßt. Man weiß ja nie, vielleicht ist an der Christian Science ja doch etwas dran; boshafte Gedanken und dergleichen, die mit großer Intensität gegen uns gerichtet werden, wirken sich vielleicht auf den Körper aus. Wie sehr sie ihn haßt! Stellt euch vor, sie hat die Stickerei, die er für den Kaminschirm hergestellt hat, einfach mit der Schere herausgeschnitten, aber der Schirm steht noch immer vor dem Feuer, mit einem riesigen Loch drin. Es hat mir einen ziemlichen Schock versetzt.«

»Arme Sonia, irgendwie paßt es zu ihr. Und was sagt sie über Polly?«

»Sie trauert um sie, und sie ist ihr auch ziemlich böse, weil sie so hinterhältig gewesen ist und es all die Jahre für sich behalten hat. Ich sagte: ›Aber du kannst doch nicht erwarten, daß sie es dir erzählt!‹ Da war sie allerdings anderer Meinung. Sie stellte mir viele Fragen über Polly und ihr inneres Befinden. Ich mußte ihr sagen, daß mir die Einsicht in Pollys inneres Befinden verwehrt sei, daß sie aber, wenn möglich, noch einmal so schön aussehe wie vorher, woraus man schließen könne, daß sie glücklich sei.«

»Ja, bei Mädchen erkennt man es immer daran«, sagte Tante Sadie. »Wenn das nicht wäre, würde ich gar nicht auf die Idee kommen, daß sie sich überhaupt für irgendwas oder irgendwen interessiert. Einen seltsamen Charakter muß dieses Mädchen haben!«

»So seltsam nun auch wieder nicht«, sagte Davey. »Viele Frauen sind ziemlich rätselhaft, und nur wenige lachen, wenn sie glücklich sind, oder weinen, wenn sie traurig sind, so viel wie deine Kinder, meine liebe Sadie, und wir anderen sehen auch nicht immer alles in Schwarz oder Weiß. Das Leben wird in Alconleigh übermäßig vereinfacht, und das hat gewiß seinen Reiz, ich beklage mich nicht, aber du darfst nicht meinen, alle Menschen wären wie die Radletts, denn so ist es nun mal nicht.«

»Du bist lange geblieben.«

»Die arme Sonia ist so einsam. Es muß gräßlich für sie sein. Wir haben über nichts anderes gesprochen, immer nur über das eine Thema, unter allen erdenklichen Aspekten. Sie bat mich, Boy aufzusuchen und herauszufinden, ob die Hoffnung besteht, daß er den Plan aufgibt und für einige Zeit ins Ausland geht. Sie sagt, Montdores Anwalt habe an Boy geschrieben und ihm mitgeteilt, an dem Tag, an dem Polly ihn heirate, werde sie aus dem Testament ihres Vaters gestrichen, außerdem werde Montdore die Zuwendungen für Patricia nicht mehr zahlen, die er Boy eigentlich auf Lebenszeit hatte lassen wollen. Sie befürchtet, daß er auch so noch immer genug zum Leben hat, aber ich denke, es könnte ihn wachrütteln. Ich habe nicht versprochen hinzufahren, aber vielleicht tue ich es trotzdem.«

»Du mußt unbedingt«, sagte Jassy. »Da haben wir auch ein Wörtchen mitzureden.«

»Kinder, redet nicht immer dazwischen«, sagte Tante Sadie. »Wenn ihr den Mund nicht halten könnt, dann schicken wir euch demnächst bei ernsten Gesprächen nach draußen – außerdem«, fuhr sie fort und wurde plötzlich sehr streng, wie früher so oft, als Linda und ich noch klein waren, »außerdem finde ich, ihr geht jetzt besser. Los, ab mit euch!«

Sie gingen. Aber als sie an der Tür waren, murmelte Jassy für jedermann hörbar:

»Diese labile, unentschlossene Einstellung zur Disziplin kann in unserer jungen Psyche bleibenden Schaden anrichten. Ich finde wirklich, Sadie sollte vorsichtiger sein.«

»Aber nein, Jassy«, meinte Victoria, »es sind doch gerade unsere Komplexe, die uns faszinierend und ungewöhnlich machen.«

Als sie die Tür hinter sich geschlossen hatten, sagte Davey in ernstem Ton:

»Sadie, du läßt ihnen wirklich zuviel durchgehen.«

»Ach ja«, sagte Tante Sadie, »das fürchte ich auch. Es kommt davon, wenn man so viele Kinder hat. Ein paar Jahre kann man sich zwingen, streng zu sein, danach wird es einfach zu anstrengend. Aber Davey, glaubst du wirklich, daß es irgend etwas ausmacht, wenn sie erst erwachsen sind?«

»Bei deinen Kindern wahrscheinlich nicht, es sind ja allesamt Teufel. Aber sieh dir an, wie ordentlich wir Fanny großgezogen haben.«

»Also Davey! Nie wart ihr streng«, rief ich, »kein bißchen. Ihr habt mir immer alles durchgehen lassen.«

»Ja, da hat sie recht«, sagte Tante Sadie. »Fanny durfte alle möglichen schrecklichen Dinge tun – vor allem, nachdem sie eingeführt war. Sich die Nase pudern, allein reisen, mit jungen Männern im Taxi fahren – ist sie nicht sogar mal in einem Nachtclub gewesen? Zum Glück für euch ist sie von Natur aus so brav, obwohl mir das unbegreiflich ist, bei *den* Eltern.«

Davey erzählte auch Polly, daß er bei ihrer Mutter gewesen sei, aber sie fragte nur:

»Und wie geht es Daddy?«

»Er war in London, Oberhaus, es ging um Indien. Deine Mutter machte keinen sehr guten Eindruck, Polly.«

»Temperamentsfrage«, sagte Polly und ging aus dem Zimmer.

Der nächste Besuch führte Davey nach Silkin. »Offen gestanden, ich kann es mir nicht verkneifen.« Auf gut Glück tuckerte er in seinem kleinen Wagen hinüber, nicht wissend, ob er den Lektor überhaupt antreffen würde. Der weigerte sich nämlich noch immer, ans Telefon zu kommen, und ließ mitteilen, er sei für ein paar Wochen verreist, aber eigentlich sprach alles dafür, daß er sich zu Hause aufhielt, und wie sich herausstellte, war es auch so.

»Verstört, vereinsamt und trübsinnig, der arme Kerl, und er hat immer noch eine furchtbare Erkältung, die er einfach nicht los wird. Sonias böse Gedanken vielleicht. Auch er ist älter geworden. Sagt, er habe seit der Verlobung mit Polly niemanden gesehen – natürlich, in Silkin hat er sich eingeigelt, aber anscheinend glaubt er auch, die Leute, denen er ganz zufällig in der Bibliothek in London oder sonstwo begegnet, würden ihm aus dem Weg gehen, als wüßten sie schon Bescheid. Ich vermute, in Wirklichkeit liegt es daran, daß er in Trauer ist – oder sie wollten sich nicht bei ihm anstecken –, er ist jedenfalls ungeheuer empfindlich in dieser Sache. Und dann – er hat es zwar nicht gesagt, aber man sieht, wie sehr Sonia ihm fehlt – kein Wunder, nachdem er sie all die Jahre hindurch täglich gesehen hat. Auch Patricia scheint ihm zu fehlen.«

»Hast du offen mit ihm über Polly gesprochen?« fragte ich.

»Oh, ganz offen. Er sagt, das Ganze sei von ihr ausgegangen, es sei überhaupt nicht seine Idee gewesen.«

»Ja, das stimmt. Das hat sie mir auch erzählt.«

»Und wenn du mich fragst: es hat ihm einen furchtbaren Schlag versetzt. Er kann natürlich nicht widerstehen, aber es hat ihm einen Schlag versetzt, und er glaubt, er werde in Zukunft ein geächteter Mann sein. Diese Karte hätte Sonia ausspielen können, wenn sie klug gewesen wäre und alles vorausgesehen hätte. Nachdem die Worte einmal ausgesprochen sind, ist es natürlich zu spät, aber wenn sie Boy vor den wahrscheinlichen Folgen gewarnt und ihm klargemacht hätte, daß er in den Augen der Gesellschaft ein für allemal erledigt sein würde – ich glaube, sie hätte die Sache aufhalten können. Schließlich ist er ungeheuer gesellig, der arme Kerl. Verbannung wäre etwas Schreckliches für ihn. In Wirklichkeit, aber das habe ich ihm nicht gesagt, werden die Leute natürlich sofort zurückkehren, wenn sie erst geheiratet haben.«

»Aber du glaubst doch nicht, daß sie wirklich heiraten werden?« fragte Tante Sadie.

»Meine liebe Sadie, nach zehn Tagen unter einem Dach mit Polly zweifele ich keinen Augenblick daran. Im übrigen weiß Boy, daß er nicht mehr zurückkann, ob es ihm gefällt oder nicht – und halb gefällt es ihm natürlich sehr. Aber er fürchtet die Folgen, auch wenn es gar keine geben wird. Die Leute haben kein Gedächtnis für diese Dinge, und eigentlich gibt es ja auch nichts zu vergessen, von schlechtem Geschmack einmal abgesehen.«

»*Détournement de jeunesse?*«

»Ein gewöhnlicher Mensch käme nicht auf den Gedanken, daß sich Boy an Polly herangemacht haben könnte, als sie klein war, auch wir wären nicht darauf gekommen, wenn wir nicht von der Sache mit Linda erfahren hätten. In ein paar Jahren weiß kein Mensch außerhalb der Familie mehr, was der Grund für die ganze Aufregung war.«

»Ich fürchte, du hast recht«, sagte meine Tante. »Man braucht sich nur die Hopse anzusehen! Ein gräßlicher Skandal nach dem anderen, sie brennt durch, Prügeleien, sie setzt sich selbst als Preis in einer Lotterie aus, Kannibalenkönige – was weiß ich alles – Schlagzeilen in den Zeitungen, Verleumdungsklagen, aber kaum taucht sie in London auf, da reißen sich ihre Freunde darum, Partys für sie zu geben. Aber erzähle ihm das nicht, es würde ihn nur bestärken. Hast du ihm vorgeschlagen, daß er seinen Plan fallenläßt und ins Ausland geht?«

»Ja, aber es hat keinen Zweck. Sonia fehlt ihm, irgendwie entsetzt ihn die ganze Sache, ihm graut bei der Vorstellung, daß ihm der Geldhahn zugedreht wird, obwohl er keineswegs mittellos dasteht, weißt du, und dann hat er diese schreckliche Erkältung und ist vollkommen niedergeschlagen, aber gleichzeitig merkt man, daß ihn die Aussicht blendet, und ich wette, solange Polly das Tempo vorgibt, wird er mitspielen. Oje, sich in unserem Alter mit einer jungen Frau zusammentun – wie anstrengend! Und ausgerechnet Boy, der zum Witwer wie geschaffen ist, er tut mir wirklich leid.«

»Bemitleide du ihn nur! Hätte er die Finger von kleinen Mädchen gelassen, wäre es nicht so gekommen.«

»Du bist so nachtragend, Sadie. Für ein bißchen Getätschel zahlt er einen hohen Preis – du solltest den armen Kerl mal sehen!«

»Was fängt er jetzt eigentlich mit seiner vielen Zeit an?«

»Er stickt eine Tagesdecke«, sagte Davey, »es wird sein Hochzeitsgeschenk für Polly. Er nennt es Überwurf.«

»Also wirklich!« sagte Tante Sadie schaudernd. »Was für ein gräßlicher Mann! Erzähl Matthew besser nichts davon – ich würde ihm überhaupt nicht erzählen, daß du dort warst. Er bekommt jedesmal fast einen Anfall, wenn er an Boy denkt, und ich kann es ihm nicht verübeln. Über-Wurf, so kann man es auch nennen!«

15

Wenig später teilte Polly Tante Sadie mit, sie wolle am nächsten Tag gern nach London fahren, sie habe sich dort mit Boy verabredet. Wir saßen zu dritt in Tante Sadies kleinem Zimmer. Obwohl Polly den Namen ihres Onkels in Alconleigh zum erstenmal in Gegenwart eines anderen erwähnte, wenn man von den Gesprächen mit mir absah, brachte sie ihn nicht nur ohne befangenes Zittern über die Lippen, sondern so, als würde sie immerzu von ihm reden. Es war eine großartige Leistung. Nachher entstand eine Pause. Und dann war Tante Sadie diejenige, die errötete und der es schwerfiel, ihre Stimme zu beherrschen, denn als sie schließlich antwortete, da klang sie überhaupt nicht natürlich, sondern rauh und ängstlich.

»Würdest du mir bitte sagen, was du für Pläne hast, Polly?«

»Gern – ich möchte den Zug um 9 Uhr 30 bekommen, wenn es recht ist.«

»Ich meine nicht deine Pläne für morgen, sondern die für dein Leben.«

»Darüber möchte ich mit Boy ja gerade reden. Als wir uns das letzte Mal sahen, haben wir keine Pläne gemacht, da haben wir uns einfach die Ehe versprochen.«

»Und diese Ehe, liebe Polly – steht dein Entschluß denn fest?«

»Ja, ganz fest. Deshalb sehe ich auch keinen Sinn in dieser Warterei. Wozu, wenn wir ja doch heiraten werden? Im Gegenteil, alles spricht dafür, daß wir es bald tun. Zurückzugehen und noch einmal bei meiner Mutter zu wohnen kommt nicht in Frage, und Ihnen kann ich hier nicht ewig zur Last fallen. Sie sind schon viel zu nett zu mir gewesen.«

»Oh, liebes Kind, mach dir darüber keine Gedanken. Es macht uns überhaupt nichts aus, wenn wir Gäste haben, solange Matthew sie leiden kann. Sieh dir Davey und Fanny an, die haben es auch nicht eilig, die wissen, daß wir sie gern hier haben.«

»Ja, schon, aber sie gehören zur Familie.«

»Das tust du auch, beinahe jedenfalls, und du bist ebenso willkommen, als würdest du dazugehören. Du weißt, in ein paar Wochen muß ich wegen Lindas Baby nach London, aber davon brauchst du dich nicht stören zu lassen, bleib einfach so lange, wie du magst. Fanny ist ja da, und wenn Fanny abreist, sind die Kinder da – sie beten dich an, du bist ihre Heldin, es ist wunderbar für sie, wenn du hier bist. Also mach dir nur ja keine Gedanken. Stürze dich um Himmels willen nicht in die Ehe, weil du glaubst, du hättest kein Zuhause, denn erstens stimmt es nicht, da du hier wohnen kannst, und außerdem ist es einfach kein hinreichender Grund für einen so folgenschweren Schritt.«

»Ich stürze mich nicht in die Ehe«, sagte Polly. »Diese Ehe ist die einzige, die ich je eingehen konnte, und wenn sie unmöglich geblieben wäre, dann wäre ich ledig geblieben.«

»Nicht doch«, sagte Tante Sadie, »du ahnst nicht, wie lang ein Leben ist und wieviel Veränderungen es mit sich bringt. Junge Leute glauben anscheinend immer, es sei im Nu vorüber, man tue entweder dies oder das, und dann sterbe man, aber ich kann dir versichern, sie irren sich. Wahrscheinlich hat es keinen

Zweck, wenn ich dir das sage, Polly, denn ich sehe, du hast dich entschieden, aber da du noch dein ganzes Leben als Ehefrau vor dir hast, warum machst du nicht zuerst einmal das Beste aus deinem Mädchendasein? Diese Zeit kommt nie wieder. Du bist doch erst zwanzig. Warum hast du es so eilig?«

»Ich hasse das Mädchendasein, ich habe es immer gehaßt, seit ich groß bin«, sagte Polly, »und außerdem – glauben Sie wirklich, ein ganzes Leben sei zu lang für das vollkommene Glück? Ich nicht.«

Tante Sadie seufzte tief.

»Ich frage mich, warum alle Mädchen den Stand der Ehe für das vollkommene Glück halten. Ob das der Trick ist, mit dem Mutter Natur sie in die Falle lockt?«

»Liebe Lady Alconleigh, seien Sie nicht so zynisch.«

»Ja, du hast recht, das sollte ich nicht sein. Du hast dir deine Zukunft zurechtgelegt, irgendwelche Einwände werden dich nicht mehr davon abbringen, und trotzdem finde ich, du machst einen schrecklichen Fehler. Aber mehr sage ich dazu jetzt nicht. Ich werde den Wagen für den Zug um 9 Uhr 30 bestellen, und nimmst du für die Rückfahrt den Zug um 4 Uhr 45 oder den um 6 Uhr 10?«

»Den um 4 Uhr 45 bitte. Ich habe Boy gesagt, er soll mich um eins im Ritz treffen – ich habe ihm gestern eine Postkarte geschickt.«

Und wirklich, wunderbarerweise hatte besagte Postkarte den ganzen Tag auf dem Tisch in der Vorhalle gelegen, ohne daß Jassy oder Victoria sie erspäht hatten. Die Jagd hatte wieder begonnen, und obwohl die beiden in zwei Wochen nur dreimal mit hinaus durften, trug die damit verbundene körperliche Erschöpfung einiges dazu bei, ihren Übermut zu zähmen. Was Onkel Matthew anging, der viermal in der

Woche draußen war, so konnte er nach dem Tee kaum noch ein Auge offenhalten, stehend nickte er in seinem Geschäftszimmer ein, während das Grammophon seine Lieblingsmelodien schmetterte. Alle paar Minuten zuckte er zusammen und machte einen Satz hinüber zum Apparat, um die Nadel und die Platte zu wechseln.

An diesem Abend vor dem Dinner rief Boy an. Wir hatten uns alle im Geschäftszimmer versammelt und hörten *Lakmé* auf dem Grammophon, neue Opernaufnahmen, die soeben von *Army & Navy* eingetroffen waren. Mein Onkel knirschte mit den Zähnen, als die Tempelglöckchen von einem durchdringenden Läuten unterbrochen wurden, und biß sie dann wutentbrannt zusammen, als er die Stimme Boys vernahm, der Polly sprechen wollte. Aber er reichte ihr den Hörer und schob ihr mit der altmodischen Höflichkeit, die er gegenüber jenen walten ließ, denen er wohlgesonnen war, sogar einen Sessel hin. Nie behandelte er Polly wie eine junge Person, und ich glaube, er empfand ihr gegenüber wirklich etwas wie Ehrfurcht.

Polly sagte: »Ja? Wie? Ja, sehr gut. Bis dann«, und legte auf. Selbst diese Nervenprobe konnte ihrer Gelassenheit nichts anhaben.

Sie erklärte uns, Boy wolle das Treffen verlegen, er meine, es sei zwecklos, deswegen bis London zu fahren, und habe deshalb das »Mitre« in Oxford als bequemeren Treffpunkt vorgeschlagen.

»Dann könnten wir doch zusammen in die Stadt fahren, Fanny?«

Ich wollte ohnehin wieder einmal in meinem Haus nach dem Rechten sehen.

»Er schämt sich«, sagte Davey, als Polly nach oben gegangen war. »Will nicht gesehen werden. Die Leute fangen an zu reden. Ihr wißt ja, daß Sonia nichts für sich behalten kann, und wenn die Clique von Kensington Palace erst mal Wind von etwas bekommen hat, ist es im Nu in ganz London herum.«

»Oje«, sagte Tante Sadie, »aber wenn man sie im ›Mitre‹ sieht, ist es doch noch viel schlimmer. Ich mache mir Sorgen, ich habe Sonia zwar nur versprochen, daß sie sich nicht hier im Haus treffen. Ob ich es ihr sagen soll, was meinst du?«

»Soll ich nach Silkin gehen und den Gulli abschießen?« fragte Onkel Matthew im Halbschlaf.

»O nein, Liebling, bitte tu das nicht. Was meinst du, Davey?«

»Macht ihr euch etwa Sorgen um das alte Wolfsweib? – lieber Gott im Himmel, für die gibt doch keiner einen Hosenknopf!«

Wenn Onkel Matthew Boy nicht so sehr gehaßt hätte, dann hätte er Polly ebenso eifrig wie seine Töchter in allem beigestanden, was sich gegen Lady Montdore richtete.

Davey sagte: »Ich würde mir deswegen keine Gedanken machen, Sadie. Polly war zwar vollkommen offen und ehrlich – aber stell dir vor, sie hätte nichts erzählt? Sie fährt doch andauernd mit Fanny nach Oxford, oder nicht? Ich würde ein Auge zudrücken.«

So fuhren Polly und ich am nächsten Morgen mit dem Wagen nach Oxford, und ich aß, wie ich es oft tat, mit Alfred im »George« zu Mittag. (Wenn ich Alfred in dieser Geschichte nie erwähne, so deshalb, weil er an anderen Menschen und ihrem Leben überhaupt kein Interesse hat und von den Vorgängen wahrscheinlich kaum etwas mitbekam. Jedenfalls war er nicht, wie wir anderen, mit Faszination bei der Sache. Ich vermute, daß ich und seine Kinder und vielleicht der eine oder andere intelligente Schüler real für ihn sind, im übrigen aber lebt er in einer Welt der Schatten und abstrakten Gedanken.)

Nach dem Lunch brachte ich eine eiskalte, entmutigende Stunde in meinem kleinen Haus zu, in dem sich die Handwerker anscheinend für immer festgesetzt hatten. Einigermaßen verzweifelt stellte ich fest, daß sie es sich neuerdings in einem der Zimmer gemütlich gemacht hatten, ein richtiges Haus im Haus, mit loderndem Feuer im Kamin, dampfendem Tee und Filmstars an den Wänden. Soweit ich sah, verließen sie dieses Zimmer nie, um ihrer Arbeit nachzugehen, und eigentlich konnte ich es ihnen bei der furchtbaren Feuchtigkeit und Kälte, die im übrigen Haus herrschte, nicht einmal verübeln. Nach einer genauen Besichtigung mit dem Vorarbeiter, bei der nur noch mehr offene Rohrleitungen und noch weniger intakte Dielenböden als beim letzten Mal zum Vorschein kamen, trat ich in dem Zimmer, aus dem einmal mein Salon werden sollte, ans Fenster, um mich am Anblick des Christ Church College, das sich so prachtvoll von den schwarzen Wolken abhob, aufzurichten. Eines Tages, so dachte ich (und mußte dazu die ganze Kraft meines Glaubens aufbieten) würde ich an eben diesem Fenster sitzen, es würde weit offenstehen, und hinter dem College würde man grüne Bäume und blauen Himmel sehen. Ich blinzelte durch die vor lauter Schmutz und Kalkfarbe fast undurchsichtigen Scheiben und versuchte mir den Sommer vorzustellen, als unten auf der Straße, gegen den heftigen Ostwind ankämpfend, Polly und der Lektor in Sicht kamen. Es war kein fröhlicher Anblick, aber vielleicht lag es auch am Klima. Zielloses Bummeln, Hand in Hand unter warmem Himmel – für die bedauernswerten Liebenden in England gibt es so etwas nicht. Wenn die Umstände sie nötigen, ihrer Liebe außer Haus nachzugehen, dann haben sie nur die Wahl zwischen einem Spaziergang in zügigem Tempo und der betäubenden Stickigkeit des Kinos. Bald stapften die beiden wieder aus meinem Blickfeld, die Hände in die Taschen gestopft, mit hängenden Köpfen, trübselig.

Bevor ich mich auf den Rückweg nach Alconleigh machte, ging ich noch zu Woolworth, denn Jassy hatte mir aufgetragen, ein Goldfischglas für ihren Froschlaich mitzubringen. Ihr altes hatte sie tags zuvor zerbrochen, die kostbare Gallerte aber noch gerade in das Bad des Gästezimmers gerettet. Alfred und ich mußten deshalb das Kinderbadezimmer benutzen, bis Jassy ein neues Glas hatte. »Du siehst, es ist in deinem eigenen Interesse, Fanny, wenn du es nicht vergißt.«

Bei Woolworth fand ich dann, wie es einem so ergeht, noch andere Dinge, die ich brauchte, und plötzlich stand ich vor Polly und Boy. Er hatte gerade eine Mausefalle in der Hand, aber ich glaube, vor allem suchten sie Schutz vor dem Wind.

»Fahren wir bald?« fragte Polly.

»Was meinst du?« Ich war todmüde.

»Kommt, wir gehen!«

Also gingen wir zu dritt zum Clarendon Yard, wo unser Wagen und auch der von Boy warteten. Der Lektor war noch immer stark erkältet, bot, wie ich fand, einen höchst unerfreulichen Anblick und wirkte überhaupt sehr verdrießlich. Als er mir zum Abschied die Hand gab, drückte er sie nicht zum zweiten Mal, und er streichelte oder kitzelte uns auch nicht an den Beinen, als er die Decke für uns feststeckte, was er bestimmt getan hätte, wenn er einigermaßen wohlauf gewesen wäre, und als wir abfuhren, ging er einfach davon, ohne sich noch einmal umzusehen, ohne beschwingtes Winken, ohne boy-haftes Lockenschütteln. Er war an einem Tiefpunkt.

Polly beugte sich vor, kurbelte die Scheibe zwischen uns und dem Chauffeur hoch und sagte:

»So, alles geregelt, Gott sei Dank. Heute in einem Monat, wenn ich die Zustimmung meiner Eltern bekomme – ich bin ja immer noch minderjährig, weißt du. Als nächstes kommt also ein Gefecht mit Mami. Morgen fahre ich nach Hampton, falls sie da ist, und erkläre ihr, daß ich im Mai volljährig werde, dann kann sie mich ohnehin nicht mehr aufhalten, soll sie also lieber in den sauren Apfel beißen, dann hat sie es hinter sich. Eine große Geburtstagsfeier werden sie ja für mich nicht mehr veranstalten wollen, da mich Daddy jetzt mit einem Shilling abspeist.«

»Meinst du wirklich?«

»Als ob mir das etwas ausmachen würde! Leid tut es mir nur um Hampton, und das könnte er mir selbst dann nicht hinterlassen, wenn er wollte. Und dann werde ich sie fragen: ›Spielt ihr mit und laßt uns in der Kapelle heiraten (Boy will das aus irgendeinem Grund unbedingt, aber ich muß sagen, mir wäre es auch ganz recht), oder müssen wir nach London schleichen und es dort erledigen?‹ Arme Mami. Jetzt, da ich ihren Klauen entronnen bin, tut sie mir irgendwie schrecklich leid. Ich glaube, je früher wir es hinter uns bringen, desto besser für alle.«

Es war klar, Boy überließ die ganze schmutzige Arbeit immer noch Polly. Vielleicht hatte die Erkältung seine Willenskraft untergraben, vielleicht erschöpfte ihn auch schon der bloße Gedanke an eine junge Frau, bei seinem Alter.

Polly rief also ihre Mutter an und fragte, ob sie am nächsten Tag zum Lunch nach Hampton kommen und mit ihr reden könne. Ich hätte es für vernünftiger gehalten, das Gespräch nicht noch durch die zusätzliche Strapaze einer Mahlzeit zu belasten, aber einen Besuch auf einem Landsitz, in dessen Mittelpunkt nicht ein Essen stand, konnte sich Polly anscheinend einfach nicht vorstellen. Und vielleicht hatte sie wirklich recht, denn Lady Montdore war ziemlich gefräßig und aus diesem Grund während und nach dem Essen umgänglicher als zu anderen Tageszeiten. Jedenfalls machte Polly diesen Vorschlag, und sie bat ihre Mutter auch, einen Wagen zu schicken, sie wolle sich von den Alconleighs nicht für zwei Tage ein Auto leihen. Lady Montdore war mit allem einverstanden, sagte aber, Polly müsse mich mitbringen. Lord Montdore war noch in London, und ich nehme an, sie hatte die Befürchtung, daß sie ein Zusammensein mit Polly unter vier Augen nicht ertragen würde. Sie gehörte jedenfalls zu den Menschen, die einem *tête-à-tête* wenn möglich aus dem Weg gingen, auch mit den nächsten Angehörigen. Polly meinte auch, sie selbst habe mich schon bitten wollen, mitzukommen.

»Ich brauche einen Zeugen«, fügte sie hinzu, »wenn sie in deiner Gegenwart ja sagt, kann sie sich später nicht herauswinden.«

Wie Boy sah auch die arme Lady Montdore sehr schlecht aus; sie wirkte nicht nur alt und krank (genau wie Boy litt sie noch immer unter der Erkältung von Lady Patricias Beerdigung, die von einem besonders bösartigen Virus verursacht worden sein mußte), sondern geradezu verkommen. Daß sie auch früher, auch in ihren besten Zeiten, keine besonders gepflegte Erscheinung gewesen war, hatten damals ihr Schwung, ihr forsches Auftreten, ihre strahlende Gesundheit, ihre Lebensfreude und jene innere Gewißheit der eigenen Überlegenheit verdeckt, die ihr durch »das alles hier« vermittelt wurde. Diesen Halt hatte sie nun verloren – infolge ihrer Erkältung und vor allem durch Pollys Abtrünnigkeit, mit der »das alles hier« viel von seiner Bedeutung eingebüßt hatte. Und gleichzeitig hatte sich auch Boy, ihr ständiger Begleiter, der letzte Liebhaber, den sie wohl je haben würde, von ihr abgekehrt. Das Leben war traurig geworden und hatte jeden Sinn verloren.

Schweigend setzten wir uns zu Tisch. Polly schob ihr Essen mit der Gabel hin und her, Lady Montdore lehnte den ersten Gang ab, während ich ziemlich verlegen vor mich hinkaute und die andersgeartete Küche genoß. Das Essen bei Tante Sadie war zu jener Zeit sehr schlicht. Nach ein oder zwei Gläsern Wein wurde Lady Montdore ein bißchen munterer und begann zu plaudern. Sie erzählte uns, die liebe Großherzogin habe ihr eine so *nütliche* Karte vom Cap d'Antibes geschickt, wo sie sich mit anderen Angehörigen der kaiserlichen Familie aufhielt. Auch meinte sie, die Regierung müsse sich mehr dafür einsetzen, solche wichtigen Besucher nach England zu locken.

»Erst neulich habe ich mit Ramsay darüber gesprochen«, klagte sie, »und er hat mir völlig recht gegeben, aber man weiß ja, geschehen wird deshalb noch lange nichts, so ist das in diesem hoffnungslosen Land. Wirklich zu dumm! Alle Radschas sind schon wieder im Suvretta House in St. Moritz – der König von Griechenland in Nizza – der König von Schweden in Cannes und die jungen Italiener beim Skilaufen. Einfach lächerlich, daß wir sie nicht hierherlotsen können.«

»Wozu denn«, fragte Polly, »wenn doch kein Schnee liegt?«

»In Schottland liegt reichlich Schnee. Oder man bringt ihnen das Jagen bei, es würde ihnen gefallen, ein bißchen Ermutigung, mehr brauchen sie nicht.«

»Die Sonne fehlt«, sagte ich.

»Egal. Mach eine Mode draus, daß man ohne auskommt, dann gibt es für sie kein Halten mehr. Sie kamen ja auch zu meinem Ball und zur Beerdigung von Königin Alexandra – sie tafeln eben gern, die armen Schätze. Die Regierung sollte einen wirklich dafür bezahlen, daß man jedes Jahr einen Ball gibt, es würde neues Vertrauen schaffen, und es würde wichtige Leute nach London holen.«

»Ich verstehe nicht, zu was es gut sein soll, wenn diese alten Hoheiten alle hier sind«, meinte Polly.

»O doch, es ist durchaus zu was gut, sie locken Amerikaner an und so weiter«, sagte Lady Montdore unbestimmt. »Es ist immer gut, Leute mit Einfluß um sich zu haben, gut für eine Familie und gut für ein Land. Ich selbst habe mich immer sehr darum bemüht, und ich kann euch sagen, wer es nicht tut, begeht einen schweren Fehler. Seht euch die arme Sadie an, ich habe noch nie gehört, daß irgend jemand von Rang und Namen nach Alconleigh gekommen wäre.«

»Und was hat es ihr geschadet?« fragte Polly.

»Geschadet! Den Schaden kannst du mit Händen greifen. Zunächst einmal die Ehemänner der Töchter« – bei diesem Punkt hielt sich Lady Montdore aber nicht länger auf, gewiß, weil ihr plötzlich einfiel, wie es in dieser Hinsicht bei ihr bestellt war, sondern fuhr fort: »Der arme Matthew hat nie irgendwas bekommen, oder? – ich meine nicht nur Ämter, nicht mal ein Victoria-Kreuz im Krieg, dabei war er doch weiß Gott tapfer. Vielleicht hat er ja nicht ganz das Zeug zum Gouverneur, dessen bin ich mir sogar sicher, vor allem nicht in Gegenden, wo er es mit Schwarzen zu tun hat, aber ihr könnt mir nicht erzählen, daß er nichts anderes hätte bekommen können, wenn Sadie es ein bißchen klüger angestellt hätte. Irgendwas bei Hofe, zum Beispiel. Es hätte ihn vielleicht etwas besänftigt.«

Über der Vorstellung von Onkel Matthew bei Hofe verschluckte ich mich an meinem Pfannkuchen, aber Lady Montdore ließ sich nicht beirren, sondern fuhr fort:

»Und ich fürchte, genauso wird es jetzt auch den Jungen ergehen. Wie ich höre, sind sie in Eton an das schlimmste Haus geraten, weil Sadie niemanden hatte, der ihr mit Rat und Hilfe zur Seite stand, als es soweit war. Man muß im Leben an den richtigen Fäden ziehen können, davon hängt auf dieser Welt leider alles ab, nur so kommt man zum Erfolg. Zum Glück sind mir persönlich Leute, auf die es ankommt, ohnehin am liebsten, und ich komme prima mit ihnen aus, aber selbst wenn sie mich langweilen würden, hielte ich es für meine Pflicht, die Bekanntschaft mit ihnen zu pflegen, Montdore zuliebe.«

Nach dem Essen setzten wir uns in die Lange Galerie, der Butler brachte ein Tablett mit Kaffee, und Lady Montdore bat ihn, es einfach stehenzulassen. Sie trank immer mehrere Tassen starken schwarzen Kaffees. Sobald er hinausgegangen war, wandte sie sich an Polly und fragte mit schneidender Stimme: »Also, was willst du mir sagen?«

Ich machte einen halbherzigen Versuch, hinauszugehen, aber beide bestanden darauf, daß ich blieb. Ich hatte nichts anderes erwartet.

»Ich möchte in einem Monat verheiratet sein«, sagte Polly, »und dazu brauche ich eure Einwilligung, denn volljährig werde ich ja erst im Mai. Ich finde, da es nur um neun Wochen geht und ich nachher ohnehin heiraten werde, könntet ihr ruhig zustimmen, dann wäre die Sache erledigt, meinst du nicht?«

»Ich muß schon sagen, wirklich sehr *nütlich* – deine arme Tante – kaum hat sie den letzten Atemzug getan.«

»Für Tante Patricia ändert es gar nichts, ob sie nun drei Monate oder drei Jahre tot ist, also lassen wir sie aus dem Spiel. Es ist nun mal, wie es ist. Ich kann nicht mehr lange in Alconleigh wohnen, auch hier bei dir kann ich nicht wohnen, wäre es da nicht besser, ich würde mein neues Leben so bald wie möglich anfangen?«

»Polly, ist dir eigentlich klar, daß dein Vater an dem Tag, an dem du Boy Dougdale heiratest, sein Testament ändern wird?«

»Ja, ja, ja«, sagte Polly ungeduldig, »das hast du mir schon oft genug gesagt!«

»Ich habe es dir erst einmal gesagt.«

»Ich habe schon einen Brief deswegen bekommen. Boy hat einen Brief bekommen. Wir wissen Bescheid.«

»Weißt du auch, daß Boy Dougdale ein sehr armer Mann ist? Im Grunde genommen haben sie von den Zuwendungen für Patricia gelebt, und normalerweise würde dein Vater sie selbstverständlich weiterzahlen, solange Boy lebt. Auch das hört auf, wenn er dich heiratet.«

»Ja. Es stand alles in den Briefen.«

»Und rechne nicht damit, daß dein Vater es sich irgendwann anders überlegt, ich habe nicht vor, das zuzulassen.«

»Das ist mir klar.«

»Du glaubst, es sei nicht schlimm, wenn man arm ist, aber ich frage mich, ob du wirklich weißt, was Armut bedeutet.«

»Diejenige, die das nun wirklich nicht weiß, bist du«, erwiderte Polly.

»Nicht aus Erfahrung, zum Glück, aber durch Beobachtung. Man braucht sich nur die trostlosen, trübseligen Mienen von armen Leuten anzusehen, dann weiß man, wie es sein muß.«

»Da bin ich ganz anderer Meinung, aber wie auch immer, wir werden nicht arm sein, so wie arme Leute arm sind. Boy hat 800 Pfund im Jahr und außerdem das, was er mit seinen Büchern verdient.«

»Der Pfarrer hier und seine Frau haben auch 800 Pfund im Jahr«, sagte Lady Montdore, »sieh dir mal ihre Gesichter an…!«

»Damit sind sie auf die Welt gekommen – mir ist es da besser ergangen, dafür hast du dankenswerterweise gesorgt. Aber Mami, es hat keinen Sinn, weiter darüber zu debattieren, denn alles steht so fest, als wären wir schon verheiratet, es ist reine Zeitverschwendung.«

»Warum bist du dann gekommen? Was willst du von mir?«

»Erstens will ich die Hochzeit im nächsten Monat, dazu brauche ich deine Zustimmung, und außerdem möchte ich wissen, wie es dir und Daddy mit der Hochzeit lieber ist – sollen wir hier in der Kapelle heiraten oder soll ich deswegen ohne euch nach London fahren? Wir wollen natürlich niemanden dabei haben außer Fanny und Lady Alconleigh und euch, falls ihr kommen wollt. Ich muß sagen, ich würde mich freuen, wenn Daddy mich zum Altar führt…«

Lady Montdore dachte einen Augenblick nach und sagte schließlich: »Ich finde es vollkommen unerträglich, daß du uns in diese Lage bringst, und ich werde mit Montdore noch darüber sprechen müssen, aber offen gesagt, ich glaube, falls du diese ungehörige Ehe tatsächlich um jeden Preis eingehen willst, wird es wohl am wenigsten Gerede geben, wenn es hier geschieht, und zwar vor deinem Geburtstag. Dann brauche ich auch nicht zu erklären, warum es keine Feierlichkeiten zu deiner Volljährigkeit gibt, die Pächter fangen schon an, danach zu fragen. Also, ich denke, du wirst deine Hochzeit hier bekommen, im nächsten Monat, aber danach sollst du mir nie mehr unter die Augen kommen, du kleines inzestuöses Luder, und dein Onkel auch nicht, solange ich lebe. Und erwarte von mir bitte kein Hochzeitsgeschenk.«

Tränen des Selbstmitleids flossen ihr über die Wangen. Vielleicht dachte sie an das prachtvolle Geschmeide in der Glasvitrine, an die sich, wenn alles anders gekommen wäre, während des Hochzeitsempfangs in Montdore House so viele neidische Nasen gedrückt hätten. »Von den Eltern der Braut.« Ihr langer Traum von Pollys Hochzeit endete wirklich mit einem traurigen Erwachen.

»Weine nicht, Mami, ich bin so über-, überglücklich.«

»Ich nicht«, sagte Lady Montdore und stürmte wütend hinaus.

16

Genau einen Monat später fuhr ich zusammen mit Davey und Tante Sadie zur Hochzeit nach Hampton. Das Gejammer von Jassy und Victoria, die beide nicht eingeladen waren, klang uns noch in den Ohren.

»Polly ist ein abscheulicher Anti-Hon, und wir hassen sie«, so schimpften die beiden, »nachdem wir uns an dieser Strickleiter die Finger blutig geknotet haben, ganz zu schweigen von all dem, was wir für sie getan *hätten,* den Lektor in den Wäscheschrank der Hons geschmuggelt, ihm von unserem Essen abgegeben – keine Gefahr hätten wir gescheut, ihnen ein paar kurze Momente gemeinsamen Glücks zu verschaffen, aber sie waren kaltblütig und wollten nicht, und jetzt lädt sie uns nicht mal zur Hochzeit ein. Du mußt zugeben, Fanny...!«

»Ich kann es ihr nicht verdenken«, sagte ich, »eine Hochzeit ist eine ernste Angelegenheit, und es ist nur verständlich, wenn sie sich Gekicher während der Zeremonie ersparen will.«

»Haben wir etwa bei deiner Hochzeit gekichert?«

»Vermutlich, die Kirche war nur größer, und es waren mehr Leute da, deshalb habe ich euch nicht gehört.«

Onkel Matthew wiederum hatte zwar eine Einladung bekommen, erklärte aber, nichts könne ihn dazu bringen, sie anzunehmen.

»Ich würde dem Gulli nur an die Gurgel gehen«, sagte er. »Boy!« fügte er spöttisch hinzu. »Ach, eins noch – ihr werdet ja nun endlich seinen richtigen Namen hören, schreibt ihn doch bitte für mich auf, ich wollte ihn schon immer wissen, damit ich ihn in eine Schublade legen kann.«

Zu Onkel Matthews abergläubischen Lieblingsideen gehörte auch die Vorstellung, wenn er den Namen von jemandem aufschrieb und das Blatt in eine Schublade legte, dann würde dieser Mensch noch im gleichen Jahr sterben. Die Schubladen in Alconleigh waren voll von Zetteln mit den Namen derer, die mein Onkel aus dem Weg schaffen wollte, Leute, die er privat haßte, und verschiedene Gestalten des öffentlichen Lebens wie Bernard Shaw, de Valera, Gandhi, Lloyd George und der Kaiser, und in jeder Schublade in Alconleigh fand sich außerdem der Name von Lindas altem Hund, Labby. Aber der Zauber schien fast nie zu wirken, und sogar Labby hatte die normale Lebenserwartung eines Labrador weit überschritten, aber Onkel Matthew ließ die Hoffnung nicht sinken, und wenn der natürliche Gang der Dinge tatsächlich einmal eine der von ihm benannten Gestalten dahinraffte, lief er ein paar Tage mit zufriedenem und zugleich schuldbewußtem Gesicht herum.

»Vermutlich haben wir alle seinen Namen schon einmal gehört, als er Patricia geheiratet hat«, sagte Tante Sadie und sah zu Davey hinüber, »aber ich kann mich nicht erinnern, weißt du ihn noch? Ich habe nur so eine dunkle Ahnung, daß es einer von diesen Namen war, die auch als Nachname vorkommen, Stanley oder Norman. Ach, eine Ewigkeit ist das her! Arme Patricia, was sie jetzt wohl denkt?«

»Hat sie auch in der Kapelle in Hampton geheiratet?« fragte ich.

»Nein, in London, und ich überlege gerade, in welcher Kirche. Lord Montdore und Sonia haben natürlich in der Abtei von Westminster geheiratet. Ich erinnere mich noch gut daran, weil Emily als Brautjungfer ging, während ich vor Eifersucht fast geplatzt wäre, meine Nanny nahm mich mit, aber wir standen draußen, weil Mama der Meinung war, wir würden dort mehr sehen, als wenn wir drinnen hinter einem Grabmal steckten. Es war fast wie bei einer Königlichen Hochzeit. Als Patricia dann heiratete, war ich natürlich längst eingeführt – St. Margaret's in Westminster, glaube ich – ja, ich bin fast sicher, dort war es. Ich weiß noch, wie wir sie alle furchtbar alt für eine weiße Hochzeit fanden, dreißig oder irgend so etwas Schreckliches.«

»Aber schön war sie«, sagte Davey.

»Genau wie Polly, obwohl ihr natürlich das besondere Etwas fehlte, das Polly zu einer so strahlenden Schönheit macht. Ich möchte bloß wissen, warum sich diese beiden schönen Frauen an den alten Lektor weggeworfen haben – es ist so unnatürlich.«

»Armer Boy«, sagte Davey mit einem tiefen Seufzer voller Mitgefühl.

Davey, der sich seit dem Ende seiner Kur wieder in Kent bei Tante Emily aufgehalten hatte, war nach Alconleigh zurückgekehrt, um dem Bräutigam als *best man* bei der Vorbereitung der Hochzeit zu helfen. Er habe Patricia zuliebe eingewilligt, sagte Davey, aber in Wirklichkeit, so vermute ich, weil er die Hochzeit um keinen Preis versäumen wollte; es war ihm auch sehr recht, daß er auf diese Weise einen Vorwand hatte, ständig zwischen Silkin und Hampton unterwegs zu sein, und mit eigenen Augen sehen konnte, was in diesen beiden vom Schicksal schwer getroffenen Häusern vor sich ging.

Polly war nach Hampton zurückgekehrt. Um eine Aussteuer hatte sie sich nicht im geringsten gekümmert, und da ihre Verlobung und die Heirat gleichzeitig in der *Times* angezeigt werden sollten – »...Feier fand in aller Stille statt, wegen eines Trauerfalles in Hampton Park« (um solche Feinheiten hatte sich Davey gekümmert) –, brauchte sie keine Briefe zu schreiben und hatte keine Geschenke auszupacken, und es gab nichts von dem zu tun, was gewöhnlich vor einer Hochzeit zu tun ist. Lord Montdore hatte auf einer Unterredung zwischen ihr und seinem Anwalt bestanden, der eigens von London anreiste, um ihr in aller Form zu erklären, daß alles, was ihr Vater in seinem Testament für sie und ihre Kinder vorgesehen hatte, nämlich Montdore House und Craigside Castle nebst Inventar, der Grundbesitz in Northumberland mit den Kohlengruben, der wertvolle, umfangreiche Immobilienbesitz in London, einige Docks und etwa zwei Millionen Pfund Sterling, nun an den einzigen männlichen Erben ihres Vaters fallen würden, an Cedric Hampton. Normalerweise hätte er nur Hampton selbst sowie Lord Montdores Titel geerbt, aber infolge dieses neuen Testaments war Cedric Hampton dazu ausersehen, einer der fünf oder sechs reichsten Männer von England zu werden.

»Und wie nimmt Lord Montdore die Sache auf?« fragte Tante Sadie, als Davey diese Neuigkeiten von einem Besuch in Hampton mit anschließender Stippvisite bei Boy in Silkin zurückbrachte.

»Unmöglich zu sagen. Sonia geht es sehr schlecht, Polly ist nervös, aber Montdore ist wie immer. Man würde nicht auf die Idee kommen, daß ihm irgend etwas Ungewöhnliches widerfahren ist.«

»Ich wußte schon immer, er ist ein Stockfisch. Aber hast du geahnt, daß er so reich ist, Davey?«

»O ja, einer der allerreichsten.«

»Komisch, wenn man bedenkt, wie geizig Sonia in kleinen Dingen ist. Was meinst du, wie lange wird er dabei bleiben, ich meine, daß Polly nichts bekommt?«

»So lange, wie Sonia lebt. Ich wette, sie verzeiht nicht, und du weißt ja, wie er unter ihrer Fuchtel steht.«

»Ja. Aber was sagt Boy dazu, daß er nun zusammen mit einer Frau von 800 Pfund im Jahr leben soll?«

»Es behagt ihm überhaupt nicht. Er denkt daran, Silkin zu vermieten und irgendwo zu leben, wo es billig ist, im Ausland. Ich habe ihm gesagt, er solle mehr Bücher schreiben. Sie verkaufen sich gar nicht so schlecht, weißt du, aber er ist sehr niedergeschlagen, der arme Kerl, sehr.«

»Ich schätze, es wird ihm guttun, mal von hier wegzukommen«, sagte ich.

»Ja, schon«, sagte Davey nachdenklich, »aber...«

»Ich möchte wissen, was Cedric Hampton für ein Mensch ist.«

»Das möchten wir alle – sogar Boy hat davon gesprochen. Anscheinend wissen sie nicht einmal, wo er sich aufhält. Der Vater war ein ziemlich mieser Bursche. Er ging nach Neuschottland, erkrankte und heiratete seine Krankenschwester, eine ältere Kanadierin, die dieses eine Kind bekam, aber der Vater ist inzwischen tot, und man weiß nichts, außer der nackten Tatsache, daß es den Jungen gibt. Montdore hat einen kleinen Betrag für ihn ausgesetzt, der jedes Jahr an eine kanadische Bank überwiesen wird. Findet ihr es nicht auch seltsam, daß er sich nicht mehr für ihn interessiert hat, wo dieser Junge doch eines Tages seinen Namen erben und die einzige Hoffnung für den Fortbestand dieser alteingesessenen Familie sein wird?«

»Wahrscheinlich hat Montdore den Vater gehaßt.«

»Ich glaube, er hat ihn überhaupt nicht gekannt. Sie gehören ganz verschiedenen Generationen an – Vetter zweiten Grades oder so etwas. Nein, ich denke, es liegt an Sonia, ich vermute, sie konnte den Gedanken nicht ertragen, daß Hampton Polly versagt bleiben würde, und deshalb hat sie einfach so getan, als würde es diesen Cedric gar nicht geben – ihr wißt ja, was für ein Talent sie hat, Dinge zu übersehen, die sie nicht sehen will. Aber jetzt wird sie ihn wohl bald zur Kenntnis nehmen müssen, Montdore will ihn unter den neuen Umständen bestimmt bald sehen.«

»Traurige Vorstellung, nicht wahr, daß in Hampton irgendwann einmal ein vierschrötiger, breitbeiniger Siedler hausen soll!«

»Einfach tragisch!« sagte Davey. »Die armen Montdores, sie tun mir wirklich leid.«

Irgendwie war mir die materielle Seite der Angelegenheit nie ganz klargeworden, bis Davey diese Einzelheiten und diese Zahlen ins Gespräch brachte, aber jetzt begriff ich, daß »dies alles hier« wirklich etwas Kolossales war, das bald einem völlig fremden Menschen einfach in den Schoß fallen würde.

In Hampton angekommen, wurden Tante Sadie und ich sogleich in die Kapelle geführt, wo wir zunächst allein saßen. Davey machte sich auf die Suche nach Boy. Die Kapelle war ein viktorianischer Bau, der zwischen den Unterkünften für das Personal lag. Der »alte Lord« hatte sie errichtet, und hier stand eine Marmorstatue von ihm in Hosenband-Gala und eine von seiner Frau Alice, außerdem gab es ein paar bunte Glasfenster, einen Kirchenstuhl für die Familie, der wie eine Opernloge gebaut war, alles mit rotem Plüsch und Vorhängen, und eine sehr schöne Orgel. Davey hatte einen erstklassigen Organisten aus Oxford engagiert, der uns jetzt mit einigen Bach-Präludien erfreute. Offenbar hatte sich keine der beteiligten Parteien auch nur im geringsten um den äußeren Rahmen gekümmert. Davey hatte die Musik allein ausgewählt, und anscheinend hatte man dem Gärtner die Frage der Blumen überlassen, die in ihrer Pracht von einer geradezu erschlagenden Wirkung waren. Es handelte sich um die von allen Gärtnern hochgeschätzten, übertriebenen Treibhausblumen, im typischen Floristengeschmack arrangiert. Mich überkam eine tiefe Traurigkeit. Die Musik von Bach und die Blumen weckten melancholische Gedanken – von welcher Seite man diese Hochzeit betrachtete, es war eine deprimierende Sache.

Boy und Davey kamen den Mittelgang entlang, und Boy gab uns die Hand. Seine Erkältung war er offenbar endlich los. Er sah sehr gut aus; mir fiel auf, daß seinem Haar die Aufmerksamkeit eines nassen Kammes zuteil geworden war, der es in leichte Wellen gelegt und ein paar Löckchen hervorgekitzelt hatte, und seine Figur, die durchaus stattlich wirkte, vor allem von hinten, kam in seinem Hochzeitsanzug ausgezeichnet zur Geltung. Er hatte eine weiße Nelke angesteckt und Davey eine rote. Aber obgleich er im Kostüm des Bräutigams erschien, fehlte ihm doch der Schwung, die neue Rolle seinem Repertoire einigermaßen überzeugend einzuverleiben, und seine ganze Haltung glich eher der eines Trauernden. Davey mußte ihm sogar zeigen, wo er vor dem Altar zu stehen hatte. Nie habe ich einen Mann gesehen, der so verzweifelt dreinblickte.

Mit äußerst mißbilligender Miene bezog nun auch der Geistliche seine Position. Wenig später deutete eine Bewegung links von uns darauf hin, daß Lady Montdore den Familienstuhl betreten hatte, der über einen eigenen Eingang verfügte. Es war unmöglich, ausgiebige Beobachtungen anzustellen, aber einen verstohlenen Blick riskierte ich. Sie sah aus, als würde sie sich im nächsten Augenblick übergeben. Boy warf auch einen Blick hinüber, und danach konnte man ihm sogar von hinten anmerken, daß er sich am liebsten zu ihr geschlichen hätte, um ein ausgiebiges Schwätzchen zu halten. Seit sie zusammen die Briefe der Infantinnen gelesen hatten, hatte er sie nicht mehr gesehen.

Der Organist aus Oxford stellte das Bach-Spiel jetzt ein, nachdem seine Darbietung schon während der letzten Minuten mehr und mehr an Reiz verloren hatte. Ich sah mich um und erblickte Lord Montdore, der im Eingang der Kapelle stand. Er wirkte gleichmütig, gut erhalten, ein Graf aus Pappkarton, und nach seiner Miene zu urteilen, hätte er seine Tochter im nächsten Augenblick ebensogut den Mittelgang der Abtei von Westminster hinaufführen können, um sie an den König von England zu verheiraten.

»O vollkommene Liebe, die alles Denken übersteigt«, sang ein unsichtbarer Chor von der Empore. Und dann, eine große weiße Hand auf den Arm ihres Vaters gelegt, die betrübte Verlegenheit, die wie ein Dunst in der Kapelle hing, zerteilend, kam Polly den Gang hinauf, gleichmütig, zuversichtlich, vornehm und strahlend vor Glück. Irgendwo hatte sie sich ein Hochzeitskleid besorgt (erkannte ich da ein Ballkleid aus der letzten Saison?) und war in eine Wolke aus Tüll, Maiglöckchen und Freude gehüllt. Die meisten Bräute haben Schwierigkeiten mit der Miene, die sie beim Gang zum Altar aufsetzen, oft blicken sie affektiert oder zu schmachtend oder, was das schlimmste ist, zu erwartungsfroh drein, aber Polly schwebte einfach auf einer Woge von Glückseligkeit dahin und bot einen Anblick, wie ich im Leben nur selten einen schöneren gesehen habe.

Auf der linken Seite hörte ich ein trockenes, gedämpftes Geräusch, die Tür des Familienstuhls fiel ins Schloß, Lady Montdore war gegangen.

Der Geistliche begann mit der Hochzeitszeremonie, und schließlich fragte er: »Wer gibt diese Frau diesem Manne zur Ehe?« Lord Montdore verbeugte sich, nahm Polly den Blumenstrauß aus der Hand und begab sich in die nächstgelegene Bank.

»Nun sprich mir nach: ›Ich, Harvey, nehme dich, Leopoldina‹.« Ein Seitenblick von Tante Sadie.

Es war bald vorüber. Noch ein Lied, und ich saß allein da, während alle anderen hinter einer Stellwand verschwanden, um sich in das Heiratsregister einzutragen. Dann brach Mendelssohns Hochzeitsmarsch über uns herein, und Polly schwebte hinaus, wie sie hereingekommen war, nur am Arm eines anderen gut erhaltenen, alten Mannes.

Während Polly und Boy sich für die Abreise umzogen, warteten wir in der Langen Galerie, um sie zu verabschieden und nach draußen zu begleiten. Der Wagen würde sie nach Dover bringen, wo sie im »Lord Warden« die Nacht verbringen wollten, um dann am nächsten Tag auf den Kontinent überzusetzen. Irgendwie hatte ich erwartet, Polly würde mich nach oben bitten, um zu plaudern, aber das tat sie nicht, und ich blieb bei den anderen. Ich glaube, sie war so glücklich, daß sie gar nicht recht mitbekam, ob andere Menschen bei ihr waren oder ob sie allein war; vielleicht wollte sie auch wirklich lieber allein sein. Lady Montdore zeigte sich nicht mehr, aber Lord Montdore unterhielt sich mit Davey und beglückwünschte ihn zu seiner kürzlich erschienenen

Anthologie *In Krankheit und Gesundheit.* Ich hörte, wie er sagte, seinem Eindruck nach enthalte der Band nicht genug von Browning, aber davon abgesehen würde er ganz ähnlich gewählt haben.

»Aber Browning war so gesund«, wandte Davey ein. Der Schwerpunkt des Buches liege auf der Krankheit.

Ein Lakai reichte Champagner. Ich setzte mich mit Tante Sadie, und wir blätterten, wie es in Hampton seltsamerweise immer geschah, ausführlich im *Tatler,* im *Sketch* und im *Bystander,* und Polly brauchte so lange, daß ich sogar noch zu *Country Life* kam, bevor sie auftauchte. Durch den Nebel aus Frohsinn und Munterkeit, in den mich all die Frauen von Baronets samt ihren Kindern, ihren Hunden, ihren Tweedsachen, ihren Wohnsitzen und ihren großen Gesichtern – die Haarwelle über der Stirn von einer Diamantenspange gehalten – hüllten, bemerkte ich doch, daß die Atmosphäre in der Langen Galerie wie schon zuvor in der Kapelle von Verlegenheit und Betrübnis erfüllt war. Ich sah, wie Boy wieder auftauchte, einen verwirrten Blick nach dem zerfetzten Kaminschirm mit dem Loch darin warf, und wie er uns den Rücken zuwandte und aus dem Fenster starrte, als ihm klar wurde, was da geschehen war. Niemand sprach ihn an. Nachdem das Thema der Anthologie erschöpft war, nippten Lord Montdore und Davey schweigend an ihrem Champagner.

Schließlich kam auch Polly, sie trug ihren Nerz vom letzten Jahr und einen winzigen braunen Hut. Die Wolke aus Tüll war zwar verflogen, aber die Wolke aus Freude umhüllte sie noch immer. Polly war kein bißchen verlegen, umarmte ihren Vater, küßte uns alle, auch Davey, nahm dann Boy beim Arm und führte ihn zur Eingangstür. Wir folgten ihnen. Mit traurigen Gesichtern, die älteren schniefend, hatten sich die Dienstboten in der Vorhalle versammelt. Polly nahm Abschied von ihnen, ließ sich ein wenig halbherzig von dem jüngsten Hausmädchen mit etwas Reis bewerfen und stieg dann mit Boy, der ihr sehr halbherzig folgte, in den großen Daimler und fuhr davon.

Wir verabschiedeten uns höflich von Lord Montdore und machten uns ebenfalls auf den Weg. Als wir die Auffahrt entlangfuhren, sah ich noch einmal zurück. Die Lakaien hatten die Haustür schon wieder geschlossen, und das schöne Hampton lag zwischen dem fahlen Frühlingsgrün seiner Rasenflächen und dem fahlen Frühlingsblau des Himmels wie verlassen da, leer und trostlos. Die Jugend hatte ihm den Rükken gekehrt, es wohnten jetzt hier nur noch zwei einsame alte Menschen.

Zweiter Teil

1

Jetzt begann auch mein wirkliches Leben als Ehefrau, ich meine das Leben mit meinem Mann in unserem eigenen Haus. Eines Tages fuhr ich nach Oxford, und ein Wunder war geschehen. Alle Wände meines Hauses waren tapeziert, und es war genau die Tapete, die ich ausgesucht hatte, sie sah noch hübscher aus, als ich erwartet hatte. Der Geruch nach billigen Zigaretten, Zement, zu starkem Tee und moderndem Holz hatte sich verzogen, und es duftete himmlisch nach frischer Farbe und Sauberkeit, die Dielenbretter waren glatt und stabil und die Fenster so sauber, als säßen keine Glasscheiben darin. Ein herrlicher Tag – der Frühling war gekommen, mein Haus war fertig und ich so froh, daß es sich gar nicht sagen ließ. Wie um diese Freude zu besiegeln, war die Frau eines Professors dagewesen und hatte ihre Karte sowie die beiden Karten ihres Mannes hinterlassen – die Handwerker hatten sie sorgfältig auf einen Kaminsims gestellt: Professor und Mrs. Cozens, 209 Banbury Road. Endlich war ich eine wirklich erwachsene, verheiratete Dame, bei der Leute vorsprachen, um ihre Karten zu hinterlassen. Es war sehr aufregend.

Ich hatte damals eine romantische, aber nichtsdestoweniger sehr genaue Vorstellung davon, wie das Leben in Oxford sein würde. Ich dachte es mir als eine Gemeinschaft von reizenden, emsigen, kultivierten Leuten, die sich durch gemeinsame geistige Vorlieben und ihren tätigen Einsatz für die ihnen anvertrauten jungen Menschen miteinander verbunden fühlten. Die anderen Dozenten- und Professorengattinnen dachte ich mir als schöne, ruhige, in allen weiblichen Künsten außer der Koketterie bewanderte Frauen, ein wenig ausgelaugt von der Mühe, das eigene Heim vollkommen wohnlich zu machen, gleichzeitig eine große Schar kluger Kinder großzuziehen und außerdem bei Themen wie Kafka mitzuhalten, aber dennoch nie so erschöpft oder überlastet, daß sie sich nicht an langen, ernsten Gesprächen über geistige oder praktische Fragen beteiligen würden. Tagsüber sah ich mich in den Häusern dieser bezaubernden Wesen ein und aus gehen, alten Häusern, aus deren Fenstern man ein architektonisch bemerkenswertes Gebäude sehen konnte, wie zum Beispiel das Christ Church College aus meinen, ich sah mich Anteil nehmen an allem, was sie in ihrem Leben bewegte, und abends sah ich uns dem gelehrten Gespräch unserer Gatten lauschen. Kurz, ich dachte mir diese Frauen als eine Schar von wunderbaren neuen Verwandten, von gereiften, gebildeten Radletts. Ein solcher froh vertrauter Umgang schien sich mit den Karten von Professor und Mrs. Cozens anzukündigen. Der Anflug von Ernüchterung darüber, daß sie an der Banbury Road wohnten, verblaßte bald wieder, als mir nämlich einfiel, daß die findigen Cozens in diesem nicht sehr verheißungsvollen Viertel gewiß ein kleines altes Haus entdeckt hatten, ein Schmuckstück, das einst der Laune irgendeines Adeligen entsprungen war, der letzte Überrest eines längst verschwundenen Parks, und angesichts der ornamentierten Türen und Gesimse, der Rokoko-Decke und der gelungenen Raumaufteilung dieses Hauses beschloß ich, die Banbury Road nicht tragisch zu nehmen.

Ich werde diesen glücklichen Tag nie vergessen. Endlich gehörte unser Haus mir, die Handwerker waren gegangen, die Cozens gekommen, draußen im Garten blühten die Osterglocken, und eine Amsel sang sich die Lunge aus dem Leib. Alfred kam auf einen Sprung vorbei und fand meinen plötzlichen Überschwang offenbar irrational. Er habe immer gewußt, daß das Haus früher oder später fertig werden würde, sagte er, und habe, anders als ich, nicht immerzu zwischen Zuversicht und schwarzer Skepsis geschwankt. Und obwohl ich inzwischen begriffen hatte, daß in Alfreds Augen alle Menschen gleich waren, dämpfte seine Gleichgültigkeit hinsichtlich der Cozens und ihrer Karten meine gute Laune doch ziemlich.

»Schrecklich«, jammerte ich, »daß ich den Besuch nicht erwidern kann, unsere Karten sind nämlich noch nicht da. Sicher, sie sind für nächste Woche versprochen, aber ich würde gern jetzt gehen, jetzt auf der Stelle, verstehst du das nicht?«

»Nächste Woche ist auch noch Zeit«, meinte Alfred nur.

Bald brach ein noch herrlicherer Tag an; ich erwachte in meinem eigenen Bett, im eigenen Zimmer, eingerichtet nach meinem Geschmack und so, wie es zu mir paßte. Gewiß, es war an diesem Tag eiskalt und regnete in Strömen, und da ich noch keine Haushälterin hatte, mußte ich sehr früh aufstehen und mich um das Frühstück für Alfred kümmern, aber es machte mir nichts aus. Er war *mein* Mann, und um das Frühstück kümmerte ich mich in *meiner* Küche; ich kam mir vor wie im siebten Himmel.

Und nun, so dachte ich, auf zu den bezaubernden Schwestern, auf die ich meine Hoffnung gesetzt hatte! Aber, wie so oft im Leben – es kam anders, als ich erwartet hatte. Sehr bald schon saß ich tatsächlich mit zwei Schwestern da, aber mit den charmanten Gefährtinnen meiner Träume hatten sie wenig gemein. Die eine hieß Lady Montdore, die andere Norma Cozens. Ich war damals nicht nur sehr jung, kaum zwanzig, sondern auch sehr naiv. Geselligen Umgang hatte ich bisher nur mit Angehörigen meiner eigenen Familie und mit Mädchen meines Alters (Schulkameradinnen und Debütantinnen) gepflegt. Diese Beziehungen waren vollkommen unkompliziert und direkt gewesen, und ich ahnte nicht, daß es in diesen Dingen auch verwickelter zugehen konnte; selbst die Liebe hatte sich bei mir auf außergewöhnlich ebenen Wegen eingestellt. In meiner Einfalt glaubte ich, wenn Leute mich mochten, müßte ich sie ebenso gern mögen und sei geradezu moralisch verpflichtet, alles zu tun, was sie von mir erwarteten, zumal, wenn sie älter waren als ich. Im Umgang mit diesen beiden Frauen ist mir damals wohl nie aufgefallen, daß sie meine Zeit und meine Energie vollkommen schamlos ausnutzten. Bevor meine Kinder zur Welt kamen, hatte ich reichlich Zeit und war viel allein. Oxford ist nämlich eine Stadt, in der das gesellschaftliche Leben, anders, als ich es mir vorgestellt hatte, ganz auf alleinstehende Männer zugeschnitten ist, in der die guten Gespräche, das gute Essen und der gute Wein allein jenen Zusammenkünften vorbehalten bleiben, bei denen keine Frauen zugegen sind; die ganze Tradition dieser Stadt ist ihrem Wesen nach mönchisch, und in der Sphäre der Geselligkeit sind Frauen einfach überflüssig.

Ich hätte mir Norma Cozens nicht als gute Freundin aussuchen sollen, aber ich glaube, ihre Gesellschaft war mir damals immer noch lieber, als die vielen Stunden allein zu verbringen, und bei Lady

Montdore wehte zumindest ein wenig Luft herein, die man zwar nicht als frisch bezeichnen konnte, die aber immerhin aus der großen Welt außerhalb unseres Klosters kam, aus einer Welt, in der Frauen nicht nur zum Bettenmachen da waren.

Auch der Horizont von Mrs. Cozens reichte über Oxford hinaus, wenn auch in eine andere Richtung. Ihr Mädchenname war Boreley, und die Familie Boreley kannte ich sehr gut, denn das Haus ihres Großvaters im elisabethanischen Stil von 1890 stand nicht weit von Alconleigh entfernt. Sie waren die Neureichen in der Umgebung. Dieser Großvater, der jetzige Lord Driersley, hatte sein Geld im Ausland mit Eisenbahnen verdient, er hatte in den Landadel geheiratet und eine ausgedehnte Familie hervorgebracht, deren Angehörige sich, sobald sie erwachsen und verheiratet waren, allesamt in einer mit dem Auto leicht zu überwindenden Entfernung von Driersley Manor ansiedelten; auch sie vermehrten sich stark, so daß sich inzwischen eine unübersehbare Menge von Vettern, Tanten, Onkeln, Brüdern und Schwestern sowie angeheirateten Verwandten über weite Gebiete des englischen Westens verteilt hatte. Die Unterschiede zwischen ihnen waren gering; sie alle hatten das gleiche mucksige Aussehen von weißen Meerschweinchen, sie hegten ähnliche Ansichten und führten ein ähnliches Leben, ein Leben auf dem Lande, im Zeichen von Sport und Jagd, und nur selten begaben sie sich nach London. Die Nachbarn zollten ihnen Respekt für den willigen Gehorsam, mit dem sie alles taten, was die Mode des Tages gerade vorschrieb, für ihre Moral, ihren Reichtum und ihre hervorragenden Leistungen in allen möglichen Sparten körperlicher Ertüchtigung. Bei Gericht und im Grafschaftsrat oder auch wenn es um das Abrichten von Jagdhunden oder die Organisation einer Pfadfinderinnengruppe ging, taten sie alles, was von ihnen erwartet wurde; einer von ihnen saß im Unterhaus, ein anderer war *Master of the Foxhounds*. Kurz, sie waren starke Stützpfeiler des ländlichen England. Onkel Matthew, der ihnen bei Geschäften in der näheren Umgebung zuweilen begegnete, verabscheute sie alle, und unter dem einen, ihnen allen gemeinsamen Namen Boreley zusammengefaßt, lagen sie in vielen seiner Schubladen. Warum, das habe ich nie herausgefunden. Aber genau wie Gandhi, Bernard Shaw und Labby der Labrador lebten sie und gediehen prächtig, und nie kam es zu einem großen Boreley-Sterben.

Meine ersten gesellschaftlichen Erfahrungen als Frau eines jungen Dozenten in Oxford machte ich bei einer Dinner-Party, die die Cozens zu meinen Ehren gaben. Der Waynflete-Professor für Pastoraltheologie war der Dekan für Alfreds Fach und deshalb für unser Leben und Alfreds Karriere von einiger Wichtigkeit. Ich verstand das, auch ohne daß Alfred es mir ausdrücklich erklärte. Ich gab mir ohnehin alle Mühe, meinen ersten Auftritt in Oxford erfolgreich zu bestehen, wollte unbedingt gut aussehen, einen guten Eindruck machen und meinem Mann zur Ehre gereichen. Meine Mutter hatte mir ein Abendkleid von Mainbocher geschenkt, das mir wie geschaffen schien für diesen Anlaß, ein weißer Faltenrock aus Chiffon und ein Oberteil aus schwarzem Seidenjersey mit hohem Kragen und langen Ärmeln, das in einem breiten schwarzen Lackledergürtel steckte. In diesem Kleid und versehen mit meinem einzigen Schmuckstück, einer Diamantenspange, die mir mein Vater geschickt hatte, kam ich mir nicht nur gut, sondern auch angemessen gekleidet vor. Gegen Lady Montdores Vorschlag, er solle mir ein Amt kaufen, hatte sich mein Vater übrigens taub gestellt und erklärt, er stehe so schlecht da, daß er nach meiner Heirat nicht einmal seine Zuwendungen an mich erhöhen könne. Immerhin hatte er einen Scheck und diesen hübschen Schmuck geschickt.

Das Haus der Cozens war nicht der Laune eines Adeligen entsprungen. Es war Banbury Road vom Schlimmsten, deprimierend, mit Rhododendronsträuchern im Vorgarten. Die Tür wurde uns von einer Schlampe geöffnet. Ich hatte noch nie eine Schlampe gesehen, erkannte die Gattung aber ohne Schwierigkeiten, kaum daß ich dieses Exemplar zu Gesicht bekommen hatte. In der Vorhalle gerieten ich, Alfred und die Schlampe dann mit einem großen Kinderwagen ins Gedränge. Aber schließlich konnten wir uns daraus befreien und legten die Mäntel ab, woraufhin sie eine Tür öffnete und uns, ohne unsere Namen anzukündigen, in den scheußlichen Salon der Cozens schob. Dies alles unter der Begleitmusik von vier kläffenden Border Terriern.

Ich erkannte sofort, daß ich mich falsch angezogen hatte. Später, als Norma mir die vielen schlimmen Fauxpas aufzählte, die ich mir an diesem Abend angeblich hatte zuschulden kommen lassen, sagte sie auch, von mir als Braut habe man erwartet, daß ich auf meiner ersten Dinner-Party mein Hochzeitskleid trug. Aber über diesen groben Schnitzer hinaus, war auch ein Jersey-Oberteil, selbst wenn es aus Paris kam, als Abendgarderobe in den besseren Kreisen Oxfords offenbar nicht akzeptabel. Die anderen anwesenden Frauen waren entweder in Spitze oder in Marocain gewandet, mit Rückenausschnitten bis zur Taille und nackten Armen. Ihre Kleider waren in Beige gehalten, genau wie sie selbst. Nach einem kühlen Tag war der Abend kalt. Aber im häuslichen

Herd der Cozens hatte niemand ein Feuer aufgeschichtet, auf dem Rost lag nur ein Stück zerknülltes Papier. Dennoch schienen diese nackten Damen nicht zu frieren; sie waren nicht blau und hatten keine Gänsehaut, wie ich sie gewiß bekommen hätte, und sie zitterten auch nicht. Ich sollte bald erfahren, daß der Sommer von Oxford in Akademikerkreisen als furchtbar heiß gilt, der Winter von Oxford hingegen als angenehm und erfrischend, daß aber von den Jahreszeiten dazwischen ebensowenig Notiz genommen wird wie von den Auskünften des Thermometers; man registriert die Kälte einfach nicht.

Abgesehen davon, daß ein Feuer fehlte, wirkte der Raum auch sonst außerordentlich trostlos. Das harte kleine Sofa und die harten kleinen Sessel waren mit Cretonne-Stoff von einem so blassen, trübseligen Muster bezogen, daß man sich kaum vorstellen konnte, wie jemand – auch wenn er Boreley hieß – beim Durchgehen verschiedener Cretonne-Proben in einem Geschäft plötzlich auffährt und sagt: »Halt, das ist genau das Richtige für mich!« Die Lampen waren nicht abgeschirmt, sie steckten in verchromten Leuchtkörpern, auf dem Fußboden lag kein Teppich, es gab nur ein paar rutschende Läufer, die Wände waren in einem kräftigen Creme-Ton gestrichen, aber Bilder, Kunstgegenstände, Blumen, die diese Einöde aufgelockert hätten, gab es nicht.

Mrs. Cozens, deren verkniffenes Boreley-Gesicht ich von den Jagden her kannte, an denen ich früher manchmal teilgenommen hatte, begrüßte uns einigermaßen herzlich, und der Professor trat mit einem schwachen Abglanz von Lord Montdores Manier auf uns zu, einer salbungsvollen Freundlichkeit, die ihren Ursprung vielleicht in der Kirche hatte, aber wenn sich Lord Montdore wie ein Kardinal gebärdete, dann war dieser Professor allenfalls der Hilfspastor. Es waren noch drei andere Paare zugegen, denen ich vorgestellt wurde, lauter Universitätsdozenten mit ihren Frauen. Der Anblick dieser Leute, unter denen ich von nun an leben würde, faszinierte mich. Sie waren häßlich und nicht besonders freundlich, aber, wie ich annahm, zweifellos sehr brillant.

Die Speisen beim Dinner, die von der Schlampe in einem kahlen Eßzimmer aufgetragen wurden, schmeckten so furchtbar, daß mir Mrs. Cozens wirklich leid tat, denn ich dachte, irgend etwas sei gründlich schiefgegangen. Ich habe seither so viele Mahlzeiten dieser Art genossen, daß ich mich nicht mehr genau erinnere, was es gab; ich glaube, es begann mit Suppe aus der Büchse und endete mit trockenen Sardinen auf trockenem Toast, und dazu tranken wir einige Tropfen Weißwein. Aber sehr genau erinnere ich mich noch daran, daß die Unterhaltung keineswegs brillant war, was ich damals auf die schlimmen Speisen zurückführte, die wir uns einzuverleiben suchten, während ich heute weiß, daß es wahrscheinlich eher an der Gegenwart von Angehörigen des weiblichen Geschlechts lag; an schlechtes Essen sind Universitätsdozenten nämlich gewöhnt, aber in gemischter Gesellschaft erstarren sie. Sobald der letzte Sardinenschwanz vertilgt war, erhob sich Mrs. Cozens vom Tisch. Wir kehrten in den Salon zurück und überließen die Männer dem weiteren Genuß des einzig Guten, was dieses Essen geboten hatte, und das war ein ausgezeichneter Port. Sie kamen erst wieder zum Vorschein, als es fast Zeit war zu gehen.

Während wir um das zerknüllte Papier im Kamin saßen und Kaffee tranken, unterhielten sich die anderen Frauen über Lady Montdore und über Pollys erstaunliche Hochzeit. Es hatte den Anschein, als wären ihre Männer allesamt entfernte Bekannte von Lord Montdore, während keine von ihnen Lady Montdore je kennengelernt hatte, nicht einmal Norma Cozens, obwohl sie als Angehörige einer wichtigen Familie der Grafschaft ein- oder zweimal bei großen Anlässen selbst in Hampton gewesen war. Dennoch redeten alle so, als würden sie Lady Montdore sehr gut kennen und als hätte diese jeder einzelnen von ihnen irgend etwas furchtbar Böses angetan. Lady Montdore war in der Grafschaft nicht beliebt, und zwar deshalb, weil sie die Gutsbesitzer der Umgebung samt ihren Frauen sowie die Ladenbesitzer samt ihren Waren sehr von oben herab behandelte und sowohl ihre Gäste als auch ihre Lebensmittel gnadenlos aus London importierte.

Es ist immer interessant und meistens ärgerlich, wenn man mit anhört, wie Leute über jemanden reden, den man selbst gut kennt, während diejenigen, die da reden, ihn überhaupt nicht kennen. Diesmal wurde ich vor Interesse und Ärger ganz unruhig. Aber niemand fragte nach meiner Meinung, und so saß ich einfach da und hörte zu. Die ganze Debatte ging von dem Grundgedanken aus, Lady Montdore habe in ihrer abgrundtiefen Bosheit Polly stets um ihre Jugend und ihre Schönheit beneidet, habe sie immerzu bevormundet, an die Wand gespielt und möglichst vor den Blicken der Allgemeinheit versteckt, und sobald ein Bewunderer Pollys aufgetaucht sei, habe Lady Montdore ihn irgendwie verscheucht und Polly auf diese Weise zuletzt in die Arme ihres Onkels als der letzten Zuflucht vor einem unglücklichen Zuhause getrieben.

»Übrigens weiß ich zufällig, daß Polly (alle nannten sie Polly, obwohl keine sie kannte) drauf und dran war, sich mit Joyce Fleetwood zu verloben, es ist noch gar nicht lange her – er war über Weihnachten in Hampton, und alles lief prima. Seine Schwester hat es mir selbst erzählt. Und dann hat ihn Lady Montdore im Eilverfahren aus dem Weg geräumt, versteht ihr.«

»Ja, und war es mit John Coningsby nicht das gleiche? Polly war ganz verrückt nach ihm, und es wäre bestimmt etwas geworden, aber als Lady Montdore es spitzbekam, hat sie ihn glatt vor die Tür gesetzt.«

»In Indien ist es auch ein paarmal passiert, Polly brauchte einen jungen Mann nur freundlich anzusehen, und schon verschwand er auf geheimnisvolle Weise.« Sie taten, als wäre Lady Montdore eine böse Zauberin aus dem Märchen.

»Sie war eifersüchtig, wißt ihr, auf Pollys angebliche Schönheit (ich selbst habe nie etwas daran gefunden – dieser gelangweilte Blick!).«

»Aber dann hätte sie sich ihre Tochter doch gerade möglichst schnell vom Hals schaffen müssen.«

»Wozu die Eifersucht den Menschen treibt, weiß man nie.«

»Aber es hieß doch immer, Dougdale sei der Liebhaber von Lady Montdore gewesen.«

»Natürlich war er das, deshalb konnte sie sich ja auch einfach nicht vorstellen, daß zwischen ihm und Polly etwas sein könnte. Geschieht ihr ganz recht, sie hätte das arme Mädchen all die anderen heiraten lassen sollen, als sie es wollte.«

»Aber was für ein verschlagenes Biest, direkt vor der Nase von Mutter und Tante!«

»Ich schätze, darin sind sich die beiden ziemlich ähnlich. Leid tut es mir nur um den armen Lord Montdore, er ist ein so wunderbarer Mann, und seit Jahren macht sie ihm das Leben schwer, seit ihrer

Hochzeit. Daddy sagt, sie habe ihm seine Karriere vollkommen verdorben, und wenn sie nicht gewesen wäre, könnte er heute Premierminister oder so etwas sein.«

»Aber er war doch Vizekönig«, meldete ich mich nun auch einmal zu Wort. Gegen diese schrecklichen Leute war ich ganz auf der Seite von Lady Montdore.

»Allerdings, und jeder weiß, daß wir Indien ihretwegen beinahe verloren hätten – ich glaube, sie hat dort schrecklich viel Schaden angerichtet. Daddy hat einen guten Freund, einen indischen Richter, dessen Geschichten sollten Sie hören! Allein schon ihre grobe Art!«

»Nun sagen natürlich auch viele, Polly sei gar nicht Lord Montdores Tochter. Von König Edward war die Rede.«

»Darauf kommt es jetzt sowieso nicht mehr an, er hat sie ja enterbt, und alles geht an irgendeinen Amerikaner.«

»Australier, soviel ich gehört habe. Allein schon die Vorstellung, ein Australier in Hampton, eigentlich traurig, wenn man's recht bedenkt.«

»Und an allem ist diese alte Frau schuld, diese Punze. Etwas anderes ist sie doch nicht, wenn man's recht bedenkt – braucht gar nicht so vornehm zu tun.«

Plötzlich packte mich der Zorn. Ich wußte um Lady Montdores Fehler, ich wußte, was für eine klägliche Figur sie in vieler Hinsicht abgab, aber es gefiel mir nicht, daß Leute, die ihr noch nie begegnet waren und nichts aus erster Hand über sie wußten, so von ihr sprachen. Es kam mir vor, als täten sie es nur aus einem nebelhaften Gefühl von Eifersucht, als bräuchte Lady Montdore bei jeder von ihnen ihren Charme nur ein wenig spielen lassen – und schon wären alle diese Frauen vor ihr im Staub gekrochen.

»Wie ich höre, gab es auf der Hochzeit eine gräßliche Szene«, sagte die Dozentenfrau, deren Daddy einen indischen Richter kannte. »Sie schrie und heulte und bekam einen hysterischen Anfall.«

»Nein, das stimmt nicht«, sagte ich.

»Wieso, woher wissen Sie das?«

»Ich war dabei.«

Sie sahen mich neugierig und ziemlich verärgert an, so, als hätte ich schon früher etwas sagen sollen, und wechselten rasch über zu den ewigen Problemen, Kinderkrankheiten und Missetaten des Personals.

Den vornehmen, nachdenklichen, intellektuellen Frauen aus meinem Traum von Oxford, falls es sie gab, würde ich hoffentlich auf meiner nächsten Dinner-Party begegnen.

Danach fand Norma Cozens aus irgendeinem Grund Gefallen an mir und kam während der weiten Spaziergänge, die sie täglich mit ihren Border Terriern unternahm, oft vorbei. Ich glaube, sie war die mürrischste Person, die mir je begegnet ist, nichts war ihr recht, und ihre Unterhaltung, die aus einer einzigen Kette von Ermahnungen, Ratschlägen und kritischen Bemerkungen bestand, spickte sie mit wütenden Seufzern. Aber sie war keine böse alte Frau, sondern im Grunde ihres Herzens durchaus gutmütig, und sie erwies mir oft kleine Liebenswürdigkeiten. Im Laufe der Zeit wurde sie unter den Dozentenfrauen meine beste Freundin; sie war zumindest natürlich, spielte sich nicht auf und erzog ihre Kinder auf eine ordentliche Art und Weise. Unausstehlich fand ich dagegen die künstlerisch ambitionierten Frauen mit ihren modernen Vorstellungen und ihren ungezogenen Kindern, um deren Erziehung und Sauberkeit sich nie eine Nanny gekümmert hatte. Norma gehörte zu einem Typus von Frau, der mir vertrauter war, sie war eine Frau vom Lande, die sich vielleicht nicht so recht in die Akademikerkreise fügte, die aber keinen Unsinn im Kopf und bestimmt nichts Gehässiges an sich hatte. Sie war, wie sie war, ein selbsternannter Teil meines neuen Lebens, und ich akzeptierte sie.

2

Schwieriger und anstrengender war die Beziehung, die sich nun zwischen mir und Lady Montdore entwickelte. Sie suchte mein Haus zu sehr viel seltsameren und unpassenderen Zeiten heim als Norma (die in diesen Dingen sehr konventionell war) und ging daran, mich zu ihrer Hofdame zu machen. Es war ganz leicht; niemand hat meine Willenskraft je so untergraben wie sie, und genau wie Lord Montdore, aber anders als Polly, war ich völlig in ihrer Gewalt. Sogar Alfred blickte für einen Moment von seiner Pastoraltheologie auf und sah, was da vor sich ging. Meine Haltung sei ihm unbegreiflich, sagte er, sie mache ihn ungeduldig.

»Du magst sie eigentlich doch gar nicht, immerzu beklagst du dich über sie, warum läßt du nicht einfach sagen, du seiest ausgegangen, wenn sie kommt?«

Ja, warum eigentlich nicht? Es war so, daß ich den körperlich spürbaren Schrecken, den Lady Montdore mir schon als Kind einflößte, nie überwunden hatte; zwar hatte ich sie mit dem Verstand durchschaut, aber dieses Wissen hatte keine Auswirkungen; zwar war das Götterbild von seinem Sockel gekippt, der Stierkämpfer steckte wieder in seinem Straßenanzug, und sie hatte sich als eine egoistische alte Frau entpuppt, aber dennoch empfand ich vor ihr eine ehrfürchtige Scheu. Als Alfred meinte, ich solle mich verleugnen lassen, wenn sie käme, wußte ich, daß ich nicht dazu imstande sein würde.

»O nein, Liebling, ich glaube, das brächte ich nicht fertig.«

Er zuckte mit den Achseln und sagte nichts weiter. Er versuchte nie, mich zu beeinflussen, und nur sehr selten sagte er etwas über die Art und Weise, wie ich mich verhielt und mein Leben einrichtete. Er schien es ohnehin kaum wahrzunehmen.

Lady Montdore überfiel mich meist ohne Vorwarnung, wenn sie auf dem Weg nach London war oder von dort zurückkehrte oder wenn sie zu einer Einkaufstour nach Oxford kam. In diesem Falle mußte ich sie begleiten und ihr beim Abholen und Tragen und beim Abhaken ihres Einkaufszettels helfen. Für ein oder zwei Stunden nahm sie meine Aufmerksamkeit so vollständig und erschöpfend in Anspruch, wie es kleine Kinder können, bis sie wieder verschwand und mich unzufrieden mit meinem Dasein zurückließ. Denn da sie selbst vom Pech verfolgt wurde, dieses Eingeständnis, und sei es nur sich selbst gegenüber, aber für ein Zeichen von Schwäche gehalten hätte, mußte sie »dies alles hier« nun besonders hochhalten, mußte den Anschein erwecken, es sei ein vollkommener Ersatz für das, was sie verloren hatte, und dies gelang ihr nur, indem sie die Lebensumstände anderer Menschen schlechtmachte. Wahrscheinlich half es ihr sogar, denn anders kann ich mir die Gehässigkeit nicht erklären, mit der sie an meinem armen, kleinen Haus und meinem schlichten Dasein herummäkelte und dabei eine solche Überzeugungskraft entwickelte, daß es oft tagelang dauerte, bis die Welt für mich wieder im Lot war.

Tagelang – oder bis zum nächsten Besuch von einem der Radletts. Die Radletts hatten auf mich nämlich genau die entgegengesetzte Wirkung, sie machten mich immer stolz und zuversichtlich, dank einer Gewohnheit, die innerhalb der Familie als »Gejubel« bezeichnet wurde.

»Fannys Schuhe...! Woher? Lilley and Skinner? Nichts wie hin! Und der schöne neue Rock! Kein neues Kostüm, laß mal sehen – nicht mit Seide gefüttert – Fanny! Du hast ein Glück, einfach unfair!«

»Oje, warum habe ich nicht auch solche Locken? Fanny ist einfach eine Wolke – diese Wimpern! Du hast ein Glück, einfach unfair!«

Die Jubelschreie, an die ich mich schon aus frühesten Kindertagen erinnerte, galten nun auch meinem Haus und meinem Haushalt.

»Die Tapete! Fanny! Dein Bett – das kann doch nicht wahr sein. Sieh doch mal, das süße Dingelchen von Belleek da – wo hast du denn das gefunden? Nein! Da müssen wir hin. Und ein neues Kissen! Einfach unfair, du hast ein Glück, daß du du bist.«

»Und Fannys Essen, Donnerwetter! Toast zu jeder Mahlzeit! Kein Yorkshire Pudding! Warum können wir nicht für immer bei Fanny bleiben – himmlisch ist es hier! Warum kann ich nicht du sein?«

Es war ein Glück für meinen Seelenfrieden, daß Jassy und Victoria mich jedesmal besuchen kamen, wenn ein Wagen nach Oxford fuhr, was ziemlich oft der Fall war, und ihre älteren Geschwister kamen immer vorbei, wenn sie unterwegs nach Alconleigh waren.

Als ich Lady Montdore näher kennenlernte, wurde mir klar, daß ihr Egoismus wahrhaft monumentale Ausmaße besaß, jeder ihrer Gedanken bezog sich irgendwie auf sie selbst, und sie konnte über kein Thema sprechen, ohne es mit viel Geschick so zu wenden, daß es direkt mit ihr zu tun hatte. Von anderen Leuten wollte sie nur eines wissen: welchen Eindruck sie bei ihnen hinterließ. Sie tat alles, um das herauszufinden, und unvorsichtigen Leuten stellte sie manchmal regelrechte Fallen, in die ich naiv, wie ich war, leicht hineinstolperte.

»Ich nehme an, dein Gatte ist ein kluger Mann, jedenfalls hat Montdore mir das gesagt. Es ist natürlich jammerschade, daß er so furchtbar arm ist – mir tut es in der Seele weh, wenn ich dich in diesem Loch hier hausen sehe – und daß er keinen wichtigeren Posten einnimmt, aber Montdore sagt, ihm gehe der Ruf der Klugheit voraus.«

Sie war hereingeschneit, als ich gerade meinen Tee zu mir nehmen wollte, der heute aus ein paar großenteils zerbrochenen Vollkornkeksen und einer Küchenkanne auf einem Tablett bestand – ohne Teller. Ich hatte an diesem Nachmittag so viel zu tun, und Mrs. Heathery, mein Mädchen für alles, ebenfalls, daß ich in die Küche gegangen war und mir das Tablett, so wie es war, selbst genommen hatte. Wenn Lady Montdore auftauchte, war aus irgendeinem Grund immer gerade nicht der Tag mit Schokoladenkuchen und silberner Teekanne, obwohl es in dem sprunghaften Haushalt, dem ich als Anfängerin vorstand, auch solche Tage gab, unvorhergesehen zwar, aber doch ziemlich häufig.

»Ist das dein Tee? Also gut, meine Liebe, ja, aber nur eine Tasse bitte. Wie dünn du ihn trinkst – nein, nein, es geht schon! Ja, also wie gesagt, Montdore unterhielt sich heute beim Lunch mit dem Bischof über deinen Mann. Sie hatten etwas von ihm gelesen und schienen ziemlich beeindruckt, deshalb nehme ich an, daß er tatsächlich wirklich klug ist.«

»Oh, er ist der klügste Mensch, der mir je begegnet ist«, sagte ich glücklich. Ich sprach gern über Alfred – es war eine meiner liebsten Beschäftigungen und kam gleich hinter dem Zusammensein mit ihm.

»Nun, dann wird er mich vermutlich für sehr dumm halten.« Sie warf einen angewiderten Blick auf die bruchstückhaften Vollkornkekse und nahm dann einen.

»Aber nein, ganz bestimmt nicht«, sagte ich aufs Geratewohl, denn Alfred hatte sich hierzu weder in diesem noch in jenem Sinne je geäußert.

»Ich bin ganz sicher, daß er mich für dumm hält. Du willst mir doch nicht erzählen, daß er mich für klug hält?«

»Doch, für sehr klug. Vielleicht sind Sie in seinen Augen keine Intellektuelle...«

Ratsch! Schon saß ich in der Falle.

»Allerdings! Keine Intellektuelle!«

Ich erkannte sofort, daß sie furchtbar beleidigt war, und versuchte mich mit aller Kraft herauszuwinden, aber es gelang mir nicht, ich steckte bis zum Hals drin.

»Verstehen Sie, in seinen Augen gibt es intellektuelle Frauen eigentlich gar nicht, vielleicht eine unter zehn Millionen – Virgina Woolf vielleicht...«

»Vermutlich denkt er, ich würde nie etwas lesen. Viele denken das, weil sie sehen, was für ein rastloses Leben ich führe und wie ich mich für andere aufopfere. Auch ich würde lieber den ganzen Tag im Sessel sitzen und ein Buch lesen, ich würde es sehr wahrscheinlich auch so machen, aber in meiner Stellung kann ich mir das nicht leisten – ich kann nicht bloß an mich denken, verstehst du? Tagsüber lese ich nie Bücher, das stimmt genau. Da habe ich keinen einzigen Augenblick Zeit, aber was ich nachts tue, davon weiß dein Gatte nichts, und du ebensowenig. Ich schlafe nämlich nicht gut, ganz und gar nicht gut, und nachts lese ich *Bände.*«

Alte *Tatler*-Bände, so vermutete ich. Sie hatte die Hefte alle binden lassen, sie stammten noch aus der Zeit vor dem Krieg, es war wirklich eine faszinierende Lektüre.

»Weißt du, Fanny«, fuhr sie fort, »es ist völlig in Ordnung, wenn komische, kleine Leute wie ihr die ganze Zeit Bücher lest, ihr braucht nur an euch selbst zu denken, aber Montdore und ich, wir sind sozusagen Staatsdiener, wir müssen etwas erfüllen, die Anforderungen der Tradition und so weiter, Pflichten, weißt du, das ist etwas ganz anderes. Man erwartet sehr viel von uns, und ich denke und hoffe, nicht vergebens. Es ist ein schweres Leben, daß du dich da nur ja nicht täuschst, schwer und anstrengend, aber gelegentlich wird auch uns eine Entschädigung zuteil – wenn die Leute Gelegenheit bekommen, zu zeigen, wie sie uns verehren – zum Beispiel, als wir aus Indien zurückkamen und die guten Leute aus dem Dorf unser Automobil die Auffahrt hinaufschleppten. Wirklich rührend! Solche Augenblicke kennt ihr intellektuellen Leute nicht. Nun ja«, sagte sie, während sie aufstand, um zu gehen, »man lebt und lernt. Ich weiß jetzt, daß ich nicht zähle – intellektuell, meine ich. Andererseits müssen wir natürlich bedenken, mein liebes Kind, daß all diese Studentinnen deinem Gatten eine sehr merkwürdige Vorstellung vom weiblichen Geschlecht vermitteln. Ich frage mich, ob ihm klar ist, daß er es nur mit denen zu tun hat, die nichts Besseres erhoffen können. Aber vielleicht findet er sie ja faszinierend – zu Hause ist er jedenfalls nie, wie ich sehe.« Sie steigerte sich jetzt in eine ungeheure Wut hinein. »Und wenn ich dir einen kleinen Rat geben darf, Fanny, dann diesen: lies weniger Bücher, meine Liebe, und mach statt dessen dein Haus ein bißchen behaglicher. Das ist es nämlich, was ein Mann schätzt – auf lange Sicht.«

Sie warf einen vielsagenden Blick auf die Vollkornkekse ohne Teller und ging, ohne sich zu verabschieden.

Mir war ganz elend zumute, weil ich sie auf so dumme, taktlose Weise verärgert hatte, und ich glaubte fest, ich würde sie nie wieder bei mir sehen; seltsamerweise erleichterte mich dieser Gedanke aber nicht, er bedrückte mich nur.

Doch Zeit zum Grübeln blieb mir nicht, denn kaum war sie fort, da platzten Jassy und Victoria herein.

»Sind das etwa Vollkornkekse? Vicki – sieh mal, Vollkornkekse! Ist Fanny nicht wunderbar, man kann sich darauf verlassen, immer hat sie etwas Hinreißendes da – seit Wochen habe ich keine Vollkornkekse mehr gegessen, meine Leib- und Magenspeise!«

Mrs. Heathery, die die Kinder anbetete, hatte das Geschrei gehört, als sie hereinkamen, und brachte nun frischen Tee und eine Torte von Fuller, die weiteres Gejubel auslöste.

»Oh, Mrs. Heathery, Sie sind ein Engel, ist das etwa Fuller's Walnuß? Wie kannst du dir das leisten, Fanny – seit Fa's letzter Finanzkrise haben wir die nicht mehr gehabt – aber es geht aufwärts, wir sind schon wieder bei Bromo-Krepp und dem guten Briefpapier. Wenn das Klopapier dicker und das Briefpapier dünner wird, ist das immer ein schlechtes Zeichen.«

»Fa mußte wegen einem Pferdegeschirr in die Stadt, da hat er uns mitgenommen, aber wir können nur zehn Minuten bleiben. Wir haben eine witzige Geschichte von Sadie für dich, hörst du zu? Also, Sadie hatte erzählt, manche Leute würden vor der Geburt eines Kindes andauernd Bilder von Greuze anstarren, damit das Kind am Ende so aussieht wie die Kinder auf diesen Bildern, und dann sagte sie: ›In diesen Dingen kann man wirklich nie wissen. Als ich ein kleines Mädchen war und noch in Suffolk lebte, kam in dem Dorf ein Baby mit einem Bärenkopf zur Welt, und was glaubt ihr? Genau neun Monate vorher war ein Tanzbär in der Gegend gewesen.‹ Da sagte Vicki: ›Das kann ich gut verstehen, ich habe Bären schon immer ungeheuer attraktiv gefunden‹, und Sadie zuckte zusammen, wie sie noch nie zusammengezuckt ist, und rief: ›Du schreckliches Kind, so habe ich das gar nicht gemeint!‹ Ist das nicht zum Schreien, Fanny?«

»Wir haben gerade deine neue Freundin, Mrs. Cozens, mit ihren wonnigen Borders getroffen. Du hast ein Glück, neue Freundinnen zu finden, einfach unfair, uns passiert das nie, wirklich, wir führen ein trostloses Dasein wie die arme Lady von Shalott. Selbst Davey läßt sich seit der Hochzeit der furchtbaren Polly nie mehr blicken. Oh, übrigens, wir haben eine Postkarte von der furchtbaren Polly bekommen, aber es ist zwecklos, uns mit Postkarten zu bombardieren – verzeihen werden wir nie, nie.«

»Von wo kam sie?«

»Aus Sevilla, in Spanien.«

»Klang sie glücklich?«

»Klingen Postkarten je unglücklich, Fanny? Auf Postkarten ist doch immer herrliches Wetter, und alles ist wunderbar, oder? Auf dieser war ein Bild von einem hinreißenden Mädchen namens La Macarena, und komischerweise war diese Macarena der furchtbaren Polly wie aus dem Gesicht geschnitten. Meinst du, Lady Montdore hat vor der Geburt von F. P. auch ein bißchen gestarrt?«

»Ihr sollt sie mir gegenüber nicht immer Furchtbare Polly nennen, ihr wißt doch, daß ich sie sehr gern habe.«

»Nun, wir werden sehen. Auch wir haben sie ganz gern, trotz allem, und in ein paar Jahren werden wir ihr vielleicht verzeihen, obwohl ich bezweifele, daß wir ihren gemeinen Verrat jemals werden vergessen können. Hat sie dir auch geschrieben?«

»Nur Postkarten«, sagte ich. »Eine aus Paris und eine aus St. Jean de Luz.«

Polly war nie eine große Briefschreiberin gewesen.

»Ich frage mich, ob es so schön ist, wie sie sich vorgestellt hat, mit dem Lektor im Bett zu liegen.«

»Die Ehe besteht nicht nur aus dem Bett«, sagte ich säuerlich, »es gibt auch anderes.«

»Das kannst du Sadie erzählen… da, Fa's Hupe, wir müssen uns beeilen, er nimmt uns nie wieder mit, wenn wir ihn warten lassen, und wir haben versprochen, wir würden sofort kommen, wenn er hupt. Oje, zurück zu Gerste und Roggen, du hast ein Glück, wohnst in diesem niedlichen kleinen Haus, in einer pulsierenden Stadt. Auf Wiedersehen, Mrs. Heathery – diese Torte!«

Sie stopften sich noch immer die Münder damit voll, während sie nach unten gingen.

»Komm doch auf einen Tee herein«, sagte ich zu Onkel Matthew, der hinter dem Lenkrad seines neuen großen Wolseley saß. Wenn mein Onkel eine Finanzkrise durchmachte, kaufte er sich immer ein neues Auto.

»Nein danke, Fanny, sehr freundlich von dir, aber zu Hause wartet eine ausgezeichnete Tasse Tee auf mich, und du weißt ja, ich setze nie einen Fuß in die Häuser anderer Leute, wenn ich es irgendwie vermeiden kann. Auf Wiedersehen.«

Er setzte seinen grünen Hut auf, genannt »Der Knitterfilz«, den er immer trug, und fuhr davon.

Als nächste kam Norma Cozens auf ein Glas Sherry vorbei, aber das Gespräch mit ihr war so langweilig, daß ich mich nicht getraue, es hier wiederzugeben. Im wesentlichen ging es um einen Abszeß zwischen den Zehen der Border-Terrier-Mutter, um Wäschereien und das, was sie mit Bettüchern so alles anstellen, und darum, daß sich die Schlampe anscheinend am Vorratsschrank zu schaffen gemacht hatte und daß Norma sie durch eine Österreicherin ersetzen wolle, die dann außerdem auch zwei Shilling weniger in der Woche bekommen würde, und was für ein Glück ich mit meiner Mrs. Heathery hätte, obwohl ich auf der Hut sein müsse, denn neue Besen kehrten bekanntlich gut, und Mrs. Heathery sei ganz bestimmt nicht annähernd so nett, wie es jetzt aussehe.

Wenn ich geglaubt hatte, Lady Montdore sei nun für immer aus meinem neuen Leben verschwunden, so hatte ich mich gründlich geirrt. Es dauerte keine Woche, da erschien sie schon wieder. Ich ließ die Tür zu meinem Haus meistens unverschlossen, wie auf dem Land, und Lady Montdore machte sich nie die Mühe, zu klingeln, sondern stapfte einfach nach oben. Diesmal zeigte die Uhr gerade fünf vor eins, und mir war klar, ich würde das bißchen Lachs, das ich mir an diesem Tag gönnen wollte, mit ihr teilen müssen.

»Und wo ist dein Gatte heute?«

Daß sie meine Ehe mißbilligte, zeigte sie dadurch, daß sie Alfred nie bei seinem Namen nannte. Für sie war er immer noch Mr. Dingsda.

»Er ißt im College zu Mittag.«

»Ach so? Auch gut, da braucht er meine unintellektuellen Reden nicht über sich ergehen zu lassen.«

Ich fürchtete schon, es werde wieder losgehen und sie sich noch einmal in Wut reden, aber offensichtlich hatte sie beschlossen, meine unglückselige Bemerkung als einen großen Witz zu behandeln.

»Ich habe Merlin erzählt, daß ich in Oxford nicht als Intellektuelle gelte«, sagte sie. »Du hättest sein Gesicht sehen sollen!«

Als Mrs. Heathery dann den Fisch servierte, nahm sich Lady Montdore das ganze Stück. Keine lästige Rücksichtnahme veranlaßte sie zu der Frage, was ich denn essen würde, und mir blieben ja auch tatsächlich noch ein paar Kartoffeln und der Salat. Sie war so nett, zu bemerken, die Qualität des Essens in meinem Hause scheine sich zu verbessern.

»Ach ja, jetzt fällt mir ein, was ich dich fragen wollte«, sagte sie. »Wer ist diese Virginia Woolf, die du beim letzten Mal erwähnt hast? Auch Merlin sprach neulich bei Maggie Greville von ihr.«

»Sie ist eine Schriftstellerin«, sagte ich. »Genauer gesagt, eine Romanschriftstellerin.«

»Ich verstehe. Und da sie eine Intellektuelle ist, schreibt sie ohne Zweifel immer nur über Bahnhofsvorsteher.«

»Eigentlich nicht«, erwiderte ich.

»Ich muß gestehen, da ich selbst nun mal nicht zu den Superschlauen gehöre, sind mir Bücher über Leute aus der besseren Gesellschaft lieber.«

»Sie hat ein hinreißendes Buch über eine Figur aus der besseren Gesellschaft geschrieben«, sagte ich, »es heißt *Mrs. Dalloway.*«

»Dann lese ich es vielleicht mal. Ach, natürlich, ich vergaß – deiner Meinung nach lese ich ja nie, ich weiß nicht, wie du darauf kommst. Na, macht nichts. Würdest du es mir denn mal leihen, Fanny, falls ich diese Woche ein bißchen Zeit habe. Ausgezeichneter Käse, du kannst mir nicht erzählen, daß du den in Oxford bekommst, oder?«

Sie war an diesem Tag in ungewöhnlich guter Stimmung. Ich glaube, der Sturz des spanischen Throns hatte sie aufgemuntert, wahrscheinlich sah sie schon einen ganzen Schwarm von Infantinnen auf Montdore House zuflattern, jedenfalls genoß sie die Einzelheiten aus Madrid sehr. Sie sagte, der Herzog von Barbarossa (der Name stimmt vielleicht nicht ganz, aber er klang so) habe ihr die wahre Geschichte über die Vorgänge erzählt, sie habe alles aus erster Hand, aber dann mußte der Herzog sie auch dem *Daily Express* erzählt haben, denn dort hatte ich das, was sie mir nun freundlicherweise mitteilte, schon vor ein paar Tagen Wort für Wort gelesen. Sie vergaß auch nicht, bevor sie sich verabschiedete, um mein Exemplar von *Mrs. Dalloway zu* bitten, und verließ mich dann mit dem Buch in der Hand. Es war eine Erstausgabe, und ich war sicher, daß ich sie nie wieder zu Gesicht bekommen würde, aber in der Woche darauf brachte Lady Montdore das Buch zurück und sagte, sie müsse demnächst auch mal ein Buch schreiben, es würde bestimmt viel besser als dieses hier.

»Ich kann so etwas nicht lesen«, sagte sie. »Hab's versucht, es ist zu langweilig. Und bis zu der Figur aus der besseren Gesellschaft, von der du mir erzählt hast, bin ich gar nicht vorgedrungen. Aber hast du schon die *Memoiren* der Großherzogin gelesen? Ich werde dir mein Exemplar nicht leihen, du mußt es dir selbst kaufen, Fanny, das bringt der guten Herzogin wieder eine Guinee mehr. Ein wunderbares Buch. Es steht sehr viel über Montdore und mich in Indien drin, fast ein ganzes Kapitel – sie hat bei uns im Vizekönigspalast gewohnt, weißt du. Sie hat die Atmosphäre dort wirklich erstaunlich gut erfaßt, dabei war sie nur eine Woche dort, man selbst hätte es nicht besser machen können, sie beschreibt eine Garten-Party, die ich dort gab, und die Besuche in den Harems bei den Ranees, und dann erzählt sie, was ich alles für diese armen Inderinnen tun konnte und wie sie mich verehrt haben. Ich persönlich finde Memoiren viel interessanter als jeden Roman, weil sie nämlich wahr sind. Vielleicht bin ich keine Intellektuelle, aber ich lese gern die Wahrheit. Und in einem Buch wie dem der Großherzogin erlebt man die Geschichte im Augenblick ihrer Entstehung, und wenn man die Geschichte so liebt wie ich (aber erzähl das nicht deinem Gatten, mein Liebes, er würde es nicht glauben), wenn man die Geschichte so liebt, dann muß man sich für die wahre Geschichte aus erster Hand interessieren, und allein Menschen wie die Großherzogin sind imstande, sie uns zu erzählen. Ach, Fanny, da fällt mir gerade ein – würdest du bitte in Downing Street anläuten und mir den Premier oder seinen Sekretär an den Apparat holen – ich spreche dann selbst. Ich arrangiere da ein kleines Dinner für die Großherzogin, damit ihr Buch einen guten Start bekommt, dich lade ich natürlich nicht ein, dir wäre es nicht intellektuell genug, bloß ein paar Politiker und Schriftsteller, habe ich mir überlegt. Hier ist die Nummer, Fanny.«

Ich versuchte damals, an allen Ecken und Enden zu sparen, weil ich mich bei der Renovierung meines Hauses finanziell etwas übernommen hatte, und befolgte die eiserne Regel, nie zu telefonieren, auch nicht mit Tante Emily oder mit Alconleigh, wenn sich die Sache mit einem Brief erledigen ließ. Deshalb kam ich Lady Montdores Bitte nur sehr widerstrebend nach. Ich mußte lange warten, bis ich den Premierminister selbst am Apparat hatte, und dann redete sie eine Ewigkeit mit ihm, während das Piep-piep-piep mindestens fünfmal ertönte, ich konnte es hören, und jedes einzelne Piep war eine Qual für mich. Zunächst legte sie das Datum für ihre Dinner-Party fest, das nahm viel Zeit und viele Pausen in Anspruch, in denen sich der Premier bei seinem Sekretär erkundigte, und es kostete zwei Piep-piep-pieps. Anschließend fragte sie, ob es etwas Neues aus Madrid gebe.

»Ja«, sagte sie, »schlecht beraten, der arme Mann [Piep-piep-piep], wie ich fürchte. Ich traf gestern abend Freddy Barbarossa (sie tragen es übrigens mit Fassung, sehr stoisch. Ja, bei Claridges), und er hat mir erzählt…« es folgte ein Schwall von Nachrichten und Ansichten aus dem *Daily Express.* »Aber Montdore und ich, wir machen uns große Sorgen um unsere spezielle Infantin – ja, eine gute Freundin von uns – oh, Premierminister, wenn Sie einmal nachhören könnten, ich wäre Ihnen so verbunden. Wirklich, läßt sich das machen? Wissen Sie, die Großherzogin hat in ihrem Buch ein ganzes Kapitel über Madrid, dadurch wird es natürlich sehr aktuell, großartig für sie. Ja, eine nahe Verwandte. Sie beschreibt den Blick [Piep-piep-piep] vom Königspalast – ja, sehr kahl, ich bin mal dort gewesen, aber herrliche Sonnenuntergänge, ich weiß, ja, bedauernswerte Frau. Zuerst waren sie ihr so verhaßt, sie hatte ein spezielles Opernglas mit blinden Flecken für die grausamen Augenblicke.

Wissen Sie zufällig, wo sie sich niederlassen wollen? Ja, das hat mir Barbara Barbarossa auch erzählt, aber ich wundere mich doch, daß sie nicht zu uns kommen. Wollen Sie nicht einen Versuch machen, sie zu überreden, Premierminister? Ja, ich verstehe. Gut, darüber sprechen wir noch, also, lieber Premierminister, ich möchte Sie nicht länger aufhalten [Piep-piep-piep], aber wir sehen Sie am Zehnten. Ich auch. Ich schicke Ihrem Sekretär selbstverständlich noch eine Notiz zur Erinnerung. Auf Wiederhören.«

Sie wandte sich zu mir um und meinte strahlend: »Ich habe eine wunderbare Wirkung auf diesen Mann, weißt du, es ist rührend, wie er für mich schwärmt. Ich glaube, er würde alles für mich tun, wirklich alles.«

Von Polly sprach sie nie. Zunächst glaubte ich, Lady Montdore komme deshalb so oft zu mir, weil ich in ihrer Vorstellung irgendwie mit Polly verbunden sei, und hatte erwartet, sie werde mir früher oder später ihr Herz ausschütten oder mich als Vermittlerin bei einer Versöhnung einzuspannen versuchen. Aber bald erkannte ich, daß Polly und Boy für sie tatsächlich tot waren; sie hatte für die beiden keine Verwendung mehr, denn Boy würde nie wieder ihr Liebhaber sein, und Polly konnte ihr, so schien es, in den Augen der Welt nicht mehr zur Ehre gereichen; also verbannte sie beide aus ihren Gedanken. Der Grund für ihre Besuche bei mir war zum einen ihre Einsamkeit und zum anderen die Tatsache, daß ich als praktische Zwischenstation auf halber Strecke zwischen London und Hampton wohnte und daß sie mich als Restaurant, Garderobe und Telefonzelle benutzen konnte, wenn sie in Oxford war.

Sie war furchtbar einsam, man sah es ihr an. Jedes Wochenende füllte sie Hampton mit wichtigen Leuten oder mit schicken Leuten oder einfach nur mit Leuten, aber obwohl die Vorliebe der Engländer für das Landleben so groß ist, daß es ihr meist gelang, diese Besuche auf die Zeit von Freitag bis Dienstag auszudehnen, blieben noch immer zwei leere Tage mitten in der Woche. Sie fuhr jetzt seltener nach London. Sie hatte sich schon immer lieber in Hampton aufgehalten, wo sie allein regierte, während sie in London mit einer gewissen Konkurrenz rechnen mußte. Aber ohne eine Polly, für deren Zeitvertreib sie zu sorgen hatte, und ohne einen Boy, der ihr im Getriebe der Gesellschaft zur Seite stand, war das Leben dort für sie vollends sinnlos und langweilig geworden.

3

Ohne Zweifel war die Eintönigkeit ihres Daseins daran schuld, daß sie jetzt immer häufiger an Cedric Hampton, den Erben Lord Montdores, dachte. Außer der einfachen Tatsache, daß es ihn gab, wußten die Montdores noch immer nichts über ihn, und diese Tatsache hatten sie bisher stets als höchst überflüssig angesehen, denn hätte es ihn nicht gegeben, wäre »dies alles hier« insgesamt, Hampton inbegriffen, Polly zugefallen, und obwohl die anderen Dinge, die sie geerbt hätte, mehr Geld wert waren, liebten alle Hampton doch ganz besonders. Cedric Hamptons genaue Verwandtschaftsbeziehung zu Lord Montdore habe ich nie herausgefunden, aber ich weiß noch, wenn Linda und ich ihn früher »nachschlugen«, um herauszufinden, ob er das richtige Alter hatte, um uns zu heiraten, dann dauerte es immer eine Ewigkeit, bis wir ihn, mit spitzen Fingern die Spalten des Adelskalenders entlangfahrend, endlich gefunden hatten.

»...hinterließ Leibeserben,

Henry, geb. 1875, heirat. Dora, Tocht. v. Stanley Honks, Esq., aus Annapolis, Neuschottland, gest. 1913, hinterließ Nachkommen,

Cedric, gegenw. Erbe, geb. 1907.«

Das Alter war genau richtig, aber wie war das mit Neuschottland? Ein Atlas, den wir hastig zu Rate zogen, zeigte, daß es sich um eine furchtbar maritime Gegend handelte. »Eine transatlantische Insel Wight«, so formulierte es Linda. »Nein Danke.« Seewind, sofern er dem Teint guttat, war für uns ein Mittel, aber kein Selbstzweck, denn damals stellten wir uns vor, wir würden dereinst in Metropolen leben und im Glanz unserer Diamanten die Oper besuchen: »Wer ist die reizende Frau dort?« – und für ein solches Leben war Neuschottland offensichtlich nicht der geeignete Ort. Anscheinend ist es uns nie in den Sinn gekommen, daß es Cedric aus seiner heimatlichen Heide auch nach Paris, London oder Rom verschlagen haben könnte. Ein Siedler, so dachten wir, ohne etwas zu wissen. Deshalb kam er nicht in Frage. Ich glaube, Lady Montdore wußte kaum mehr als wir. Sie hatte nie Neugier und Interesse gegenüber diesen unpassenden Leuten in Kanada verspürt, sie gehörten zu den unerfreulichen Dingen im Leben, die sie lieber übersah. Jetzt aber, einsam und allein mit einem »das alles hier«, das eines Tages, und, nach Lord Montdores Aussehen zu urteilen, keines allzu fernen Tages Cedric gehören würde, dachte sie immerfort an ihn, sprach von nichts anderem mehr und verfiel bald auf den Gedanken, daß es amüsant sein könnte, ihn kennenzulernen.

Kaum war die Idee geboren, da wollte sie ihn auch schon im nächsten Augenblick sehen und geriet außer sich vor Wut, als sich nun Verzögerungen ergaben. Cedric war nämlich unauffindbar.

Ich wurde über jede Phase der Suche nach ihm auf dem laufenden gehalten, weil Lady Montdore jetzt an nichts anderes mehr denken konnte.

»Diese idiotische Frau hat ihre Adresse gewechselt«, erzählte sie mir. »Montdores Anwalt mußte Himmel und Hölle in Bewegung setzen, um sie überhaupt ausfindig zu machen. Stell dir vor: Umziehen! In Kanada!! Man sollte meinen, da sieht es überall gleich aus, oder? Reine Geldverschwendung, finde ich. Na ja, man hat sie schließlich doch noch gefunden, aber jetzt sieht es so aus, als würde Cedric gar nicht bei ihr leben, sondern irgendwo in Europa, sehr seltsam, daß er uns da noch nie besucht hat, und außerdem gibt es jetzt natürlich noch mehr Verzögerungen. Die Leute sind derart rücksichtslos – jeder denkt heutzutage nur an sich, sich, sich, und an sonst gar nichts!«

Zuletzt machte man Cedric in Paris ausfindig. (»Höchst ungewöhnlich«, meinte sie. »Was um alles in der Welt hat ein Kanadier in Paris verloren?«) Eine Einladung nach Hampton wurde ausgesprochen und angenommen.

»Er kommt nächsten Dienstag, für vierzehn Tage. Ich habe ihm die genauen Daten geschrieben, so mache ich das immer, wenn ich aufs Land einlade, damit es nachher nicht zu irgendwelchen Peinlichkeiten wegen der Dauer des Besuchs kommt und die Leute wissen, wann sie wieder gehen sollen. Wenn er uns gefällt, kann er wiederkommen, wir wissen ja jetzt, daß er in Paris wohnt, das ist doch nur ein Katzensprung. Aber was treibt er deiner Meinung nach dort, meine Liebe? – hoffentlich ist er kein Künstler. Also, falls er einer ist, müssen wir ihn unbedingt davon abbringen – er muß lernen, sich anständig zu benehmen. Wir lassen ihn in Dover abholen, dann ist er rechtzeitig zum Dinner da. Montdore und ich haben beschlossen, daß wir uns an diesem Abend nicht umziehen, denn sehr wahrscheinlich besitzt er ja keinen Abendanzug, und wir wollen ihn nicht schon gleich zu Beginn seines Besuches einschüchtern, den armen Jungen.«

Das war nun ganz und gar nicht Lady Montdores Art, die andere Leute im allgemeinen sehr gern einschüchterte; jeder wußte, daß es eine ihrer Lieblingsbeschäftigungen war. Aber Cedric sollte ihr neues

Spielzeug werden, und bis die Zeit der Ernüchterung kam – sie mußte kommen, da war ich so sicher, wie Norma im Fall von Mrs. Heathery sicher war – konnte nichts zu gut für ihn sein, und jede Verhaltensmaßregel war darauf berechnet, ihn zu entzücken.

Auch ich dachte jetzt oft an Cedric, die ganze Situation war so interessant, und ich war sehr gespannt, wie er mit ihr zurechtkommen würde, dieser junge Mann aus dem fernen Westen, der plötzlich dem aristokratischen England in der Blüte seiner Dekadenz gegenüberstehen würde, dem Graf aus Pappkarton mit seinem noblen Aussehen und seinen noblen Manieren, den riesigen, luxuriösen Häusern, den schreckenerregenden Dienstboten, einer Welt von unergründlichem Reichtum. Ich erinnerte mich, wie übertrieben mir dies alles als Kind vorgekommen war, und stellte mir vor, er würde es mit ganz ähnlichen Augen sehen und es ebenso überwältigend finden.

Ich konnte mir aber auch vorstellen, daß er mit Lady Montdore gut auskäme. Denn gerade wenn sie jemandem gefallen wollte, hatte sie etwas Direktes, fast Kindliches an sich, das sich mit transatlantischer Art durchaus vertragen konnte. Darin lag die einzige Hoffnung, denn anderenfalls und wenn er die geringste Furcht vor ihr zeigte, würde er untergehen. Immer wieder fielen mir jetzt Wörter ein, die für mich in einer verschwommenen Beziehung zu Kanada standen, das Wort »Holz«, das Wort »Hütte« und der Ausdruck »einen Claim abstecken« (Onkel Matthew hatte, wie ich wußte, in Ontario einmal zusammen mit Henry Oakes einen Claim abgesteckt, als junger Mann, in seinen wilden Poker-Jahren). Wie gern wäre ich in Hampton gewesen, wenn dieser Holzfäller in diese Hütte kam, um seinen Claim abzustecken. Kaum hatte dieser Wunsch bei mir Gestalt angenommen, da ging er auch schon in Erfüllung, denn Lady Montdore rief an und fragte, ob ich nicht für den Abend nach Hampton herüberkommen und dort auch übernachten wolle, sie glaube, alles würde leichter werden, wenn bei Cedrics Ankunft eine zweite junge Person da wäre.

Das war, wie ich Alfred sofort erklärte, eine herrliche Belohnung für meine Dienste als Hofdame.

Alfred sagte: »Wenn du all die Zeit investiert hast, um eine Belohnung zu bekommen, soll es mir recht sein. Ich hatte nur etwas dagegen, weil ich dachte, du würdest dich aus fauler Gutmütigkeit und ohne besonderes Motiv von dieser alten Frau ausnutzen lassen. Das fand ich so entwürdigend. Aber wenn du auf eine Belohnung aus warst, ist es natürlich etwas anderes, jedenfalls dann«, fügte er mit einem mißbilligenden Blick hinzu, »wenn der Lohn die Mühe wert ist.«

Er war es.

Die Montdores schickten mir einen Wagen nach Oxford. Als ich in Hampton ankam, wurde ich sofort nach oben in mein Zimmer geführt, nahm ein Bad und zog gemäß den Anweisungen, die mir Lady Montdores Mädchen überbrachte, ein Tageskleid an. Seit meiner Hochzeit hatte ich nicht mehr in Hampton übernachtet. Ich wußte, daß Alfred nicht gern dort war, und hatte Lady Montdores Einladungen deshalb immer abgelehnt, aber mein Zimmer war mir noch immer völlig vertraut. Nichts hatte sich darin verändert, die Bücher zwischen den Mahagonistützen waren dieselben, die ich seit nun zwölf Jahren, mehr als mein halbes Leben lang, kannte und gelesen hatte: Romane von Robert Hichens und W. J.

Locke, *Die Hundert Tage Napoleons* von Lord Rosebery, *Das Haus der Freuden* von Edith Wharton, *Zwei edle Leben* von Hare, *Dracula* und ein Buch über Hundehaltung. Davor auf der Mahagoni-Kommode stand ein japanischer, mit getriebenen Wasserlilien verzierter Bronzeteekessel. An den Wänden hingen außer den Alten Meistern, über die sich Davey so lustig gemacht hatte, ein Stich von Morland, »Die Hausierer rüsten zum Markt«, ein Aquarell von Richmond, das den »alten Lord« in einem Kilt zeigte, und ein Ölbild mit einer Ansicht von Toledo, entweder von Boy oder von Lady Montdore. Die Stile der beiden waren nicht voneinander zu unterscheiden. Das Bild war in ihrer frühen Manier gemalt und hing wahrscheinlich schon seit zwanzig Jahren hier. Für mich hatte dieses Zimmer etwas von einem Mutterleib, teils weil es so rot und warm, so samtig und abgeschlossen war, und teils wegen des Schreckens, der mich früher immer gepackt hatte, wenn mir einfiel, daß ich diesen Raum verlassen mußte, um mich auf den gefährlichen Weg nach unten zu begeben. Während ich mich an diesem Abend umzog, überlegte ich mir, wie herrlich es ist, erwachsen zu sein, eine verheiratete Frau, die sich vor anderen Leuten nicht zu fürchten braucht. Vielleicht ein bißchen vor Lord Merlin oder vor dem Rektor des Wadham College, aber das war keine panische, alles überflutende Angst, und man konnte sie ebensogut als natürliche Ehrfurcht vor dem Alter und seinen Talenten ansehen.

Als ich fertig war, ging ich hinunter in die Lange Galerie, wo Lord und Lady Montdore wie gewöhnlich in den Sesseln zu beiden Seiten des Kamins saßen, aber durchaus nicht in ihrer gewöhnlichen Gemütsverfassung. Beide, und vor allem Lady Montdore, waren sehr nervös und blickten erschreckt auf, als ich eintrat, entspannten sich aber wieder, als sie erkannten, daß ich es war. Ich fand, für den Blickwinkel eines Fremden, eines Hinterwäldlers vom amerikanischen Kontinent, hatten sie genau den richtigen Ton getroffen. Lord Montdore in einer legeren Hausjacke aus grünem Samt beeindruckte durch sein weißes Haar und sein feingeschnittenes, unerschütterliches Antlitz, während Lady Montdores gerade durch ihren etwas schlampigen Aufzug erkennen ließ, daß es unter ihrer Würde war, sich um modischen Firlefanz zu kümmern, und auch dies mußte beeindrukken. Sie war in schwarz und weiß bedrucktes Crêpede-chine gehüllt, und ihr einziger Schmuck waren die riesigen Ringe, die an ihren kräftigen Fingern blitzten. Sie saß in ihrer gewohnten Haltung da, die Knie weit auseinander, die Füße in den großen Schnallenschuhen fest auf den Fußboden gestellt, die Hände im Schoß gefaltet.

»Wir haben dieses kleine Feuer angezündet«, sagte sie, »weil wir dachten, daß ihm nach der Reise vielleicht kalt ist.« Es war ungewöhnlich, daß sie Vorkehrungen, die sie in ihrem Haus traf, erläuterte – entweder den Leuten gefiel es, oder sie mußten sich damit abfinden. »Glaubst du, wir hören das Auto, wenn es die Auffahrt heraufkommt? Bei Westwind bekommen wir es meistens mit.«

»Ich höre es bestimmt«, sagte ich taktlos. »Ich höre alles.«

»Also, wir sind auch nicht stocktaub. Zeig Fanny, was du für Cedric hast, Montdore.«

Er reichte mir ein in grünes Maroquin gebundenes Buch, Grays Gedichte.

»Wenn du das Vorsatzblatt aufschlägst«, sagte er, »siehst du, daß Lord Palmerston es meinem Großvater genau an dem Tag geschenkt hat, an dem Cedrics

Großvater geboren wurde. Offenbar haben die beiden an diesem Tag zusammen gespeist. Wir glauben, daß es ihm Freude machen könnte.«

Das hoffte ich auch. Plötzlich taten mir diese beiden alten Menschen sehr leid, und ich wünschte mir von ganzem Herzen, daß Cedrics Besuch ein Erfolg werden und sie aufmuntern würde.

»Kanadier«, so setzte er hinzu, »müßten den Dichter Gray eigentlich gut kennen, denn bei der Einnahme von Quebec hat General Woolf...«

Aus dem roten Salon drang das Geräusch von Schritten herüber, wir hatten das Auto also doch nicht gehört. Lord und Lady Montdore erhoben sich und standen nun nebeneinander vor dem Kamin, während der Butler die Tür öffnete und verkündete: »Mr. Cedric Hampton.«

Ein Glitzern von Blau und Gold schwirrte über das Parkett, und schon kniete eine menschliche Libelle auf dem Eisbärenfell vor den Montdores, jedem der beiden eine lange, bleiche Hand entgegenstreckend. Er war ein großer, schlanker, junger Mann von mädchenhafter Geschmeidigkeit, in einem leuchtend blauen Anzug; das Haar hatte den goldenen Glanz eines Bettpfostenknopfes aus Messing, und daß er wie ein Insekt aussah, rührte daher, daß der obere Teil seines Gesichts von einer riesigen Sonnenbrille mit blauen Gläsern und goldenen, gut zwei Zentimeter breiten Rändern verdeckt wurde.

Er ließ ein Lächeln von überirdischer Vollkommenheit erstrahlen; entspannt und glücklich kniete er vor den Montdores und ließ sie nacheinander dieses Lächelns teilhaftig werden.

»Sagen Sie nichts«, meinte er, »nur einen Augenblick. Ich möchte Sie ansehen – was für wunderbare, wirklich wunderbare Menschen!«

Ich sah, daß Lady Montdore außerordentlich erfreut war. Sie strahlte vor Vergnügen. Lord Montdore warf ihr einen hastigen Blick zu, um festzustellen, wie sie die Sache aufnahm, und als er sah, daß Strahlen angesagt war, strahlte auch er.

»Willkommen in Hampton«, sagte sie.

»Diese Pracht«, fuhr Cedric fort und schwebte in die Höhe. »Ich kann nur sagen, sie macht mich trunken. England – so viel schöner, als ich es mir vorgestellt hatte (ich habe nie sonderlich Gutes über England gehört), dieses Haus – so romantisch, ein Haus voller Schätze, und vor allem Sie – die beiden prachtvollsten Menschen, die ich je sah!«

Er sprach in einem seltsamen, ihm eigentümlichen Akzent, weder französisch noch kanadisch, und betonte jede Silbe etwas stärker als der gewöhnliche Engländer. Auch sprach er gleichsam hinter seinem Lächeln hervor, das währenddessen ein wenig verblaßte, aber nie ganz aus seinem Gesicht wich und nachher gleich wieder erstrahlte.

»Wollen Sie nicht ihre Brille abnehmen?« fragte Lady Montdore. »Ich würde gern Ihre Augen sehen.«

»Später, liebe Lady Montdore, später. Wenn diese furchtbare, lähmende Schüchternheit (eine Krankheit von mir) ganz verflogen ist. Die Brille schenkt mir Selbstvertrauen, wenn ich furchtbar nervös bin, verstehen Sie, genau wie eine Maske. Mit einer Maske kann man jede Situation bestehen – ich fände es schön, wenn mein Leben ein einziger, immerwährender *bal masqué* wäre, Lady Montdore, finden Sie nicht auch? Für mein Leben gern würde ich wissen, wer der Mann mit der eisernen Maske war, Sie nicht, Lord Montdore? Erinnern Sie sich an die Szene, als Louis XVIII. nach der Restauration zum erstenmal der Herzogin von Angoulême begegnete? Bevor er etwas anderes sagte – war das alles nicht schrecklich? oder dergleichen –, fragte er, ob der arme Louis XVI. ihr je verraten habe, wer der Mann mit der eisernen Maske war. Ich liebe Louis XVIII. dafür – *Man* hätte es selbst genauso gemacht.«

Lady Montdore deutete auf mich. »Das ist unsere Cousine – und eine entfernte Verwandte von Ihnen, Cedric – Fanny Wincham.«

Er nahm meine Hand, sah mir lange in die Augen und sagte: »Ich bin entzückt, Sie kennenzulernen«, als wäre er es wirklich. Dann wandte er sich wieder den Montdores zu und verkündete: »Ich bin froh, hier zu sein.«

»Mein lieber Junge, auch wir sind froh, Sie bei uns zu haben. Sie hätten längst schon einmal kommen sollen – wir hatten ja keine Ahnung – wir dachten, Sie lebten in Neuschottland, verstehen Sie.«

Cedric betrachtete gerade den großen französischen Kartentisch. »Riesener«, sagte er, »höchst merkwürdig, Lady Montdore, und Sie werden es mir kaum glauben, aber in Frankreich, dort, wo ich lebe, haben wir das Gegenstück dazu – ist das nicht ein seltsamer Zufall? Noch heute morgen, in Chèvres, habe ich mich auf eben diesen Tisch gestützt.«

»Was ist Chèvres?«

»Chèvres-Fontaine, wo ich lebe, im Departement Seine-et-Oise.«

»Aber es muß ein ziemlich großes Haus sein«, sagte Lady Montdore, »wenn dieser Tisch darin steht?«

»Etwas größer als der Mitteltrakt von Versailles, in jeder Dimension, und mit sehr viel mehr Wasser. In Versailles gibt es nur noch siebenhundert *bouches* (wie sagt man zu *bouche* auf englisch? Fontänen?). In Chèvres haben wir eintausendfünfhundert, und sie sprühen die ganze Zeit.«

Das Dinner wurde angekündigt. Auf dem Weg ins Speisezimmer blieb Cedric immer wieder stehen, um dies oder jenes in Augenschein zu nehmen, strich liebevoll über verschiedene Gegenstände und murmelte:

»Weisweiller – Boulle – Caffieri – Jacob. Wie kommen Sie zu diesen wundervollen Sachen, Lord Montdore? Derart bedeutende Stücke!«

»Mein Urgroßvater (Ihr Ur-Urgroßvater), der selbst halb Franzose war, hat sie sein Leben lang gesammelt. Manche hat er bei den Verkäufen des königlichen Mobiliars nach der Revolution erstanden, und manches stammt aus dem Besitz der Familie seiner Mutter, der Montdores.«

»Und diese Boiserien!« sagte Cedric. »Erstklassiges Louis-Quinze. In Chèvres findet sich nichts Vergleichbares, sie sind wie Geschmeide, wenn sie so fein gearbeitet sind.«

Wir waren in dem kleinen Speisezimmer angelangt.

»Dies hat er ebenfalls herübergebracht und das Haus darum gebaut.« Lord Montdore war offenbar höchst erfreut über Cedrics Begeisterung, er liebte französisches Mobiliar sehr, begegnete in England aber nur selten jemandem, der seine Vorliebe teilte.

»Porzellan mit dem Monogramm von Marie-Antoinette, wie entzückend. In Chèvres haben wir das Meissener Service, das sie aus Wien mitbrachte. Wir haben in Chèvres viele Andenken an die arme Marie-Antoinette.«

»Wer lebt dort?« fragte Lady Montdore.

»Ich«, erwiderte er unbekümmert, »wenn ich mich auf dem Land aufhalte. In Paris verfüge ich über eine wunderschöne Wohnung, ganz wie *Man* sich den Himmel vorstellt.« Cedric benutzte das Wörtchen »man« sehr häufig und sprach es mit einer eigenartigen Betonung aus. Auch Lady Montdore war immer eine große Anhängerin des Wörtchens »man« gewesen, aber sie sprach es dennoch ganz anders aus. »Die erste Etage des Hotel Pomponne – wenn Ihnen das etwas sagt? Reinstes Louis-Quatorze. Winzig, wissen Sie, aber genau das, was man braucht, ein Schlafzimmer und ein Ballsaal, der ebenfalls als Schlafzimmer dienen kann. Sie müssen mich dort einmal besuchen, liebe Lady Montdore, sie bekommen dann mein Schlafzimmer – es ist sehr komfortabel –, und ich schlafe im Ballsaal. Versprechen Sie mir, daß Sie kommen!«

»Wir werden sehen. Mir persönlich waren die Franzosen nie besonders sympathisch, sie sind so leichtfertig, da sind mir die Deutschen doch viel lieber.«

»Die Deutschen!« sagte Cedric in ernstem Ton, lehnte sich über den Tisch und starrte sie durch seine Sonnenbrille an. »Über die Leichtfertigkeit der Deutschen erschrickt *Man* sogar. Ich habe in Paris die Bekanntschaft einer deutschen Person gemacht, und ein leichtfertigeres Geschöpf, Lady Montdore, gibt es nicht. Die Leichtfertigkeit dieser Person hat mir schon manchen Kummer bereitet, das kann ich Ihnen versichern.«

»Ich hoffe, Sie werden hier in England ein paar passende Bekanntschaften machen, Cedric.«

»Ja, ja, das hoffe ich auch. Aber meine wichtigste englische Bekanntschaft sollen bitte Sie sein, Lady Montdore, ja?«

»Ich finde, wir sollten uns duzen, sagen Sie doch einfach Tante Sonia und Onkel Montdore zu uns.«

»Darf ich wirklich? Wie reizend ihr zu mir seid, wie froh ich bin, hier zu sein – es kommt mir so vor, als würdest du um dich herum nur Freude verbreiten, Tante Sonia.«

»Ja, das tue ich. Ich lebe für andere, daran liegt es wohl. Traurig ist nur, daß nicht alle Leute dies zu würdigen wissen, sie sind so selbstsüchtig.«

»Selbstsüchtig – das darf man wohl behaupten. Auch ich bin mein Leben lang das Opfer von anderer Leute Selbstsucht gewesen. Der deutsche Freund, von dem ich eben sprach – seine Selbstsucht übersteigt jedes Verständnis. Wie man da leidet!«

»Also ein *Er,* ja?« Lady Montdore schien darüber erfreut.

»Ein Junge namens Klugg. Hoffentlich vergesse ich ihn, während ich hier bin. Aber, Lady Montdore – liebste Tante Sonia – ich möchte, daß du mir nach dem Dinner einen ganz großen Gefallen tust. Du mußt deinen Schmuck anlegen, ich möchte dich in ihm erstrahlen sehen? Ich sehne mich so danach.«

»Mein lieber Junge, der Schmuck ist unten in der Stahlkammer. Ich glaube, die Stücke sind seit ewigen Zeiten nicht geputzt worden.«

»Oh, bitte, sag nicht nein, schüttele nicht den Kopf! Seit dem Augenblick, da ich dich zum erstenmal sah, denke ich an nichts anderes, du mußt wahrhaft großartig in ihnen aussehen. Mrs. Wincham (Sie sind doch eine ›Mistress‹, hoffe ich? doch, ja, ich sehe Ihnen an, daß Sie keine ›Miss‹ sind), wann haben Sie Tante Sonia zum letzten Mal in Juwelen gesehen?«

»Bei dem Ball für…«, ich brach ab und verschluckte den Namen, der jetzt nie mehr erwähnt wurde. Aber Cedric rettete mich aus der Verlegenheit, indem er rief:

»Ein Ball! Tante Sonia, wie gern würde ich dich auf einem Ball sehen, ich kann mir deinen Auftritt bei allen feierlichen Anlässen in England so gut vorstellen – Krönungen, Oberhaus, Bälle, Ascot, Henley. Was ist eigentlich Henley? Einerlei – und vor allem kann ich mir vorstellen, wie du in Indien auftrittst, wie du, einer Göttin gleich, auf deinem Elefanten reitest. Wie müssen dich die Leute dort verehrt haben.«

»Oh, das haben sie allerdings«, sagte Lady Montdore entzückt, »sie haben uns angebetet, es war rührend. Und wir haben es natürlich auch verdient, wir haben viel für sie getan, man kann wohl sagen, daß wir Indien überhaupt erst auf die Landkarte gesetzt haben. Von den Freunden in England kannte kaum einer Indien, ehe wir dort hingingen, weißt du.«

»Davon bin ich überzeugt. Was für ein wunderbares, faszinierendes Leben ihr führt, Tante Sonia. Habt ihr ein Tagebuch geführt, als ihr im Orient wart? Oh, bitte sag ja, ich würde es für mein Leben gern lesen.«

Es war ein Schuß ins Blaue – aber ein Volltreffer. Sie hatten tatsächlich einen riesigen Folioband gefüllt, auf dessen Buchschildchen aus Maroquinleder unter der Wölbung einer Grafenkrone zu lesen stand: »Blätter aus unserem Indischen Tagebuch. M. und S.M.«

»Eigentlich ist es eine Art Sammelalbum«, meinte Lord Montdore, »Berichte von unseren Reisen im Land, Fotografien, Skizzen von Sonia und unserem Schwa..., ich meine, von einem damaligen Schwager, Dankesbriefe von Radschas...«

»Und indische Poesie in Montdores Übersetzung – ›Gebet einer Witwe vor der Verbrennung‹, ›Tod eines greisen Elefantentreibers‹ und so weiter, rührend, es kommen einem die Tränen.«

»Das muß ich alles lesen, jedes Wort, ich kann es kaum erwarten.«

Lady Montdore strahlte. So oft hatte sie ihre Gäste schon zu den »Blättern aus unserem Indischen Tagebuch« geführt, wie Pferde zur Tränke, und so oft hatte sie beobachten müssen, daß sie nach einem halbherzigen Nippen wieder das Weite suchten. Wahrscheinlich war noch nie jemand so versessen darauf gewesen, die »Blätter« zu lesen, wie Cedric.

»Und jetzt mußt du uns etwas über dein Leben erzählen, mein lieber Junge«, sagte Lady Montdore. »Wann hast du Kanada denn verlassen? Du stammst doch aus Neuschottland, nicht wahr?«

»Ich habe dort bis zu meinem achtzehnten Jahr gelebt.«

»Montdore und ich sind nie in Kanada gewesen – in den Staaten natürlich, wir waren mal einen Monat in New York und in Washington und haben die Niagara-Fälle gesehen, aber dann mußten wir zurück, ich wäre gern noch geblieben, sie waren so rührend, wollten uns unbedingt dabehalten, aber Montdore und ich können nicht immer so, wie wir gern möchten, wir haben Pflichten. Natürlich, es ist lange her, fünfundzwanzig Jahre vielleicht, aber ich nehme an, Neuschottland verändert sich nicht so schnell, oder?«

»Zu meiner Freude muß ich gestehen, daß die gnädige Natur zwischen mir und Neuschottland einen dichten Nebel des Vergessens zusammengeballt hat, so daß ich mich kaum noch an etwas erinnere.«

»Ein merkwürdiger Junge bist du!« sagte sie nachsichtig, aber der Nebel war ihr nur recht, denn das letzte, was sie hören wollte, waren ausgiebige Reminiszenzen an Cedrics kanadisches Familienleben; das alles wurde am besten so rasch wie möglich vergessen, und vor allem die Tatsache, daß Cedric eine Mutter hatte. »Mit achtzehn bist du also nach Europa gekommen?«

»Paris. Ja, mein Vormund, ein Bankier, schickte mich nach Paris, ich sollte dort irgendeinen widerwärtigen Beruf erlernen, ich habe völlig vergessen, was es war, und mußte mich zum Glück auch nie damit abgeben. In Paris kommt man sehr gut ohne Beruf zurecht, die Freunde, die man dort findet, sind so ungemein freundlich.«

»Wirklich? Wie komisch! Ich dachte immer, die Franzosen seien geizig.«

»Die, die *Man* hat, bestimmt nicht. Zugegeben, meine Bedürfnisse sind schlicht, aber so wie sie sind, ist ihnen allen immer wieder Genüge geschehen.«

»Was für Bedürfnisse hast du denn?«

»Ich muß viel Schönheit um mich haben, schöne Dinge, wohin man auch sieht, und schöne Menschen, die erkennen, worauf *Man* es abgesehen hat. Ach, da wir gerade von schönen Menschen sprechen, Tante Sonia, nach dem Dinner die Juwelen, nicht wahr? Bitte sage nicht nein!«

»Also gut«, meinte sie, »aber bitte, Cedric, willst du jetzt nicht die Brille abnehmen?«

»Vielleicht könnte ich. Ja, ich glaube, es geht, die letzte Spur von Schüchternheit ist verschwunden.«

Er nahm sie ab, und die Augen, die nun, in der Helligkeit blinzelnd, zum Vorschein kamen, waren Pollys Augen, groß, blau und ziemlich ausdruckslos. Mich verblüfften sie, aber ich glaube nicht, daß den Montdores die Ähnlichkeit auffiel, obwohl Lady Montdore nun sagte:

»Jetzt weiß jeder sofort, daß du ein Hampton bist, Cedric. Bitte, laß uns diese gräßliche Brille nie mehr sehen, ja?«

»Meine Augengläser? Von van Cleef eigens für mich entworfen!«

»Ich hasse Brillen«, sagte Lady Montdore in entschiedenem Ton.

Nun wurde Lady Montdores Mädchen hereingerufen, mit dem Safe-Schlüssel von Lord Montdores

Schlüsselbund versehen und beauftragt, alle Schmuckkästen nach oben zu bringen. Als das Dinner vorüber war, überließen wir Lord Montdore seinem Port und kehrten in die Lange Galerie zurück, begleitet von Cedric, der die englische Sitte, welche die Männer nach dem Dinner im Eßzimmer zurückhält, offenbar nicht kannte und statt dessen Lady Montdore wie ein Hund folgte. In der Langen Galerie fanden wir den Kartentisch bedeckt von mit blauem Samt ausgeschlagenen Schatullen und in jeder eine Garnitur großer, herrlicher Juwelen. Cedric stieß einen Freudenschrei aus und machte sich sofort an die Arbeit.

»Zunächst einmal, liebe Tante Sonia«, sagte er, »müssen wir etwas für dein Kleid tun, so geht es nicht. Mal sehen – ach, ja« – er nahm ein Stück roten Brokat vom Flügel, drapierte es sehr geschickt um sie und steckte es an der Schulter mit einer Diamantenbrosche fest. »Hast du in dieser Tasche etwas *maquillage,* meine Liebe? Und einen Kamm?«

Lady Montdore kramte und förderte schließlich einen billigen Lippenstift und einen kleinen grünen Kamm zutage, dem eine Zinke fehlte.

»Also so etwas!« entfuhr es Cedric, während er behutsam ihre Lippen schminkte, »er klumpt! Aber macht nichts, für diesmal genügt es. Zerre ich dir auch nicht an den Haaren? Wir müssen die Figur zur Geltung bringen, deine schöne Figur. Ich finde, wir sollten einen neuen Friseur für dich finden, Tante Sonia – na, wir werden sehen – jedenfalls muß es kürzer sein – kürzer – ungefähr so. Erkennst du den Unterschied? Mrs. Wincham, würden Sie bitte einmal die Deckenbeleuchtung für mich ausschalten und die Lampe von der Kommode dort herüberbringen. Danke.«

Er stellte die Lampe auf den Boden und fing an, Lady Montdore mit Diamanten zu behängen, so daß der Brokatstoff schließlich bis zu ihrer Taille unter Steinen fast verschwand. Zuletzt setzte er ihr noch das Diadem mit den rosa Diamanten auf den Kopf.

»So«, sagte er, »sieh dich an!« Und er führte sie zu einem Spiegel an der Wand. Sie war ganz hingerissen von der Wirkung, die übrigens wirklich großartig war.

»Und jetzt bin ich an der Reihe!« sagte er.

Obwohl Lady Montdore inzwischen so aussah, als würde sie ganz aus Diamanten bestehen, enthielten die Kästen auf den Tischen noch viele große Juwelen. Cedric zog seine Jacke aus, nahm Kragen und Krawatte ab, knöpfte sich das Hemd auf und hakte sich eine breite Kette aus Diamanten und Saphiren um den Hals, eine Seidentischdecke drehte er zu einem Turban zusammen, steckte eine Diamantenfeder hinein und setzte ihn auf. Währenddessen redete er in einem fort.

»Du mußt dein Gesicht wirklich mehr massieren, Tante Sonia.«

»Massieren?«

»Mit nahrhaften Cremes. Ich werde es dir zeigen. So ein wunderbares Gesicht, aber unkultiviert, vernachlässigt, ausgezehrt. Wir müssen es auffrischen, trainieren, von jetzt an überhaupt besser behandeln. Du wirst sehen, was man alles tun kann. Zweimal in der Woche mußt du mit Maske schlafen.«

»Mit Maske?«

»Ja, schon wieder die Maske, aber diesmal meine ich die, die man abends auflegt. Sie wird ziemlich hart, und man sieht aus wie der Komtur im *Don Juan*, und am nächsten Morgen kannst du nicht lächeln, kein bißchen, und deshalb darfst du auch nicht telefonieren, bevor du sie mit dem Entferner entfernt hast, denn wenn man ohne zu lächeln telefoniert, klingt es mürrisch, und wenn *Man* selbst zufällig am anderen Ende wäre, fände *Man* es unerträglich.«

»Ach, mein lieber Junge, mit dieser Maske – also, ich weiß nicht. Was würde Griffith dazu sagen?«

»Wenn Griffith dein Mädchen ist, dann wird es ihr gar nicht auffallen, es fällt ihnen nie auf. Aber uns wird sie auffallen, deine prachtvolle, neue Schönheit. Diese grausamen Falten!«

Jeder war so sehr mit sich und mit dem anderen beschäftigt, daß sie es gar nicht bemerkten, als Lord Montdore aus dem Eßzimmer herüberkam. Ein Weilchen saß er in seiner gewohnten Haltung da, die Fingerspitzen beider Hände zusammengepreßt, blickte ins Feuer und begab sich dann sehr bald zu Bett. In den Monaten seit Pollys Hochzeit war er sehr gealtert, er war kleiner geworden, die Kleider schlotterten ihm am Leib, seine Stimme zitterte und hatte einen nörgelnden Klang. Bevor er hinausging, nahm er den Gedichtband und überreichte ihn Cedric, der ihn mit charmanten Dankesbezeugungen entgegennahm und so lange eifrig hineinsah, bis Lord Montdore außer Sichtweite war, um dann rasch zu den Juwelen zurückzukehren.

Ich war damals schwanger und wurde auch bald nach dem Dinner müde. Ich blätterte noch ein bißchen in den Illustrierten und folgte dann dem Beispiel Lord Montdores.

»Gute Nacht«, sagte ich und wandte mich zur Tür. Sie antworteten kaum. Jeder stand jetzt vor einem Spiegel, eine Lampe zu Füßen, und starrte verzückt auf das eigene Bild.

»Findest du, so ist es besser?« fragte der eine.

»Viel besser«, entgegnete die andere, ohne hinzusehen.

Von Zeit zu Zeit tauschten sie ein Schmuckstück (»Gib mir doch mal die Rubine, lieber Junge« – »Dürfte ich die Smaragde haben, wenn du mit ihnen fertig bist?«), und das rosa Diadem trug jetzt er; überall auf Sesseln und Tischen und sogar auf dem Fußboden lagen Juwelen verstreut.

»Ich muß dir ein Geständnis machen, Cedric«, sagte sie, als ich gerade den Raum verlassen wollte. »Eigentlich gefallen mir die Amethyste am besten.«

»Oh, ich liebe Amethyste«, erwiderte er, »sofern es schöne große dunkle, in Diamanten gefaßte Steine sind. *Man* sieht wirklich gut darin aus.«

Als ich am nächsten Morgen in Lady Montdores Zimmer trat, um Abschied zu nehmen, traf ich dort Cedric, der in einem Morgenmantel aus blaß malvenfarbener Seide auf ihrem Bett saß. Beide rieben sich die Gesichter aus einem großen rosa Topf mit einer Creme ein. Sie roch köstlich und gehörte gewiß ihm.

»Und danach«, sagte er gerade, »trug sie bis an ihr Lebensende (sie ist erst kürzlich gestorben) einen dichten schwarzen Schleier.«

»Und was tat er?«

»Er verteilte überall in Paris Karten, auf die er geschrieben hatte *›mille regrets‹*.«

4

Seit dem Augenblick, da die Montdores Cedric zu Gesicht bekommen hatten, war von einem vierzehntägigen Besuch keine Rede mehr; Cedric hatte sich offensichtlich für immer eingefunden. Beide schlossen ihn in ihr Herz und liebten ihn von Anfang an inniger, als sie Polly je geliebt hatten, seit sie kein Kind mehr war; die schreckliche Leere, die Pollys Fortgang hinterlassen hatte, wurde nun glücklich ausgefüllt, und zwar von einem Menschen, der im geselligen Umgang mehr zu geben vermochte, als Polly je gegeben hatte. Cedric konnte sich mit Lord Montdore sachverständig über die Kunstgegenstände in Hampton unterhalten. Er wußte sehr viel über diese Dinge, wenngleich er im herkömmlichen Sinne des Wortes durchaus ungebildet war, nicht sehr belesen, unfähig, die einfachsten Berechnungen anzustellen, und sonderbar unwissend in vielen elementaren Fragen des praktischen Lebens. Er gehörte zu den Menschen, die die Welt durch Auge und Ohr in sich aufnehmen; mit seiner Intelligenz war es wahrscheinlich nicht sehr weit her, aber seine Liebe zur Schönheit war echt. Den Bibliothekar in Hampton setzte er mit seinen bibliographischen Kenntnissen in Erstaunen. So konnte er zum Beispiel mit einem Blick erkennen, für wen und von wem ein bestimmtes Buch gebunden worden war, und der Bibliothekar meinte, Cedric wisse über französische Bücher des 18. Jahrhunderts sehr viel mehr als er selbst. Lord Montdore hatte seine liebevoll gehegten Besitztümer selten mit so viel Verständnis gewürdigt gesehen, und es bereitete ihm großes Vergnügen, sich mit Cedric stundenlang zwischen ihnen zu ergehen. Er hatte Polly abgöttisch verehrt; in der Theorie war sie sein ein und alles, aber in Wirklichkeit war sie ihm nie eine Gefährtin im geselligen Umgang gewesen.

Aus Lady Montdore andererseits machte das neue Glück während der nun folgenden Monate einen ganz anderen Menschen. Sie veränderte sich aber auch in anderer Hinsicht, seit Cedric begonnen hatte, sich um ihre äußere Erscheinung zu kümmern, und dabei ganz außerordentliche Ergebnisse erzielte. So wie Boy (daher rührte sein Einfluß auf sie) ihre Tage mit Geselligkeit und Malerei gefüllt hatte, füllte Cedric sie nun mit der Jagd nach der eigenen Schönheit, und für eine Egoistin wie Lady Montdore war dies ein weitaus befriedigenderes Steckenpferd. Gesichtsoperationen, Schlankheitskuren, Gymnastik, Diät, Make-up, neue Kleider, neugefaßter Schmuck, eine blaue Tönung für ihr graues Haar, rosa Schleifen und Diamantengänseblümchen in den blauen Locken – sie hatte viel zu tun. Ich sah sie immer seltener, aber wenn ich sie traf, sah sie jedesmal noch modischer und noch moderner aus. Ihre Bewegungen, die früher so plump waren, wirkten jetzt elegant, geschmeidig, vogelartig; wenn sie sich setzte, stellte sie nie mehr beide Beine nebeneinander auf den Boden, sondern schlug das eine über das andere, und diese täglich massierten, mit Dampfbädern behandelten Beine wurden zusehends dünner, bis schließlich fast nur noch Haut und Knochen übrig waren. Ihr Gesicht wurde geliftet und gezupft und geglättet, bis es so aufgeräumt aussah wie das von Mrs. Chaddesley Corbett, und sie lernte es, ein Lächeln erstrahlen zu lassen, das nicht weniger leuchtend war als das von Cedric.

»Ich lasse sie ›*brush* – Bürste‹ sagen, bevor sie ins Zimmer kommt«, erzählte er mir. »Ich habe das in einem alten Anstandsbuch gelesen, es fixiert ein wirklich herzliches Lächeln im Gesicht. Irgend jemand sollte diesen Tip auch mal Lord Alconleigh geben.«

Da sie sich bisher nicht im geringsten bemüht hatte, jünger auszusehen, als sie war, sondern sich stets ihre im Grunde genommen edwardianische Erscheinung bewahrt hatte, so als sei sie sich bewußt, wie sehr sie den schmalen Frauen mit ihrem kurzlebigen Schick, den Chaddesley Corbetts und allen anderen, überlegen war, wirkte das, was Cedric nun aus ihr machte, geradezu revolutionär. Meiner Meinung nach war es kein Erfolg, denn sie opferte eine eindrucksvolle, charakteristische Erscheinung, ohne an Schönheit wirklich zu gewinnen, aber die damit verbundenen Anstrengungen machten sie ohne Zweifel vollkommen glücklich.

Cedric und ich wurden gute Freunde, und er besuchte mich sehr oft in Oxford, wie es auch Lady Montdore getan hatte, bevor sie erneut so aktiv geworden war, aber ich muß sagen, daß mir seine Gesellschaft sehr viel lieber war als die ihre. In der letzten Phase meiner Schwangerschaft und als das Kind dann geboren war, kam er oft, saß stundenlang bei mir, und wir unterhielten uns vollkommen ungezwungen; ich brauchte meine Näh- oder Flickarbeit nicht zu unterbrechen und brauchte mir über mein Aussehen keine Gedanken zu machen, genauso wie wenn eine meiner Radlett-Cousinen zu Besuch bei mir gewesen wäre. Er war freundlich, aufmerksam, liebevoll, es war mit ihm wie mit einer bezaubernden Freundin, oder noch besser, denn unsere Freundschaft wurde nicht durch die geringste Spur von Eifersucht getrübt.

Einige Zeit nach der Geburt, als ich meine Figur wiedergewonnen hatte, begann ich mich sorgfältiger zu kleiden und zu schminken, um Cedrics Beifall zu gewinnen, aber schon bald stellte ich fest, daß dies mit den mir zur Verfügung stehenden Mitteln ziemlich aussichtslos war. Er wußte so viel über Frauen und ihre Accessoires, daß ihn von dem, was ich zuwege brachte, einfach nichts beeindrucken konnte. Wenn ich mir zum Beispiel, bevor er zu einem Besuch kam, die Mühe machte, meine Strümpfe zu wechseln und Seidenstrümpfe anzuziehen, dann sah er sofort, daß sie von Elliston waren und 5 Shilling 11 Pence gekostet hatten, denn mehr konnte ich mir nicht leisten, und es schien wirklich sehr viel vernünftiger, bei Florgarn zu bleiben. Einmal sagte er sogar zu mir:

»Weißt du, Fanny, es macht gar nichts, daß du dich nicht teuer anziehen kannst, es hätte einfach keinen Zweck. Du bist wie die Königliche Familie, Liebling. Egal, was du anziehst, du bleibst, wie du bist.«

Ich war hierüber nicht sehr erbaut, aber ich wußte, er hatte recht. Mit meinem Heidekrauthaar und dem runden, gesunden Gesicht würde ich ein mondänes Aussehen nie zuwege bringen, auch wenn ich mich so abmühte wie Lady Montdore.

Ich weiß noch, wie mir meine Mutter bei einem ihrer seltenen Besuche in England eine kleine Jacke aus scharlachrotem Stoff von Schiaparelli mitbrachte. Mir kam sie ziemlich unscheinbar und uninteressant vor, bis auf das Etikett im Futter, und am liebsten hätte ich es außen angebracht, damit die Leute sehen konnten, woher sie kam. Ich trug sie einmal statt einer Strickjacke im Haus, als zufällig Cedric vorbeikam, und als erstes sagte er zu mir:

»Aha! Wie ich sehe, kleiden wir uns jetzt bei Schiaparelli ein! Und wie geht es dann weiter?«

»Cedric! Woran erkennst du das?«

»Meine Liebe, man erkennt es immer. Die Dinge haben eine Unterschrift, wenn man seine Augen benutzt, und meine sind anscheinend bei einer Reihe von Dingen geübter als die deinen, Schiaparelli – Reboux – Fabergé – Viollet-le-Duc – ich kann es auf einen Blick erkennen, buchstäblich auf einen Blick. Seit meinem letzten Besuch ist also deine verworfene Mutter hier gewesen, die Hopse?«

»Hätte ich mir die Jacke denn nicht selbst kaufen können?«

»Nein, meine Liebe, du sparst für die Erziehung deiner zwölf intelligenten Söhne, wie könntest du da fünfundzwanzig Pfund für ein solches Jäckchen ausgeben?«

»Das kann doch nicht wahr sein!« sagte ich. »Fünfundzwanzig Pfund – *da*für?«

»Es müßte so ungefähr hinkommen.«

»Einfach verrückt. Ich hätte es mir doch auch selbst genäht haben können.«

»Aber könntest du es auch nähen? Und wenn du könntest, wäre ich dann hereingekommen und hätte Schiaparelli gesagt?«

»Mehr als ein Meter Stoff ist nicht dran, der kostet ein Pfund, höchstens«, sagte ich, entsetzt über diese Geldverschwendung.

»Und wieviel Meter Leinwand sind an einem Fragonard ›dran‹? Und was kosten die Bretter oder das Ziegenfell, bevor aus ihnen eine Kommode oder Maroquinleder wird? Kunst ist mehr als Meter, genauso wie *Man* selbst mehr ist als Haut und Knochen. Übrigens, ich muß dich warnen, Sonia wird bald hier auftauchen, sie ist auf der Suche nach starkem Tee. Ich war so frei, mich auf dem Weg hier herauf kurz mit Mrs. Heathery zu verständigen, die mich in ihr Herz geschlossen hat. Außerdem habe ich ein paar Scones von Cadena mitgebracht und sie bei ihr hinterlegt.«

»Was tut Lady Montdore denn jetzt gerade?« fragte ich und fing an, im Zimmer aufzuräumen.

»Du meinst, jetzt im Augenblick? Sie ist gerade bei Parker und sucht ein Geburtstagsgeschenk für mich aus. Es soll eine große Überraschung werden, aber ich bin schon bei Parker gewesen und habe ein paar Weichen gestellt. Es würde mich sehr überraschen, wenn die große Überraschung nicht *Ackerman's Repositorium* wäre.«

»Ich dachte, du würdest über englische Möbel nur die Nase rümpfen?« sagte ich.

»Immer weniger. Provinziell, aber reizvoll – würde ich heute sagen, und *Ackerman's Repositorium* ist ein so ergötzliches Buch, ich habe neulich bei Lord Merlin ein Exemplar gesehen, als ich mit Sonia dort war, und muß es unbedingt haben. Ich glaube, es ist in Ordnung. Sonia macht mir gern solche Geschenke, die man nicht einfach mit sich fortschleppen kann; sie glaubt, sie würden mich an Hampton binden. Ich mache ihr deshalb keinen Vorwurf. Ohne mich muß ihr Leben unsäglich eintönig gewesen sein.«

»Aber binden dich solche Dinge denn auch?« fragte ich. »Mir kommt es so vor, als gehörtest du nach Paris – ich kann mir nicht vorstellen, daß du für immer hier lebst.«

»Ich auch nicht, aber es ist nun mal so, Liebling, daß die Nachrichten aus Paris nicht besonders erfreulich klingen. Ich habe dir doch erzählt, nicht wahr, daß ich meinen deutschen Freund Klugg gebeten habe, sich um meine Wohnung zu kümmern und sie für mich warm zu halten? Und was höre ich nun? Letzte Woche kam der Baron mit einem *camion* und hat alle Möbel abtransportiert, jedes einzelne, und der arme Klugg muß sich jetzt zum Schlafen auf den Fußboden legen. Ich nehme zwar an, er merkt es nicht, weil er immer ziemlich betrunken ist, wenn er zu Bett geht, aber beim Aufwachen kann es nicht sehr angenehm sein, und außerdem trauere ich um meine Kommoden. Louis-Quinze – ein Paar – diese *marqueterie,* diese Bronzen, wirklich bedeutende Stücke, *objets de musée* – die habe ich wohl zum letzten Mal gesehen. Dahin! An einem einzigen verhängnisvollen Nachmittag hat der Baron alles genommen. Das ist hart!«

»Welcher Baron?« fragte ich.

Über Klugg wußte ich Bescheid, wie abscheulich und trunksüchtig, wie brutal und deutsch und ungebildet er war, so daß Cedric nie erklären konnte, warum er sich je auch nur einen Augenblick mit seiner wüsten Art abgefunden hatte. Der Baron indessen war eine neue Gestalt für mich. Aber Cedric blieb unbestimmt. Mir ist nie wieder jemand begegnet, der mit so viel Geschick wie Cedric Fragen auszuweichen verstand, die er nicht beantworten wollte.

»Bloß ein anderer Freund. An meinem ersten Abend in Paris ging ich in die Oper, und ich will dir nicht verhehlen, meine Liebe, daß aller Augen auf mich in meiner Loge gerichtet waren, die armen Künstler hätten gar nicht aufzutreten brauchen. Ja, und eines dieser Augen gehörte dem Baron.«

»Du meinst, zwei Augen«, sagte ich.

»Nein, meine Liebe, eins. Er trägt eine Augenklappe, um sich ein finsteres, faszinierendes Aussehen zu geben. Niemand ahnt, wie sehr mir Barone verhaßt sind. Ich denke über sie genau wie König Johann ohne Land.«

»Aber Cedric, ich verstehe nicht. Wieso konnte er dir alle deine Möbel wegnehmen?«

»Nein!« sagte Cedric. Ich hatte das Gefühl, er sei auch hierüber vollständig im Bilde. »Ich werde keine ruhige Minute haben, bevor ich dir das Geheimnis entlockt habe – hättest du mir doch bloß nichts gesagt!«

»Du brauchst ja nur bis morgen zu warten.«

»Ich warne dich, früh um sechs werde ich dich wecken. Aber jetzt trink deinen Tee, meine Liebe, und komm, wir müssen zurück, ich möchte unbedingt sehen, was Archie mit all den Bronzen angestellt hat. Er geht heute an den Boulle, und mir kam plötzlich ein furchtbarer Gedanke – stell dir vor, er baut ihn nachher irrtümlich zu einem Lastwagen zusammen? Was würde der liebste Onkel Montdore sagen, wenn er plötzlich mitten in der Langen Galerie vor einem Lastwagen von Boulle stände?«

Ohne Zweifel, so dachte ich, wären er und Lady Montdore begeistert eingestiegen und hätten sich von Cedric zu einer Spazierfahrt entführen lassen. Sie standen völlig unter seinem Bann, und was er auch tat, alles erschien ihnen vollkommen.

5

Cedrics Ankunft in Hampton entfachte in der Außenwelt natürlich ziemlichen Tumult. Die Londoner Gesellschaft hatte zunächst keine Gelegenheit, sich selbst eine Meinung zu bilden, denn es war das Jahr nach der Großen Krise – Cedric und die Krise waren fast gleichzeitig gekommen, und Lady Montdore, obgleich selbst nicht von ihr betroffen, meinte, da das gesellschaftliche Leben in London zum Erliegen gekommen sei, lohne es nicht, Montdore House offen zu halten. Sie ließ es in Schonbezüge hüllen, bis auf zwei Zimmer für Lord Montdore, wenn er ins Oberhaus gehen wollte.

Lady Montdore und Cedric logierten nie im Londoner Haus, sie fuhren zwar manchmal nach London, aber nur tagsüber. Lady Montdore lud auch keine großen Haus-Partys mehr nach Hampton ein. Sie sagte, die Leute redeten nur noch vom Geld und das sei ihr zu langweilig, aber ich glaube, es gab noch einen anderen Grund – sie wollte Cedric ganz für sich allein.

In der Grafschaft jedoch summte und tuschelte es, und es gab nur ein Thema: Cedric. Ich brauche kaum zu erwähnen, daß Onkel Matthew mit einem einzigen Blick erkannte, daß das Wort »Gulli« veraltet und unbrauchbar geworden war. Das Grollen und Knurren, das Funkeln der Augen und das Knirschen der Zähne, das bisher im wesentlichen Boy Dougdale gegolten hatte, nahm bei dem bloßen Gedanken an Cedric um das Hundertfache an Heftigkeit zu und war von einem Anschwellen der Blutgefäße und verschiedenen apoplektischen Lauten begleitet. Aus den Schubladen in Alconleigh waren die vergilbten Zettel mit den Namen derer, die meinem Onkel verhaßt waren, entfernt worden, und jede enthielt jetzt einen neuen, weißen Zettel, auf dem mit schwarzer Tinte in sauberer Druckschrift ein einziger Name stand: Cedric Hampton. Eines Tages kam es zu einer gräßlichen Szene auf dem Bahnsteig in Oxford. Cedric trat an den Zeitungskiosk, um sich die *Vogue* zu kaufen, weil er sein abonniertes Exemplar verlegt hatte. Onkel Matthew, der gerade auf einen Zug wartete, bemerkte, daß die Säume von Cedrics Jacke in kontrastierenden Farben paspeliert waren, und verlor die Selbstbeherrschung. Er stürzte sich auf Cedric und schüttelte ihn wie eine Ratte; zum Glück fuhr in diesem Augenblick der Zug ein, woraufhin mein Onkel, der sehr unter Eisenbahnfieber litt, von Cedric abließ und schleunigst einstieg. »Man sollte nicht meinen«, sagte Cedric später, »daß es so gefährlich sein kann, das *Vogue Magazine* zu kaufen. Aber es war die Sache wert, herrliche Frühjahrsmoden.«

Die Kinder jedoch liebten Cedric und waren wütend, weil ich nicht erlaubte, daß sie in meinem Haus mit ihm zusammentrafen, aber Tante Sadie, die selten Strenge zeigte, hatte mir das feierliche Versprechen abgenommen, sie von ihm fernzuhalten, und ihr Wunsch war mir Gesetz. Von der Höhe meiner Weltklugheit als Ehefrau und Mutter herab betrachtete auch ich Cedric nicht als geeignete Gesellschaft für die Jugend, und wenn ich wußte, daß er zu Besuch kommen würde, verscheuchte ich rechtzeitig alle, die in meinem Wohnzimmer saßen und noch nicht die Reifeprüfung hatten.

Onkel Matthew und seine Nachbarn waren selten einer Meinung. Er verachtete ihre Ansichten. Sie wiederum fanden seine stürmischen Sympathien und Antipathien völlig unverständlich und orientierten sich in der Regel an den ausgewogeneren Boreleys. Was Cedric anging, waren sich jedoch alle einig. Die Boreleys waren zwar keine Hasser von Onkel Matthews Format, aber auch sie hatten ihre Vorurteile, Dinge, die sie »nicht ausstehen« konnten, Ausländer zum Beispiel, gutgekleidete Frauen und die Labour Party. Aber was sie auf dieser Welt am allerwenigsten ausstehen konnten, waren »Ästheten – Sie wissen schon – diese fürchterlich weibischen Geschöpfe – Bubis«. Und als Lady Montdore, die sie ebenfalls nicht ausstehen konnten, den fürchterlich weibischen Bubi Cedric in Hampton installierte und ihnen langsam klar wurde, daß er nun für immer ihr Nachbar sein würde, und obendrein ein sehr bedeutender, nämlich der künftige Lord Montdore, da keimte echter Haß in ihren Seelen. Gleichzeitig entwickelten sie ein krankhaftes Interesse an allen Einzelheiten des Geschehens, und diese Einzelheiten lieferte ihnen Norma, die ihre Informationen, wie ich zu meiner Schande gestehen muß, von mir bekam. Es reizte mich so sehr, wenn Norma nach Luft schnappte oder vor Entsetzen die Augen aufriß, daß ich ihr nichts vorenthielt, was die Boreleys ärgern oder wütend machen konnte.

Wie ich bald herausfand, ärgerten sie sich am meisten über das strahlende Glück von Lady Montdore. Pollys Hochzeit hatte alle Welt entzückt, und selbst die Leute, von denen man hätte erwarten können, daß sie entschieden für Lady Montdore Partei ergreifen würden, die Eltern hübscher junger Töchter zum Beispiel, hatten mit blasierter Zufriedenheit erklärt:

»Geschieht ihr recht.« Sie haßten sie und beobachteten mit Freuden ihren Absturz. Diese boshafte Frau hatte sie nie zu ihren Partys eingeladen, und nun würden die wenigen Tage, die ihr noch blieben, von einem Kummer überschattet, der ihren grauen Haaren gewiß den Rest geben und sie ins Grab bringen würde. Der Vorhang öffnet sich zum letzten Akt, sämtliche Sperrsitze sind von Boreleys besetzt, und voller Spannung erwarten sie Todeskampf, Hinschied, gedämpfte Trommelschläge, Katafalk, Prozession zur Gruft, das Niedersinken des Sarges ins Grab, die Finsternis. Doch was geschieht? In das blendende Licht der Bühne hüpft Lady Montdore, leichtfüßig wie eine junge Katze, das graue Haar seltsam blau getönt, und sie ist nicht allein, sie hat einen Partner mitgebracht, ein gräßliches Geschöpf aus Sodom, aus Gomorrha, aus Paris, und schickt sich an, mit ihm einen wilden Fandango des Entzückens zu tanzen. Kein Wunder, daß sie murrten.

Andererseits fand ich die ganze Sache einfach wunderbar, denn mir gefällt es, wenn meine Mitmenschen glücklich sind, und die neue Lage in Hampton hatte die Summe menschlicher Glückseligkeit um einiges erhöht. Einer betagten Dame, zugegeben, einer alten Egoistin, die nichts anderes als Kummer und Krankheit verdient hat (aber wer von uns würde am Ende etwas anderes verdienen?), wird unverhofft ein zusätzliches Leben geschenkt, sie wird jünger, hat zu tun und freut sich ihres Daseins; ein charmanter Junge, der die Schönheit und den Luxus über alles liebt, ein wenig käuflich vielleicht (aber wer von uns wäre das nicht, wenn sich die Gelegenheit ergibt?), dessen Leben bisher von den Launen irgendwelcher Barone abhing, gewinnt plötzlich auf ehrbarem Wege zwei liebevolle Eltern und erbt ein riesiges Vermögen, auch dies eine Vermehrung der Summe von Glück; Archie, der Lastwagenfahrer, hat die langen, kalten Nächte auf der Landstraße und die langen, öligen Stunden unter seinem Lastwagen ein für allemal hinter sich und poliert nun Ormolu in einem warmen, von angenehmem Duft erfüllten Saal; Polly hat die große Liebe ihres Lebens geheiratet und Boy die größte Schönheit seiner Zeit heimgeführt, fünf unerwartete Glückszulagen, fünf glückliche Menschen, und trotzdem waren die Boreleys empört. Sie mußten wirkliche Menschenfeinde sein, so fand ich, wenn sie das Glück so sehr haßten.

Das alles erzählte ich auch Davey, und er zuckte dabei ein bißchen zusammen. »Mir wäre es lieb, wenn du von Sonia nicht immer wie von einer alten Frau reden würdest, so, als stände sie am Rande des Grabes, sie ist kaum sechzig, weißt du, nur zehn Jahre älter als deine Tante Emily.«

»Davey, sie ist vierzig Jahre älter als ich, da muß sie mir alt vorkommen. Ich möchte wetten, Leute, die vierzig Jahre älter als du sind, kommen dir auch alt vor, gib's zu.«

Davey gab es zu. Er räumte auch ein, daß es schön sei, Menschen glücklich zu sehen, machte aber die Einschränkung, sehr schön sei es nur, wenn einem diese Menschen auch sympathisch seien, und obwohl er Lady Montdore in gewisser Weise sehr gern habe, sei ihm Cedric nun mal nicht sympathisch.

»Du magst Cedric nicht?« fragte ich überrascht. »Wieso denn, Dave? Ich liebe ihn!«

Er entgegnete, einer englischen Rosenknospe wie mir müsse Cedric wohl wie ein Wesen aus einer anderen, dunkel glitzernden Welt erscheinen, während er, Davey, auf seinen eigenen kosmopolitischen Streifzügen während der Zeit, bevor er Tante Emily kennenlernte und mit ihr seßhaft wurde, zu viele Cedrics gekannt habe.

»Du Glückspilz«, sagte ich, »mir könnten es gar nicht genug sein. Und wenn du glaubst, ich fände sie dunkel glitzernd, dann täuschst du dich gewaltig, mein lieber Dave. Er kommt mir vor wie eine allerliebste Nanny.«

»Allerliebste Nanny! Eisbär – Tiger – Puma, irgend etwas, das sich nicht zähmen läßt. Am Ende artet es bei ihnen immer in Gemeinheit aus. Warte nur ab, Fanny, der glänzende Ormolu wird bald nachdunkeln, und am Ende wird es für Sonia schlimmer sein als am Anfang, das prophezeie ich. Ich habe es schon zu oft erlebt.«

»Das glaube ich nicht. Cedric liebt Lady Montdore.«

»Cedric«, sagte Davey, »liebt Cedric, und im übrigen kommt er aus dem Dschungel, und sobald es ihm gefällt, wird er sie in Stücke reißen und sich wieder ins Unterholz stehlen – denk daran, was ich gesagt habe.«

»Na«, sagte ich, »dann werden sich die Boreleys aber freuen!«

Jetzt kam Cedric hereingeschlendert, und Davey machte Anstalten zu gehen. Ich glaube, nach all den schrecklichen Dingen, die er soeben gesagt hatte, wollte er ihm vor mir nicht allzu herzlich begegnen. Es war schwierig, Cedric gegenüber nicht herzlich zu sein, er war einfach entwaffnend.

»Ich werde dich wohl erst wiedersehen, Fanny«, sagte Davey, »wenn ich von der Kreuzfahrt zurück bin.«

»Oh, Sie machen eine Kreuzfahrt – wie herrlich – wohin?« fragte Cedric.

»Der Sonne nach. Ich halte während der Reise ein paar Vorträge über minoische Dinge und komme billig hin.«

»Ich fände es schön, wenn Tante Emily mitfahren würde«, sagte ich, »es täte ihr gut.«

»Bevor Siegfried tot ist, macht sie das nicht«, sagte Davey. »Du weißt ja, wie sie ist.«

Als er gegangen war, sagte ich zu Cedric:

»Was meinst du, er ist imstande und besucht Polly und Boy auf Sizilien – wäre das nicht interessant?«

Alles, was Polly betraf, fesselte Cedric natürlich ungemein.

»Der Einfluß der Abwesenden – in der Literatur ist er so langweilig und zu Tode geritten, aber im wirklichen Leben könnte er einen vor Neugier zum Platzen bringen. – Wann hast du zum letzten Mal von ihr gehört, Fanny?«

»Ach, das ist Monate her, nur eine Postkarte. Es wäre wunderbar, wenn Davey sie besucht, er kann so gut erzählen. Von ihm werden wir wirklich erfahren, wie sie zurechtkommen.«

»Sonia hat sie mir gegenüber immer noch nicht erwähnt«, sagte Cedric, »kein einziges Mal.«

»Weil sie nie an sie denkt.«

»Ganz recht. Diese Polly kann nicht viel Persönlichkeit haben, wenn sie dort, wo sie einmal gelebt hat, so wenig Spuren hinterläßt, oder?«

»Persönlichkeit...«, erwiderte ich. »Ich weiß nicht. Bei Polly kommt es auf die Schönheit an.«

»Beschreibe sie mir.«

»Oh, Cedric, ich habe sie dir schon hundertmal beschrieben.« Dennoch tat ich es gern, denn ich wußte, daß es seine Eitelkeit zwickte.

»Na ja«, begann ich, »wie gesagt, sie ist so schön, daß es schwerfällt, darauf zu achten, was sie redet, oder herauszufinden, was für ein Mensch sie wirklich ist, denn eigentlich will man sie immer nur anstarren.«

Cedric machte ein finsteres Gesicht, wie immer, wenn ich so redete.

»Schöner als *Man?*« fragte er.

»Ganz ähnlich wie du, Cedric.«

»Das sagst du nur so, aber ich merke nichts davon, daß *Man* von dir immerzu angestarrt wird, im Gegenteil, du hörst zwar zu, aber du siehst dabei aus dem Fenster.«

»Sie ist dir sehr ähnlich«, sagte ich entschieden, »trotzdem muß sie wohl schöner sein, wegen dieser Sache mit dem Anstarren.«

Ich meinte es wirklich so und hatte es nicht bloß gesagt, um den armen Cedric zu reizen oder eifersüchtig zu machen. Er ähnelte Polly und sah sehr gut aus, aber er war kein unwiderstehlicher Magnet für das Auge wie sie.

»Ich weiß genau, woran es liegt«, sagte er, »es muß der Bartwuchs sein, dieses ständige, grauenhafte Rasieren. Ich werde mir noch heute aus New York ein bestimmtes Wachs bestellen – du machst dir keine Vorstellung, was für eine Quälerei es ist, aber wenn du mich danach anstarrst, Fanny, ist es die Sache wert.«

»Spar dir die Mühe«, sagte ich. »Es liegt nicht am Rasieren. Du siehst aus wie Polly, aber du bist nicht so schön wie sie. Lady Patricia sah auch so aus wie sie, und es war dennoch nicht das gleiche. Polly hat etwas Besonderes, ich kann es nicht erklären, ich kann nur sagen, daß es so ist.«

»Was könnte sie denn Besonderes haben, außer der Bartlosigkeit?«

»Lady Patricia hatte auch keinen Bart.«

»Du bist schrecklich. Na, macht nichts, ich werde es trotzdem versuchen, du wirst schon sehen. Ehe mir ein Bart wuchs, haben auch mich die Leute immer angestarrt, wie verrückt, sogar in Neuschottland. Sei froh, daß du keine Schönheit bist, Fanny, so wirst du nie erfahren, wie weh es tut, wenn man sein gutes Aussehen verliert.«

»Vielen Dank«, sagte ich.

»Und da uns die Unterhaltung über die hübsche Polly beide so unausstehlich macht, wechseln wir doch lieber das Thema und reden über Boy.«

»Na hör mal, niemand kann behaupten, Boy sei schön. Da gibt es nichts zu starren. Boy ist alt, grau und häßlich.«

»Nein, Fanny, das stimmt nicht. Beschreibungen von Leuten sind nur interessant, wenn sie wahr sind, weißt du. Ich habe viele Fotos von Boy gesehen, Sonias Bücher sind voll davon, Boy beim Diabolo, Boy in Wickelgamaschen beim Militär, Boy mit seinem Träger Boosee. Nach Indien hat sie ihre kleine Brownie wohl verloren, vielleicht während des Umzugs, denn die ›Blätter aus unserem Indischen Tagebuch‹ scheinen das letzte Album zu sein, aber das war vor drei Jahren, und Boy sah damals noch hinreißend aus, anbetungswürdig, untersetzt, mit tiefen Furchen im Gesicht – einfach verläßlich.«

»Verläßlich!«

»Warum kannst du ihn eigentlich nicht leiden, Fanny?«

»Oh, ich weiß nicht, es schüttelt mich, wenn ich ihn sehe. Er ist ein solcher Snob, das ist schon mal das erste.«

»Mir gefällt es«, sagte Cedric. »Ich bin selbst einer.«

»Ein solcher Snob, daß die lebenden Menschen ihm nicht genug sind, er muß sich auch an die Toten heranmachen – natürlich nur an solche mit Adelstitel. Er vertieft sich so sehr in ihre Memoiren, daß er nachher von ›seiner‹ lieben Herzogin von Dino reden kann oder einfach erklärt, ›wie Lady Bessborough immer so richtig sagt‹. Er kann Stammbäume herunterbeten, er weiß, wie jeder mit jedem verwandt ist, in den königlichen Familien und so weiter. Dann schreibt er Bücher über all diese Leute, und nachher glaubt jeder, sie seien sein Privatbesitz. Pfui!«

»Genau, wie ich vermutet hatte«, sagte Cedric, »ein gutaussehender, kultivierter Mann, der Typus, der mir am besten gefällt. Außerdem begabt. Seine Handarbeiten sind wirklich wunderschön, und die Dutzende von *toiles* im Squash-Hof können sich durchaus mit dem Zöllner messen, Landschaften mit Gorillas, originell und kühn.«

»Gorillas! Lord und Lady Montdore, oder wer sonst eben Modell gestanden hat.«

»Aber es ist doch originell und kühn, meine Tante und meinen Onkel als Gorillas darzustellen, ich würde mich das nicht getrauen. Ich finde, Polly hat wirklich Glück gehabt.«

»Die Boreleys glauben, du würdest Polly am Ende heiraten, Cedric.« Norma hatte mir tags zuvor von dieser aufregenden Theorie berichtet. Sie glaubten, diese Heirat würde für Lady Montdore der Todesstoß sein, und wünschten sie sich von ganzem Herzen.

»Sehr dumm von ihnen, meine Liebe, sie brauchen doch nur einmal genau hinzusehen, dann würden sie erkennen, wie wenig *Man* sich in diese Rolle fügt. Was reden die Boreleys denn noch so über mich?«

»Cedric, ich würde dich gern mit Norma bekannt machen – ich würde euch zu gern einmal zusammen sehen.«

»Ich glaube nicht, meine Liebe, nein danke.«

»Aber warum? Immerzu fragst du mich, was sie sagt, und sie fragt mich, was du sagst, es wäre doch viel besser, wenn ihr euch direkt fragt, ohne Vermittlerin.«

»Die Sache ist die – ich glaube, sie würde mich an Neuschottland erinnern, und wenn das geschieht, sinkt meine Stimmung, sie fährt, vorbei an *grande pluie,* hinab zu *tempête.* Der Tischler in Hampton erinnert mich auch immer daran – frage mich nicht warum, aber er tut es, und ich muß jedesmal unhöflicherweise wegsehen, wenn ich ihm begegne. Ich glaube, das ist der Grund, warum mir Paris so gefällt, nichts erinnert dort an Neuschottland, und vielleicht bin ich aus diesem Grund auch all die Jahre mit dem Baron so gut ausgekommen. Der Baron hätte aus manchem exotischen Land stammen können, aber nicht aus Neuschottland. Während es dort Boreleys in Hülle und Fülle gibt. Aber auch wenn ich sie nicht kennenlernen möchte, höre ich doch immer gern von ihnen, erzähl also weiter, wie *Man* so dasteht, in ihren Augen.«

»Norma hat fast nur von dir geredet, als ich ihr heute morgen in der Stadt beim Einkaufen begegnet bin, anscheinend bist du gestern mit ihrem Bruder Jock im gleichen Abteil von London gekommen, und jetzt denkt er an nichts anderes mehr.«

»Oh, wie aufregend. Woran hat er mich erkannt?«

»An allem möglichen. An der Brille, den Paspeln, an deinem Namen auf dem Gepäck. Von Anonymität kann bei dir doch keine Rede sein, Cedric.«

»Oh, gut.«

»Nach dem, was Norma erzählt, war er in heller Aufregung, hatte das eine Auge auf dich geheftet und das andere auf die Notbremse, weil er jeden Augenblick erwartete, du würdest über ihn herfallen.«

»Himmel! Wie sieht er aus?«

»Du müßtest es wissen. Offenbar wart ihr nach Reading ganz allein im Abteil.«

»Also Liebling, ich erinnere mich nur, daß in der Ecke ein Mörder mit einem schauerlichen Schnurrbart saß. Ich erinnere mich sogar sehr gut an ihn, weil ich immer gedacht habe: ›*Man* kann von Glück sagen, daß man ist, wie *Man* ist, und nicht wie der da.‹«

»Ich vermute, das war Jock. Rotblond und bleich.«

»Genau. Das ist also ein Boreley? Und du glaubst, daß sich in der Eisenbahn oft Leute an ihn heranmachen?«

»Er sagt, du hättest ihm durch deine Brille hypnotisierende Blicke zugeworfen.«

»Er trug einen recht hübschen Tweedanzug, daran lag es.«

»Und dann hast du ihn in Oxford offenbar darum gebeten, deinen Koffer aus dem Gepäcknetz zu nehmen, und gesagt, du dürftest nichts heben.«

»Das darf ich auch nicht. Der Koffer war sehr schwer, und wie üblich ließ sich nirgendwo ein Gepäckträger blicken, ich hätte mir weh tun können. Aber es ging gut aus, denn er war furchtbar nett und hat ihn mir heruntergeholt.«

»Ja, und jetzt ist er ungeheuer wütend darüber. Er sagt, du hättest ihn hypnotisiert.«

»Armer Kerl, ich kenne dieses Gefühl.«

»Was war denn in dem Koffer, Cedric? Er sagt, er hätte eine Tonne gewogen.«

»*Complets*«, sagte Cedric, »und ein paar Kleinigkeiten für mein Gesicht. Ganz wenig, wirklich. Ich habe eine wunderbare neue Nachtcreme gefunden, davon muß ich dir demnächst mal genauer erzählen.«

»Jetzt sagen jedenfalls alle – ›Da sieht man's – wenn er sogar den alten Jock fixiert, kein Wunder, daß er die Montdores herumbekommen hat‹.«

»Aber wozu um alles in der Welt sollte ich denn die Montdores herumbekommen?«

»Testamente und so weiter. In Hampton leben.«

»Meine Liebe, was das angeht – Chèvres-Fontaine ist zwanzigmal schöner als Hampton.«

»Aber könntest du jetzt dorthin zurück, Cedric?« fragte ich.

Er warf mir einen ziemlich bösen Blick zu und fuhr fort.

»Wenn die Leute nur begreifen würden, daß es einfach keinen Sinn hat, sich wegen eines Testaments ein Bein auszureißen – es lohnt die Mühe nicht. Ich habe einen Freund, der Jahr für Jahr lange Monate bei einem alten Onkel in der Sarthe verbrachte, um dafür zu sorgen, daß dieser Onkel ihn in seinem Testament bedachte. Es war eine Qual für ihn, denn er wußte, daß die Person, die er liebte, ihm in Paris untreu war, und außerdem ist die Sarthe eine sehr trostlose Gegend, weißt du. Trotzdem, er ließ nicht locker. Und was passiert? Der Onkel stirbt, mein armer Freund erbt das Haus in der Sarthe, und nun glaubt er, er müsse sich dort bei lebendigem Leib begraben, nur um das Gefühl zu haben, es sei richtig gewesen, viele Monate seiner Jugend in der Sarthe zu vertun. Verstehst du, worauf ich hinauswill? Es ist ein Teufelskreis, und ich habe nichts Teuflisches an mir. Es ist einfach so, ich liebe Sonia, deshalb bleibe ich.«

Ich glaubte ihm. Cedric lebte in der Gegenwart. Es war nicht seine Art, sich um letztwillige Verfügungen und dergleichen Sorgen zu machen; wenn es je einen Grashüpfer, eine Lilie auf dem Felde gab, dann ihn.

Als Davey von seiner Kreuzfahrt zurück war, rief er mich an und sagte, er wolle zum Lunch vorbeikommen und mir von Polly berichten. Mir fiel ein, daß vielleicht auch Cedric gern alles aus erster Hand hören würde. Davey war mit Publikum immer besser, selbst wenn er die Personen, aus denen es sich zusammensetzte, nicht besonders mochte, also rief ich in Hampton an. Cedric wollte gern zum Lunch kommen und fragte dann, ob er vielleicht für ein, zwei Tage bei mir bleiben könnte.

»Sonia ist zu dieser Orangen-Kur – ja, totales Fasten, außer Orangensaft, aber mach dir keine Sorgen ihretwegen, sie mogelt bestimmt. Onkel Montdore ist in London im Oberhaus, und mich bedrückt die Einsamkeit hier. Ich würde dich gern besuchen und mir Oxford einmal gründlich ansehen, dazu ist ja nie Zeit, wenn ich mit Sonia unterwegs bin. Es wird reizend, Fanny, danke, Liebes. Also, um eins.«

Alfred war zu jener Zeit sehr beschäftigt, und die Aussicht, ein oder zwei Tage in Cedrics Gesellschaft zu verbringen, entzückte mich. Vorsorglich warnte ich Tante Sadie und erklärte meinen jugendlichen Freunden, daß sie in der nächsten Zeit nicht bei mir auftauchen sollten.

»Wer ist der pickelige Knabe?« hatte Cedric einmal gefragt, bevor ein Junge, der vor meinem Kamin gehockt hatte, auf einen Wink von mir sofort aus dem Zimmer verschwand.

»Für mich ist er der junge Shelley«, antwortete ich, phrasenhaft.

»Und für *mich* der junge Woodley.«

Davey war als erster da.

»Cedric kommt auch«, sagte ich, »du mußt auf ihn warten.« Ich sah sofort, daß es Davey schwerfiel, seine Neuigkeiten noch länger für sich zu behalten.

»Ach, Cedric – das ist aber gar nicht nett, Fanny, immer wenn ich komme, treffe ich dieses Ungeheuer hier, es scheint hier zu hausen. Was hält denn Alfred von ihm?«

»Offen gestanden, ich bezweifele, daß er ihn überhaupt wiedererkennen würde. Komm, sieh dir mal das Baby an, Davey.«

»Entschuldigt, wenn ich zu spät bin, ihr Schätze«, sagte Cedric und schwebte herein, »man muß in England wegen der herumspazierenden *Herrschaften* immer so langsam fahren. Warum sind die englischen Straßen bloß immer mit diesen in Tweed gehüllten Wandersleuten verstopft?«

»Es sind Colonels«, sagte ich, »machen französische Colonels denn keine Spaziergänge?«

»Die sind viel zu invalid. Sie haben immer ein Bein oder zwei verloren, und das Gas hat ihnen furchtbar zugesetzt. Die französischen Kriege müssen viel blutiger gewesen sein als die englischen, obwohl ich in Paris einen Colonel kenne, der manchmal die Antiquitätenläden besucht.«

»Aber wie verschaffen sie sich denn Bewegung?« fragte ich.

»Ganz anders, Liebling. – Ihr habt doch nicht angefangen, wegen Boy? Oh, wie freundlich. Auch Sonia hat mich aufgehalten, am Telefon. Sie ist ganz außer sich – anscheinend haben sie sich Sonia vorgeknöpft, weil sie den Pflegerinnen das Frühstück gestohlen hat – der Direktor hat sehr mit ihr geschimpft und gesagt, wenn es noch einmal vorkäme oder sie noch einmal etwas Verbotenes zu sich nähme, würde sie vor die Tür gesetzt. Stellt euch vor, kein Dinner, nur einen Orangensaft um Mitternacht, und dann weckt einen der Duft von Kippers. Vollkommen verständlich, daß die Gute hinausschlich und sich einen geklaut hat, sie hatte ihn unter dem Morgenrock, als man sie schnappte. Zum Glück hatte sie schon das meiste gegessen, bevor sie ihn ihr wegnahmen. Es lag aber auch daran, daß sie schon von Anfang an ziemlich demoralisiert war, weil sie im Gästebuch Ihren Namen gefunden hat, Davey. Anscheinend stieß sie einen Schrei aus und rief: ›Aber dieser Mann ist ein wandelndes Skelett, was hatte der hier zu suchen?‹, und dann erklärte man ihr, Sie seien dort gewesen, um zuzunehmen. Welche Idee liegt dem zugrunde?«

»Die Idee der Gesundheit«, antwortete Davey ungeduldig. »Wenn man zu dick ist, nimmt man ab, und wenn man zu dünn ist, nimmt man zu. Das müßte doch jedes Kind verstehen. Aber Sonia wird es nicht einen Tag durchhalten, keine Selbstdisziplin.«

»Die Ärmste, *Man* würde es genauso machen«, sagte Cedric. »Aber was sollen wir tun, um die Kilos loszuwerden? Vielleicht Vichy?«

»Lieber, überleg doch mal, wieviel Kilo sie schon abgenommen hat«, sagte ich, »sie ist doch schon so dünn, muß sie denn noch dünner werden?«

»Bloß noch eine kleine Idee um die Hüften«, sagte Cedric, »Pullover und Rock sind eine gute Probe, und darin wirkt sie noch etwas füllig – dieser winzige Wulst um die Rippen. Außerdem heißt es, Orangensaft mache die Haut rein. Oh, ich hoffe wirklich, daß sie noch ein paar Tage durchhält, zu ihrem eigenen Wohl, weißt du. Sie sagt, eine andere Patientin habe ihr von einem Lokal im Dorf erzählt, wo man Devonshire-Gebäck zum Tee bekommt, aber ich habe ihr gesagt, sie solle vorsichtig sein. Nach dem Vorfall von heute morgen werden sie bestimmt ein Auge auf sie haben, und ein weiterer Fehltritt könnte fatale Folgen haben, was meinen Sie, Davey?«

»Ja, sie sind dort irrsinnig streng«, sagte Davey. »Sonst hätte das Ganze auch keinen Sinn.«

Wir setzten uns zu Tisch, und Davey begann mit seinem Bericht.

»Eins kann ich euch gleich sagen, ich glaube, sie sind alles andere als glücklich.«

Ich wußte, Davey sah die Dinge nicht durch eine rosa Brille, aber er sprach mit solcher Bestimmtheit und Überzeugung, daß ich das Gefühl hatte, ich müßte ihm glauben.

»Oh, Davey, was sagst du da? Wie furchtbar!«

Cedric, der Polly nicht kannte und nicht liebte und dem es deshalb ziemlich gleichgültig war, ob es ihr gutging, sagte:

»Lieber Davey, das geht mir viel zu schnell. Bitte erzählen Sie die ganze Geschichte. Sie gingen von Bord…«

»Ja, in Syrakus, nachdem ich von Athen telegraphiert hatte, ich würde für eine Nacht kommen, und sie holten mich mit einem Dorf-Taxi am Hafen ab. Sie haben keinen eigenen Wagen.«

»Die Einzelheiten, bitte. Wie waren sie gekleidet?«

»Polly hatte ein schlichtes blaues Baumwollkleid an, und Boy war in Shorts.«

»Der Anblick von Boys Knien würde mich nicht sehr reizen«, sagte ich.

»Sie sind in Ordnung«, sagte Davey, der Boy wie üblich verteidigte.

»Und Polly? Schön?«

»Nicht *so* schön« (Cedric schien hocherfreut über diese Nachricht) »außerdem schlecht gelaunt. Nichts war ihr recht. Sie haßt das Leben im Ausland, kann die Sprache nicht lernen, redet Hindustani mit dem Personal, beklagt sich, daß sie ihr die Strümpfe stehlen…«

»Das geht mir viel zu schnell, wir sind noch im Taxi, Sie können nicht einfach auf Strümpfe vorgreifen – wie weit entfernt von Syrakus?«

»Ungefähr eine Stunde mit dem Auto, und unbeschreiblich schön – die Lage, meine ich. Die Villa liegt an einem Südosthang, man blickt über Olivenbäume, Schirmpinien und Weinberge aufs Meer – ihr wißt schon, der klassische Mittelmeerblick, den man nie satt wird. Sie haben das Haus möbliert gemietet, von Italienern, und sie beklagen sich unablässig darüber, es scheint sie regelrecht zu bedrücken. Ich sehe durchaus ein, daß es dort im Winter nicht besonders angenehm sein kann, keine Heizung außer offenen Kaminen, die aber rauchen, das Badewasser nie warm, alle Fenster undicht und so weiter, ihr wißt schon. Italienische Häuser sind selbstverständlich für die Hitze gebaut, aber auch in Sizilien kann es ganz schön kalt werden. Drinnen ist es häßlich, gelblich braun und alles aus Sumpfeiche, deprimierend, wenn man sich viel drinnen aufhalten müßte. Aber in dieser Jahreszeit ist es ideal, man lebt auf einer Terrasse unter einem Dach aus Weinranken und Bougainvilleen – so ein herrliches Plätzchen habe ich noch nie gesehen – überall riesige Kübel mit Geranien – einfach hinreißend.«

»Ach, wie gern würde ich mit den beiden einmal tauschen, da ich ja auch ihren Platz im Leben schon übernommen habe«, sagte Cedric. »Ich liebe Sizilien.«

»Ich schätze, sie wären sehr einverstanden«, sagte Davey, »sie machten den Eindruck, als hätten sie großes Heimweh. Also, wir kamen rechtzeitig zum Lunch, und ich hatte meine liebe Not mit dem Essen (italienische Küche, so ölig).«

»Worüber habt ihr gesprochen?«

»Ja, wißt ihr, eigentlich war es ein einziges langes Klagelied, wie schwierig alles sei, viel teurer, als sie erwartet hatten, und daß die Leute – ich meine, die Leute aus dem Dorf – nicht wirklich behilflich sind, sondern immer nur zu allem ja sagen, ohne daß etwas geschieht, und daß sie den Gärtner bezahlen und dafür eigentlich Gemüse aus dem Garten bekommen sollten, aber in Wirklichkeit müßten sie alles kaufen, und da sie wüßten, daß er das Gemüse im Dorf verkauft, glaubten sie, daß sie dort nun ihr eigenes zurückkaufen würden; als sie einzogen, sei nicht mal ein Kessel im Haus gewesen, die Bettdecken hart wie Bretter, und kein einziger Lichtschalter habe funktioniert, und Lampen neben den Betten habe es auch nicht gegeben – ihr wißt schon, die üblichen Klagen von Leuten, die möblierte Häuser mieten, so etwas habe ich schon hundertmal gehört. Nach dem Lunch wurde es dann sehr warm. Polly, die die Hitze nicht mag, ging in ihr Zimmer und machte alles dicht, während ich auf der Terrasse eine Unterredung mit Boy hatte, die mir wirklich die Augen öffnete. Ich kann nur sagen, es ist nicht ratsam, die sexuellen Instinkte von jungen Mädchen dergestalt zu wecken, daß sie sich unsterblich in einen verlieben. Zur Strafe dafür macht Boy jetzt viel durch. Er hat von morgens bis abends buchstäblich nichts zu tun, außer die Geranien zu gießen, und ihr wißt ja, wie schlecht ihnen zuviel Wasser bekommt; infolgedessen sind jetzt alle Blüten abgefallen. Ich habe ihn darauf aufmerksam gemacht. Er hat niemanden, mit dem er reden kann, keinen Club, keine Bibliothek, keine Nachbarn und natürlich vor allem keine Sonia, die ihn in Bewegung hält. Ich glaube, er hat sich nie klargemacht, wieviel von seiner Zeit früher Sonia in Anspruch nahm. Polly ist keine Gesellschaft für ihn, das merkt man sofort, und in mancher Hinsicht scheint sie ihm schrecklich auf die Nerven zu gehen. Sie ist so unaufgeschlossen, wißt ihr, hat an allem etwas auszusetzen, haßt das Haus, haßt die Menschen, haßt sogar das Klima und den blauen Himmel. Boy ist zumindest sehr weltoffen, spricht ein schönes Italienisch, interessiert sich für die Sitten und Gebräuche des Volkes, aber allein kann man sich nicht für etwas interessieren, und Polly ist einfach entmutigend. Alles ist ihr zuwider, und sie will nur eines, zurück nach England.«

»Komisch«, sagte ich, »daß sie so auf England festgelegt ist, wenn man bedenkt, daß sie fünf Jahre in Indien verbracht hat.«

»Oh, mein liebes Kind, der Butler war imposanter und es war wärmer in Indien, aber darüber hinaus besteht kein großer Unterschied zwischen Hampton und dem Palast des Vizekönigs. Höchstens, daß der Vizekönigspalast weniger weltoffen ist als Hampton, und ganz gewiß war er keine Vorbereitung auf einen sizilianischen Haushalt. Nein, sie hat einfach keine Lust, dort zu leben, und jetzt sitzt dieser arme Kerl Monat für Monat mit einem mürrischen kleinen Mädchen fest, das er schon als Baby kannte. Nicht besonders toll, das müßt ihr zugeben.«

»Ich dachte«, sagte Cedric, »er sei so versessen auf Herzöge. Sizilien ist voll von himmlischen Herzögen.«

»Was man so himmlisch nennt – und außerdem sind sie fast immer unterwegs. Für Boy zählen sie auch nicht so wie französische oder englische Herzöge.«

»Aber das ist doch Unsinn, keiner ist imposanter als Pincio. Aber wenn sie für ihn nicht zählen (ich gebe zu, einige wirken ein bißchen irreal) und wenn er im Ausland leben muß, warum geht er dann nicht nach Paris? Dort gibt es jede Menge echte Herzöge – fünfzig, um genau zu sein –, Souppes hat es mir mal erzählt, ihr wißt ja, daß sie in dieser Zunft über nichts anderes als über sich selbst reden.«

»Mein lieber Cedric, die beiden sind sehr arm – sie können sich ein Leben in England nicht leisten, geschweige denn in Paris. Deswegen sind sie ja noch immer in Sizilien, anderenfalls wären sie längst wieder hier. Boy hat bei dem Börsenkrach letzten Herbst Geld verloren, und er hat mir erzählt, daß sie praktisch mittellos daständen, wenn er Silkin nicht sehr gut vermietet hätte. Oje, wenn man bedenkt, wie reich Polly gewesen wäre...«

»Keine grausamen Blicke, bitte«, sagte Cedric. »Die Gerechtigkeit muß *Man* walten lassen, nicht wahr?«

»Trotzdem, die ganze Sache ist erschütternd und zeigt nur, wohin die gute alte Sexualität den Menschen bringen kann. Ich habe noch nie jemanden so erfreut gesehen wie Boy, als ich auftauchte – wie ein Hund, dem man die Leine abnimmt. Wie er mich ausgefragt hat, nach jeder Kleinigkeit – man merkte sofort, wie einsam er sich fühlt und wie er sich langweilt, der arme Kerl.«

Ich aber dachte an Polly. Wenn er sich langweilte und einsam fühlte, dann war sie wahrscheinlich auch nicht sehr glücklich. Beziehungen zwischen Menschen stehen und fallen mit der Atmosphäre, die jeder für den anderen schafft, und was für eine Atmosphäre schuf wohl eine enttäuschte Polly für einen gelangweilten, einsamen Boy? Ihr Zauber, abgesehen von ihrer Schönheit – und man weiß ja, Ehemänner gewöhnen sich an die Schönheit ihrer Frauen, so daß sie ihnen schließlich nicht mehr ans Herz greift –, ihr Zauber rührte aus dem Sphinxhaften, das ihr der heimliche Traum von Boy verlieh; damals in Alconleigh, in den ersten Tagen, als ihr Traum in Erfüllung ging, hatte ihr Glück sie unwiderstehlich gemacht. Aber ich sah auch, wenn das Rätsel gelöst war und das Glück dahinschmolz, wenn Polly nicht mit ihrer täglichen Runde bei Madame Rita, bei Debenhams und beim Friseur beschäftigt war und nicht die Kraft hatte, neue Interessen zu entwickeln, dann konnte sie leicht in Trübsinn verfallen. Sizilianische Volksbräuche würden ihr keinen Trost bieten, das wußte ich, und sizilianische Edelmänner wahrscheinlich auch nicht, jedenfalls noch nicht.

»Ach«, sagte ich, »wenn Boy nicht glücklich ist, dann kann Polly es ja wohl auch nicht sein. Arme Polly.«

»Arme Polly – hm, hm – zumindest war es ihre Idee«, sagte Davey, »mein Mitleid gilt dem armen Boy. Aber er kann nicht behaupten, daß ich ihn nicht immer wieder gewarnt hätte.«

»Wie steht es denn mit einem Kind?« fragte ich. »Irgendwelche Anzeichen?«

»Nichts, soweit ich sehen konnte, aber wie lange sind sie denn auch verheiratet? Achtzehn Monate? Sonia war achtzehn Jahre verheiratet, als sie Polly bekam.«

»Du liebe Zeit!« sagte ich. »Ich kann mir nicht vorstellen, daß der Lektor in achtzehn Jahren noch imstande ist...«

Ein wohlbekannter schmerzlicher Blick von Davey ließ mich innehalten.

»Vielleicht sind die beiden deshalb so traurig«, schloß ich etwas schlapp.

»Möglich. Jedenfalls kann man nicht sagen, daß sie einen glücklichen Eindruck machten.«

In diesem Augenblick wurde Cedric ans Telefon gerufen, und Davey flüsterte mir zu:

»Unter uns, Fanny, und erzähle es bitte nicht weiter, ich glaube, Polly hat Kummer mit Boy.«

»Oje«, sagte ich, »Küchenmädchen?«

»Nein«, sagte Davey, »keine Küchenmädchen.«

»Was du nicht sagst!« rief ich entsetzt.

Cedric kam zurück und berichtete, Lady Montdore sei auf frischer Tat beim zweiten Frühstück im

Devonshire Tea-Room ertappt und entlassen worden. Sie hatte Cedric gesagt, der Wagen, der sie abholte, würde auf dem Weg zu ihr vorbeikommen und ihn mitnehmen, damit sie die Heimfahrt nicht allein machen müsse.

»Da haben wir's«, sagte er betrübt. »Nun wird doch nichts aus meinem kleinen Besuch bei dir, und ich hatte mich schon so darauf gefreut.«

Mir kam der Gedanke, daß Cedric die Orangen-Kur nicht so sehr arrangiert hatte, um Kilos loszuwerden, sondern vor allem, um Lady Montdore für ein oder zwei Wochen loszuwerden. Das Leben mit ihr mußte auch für den stets gut aufgelegten, vor Energie überschäumenden Cedric strapaziös sein, und vielleicht hatte er das Gefühl, nach fast einem Jahr habe er eine kurze Verschnaufpause redlich verdient.

6

Cedric Hampton und Norma Cozens lernten sich schließlich doch noch kennen, aber obwohl die Begegnung in meinem Garten stattfand, hatte ich sie nicht arrangiert; es war reiner Zufall. An einem Nachmittag im Spätsommer saß ich auf dem Rasen, auf dem mein kleiner Sohn herumkrabbelte, splitternackt und fast so braun wie ein Negerkind, als Cedrics goldblonder Kopf über dem Zaun erschien, und daneben ein anderer Kopf, der eines mageren, uralten Pferdes.

»Ich komme herein und erkläre es dir«, sagte er, »aber meinen Freund lasse ich hier draußen, ich binde ihn an deinen Zaun, Liebling. Er ist so traurig und so brav, er tut bestimmt nichts, das verspreche ich.«

Einen Augenblick später war er bei mir im Garten. Ich legte das Kind in den Wagen zurück und wollte Cedric gerade fragen, was das alles zu bedeuten habe, als Norma die kleine Straße heraufkam, die an meinem Garten vorüberführt, sie machte ihren Nachmittagsspaziergang mit den Hunden. Nun halten sich sämtliche Boreleys für berufen, in allen Angelegenheiten, die mit Pferden zu tun haben, aktiv zu werden. Sie betrachten diese Berufung ebensosehr als Pflicht wie als Recht, und deshalb kam Norma, kaum daß sie Cedrics Freund traurig und brav an meinem Zaun stehen sah, ohne Zögern in den Garten, um zu sehen, was los sei. Ich machte sie mit Cedric bekannt.

»Ich will euch nicht unterbrechen«, sagte sie, die Augen auf die berühmten paspelierten Säume geheftet, die heute braun waren, an einem grünen Leinenjackett von andeutungsweise tirolerischem Zuschnitt, »aber draußen ist eine uralte Stute an deinen Zaun gebunden, Fanny. Weißt du etwas über sie – wem gehört sie?«

»Oh, Mrs. Cozens, erzählen Sie mir bitte nicht, das erste Pferd, das ich je mein eigen nannte, sei weiblichen Geschlechts!« sagte Cedric mit seinem blitzenden (Bürsten-) Lächeln.

»Das Tier ist eine Stute«, sagte Norma, »und wenn sie Ihnen gehört, dann muß ich sagen, Sie sollten sich schämen, sie so schlecht zu behandeln.«

»Aber ich habe doch erst vor zehn Minuten begonnen, sie zu behandeln, und ich hoffe, wenn Sie ihr demnächst wieder einmal begegnen, in ein paar Monaten, dann werden Sie sie gar nicht wiedererkennen.«

»Wollen Sie damit sagen, daß Sie dieses Geschöpf gekauft haben? Die gehört in den Zwinger, und zwar sofort.«

»In den Zwinger? Warum denn das – sie ist doch kein Hund!«

»Zum Abdecker, zum Pferdemetzger«, sagte Norma ungeduldig, »sie muß geschlachtet werden, eingeschläfert, sofort, sonst rufe ich den Königlichen Tierschutzverband an.«

»O bitte, tun sie das nicht. Ich quäle sie nicht, ich bin freundlich zu ihr. Dieser fürchterliche Mann, dem ich sie abgekauft habe, er hat sie so roh behandelt, er wollte sie zum Abdecker bringen. Gerade davor wollte ich sie bewahren, den Anblick ihres traurigen Gesichts konnte ich nicht ertragen.«

»Na schön, aber was wollen Sie mit ihr tun, mein lieber Junge?«

»Ich dachte – ich will sie freilassen.«

»Sie freilassen? Sie ist doch kein Vogel, man kann Pferde nicht einfach so freilassen – jedenfalls nicht in England.«

»Doch, ich kann. Vielleicht nicht in Oxford, aber wo ich wohne, gibt es einen *vieux parc solitaire et glacé*, und es ist meine Absicht, sie dort freizulassen, damit sie ihre Tage weit weg von den Abdeckern verbringen kann. Ist Abdecker nicht ein scheußliches Wort, Mrs. Cozens?«

»Die Weide in Hampton ist verpachtet«, sagte Norma. Solche Dinge wußten die Boreleys immer, darauf konnte man sich verlassen. Aber Cedric nahm keine Notiz davon, sondern fuhr fort:

»Sie wurde in einem Lastwagen transportiert, hinten schaute ihr Kopf heraus, und ich sah sofort, daß sie sich nach einem netten Menschen sehnte, der sie aus dieser unerfreulichen Lage befreite, deshalb hielt ich den Lastwagen an und kaufte sie. Man sah ihr die Erleichterung an.«

»Wieviel?«

»Nun, ich bot dem Mann vierzig Pfund, mehr hatte ich nicht dabei, und er war so nett, sie mir dafür zu überlassen.«

»Vierzig Pfund!« rief Norma entgeistert. »Aber Sie könnten ein Jagdpferd für weniger als vierzig Pfund bekommen.«

»Aber meine liebe Mrs. Cozens, das letzte, was ich will, ist ein Jagdpferd, ich hätte viel zuviel Angst. Außerdem, bedenken Sie, wann man da aufstehen muß – neulich hörte ich sie wieder morgens im Gehölz, es war halb sieben. Wissen Sie, ich fürchte, bei mir hätte die Morgenstunde nur Tod im Munde. Nein, ich wollte genau diesen alten Renner, sie ist kein Pferd, das hohe Ansprüche stellt, sie wird nicht die ganze Zeit geritten werden wollen, wie es bei einem jüngeren Tier der Fall wäre, und wenn ich gelegentlich Lust auf ein kleines Schwätzchen habe, ist sie einfach für mich da. Aber die große Frage, mit der ich Fanny behelligen wollte, lautet: wie bekomme ich sie nach Hause?«

»Und wenn Sie alle Pferde aufkaufen, die reif für den Zwinger sind, wovon sollen dann Ihrer Meinung nach die Hunde gefüttert werden?« fragte Norma wütend. In ihrer Verwandtschaft gab es mehrere *Masters of the Foxhounds,* und ihre Schwester hatte selbst eine Meute Beagles, deshalb war sie mit all ihren Problemen gut vertraut.

»Ich werde nicht alle Pferde aufkaufen«, sagte Cedric beschwichtigend, »nur dieses eine, zu dem ich eine Zuneigung gefaßt habe. So, liebe Mrs. Cozens, und jetzt seien Sie bitte nicht mehr so zornig und sagen Sie mir einfach, wie ich sie nach Hause schaffen kann, denn ich weiß, Sie können helfen, wenn Sie wollen, und ich begreife noch gar nicht, was für ein glücklicher Zufall mir genau in dem Augenblick zu Ihrer Bekanntschaft verhalf, als ich Ihrer so dringend bedurfte.«

Norma begann schwach zu werden, wie es den Leuten im Umgang mit Cedric oft erging. Es war erstaunlich, wie schnell er sich durch eine dicke Schicht von Vorurteilen hindurcharbeiten konnte, und wie in Lady Montdores Fall haßten ihn im allgemeinen diejenigen, die ihn nur von fern gesehen, aber nie kennengelernt hatten. Während sich jedoch Lady Montdore, wenn sie die ihr entgegengebrachte Antipathie zerstreuen wollte, auf »dies alles hier« stützen konnte, mußte sich Cedric ganz auf seinen Charme, sein gutes Aussehen und sein tiefes, angeborenes Verständnis der menschlichen und vor allem der weiblichen Natur verlassen.

»Bitte«, sagte er, die Augen auf sie gerichtet und ein wenig blinzelnd.

Ich sah, daß er es geschafft hatte; Norma dachte nach.

»Tja«, sagte sie schließlich, »also es gibt zwei Möglichkeiten. Ich leihe Ihnen einen Sattel, dann reiten Sie mit ihr hinüber – ich weiß nicht, ob sie es schafft, aber man könnte es versuchen…«

»Nein, Mrs. Cozens, nein. Ich verstehe ein bißchen von Literatur – der Kleine Lord Fauntleroy auf seinem Pony, ein prächtiger Anblick, der Wind in seinen goldenen Locken, ausgezeichnet, und wenn mein Onkel so klug gewesen wäre, mich schon in jungen Jahren von Kanada herüberzuholen, dann hätten wir genau dies ohne Zweifel zu sehen bekommen. Aber der trübsinnige alte Don auf seiner Rosinante ist doch etwas anderes, das bringe ich nicht über mich.«

»Welcher trübsinnige alte Don?« fragte Norma interessiert. »Aber es hat sowieso keinen Zweck, sie würde es nie schaffen. Zwanzig Meilen, wenn ich's mir recht überlege – und ich nehme an, sie ist lahm wie eine Ente.«

Sie trat an den Zaun und spähte hinüber.

»Diese Fesseln…! Also wissen Sie, ganz ehrlich, es wäre freundlicher – ja, schon gut, schon gut. Wenn ich Ihnen nicht begreiflich machen kann, daß es diesem Tier besser ginge, wenn es tot wäre, dann müssen Sie eben den Pferdetransporter kommen lassen. Soll ich Stubly von Fannys Apparat gleich anrufen und ihn fragen, ob er sofort vorbeikommen kann?«

»Nein! Würden Sie das für mich tun? Oh, liebste Mrs. Cozens, ich kann nur sagen – Sie sind ein Engel! Was für ein Wunder, daß ich Ihnen begegnet bin!«

»Platz!« sagte sie zu ihren Borders und ging ins Haus.

»Sexuell unbefriedigt, die Arme«, sagte Cedric, als sie fort war.

»Wirklich, Cedric, was für ein Unsinn. Sie hat vier Kinder.«

»Trotzdem. Sieh dir all die Fältchen an. Sie könnte es natürlich mit Muskelöl versuchen, und ich werde ihr auch dazu raten, sobald ich sie etwas besser kenne, aber ich fürchte, das Problem sitzt tiefer. Natürlich, ich bin sicher, der Professor ist ein verkappter Schwuler – außer einem Schwulen würde sowieso niemand eine Frau wie Norma heiraten.«

»Warum? Sie hat doch gar nichts Jungenhaftes?«

»Nein, meine Liebe, das ist es nicht, aber es gibt einen bestimmten Typus von Norma-Damen, der auf Schwule anziehend wirkt, frage mich nicht warum, aber es ist so. Wie wäre es, wenn ich es so arrangieren würde, daß sie jeden Dienstag zu uns herüberkommt und mit Sonia zusammen eine Gesichtsbehandlung macht, was hältst du davon? Die Konkurrenz würde beiden guttun, und Sonia würde es bestimmt aufmuntern, eine Frau zu sehen, die so viel jünger und so viel stärker verwittert ist als sie.«

»Ich glaube nicht«, sagte ich. »Norma sagt immer, daß sie Lady Montdore nicht ausstehen kann.«

»Kennt sie Sonia denn? Sicher, wahrscheinlich würde bei Mrs. Cozens nichts anderes mehr helfen als ein ordentliches Lifting, aber wir könnten ihr die ›Bürste‹ beibringen und ein bißchen Charme, damit dem Waynflete Professor die Arbeit etwas leichter von der Hand geht, und wenn auch daraus nichts wird, und ich fürchte, die Hoffnung ist vergebens, dann taucht vielleicht ein Retter in Gestalt eines netten Woodley auf. Nein, meine Liebe, nicht *Man* selbst«, fügte er hinzu, als ich ihm einen vielsagenden

Blick zuwarf. »Dieser Teint wirkt nachhaltig anaphrodisisch auf mich.«

»Ich dachte, du wolltest sie nicht kennenlernen, weil sie dich an Neuschottland erinnert.«

»Ja, so dachte ich, aber sie ist zu englisch. Und aus diesem Grund fasziniert sie mich, du weißt ja, wie sehr meine Anglophilie im Augenblick zunimmt. Der Teint ist ziemlich neuschottisch, aber ihre Seele ist die Seele von Oxfordshire, und ich werde sie von nun an kultivieren, ich bin ganz versessen darauf.«

Ungefähr eine halbe Stunde später fuhr Cedric ab, er saß neben dem Fahrer des Pferdetransporters, und Norma, noch ein wenig außer Atem von dem Gerangel mit der Stute, die sich zuerst standhaft geweigert hatte, einen Fuß in den Wagen zu setzen, sagte neben mir:

»Weißt du, dieser Junge hat doch einen guten Kern. Eine Schande, daß er keine anständige Schule besuchen konnte und statt dessen in diesen entsetzlichen Kolonien aufgewachsen ist.«

Zu meinem Erstaunen und meinem heimlichen Verdruß wurden Cedric und Norma nun sehr gute Freunde, und wenn er in Oxford war, besuchte er sie genauso oft wie mich.

»Worüber redet ihr eigentlich?« fragte ich ihn unwillig.

»Ach, wir plaudern gemütlich über dies und das. Ich liebe die Engländerinnen, sie sind so erholsam.«

»Ich habe Norma auch sehr gern, aber was du an ihr findest, ist mir unbegreiflich, Cedric.«

»Vermutlich sehe ich dasselbe in ihr wie du«, entgegnete er unbekümmert.

Es dauerte nicht lange, da überredete er sie, eine Dinner-Party zu geben, und versprach, Lady Montdore mitzubringen. Lord Montdore ging nicht mehr aus und versank mit Freuden in seinem Alter. Seit seine Frau für jede Stunde des Tages einen Gefährten hatte, war es ihm nicht nur gestattet, ein ausgiebiges Mittagsschläfchen zu halten, er wurde sogar dazu ermuntert, und sein Dinner nahm er entweder im Bett ein, oder er verfügte sich unmittelbar nach dem Dinner dorthin. Die Ankunft Cedrics mußte für ihn in mehr als einer Hinsicht ein Segen gewesen sein. Bald gewöhnten sich die Leute daran, Lady Montdore mit Cedric und nicht mit ihrem Mann einzuladen, und man muß sagen, daß das Zusammensein mit Cedric weitaus unterhaltsamer war. Sie gingen jetzt mehr aus als unmittelbar nach Cedrics Ankunft. Die von der Finanzkrise ausgelöste Panik flaute ab, und das gesellschaftliche Leben regte sich wieder. Lady Montdore liebte dieses Leben viel zu sehr, als daß sie sich lange ferngehalten hätte, und nachdem Cedric in Hampton fest etabliert und mit vielen ebenso großen wie teuren Geschenken beschwert war, konnte sie ihn ihren Freunden vorstellen, ohne daß sie Gefahr lief, ihn zu verlieren.

Obwohl sie Lady Montdore einfach nicht ausstehen konnte, geriet Norma wegen der geplanten Dinner-Party in helle Aufregung, kam andauernd zu mir, um die Speisenfolge zu besprechen und wen sie außerdem noch einladen sollte, und bat mich schließlich inständig, am Morgen des festgesetzten Tages herüberzukommen und für sie eine Nachspeise zu machen. Ich sagte zu, stellte aber die Bedingung, sie müsse einen Liter Sahne kaufen. Sie wand sich wie ein Aal, um daran vorbeizukommen, aber ich blieb hart. Schließlich fragte sie, ob es nicht auch mit dem Rahm von der Milch ginge. Nein, sagte ich, es müsse gute, unverfälschte Sahne sein. Ich sagte, ich würde sie mitbringen und ihr sagen, wieviel ich dafür bezahlt hätte, und schließlich willigte sie widerstrebend ein. Obwohl sie, wie ich wußte, sehr wohlhabend war, gab sie für ihr Haus, ihre Tafel und ihre Kleider keinen Penny mehr als unbedingt nötig aus (außer für ihre Reitkleider, denn im Gelände war sie immer sehr gut angezogen, aber auch ihre Pferde verköstigte sie gewiß mit einem pferdegemäßen Sahneersatz). Nachdem ich mich mit den nötigen Zutaten versehen hatte, ging ich also zu ihr und machte eine Crême Chantilly. Als ich wieder nach Hause kam, klingelte das Telefon – Cedric.

»Ich dachte, ich sage dir am besten schon jetzt, daß wir die arme Norma heute abend versetzen werden.«

»Cedric, das könnt ihr nicht machen, das ist das Schrecklichste, was ich je gehört habe, sie hat Sahne gekauft!«

Er ließ ein unfreundliches Lachen ertönen und sagte:

»Um so besser für die schmächtigen Knirpse, die ich bei ihr herumkriechen sah.«

»Aber warum willst du sie denn versetzen, bist du krank?«

»Keineswegs, meine Liebe, danke der Nachfrage. Die Sache ist die: Merlin will, daß wir zum Essen herüberkommen, er hat frische *foie gras* und eine faszinierende Marquesa mit fünf Zentimeter langen Wimpern, er hat nachgemessen. Du verstehst, da kann *Man* einfach nicht widerstehen.«

»Da muß *Man* widerstehen!« sagte ich ganz außer mir. »Ihr könnt Norma unmöglich versetzen, ihr ahnt nicht, wieviel Mühe sie sich gegeben hat. Außerdem, denk doch mal an uns, du ungezogener Junge, wir können nämlich nicht einfach wegbleiben, überleg mal, wie trostlos der Abend ohne euch sein wird.«

»Ich weiß, du Ärmste, es wird wahrhaft trübselig, wie?«

»Cedric, ich kann nur sagen: du bist ein Gulli.«

»Ja, Liebling, *mea culpa*. Aber es ist nicht so, daß ich sie versetzen *will*, ich weiß nur genau, daß ich es tun werde. Ich habe gar nicht die Absicht, nicht im geringsten, aber irgend etwas tief in mir treibt mich dazu. Ich weiß, wenn ich nach unserem Gespräch den Hörer auflege, wird sich meine Hand wie von selbst noch einmal zum Hörer stehlen, und dann werde ich ganz gegen meinen Willen hören, wie meine Stimme nach Normas Nummer fragt, und geradezu mit Entsetzen werde ich vernehmen, wie sie Norma die schreckliche Botschaft mitteilt. Und daß ich jetzt von der Sahne weiß, macht alles nur noch schlimmer. Nun ja, es ist, wie es ist. Aber weshalb ich vor allem anrufe: vergiß nicht, daß du auf meiner Seite stehst – bitte keine Untreue, Fanny; ich verlasse mich darauf, meine Liebe, daß du Norma nicht in Rage bringst. Wenn du das nicht tust, dann wirst du sehen, daß sie es kein bißchen übel nimmt, kein bißchen. Also, Solidarität zwischen Arbeitermädchen – ich verspreche dir, morgen komme ich vorbei und erzähle dir von den Wimpern.«

Merkwürdigerweise behielt Cedric recht, Norma war kein bißchen verärgert. Seine Entschuldigung – er hatte ihr die Wahrheit gesagt und sie nur ein bißchen weitergesponnen, indem er hinzufügte, Lady Montdore sei mit der Marquesa zusammen auf die Schule gegangen – hielt sie für annehmbar, denn ein Dinner mit Lord Merlin galt in Oxford als der höchste Gipfel menschlichen Glücks. Norma rief mich an und teilte mir die Verschiebung ihrer Dinner-Party im Ton der großen Gastgeberin mit, die tagein, tagaus irgendwelche Dinner-Partys verschiebt. Dann fiel sie in den normalen Umgangston von Oxford zurück und meinte:

»Schade wegen der Sahne, denn jetzt kommen sie am Mittwoch, und bis dahin hält sie sich bei dem Wetter nicht. Kommst du Mittwoch morgen und machst einen neuen Nachtisch, Fanny? Sehr gut, dann bezahle ich die beiden Liter zusammen, wenn es dir recht ist, und wir sind quitt. Die Blumen werden wohl durchhalten. Also bis dann, Fanny.«

Aber am Mittwoch lag Cedric mit hohem Fieber zu Bett, und am Donnerstag wurde er mit dem Krankenwagen nach London gebracht und dort wegen einer Bauchfellentzündung operiert. Mehrere Tage schwebte er zwischen Leben und Tod, und schließlich dauerte es gute zwei Monate, bis die Dinner-Party tatsächlich stattfinden konnte.

Doch endlich wurde ein neues Datum festgesetzt, eine neue Süßspeise wurde zubereitet, und auf Normas Vorschlag lud ich noch meinen Onkel Davey ein und bat ihn, Normas Beagle-Schwester zu Tisch zu führen. Auf Professoren und Dozenten blickte Norma genauso von oben herab wie Lady Montdore, und Nicht-Promovierte, von deren Existenz sie immerhin gehört haben mußte, denn sie gewährleisteten ihrem und meinem Mann das Auskommen, betrachtete sie ganz bestimmt nicht als menschliche Wesen und mögliche Tischgäste.

Es wäre mir früher nie in den Sinn gekommen, daß »rührend« – ein Wort, das Lady Montdore oft im Munde führte (es war zu ihrer Zeit sehr im Schwange) – sich in irgendeiner Weise auch auf sie selbst beziehen könnte, aber bei Normas Dinner, als ich Lady Montdore zum ersten Mal seit seiner Krankheit wieder mit

Cedric zusammen sah, hatte die Art, wie sie mit ihm umging, wirklich etwas Rührendes. Es war rührend, diese früher so respekteinflößende, gewichtige, jetzt aber spindeldürre Gestalt in ihrem Klein-Mädchen-Kleid aus dunklem Tüll über rosa Taft, mit ihrem blaßblau gelockten Mädchenkopf, mit dunkelblauen Bändern und einem Schwarm Diamantbienen im Haar zu beobachten, wie sie, auch während sie selbst sprach, auf alles lauschte, was Cedric sagte, wie sie sich mit einem raschen Seitenblick vergewisserte, daß er munter und zufrieden und überhaupt wirklich und leibhaftig zugegen war; es war rührend, zu beobachten, wie widerstrebend sie nach dem Dinner das Eßzimmer verließ, wie sie mit uns anderen im Salon saß und auf die Rückkehr der Männer wartete, schweigend oder irgend etwas vor sich hinredend, die Augen auf die Tür geheftet, wie ein Spaniel, der auf seinen Herrn wartet. Spät und auf seltsame Weise war bei ihr die Liebe erblüht, aber es konnte kein Zweifel sein, daß sie erblüht war und daß sich dieses alte Dornengewächs im Einklang mit den zarten Blüten und dem Frühlingsgrün, von denen es nun geziert wurde, sehr verändert hatte. Nur in einer einzigen Hinsicht verhielt sie sich während dieses Abends genauso wie in der Zeit vor Cedric. Ohne zu fragen, häufte sie Holz und Kohle auf das schmächtige Feuer, mit dem Norma der Tatsache Rechnung trug, daß der Winter Einzug gehalten hatte, so daß wir gegen Ende des Abends in einer milden Wärme saßen, die ich in diesem Zimmer noch nie erlebt hatte.

Wie immer in Oxford blieben die Männer übermäßig lange bei ihrem Port sitzen, so lange, daß Lady Montdore immer ungeduldiger wurde und schließlich vorschlug, Norma solle sie herüberbitten. Die aber machte ein so entsetztes Gesicht, daß Lady

Montdore nicht weiter in sie drang, sondern sich, ein Spaniel-Auge auf die Tür geheftet, wieder ihrer selbstgewählten Aufgabe als Heizer widmete.

»Ein gutes Feuer«, sagte sie, »bekommt man nur zustande, wenn man genug Kohle auflegt. Die Leute haben alle möglichen Theorien darüber, aber eigentlich ist es ganz einfach. Vielleicht könnten wir noch um einen Kasten Kohle bitten, Mrs. Cozens? Sehr freundlich. Cedric darf sich auf gar keinen Fall erkälten.«

»Furchtbar«, sagte ich, »daß er so krank war, wie?«

»Sprich nicht davon. Ich dachte, ich würde es nicht überleben. Ja, also, wie gesagt. Es ist dasselbe wie mit dem Kaffee, wissen Sie, die Leute haben jetzt diese Kaffeemaschinen und was weiß ich alles, und sie lassen sich von der Hopse in Kenia ganz bestimmte Bohnen besorgen, völlig zwecklos. Kaffee schmeckt gut, wenn er stark genug ist, und wenn nicht, dann schmeckt er scheußlich. Was wir da eben zu uns genommen haben, wäre ganz in Ordnung gewesen, wenn Ihre Köchin dreimal soviel genommen hätte, wissen Sie. Worüber mögen sie im Eßzimmer bloß so lange reden? Für Politik interessieren sie sich doch alle nicht.«

Schließlich ging die Tür doch noch auf, mit gelangweilter Miene kam Davey als erster heraus und begab sich sofort an den Kamin. Cedric, der Professor und Alfred folgten, noch immer in ein anscheinend äußerst interessantes Gespräch vertieft.

»Bloß eine schmale weiße Borte…«, hörte ich Cedric sagen, während sie den Gang entlangkamen.

Später fiel es mir wieder ein, ich fragte Alfred, wie es zu dieser für Cedric sehr typischen, für die Gespräche in diesem Hause aber sehr untypischen Bemerkung gekommen war, und er antwortete, sie hätten ein faszinierendes Gespräch über Begräbnisriten im jemenitischen Bergland gehabt.

»Ich fürchte«, sagte er, »du förderst bei Cedric Hampton gerade seine schlimmsten Seiten, Fanny. Eigentlich ist er ein höchst intelligenter junger Mann und interessiert sich für alle möglichen Dinge, obgleich ich nicht daran zweifle, daß er sich beim Zusammensein mit dir auf Bemerkungen beschränkt wie: ›Und hast du gesehen, was sie für ein Gesicht machte, als sie sah, wer alles da war?‹ – weil er weiß, daß dich Fragen von allgemeinem Interesse nicht reizen, sondern nur persönliche Dinge. Bei Leuten mit einem etwas weiteren Horizont kann er sehr ernsthaft sein, das muß ich sagen.«

Es verhielt sich eben so, daß Cedric weiße Borten für jeden Geschmack bereithielt.

»Nun, Fanny, wie gefällt es dir?« fragte er mich und zupfte an Lady Montdores Tüllrock. »Wir haben es per Telefon bestellt, als wir in Craigside waren – sehnst du dich auch so nach der Tele*vision?* – Mainbocher wollte jedenfalls einfach nicht glauben, daß Sonia soviel abgenommen hat.«

Sie war wirklich sehr dünn.

»Ich sitze in einer Dampftonne«, sagte sie mit einem liebevollen Blick zu Cedric, »ungefähr eine Stunde oder zwei, dann kommt dieser nette Mr. Wixman zweimal die Woche, wenn wir in Hampton sind, und klopft mich, und der Morgen ist im Nu herum. Cedric bespricht jetzt immer alles mit der Köchin, ich stelle nämlich fest, daß ich mich in meiner Tonne für das Essen nicht sonderlich interessiere.«

»Aber liebe Sonia«, sagte Davey, »ich hoffe, du besprichst das alles mit Dr. Simpson? Ich bin entsetzt über deinen Zustand, wirklich viel zu dünn, nur Haut und Knochen. Weißt du, in unserem Alter ist es höchst gefährlich, mit dem eigenen Gewicht zu spielen, eine fürchterliche Belastung für das Herz.«

Es war sehr nett von Davey, »in unserem Alter« zu sagen, denn Lady Montdore war bestimmt vierzehn Jahre älter als er.

»Dr. Simpson!« sagte sie verächtlich. »Mein lieber Davey, der ist schrecklich hinter der Zeit zurück. Er hat mir noch nicht einmal gesagt, wie gut es tut, auf dem Kopf zu stehen, und Cedric erzählt, in Paris und Berlin machten sie das schon eine Ewigkeit so. Ich muß sagen, seit ich es gelernt habe, fühle ich mich mit jedem Tag jünger. Das Blut schießt einem durch die Drüsen, und das mögen sie.«

»Woher weißt du, daß sie es mögen?« fragte Davey sichtlich aufgebracht. Er verachtete jede medizinisch geregelte Lebensweise außer der, die er selbst gerade befolgte, und betrachtete alle anderen als gefährlichen Aberglauben, mit dem skrupellose Quacksalber leichtgläubigen Dummköpfen zu Leibe rücken. »Wir wissen so wenig über unsere Drüsen«, fuhr er fort. »Warum sollte es gut für sie sein? Will denn Mutter Natur, daß wir auf dem Kopf stehen – stehen Tiere auf dem Kopf, Sonia?«

»Das Faultier«, sagte Cedric, »und die Fledermaus hängen stundenlang mit dem Kopf nach unten – das können Sie nicht bestreiten, Davey.«

»Ja, aber fühlen sich Faultiere und Fledermäuse mit jedem Tag jünger? Ich zweifle daran. Fledermäuse vielleicht, aber Faultiere bestimmt nicht.«

»Komm, Cedric«, sagte Lady Montdore, sehr verstimmt über Daveys Bemerkung, »wir müssen gehen.«

Lady Montdore und Cedric bezogen nun für den Winter das Montdore House in London, und ich bekam sie nicht mehr zu Gesicht. Die Londoner Gesellschaft, die keine Vorurteile gegen das Außergewöhnliche hegte, wie sie bei den Boreleys und bei Onkel Matthew noch vorhanden waren, konnte von Cedric gar nicht genug bekommen, und gelegentlich drang die Kunde von seinem großen Erfolg sogar bis Oxford. Es schien, als wäre ein solcher Richter in Geschmacksfragen, ein solcher Ausrichter von Festlichkeiten seit den Tagen der Beaux und Dandys nicht mehr aufgetreten, als schwebte er von einem rauschenden Fest zum nächsten und Lady Montdore immer hinter ihm her.

»Ist sie nicht wunderbar? Und dabei ist sie schon siebzig – achtzig – neunzig«, ihr Alter stieg in Sprüngen. »Ein süßes Ding, so jung, so apart, so möchte ich auch sein, wenn ich hundert bin.«

Aus einem schreckenerregenden Götzenbild von sechzig hatte Cedric also ein apartes, junges Ding von hundert gemacht. Gab es etwas, das nicht in seiner Macht stand?

Ich erinnere mich, wie ich an einem eiskalten Tag im späten Frühjahr Mrs. Chaddesley Corbett über den Weg lief, die zusammen mit einem jungen Mann den Turl herunterkam: Vielleicht ihr Sohn, dachte ich, er hat genausowenig Kinn wie sie.

»Fanny!« rief sie. »Ach, stimmt ja, Liebling, du wohnst jetzt hier, nicht wahr? Cedric erzählt mir so viel von dir. Er mag dich sehr, das muß man sagen.«

»Oh«, sagte ich erfreut, »ich mag ihn auch gern.«

»Man muß ihn einfach mögen, oder? So fröhlich und warmherzig, ein herrliches Püppchen. Und Sonia – das nenne ich eine Veränderung, wie? Pollys Heirat scheint zu guter Letzt doch ein Segen für sie gewesen zu sein. Hörst du eigentlich schon mal von Polly? Wie konnte sie bloß, die Ärmste! Aber ich schwärme für Cedric – in London tun das alle – der

Kleine Lord Fauntleroy. Heute abend sind beide zum Dinner bei mir, ich richte ihnen liebe Grüße von dir aus, soll ich? Bis bald, Liebling, auf Wiedersehen.«

Ich traf Mrs. Chaddesley Corbett vielleicht einmal im Jahr, aber immer sagte sie Liebling zu mir und daß sie mich bald wiedersehen würde, und jedesmal fühlte ich mich danach unsinnigerweise beflügelt.

Ich ging nach Hause zurück. Am Kamin saßen Jassy und Victoria. Victoria war ganz grün im Gesicht.

»Ich muß das Reden übernehmen«, sagte Jassy. »In Fa's neuem Wagen wird der armen Vicki immer schlecht, und sie kann den Mund nicht aufmachen, weil es ihr sonst aus dem Gesicht fallen könnte.«

»Dann geh lieber aufs Klo«, sagte ich. Victoria schüttelte heftig den Kopf.

»Sie haßt es«, sagte Jassy, »alles lieber als das. Wir hoffen, du freust dich, daß wir da sind.«

»Ja«, sagte ich, »sehr.«

»Und wir hoffen, dir ist aufgefallen, daß wir in letzter Zeit nie da waren.«

»Ja, das ist mir aufgefallen. Ich dachte, es sei wegen der Jagdzeit.«

»Dummerchen. Wie soll man bei dem Wetter jagen?«

»Dieses Wetter haben wir doch erst seit gestern, und von Norma habe ich gehört, ihr seid bis jetzt andauernd draußen gewesen.«

»Wir haben den Eindruck, daß du dir nicht im klaren darüber bist, wie tief uns dein Verhalten in den letzten ein, zwei Jahren gekränkt hat.«

»Also kommt, Kinder, darüber haben wir doch schon tausendmal gesprochen«, sagte ich bestimmt.

»Ja, aber es ist nicht besonders nett von dir. Als du geheiratet hast, haben wir natürlich erwartet, alle Freuden einer zivilisierten Geselligkeit würden sich uns in deinem Haus eröffnen und früher oder später würden wir hier, in deinem Salon, den brillanten, wohlhabenden, adeligen Männern begegnen, die dereinst unsere Gatten werden sollen. ›Ich liebte sie vom ersten Augenblick an, das junge Mädchen mit dem schönen, feinsinnigen Gesicht, das in Mrs. Winchams Salon in Oxford immer seine langen Beine streckte.‹ Und was passiert? Eine der reichsten Partien Westeuropas wird *habitué de la maison* – aber bringt uns unsere stets ehrgeizig um unsere Zukunft bemühte Cousine mit ihm zusammen, setzt sie Himmel und Erde in Bewegung, damit die glänzende Verbindung zustande kommt? Nein, sie läßt uns nicht mal seine Bekanntschaft machen. Spielverderberin!«

»Sonst noch was?« fragte ich verdrießlich.

»Nein, wir kommen nur darauf zurück« – in diesem Augenblick floh Victoria aus dem Zimmer, Jassy achtete nicht darauf – »um unsere Herzensgüte ins rechte Licht zu rücken. Wir haben nämlich eine außerordentlich interessante Neuigkeit, und obwohl du dich wie ein Anti-Hon benommen hast, werden wir sie dir mitteilen. Aber wir möchten, daß du erkennst, wie großmütig das von uns ist, wenn man alles in Betracht zieht, seine blitzenden Augen, sein wehendes Haar, das wir nur aus der Ferne erblickt haben, es ist eine Schande, und ich muß warten, bis Vicki zurück ist, es wäre treulos ihr gegenüber, und könnten wir vielleicht etwas zum Tee bekommen, sie ist nachher immer ganz ausgehungert.«

»Weiß Mrs. Heathery, daß ihr da seid?«

»Ja, sie hat Vickis Kopf gehalten.«

»Soll das heißen, daß sie sich schon einmal übergeben hat?«

»Es passiert immer dreimal – einmal im Wagen und zweimal, wenn wir angekommen sind.«

»Also wenn Mrs. Heathery Bescheid weiß, dann kommt der Tee.«

Er kam im gleichen Augenblick wie Victoria.

»Fannys Klo! Eine Wucht! Mit Teppich, Jassy, und eine Hitze! Man könnte sich den ganzen Tag dort aufhalten. O Fanny, Crumpets! Lecker!«

»Was habt ihr denn für eine Neuigkeit?« fragte ich und schenkte den Kindern Milch ein.

»Ich mag neuerdings Tee, bitte«, sagte Jassy, »woran man erkennt, wie lange du uns nicht gesehen hast. Ich mag Tee und fast auch schon Kaffee. Also, die Neuigkeit lautet: Napoleon hat Elba verlassen und befindet sich auf dem Heimweg.«

»Bitte noch einmal.«

»Schwer von Begriff, wie? Man sollte nicht meinen, daß du von der jungen, kosmopolitischen Intelligenz, die in deinem Hause verkehrt, gerade wegen deiner Schlagfertigkeit so geschätzt wirst.«

»Meint ihr Polly?« sagte ich, und plötzlich ging mir ein Licht auf.

»Kluges Köpfchen, meine Liebe. Josh hat heute morgen die Pferde bewegt und ist kurz im Blood Arms eingekehrt, und da hat er es gehört. Sofort haben wir uns auf den Weg gemacht, um es dir zu erzählen, Fanny, ohne Rücksicht auf Leben und Gesundheit, sollte man eine solche Wohltat nicht mit einer anderen vergelten, Fanny?«

»Ihr seid Nervensägen«, sagte ich, »erzählt lieber weiter. Wann?«

»Täglich. Die Mieter sind ausgezogen, und das Haus wird hergerichtet, Lady Patricias Laken und so weiter, weißt du. Sie bekommt ein Kind.«

»Wer? Polly?«

»Wer denn sonst? Lady Patricia jedenfalls nicht. Deshalb kommt sie zurück. Also, du mußt zugeben, es war nett von uns, herüberzukommen und es dir zu erzählen, oder?«

»Sehr nett«, sagte ich.

»Also lädst du uns bald mal zum Lunch ein?«

»Wann ihr wollt. Ich mache Mohrenköpfe mit guter Sahne.«

»Und wann dürfen wir unsere Augen in tiefer Ehrfurcht niederschlagen?«

»Cedric, falls ihr den meint, ist in London, aber ihr könnt sie vor Jack Boreley niederschlagen«, sagte ich.

»Oh, Fanny, du bist gemein. Dürfen wir nach oben und den kleinen David sehen?«

7

Es wurde noch einmal sehr kalt und schneite viel. Jeden Tag las man in der Zeitung Schreckensberichte von Schafen, die unter Schneeverwehungen begraben worden waren, von Singvögeln, die an den Zweigen, auf denen sie saßen, festfroren, von Obstbäumen, deren Knospen hoffnungslos erfroren waren, und Leuten wie Mrs. Heathery, die alles glauben, was sie gedruckt lesen, und sich nie auf die eigene Erfahrung verlassen, mußte die Lage aussichtslos erscheinen. Ich versuchte sie aufzumuntern und prophezeite ihr, wie es dann auch tatsächlich eintrat, daß in kurzer Zeit die Weiden mit Schafen, die Bäume mit Vögeln und die Karren der Obsthändler mit Früchten wie immer reichlich bestückt sein würden. Aber auch wenn mir die Zukunft keine Sorgen machte, so war mir die Gegenwart doch zuwider, die Aussicht, daß der Winter im späten Frühjahr noch einmal zurückkam, wenn man eigentlich schönes, fast sommerliches Wetter erwarten durfte, warm genug, um ein oder zwei Stunden im Freien zu sitzen. Am Himmel hing eine dicke, gelbe Decke, aus der tagein, tagaus ein nicht abreißendes Gestrichel schwarzer und weißer Flocken hervorquoll. Eines Morgens saß ich an meinem Fenster, blickte versonnen nach diesem Schneegestrichel und fragte mich, ob es je wieder warm werden würde, fand, daß der Turm des Christ Church College durch den Flockenvorhang wie ein Kinderschneeball aussah, dachte daran, wie kalt es heute abend bei Norma sein würde, ohne

Lady Montdore als Heizerin am Kamin, und wie langweilig ohne Cedric und seine schmale weiße Borte. Gott sei Dank, so dachte ich, daß ich die Diamantenbrosche von meinem Vater verkauft und mit dem Erlös eine Zentralheizung hatte einbauen lassen; dann fiel mir ein, wie das Haus vor zwei Jahren ausgesehen hatte, als die Handwerker noch da waren, und daß ich durch dieselbe, damals noch schmutzige, mit Tünche bespritzte Fensterscheibe beobachtet hatte, wie Polly und ihr künftiger Ehemann gegen den heftigen Wind ankämpften. Halb wünschte ich mir, daß Polly in mein Leben zurückkehrte, halb auch nicht. Ich erwartete mein zweites Kind und fühlte mich erschöpft, viel war mit mir nicht anzufangen.

Aber da veränderte sich schlagartig das Tempo des ganzen Morgens, denn hier, in meinem Salon, hochschwanger und schön wie eh und je, in einem roten Mantel und ohne Hut, stand Polly, und natürlich waren alle zwiespältigen Gefühle sofort verflogen und vergessen. In meinem Salon stand auch der Lektor, er wirkte alt und ausgelaugt.

Als Polly und ich uns ausgiebig umarmt und geküßt und mit »Herrlich, dich zu sehen« und »Warum hast du nie geschrieben?« begrüßt hatten, sagte sie:

»Tust du mir einen Gefallen?«

»Ja, gern. Ich habe ohnehin nichts zu tun, ich habe nur zugeschaut, wie es schneit.«

»Herrlich, dieser Schnee«, sagte sie, »und Wolken, nach dem ewigen blauen Himmel. Also, Fanny, hättest du bis heute nachmittag Zeit für mich? Boy hat ungeheuer viel zu erledigen, und ich bin nicht mehr besonders stabil, wie du siehst. Aber sag bitte ganz offen, wenn ich störe, ich kann mich auch in den Warteraum bei Elliston setzen – Elliston! himmlisch! nach diesen ausländischen Läden, ich habe fast geweint vor Freude, als wir eben an den Schaufenstern vorbeikamen – diese Taschen! die Cretonnes! im Ausland ist es einfach grauenhaft!«

»Wunderbar«, sagte ich, »wollt ihr nicht beide zum Lunch bleiben?«

»Boy ist geschäftlich mit jemandem zum Essen verabredet«, sagte Polly rasch, »du kannst jetzt gehen, Liebling, wenn du möchtest, Fanny sagt ja, ich könnte bei ihr bleiben, du brauchst dich nicht länger aufzuhalten. Hol mich einfach hier ab, wenn du fertig bist.«

Boy, der händereibend am Kamin gestanden hatte, schlug sich einen Schal um den Hals und zog ziemlich bedrückt von dannen.

»Und laß dir ruhig Zeit«, rief sie ihm nach, öffnete dazu sogar noch einmal die Tür und schrie es die Treppe hinunter. »So, Fanny, und jetzt habe ich noch eine letzte Bitte, ich möchte, daß du mit mir bei Fuller's zu Mittag ißt – sag nichts – du wolltest sagen: ›Sieh dir das Wetter an‹, stimmt's? aber wir werden uns ein Taxi bestellen. Fuller's! Du ahnst nicht, wie ich mich in Sizilien nach Dover-Seezunge und Walnußtorte und so einem Tag wie heute gesehnt habe. Weißt du noch, wie wir von Alconleigh aus immer dorthingefahren sind, als dein Haus renoviert wurde? Ich kann gar nicht glauben, daß es dasselbe Haus ist und daß wir noch dieselben Menschen sind. Aber du bist immer noch die gleiche liebe Fanny, genau wie damals, als wir aus Indien zurückkamen. Warum muß ausgerechnet ich immer ins Ausland? Ich finde es einfach gräßlich, du nicht?«

»Ich war erst einmal im Ausland«, sagte ich, »es ist sehr hell dort, nicht wahr?«

»Ja, es blendet furchtbar. Stell dir vor, wenn man für immer dort leben müßte. Zuerst waren wir in Spanien, und du wirst es nicht glauben, aber jede Mahlzeit hat dort zwei Stunden Verspätung – zwei Stunden, Fanny – (können wir heute um halb eins zum Lunch gehen?), und wenn es endlich soweit ist, hat man natürlich keinen Hunger mehr, es ist einem nur noch schlecht, und alles ist in ranzigem Öl gebraten, ich rieche es jetzt noch, sie schmieren es sich auch in die Haare, und damit es besser schmeckt, sind überall an den Wänden Bilder, auf denen irgendein lieber alter Stier zu Tode gequält wird. Den ganzen Tag denken sie nur an Stiere und an die Jungfrau Maria. Ich glaube, in Spanien war es am schlimmsten. Boy hat nichts gegen das Ausland, es macht ihm anscheinend sogar Spaß, und er spricht all diese affektierten Sprachen (Italienisch, Liebling, du würdest sterben!), aber ich hätte es bestimmt nicht mehr lange ausgehalten, ich wäre vor Heimweh eingegangen. Na ja, jetzt bin ich hier.«

»Was hat euch denn zurückgeholt?« fragte ich und meinte eigentlich, wie sie es sich hatten leisten können – so arm, wie sie nach Daveys Worten waren. Silkin war zwar kein großes Haus, aber drei oder vier Hausangestellte waren doch notwendig.

»Erinnerst du dich an meine Tante Edna in Hampton Court? Das alte Fräulein ist gestorben und hat mir ihr ganzes Geld hinterlassen – nicht viel, aber wir glauben, daß wir uns das Leben in Silkin so gerade leisten können. Außerdem schreibt Boy an einem Buch, auch deshalb mußte er zurückkommen, wegen der Bibliothek in London und Paddington.«

»Paddington?« fragte ich und dachte an den Bahnhof in London.

»Der Herzog. Sein Archiv. Und außerdem dieses Baby. Stell dir vor, im Ausland ein Kind zur Welt bringen, das arme Ding, keine Kuh weit und breit. Trotzdem, Boy hat keine große Lust, sich auf Dauer hier niederzulassen, ich glaube, er hat immer noch

Angst vor Mami, weißt du – ich auch, ein bißchen – das heißt, Angst nicht direkt, mir behagt bloß die Vorstellung nicht, daß es irgendwelche Szenen geben könnte. Aber eigentlich kann sie uns nichts mehr anhaben, oder?«

»Ich glaube, wegen ihr braucht ihr euch keine Sorgen zu machen«, sagte ich, »deine Mutter hat sich in den letzten beiden Jahren vollkommen verändert.«

Ich wollte nicht sagen, was ich dachte: daß ihr Boy und Polly völlig gleichgültig waren und daß sie wahrscheinlich sogar halbwegs freundlich zu ihnen sein würde, es hing ganz davon ab, wie Cedric sich verhielt – alles, was sie betraf, hing heutzutage von Cedric ab.

Wenig später, als wir an unserem Tisch inmitten der Eichenholz-Gediegenheit bei Fuller's Platz genommen (»Wie sauber und hübsch hier alles ist – und die blonden Kellnerinnen – du machst dir keine Vorstellung, wie dunkel die Kellner im Ausland sind«) und unsere Dover-Seezungen bestellt hatten, sagte Polly, ich solle ihr von Cedric erzählen.

»Weißt du noch«, fragte sie, »wie ihr ihn immer nachgeschlagen habt, du und Linda, um zu sehen, ob er *passen* würde?«

»Er hätte nicht *gepaßt*«, sagte ich, »das steht fest.«

»Ich dachte es mir«, sagte Polly.

»Was weißt du über ihn?«

Plötzlich überkam mich eine Art Schuldgefühl, weil ich selbst schon so viel wußte, und ich hoffte, nur daß Polly nicht glaubte, ich wäre ins feindliche Lager übergelaufen. Aber jemand, der so jagdbegeistert ist wie ich, widersteht nicht so leicht der Versuchung, mit dem Hasen zu laufen und mit den Hunden zu jagen, wenn sich die Chance dazu ergibt. Ich wollte es mir mit keiner Seite verderben.

»Boy hat sich in Sizilien mit einem Italiener namens Pincio angefreundet, er schreibt in seinem neuen Buch über einen älteren Pincio, und dieser Spaghetti kannte Cedric aus Paris, er hat uns einiges erzählt. Er sagt, Cedric sei sehr hübsch.«

»Ja, das stimmt.«

»Wie hübsch, Fanny, hübscher als ich?«

»Nein. Man muß ihn nicht immer so anstarren, wie man dich anstarren muß.«

»Oh, Liebling, du bist wirklich nett. Aber ich fürchte, jetzt muß man nicht mehr.«

»Daran hat sich nichts geändert. Trotzdem, er ist dir sehr ähnlich, hat der Herzog das nicht gesagt?«

»Doch. Ich muß ihn unbedingt kennenlernen.«

»Er will dich auch unbedingt kennenlernen. Wir müssen etwas ausmachen.«

»Ja, nach der Geburt – nicht, solange ich diese Figur habe. Weichmänner können schwangere Damen nicht ausstehen, das weißt du doch. Der arme Pincio hat zuletzt alles getan, um sich meinen Anblick zu ersparen. Erzähl weiter von Cedric und Mami.«

»Ich glaube wirklich, er liebt deine Mutter. Er ist wie ein Sklave, weicht ihr nicht von der Seite, immer gut aufgelegt – ich glaube nicht, daß jemand das alles vortäuschen könnte, es muß Liebe sein.«

»Das überrascht mich nicht«, sagte Polly. »Ich habe sie auch geliebt, bevor sie mit der Heiraterei anfing.«

»Na, siehst du!« sagte ich.

»Siehst du, was?«

»Du hast mir früher mal gesagt, du hättest sie dein ganzes Leben lang gehaßt, und ich wußte, daß es nicht stimmt.«

»Es ist einfach so«, sagte Polly, »wenn man jemanden haßt, kann man sich nicht vorstellen, wie es ist, wenn man ihn nicht haßt, es ist genau wie in der Liebe. Und Mami, die in der Gesellschaft so umgänglich, so lebhaft ist – die liebt man, bevor man merkt, wie boshaft sie sein kann. Ich schätze, sie hat es nicht eilig und will Cedric nicht mit aller Gewalt loswerden, so wie sie mich loswerden wollte.«

»Von Eile keine Spur«, sagte ich.

Polly warf mir ihren ausdruckslosen blauen Blick zu. »Meinst du, sie ist auch in ihn verliebt?«

»Verliebt? Ich weiß nicht. Sie liebt ihn, wie sie manches andere liebt, er macht ihr viel Freude, verstehst du, ihr Leben ist so unterhaltsam geworden. Außerdem wird sie ja wohl wissen, daß Heiraten für den armen Cedric nicht ganz das Richtige ist.«

»O nein«, sagte Polly. »Boy meint auch, daß sie in dieser Beziehung ahnungslos ist, völlig ahnungslos. Er sagt, ihr sei mal ein furchtbarer Fauxpas unterlaufen, da verwechselte sie Sodomiten mit Dolomiten, es war im Nu in ganz London herum. Nein, ich vermute, sie ist verliebt. Sie verliebt sich sehr gern, früher habe ich eine Zeitlang geglaubt, sie hätte auch ein Auge auf Boy geworfen, aber er sagt, da sei nichts gewesen. Es ist alles ziemlich ärgerlich, denn ich fehle ihr vermutlich kein bißchen, aber sie fehlt mir, oft. Und jetzt erzähl, wie geht es meinem Daddy?«

»Alt geworden«, sagte ich. »Sehr alt, und deine Mutter sehr jung. Du mußt dich bei beiden auf einen Schock gefaßt machen.«

»Wirklich? Was meinst du mit ›sehr jung‹? Gefärbtes Haar?«

»Blau. Aber vor allem fällt einem auf, wie dünn und geschmeidig sie geworden ist, rasche, kurze Bewegungen, sie schlägt ein Bein über das andere oder hockt plötzlich auf dem Fußboden. Wie eine Junge.«

»Du liebe Güte«, sagte Polly, »dabei war sie doch so steif und plump.«

»Es liegt an Mr. Wixman, ihrem und Cedrics Masseur. Er klopft und knetet jeden Morgen eine Stunde lang an ihr herum, dann geht sie für eine Stunde in die Kochkiste – sie hat einen kompletten Arbeitstag, mit Eincremen und Auftragen, Maske anlegen, wieder abnehmen, Maniküre, Pediküre, dann die Gymnastik, außerdem läßt sie sich ihr Gebiß vollständig erneuern und die Härchen an Armen und Beinen auszupfen – also mir wäre es zuviel.«

»Gesichtsoperationen?«

»O ja, aber das ist schon eine Ewigkeit her. Alle Hautsäckchen und Runzeln sind weg, die Augenbrauen ausgezupft und so weiter. Ihr Gesicht wirkt richtig aufgeräumt.«

»Natürlich, hierzulande sieht das vielleicht seltsam aus«, sagte sie, »aber im Ausland, weißt du, gibt es Hunderte und Aberhunderte solcher Frauen. Vermutlich macht sie auch Kopfstand und legt sich in die Sonne? Ja, so machen sie es alle. Sie muß sehenswert sein – ob mit oder ohne Szene, ich kann es gar nicht erwarten, Fanny, wann können wir das arrangieren?«

»Im Augenblick nicht, sie sind jetzt in London und furchtbar beschäftigt mit dem Longhi-Ball, den sie in Montdore House geben. Cedric war neulich bei mir und sprach von nichts anderem – er sagt, sie würden erst nach dem Ball wieder nach Hampton kommen.«

»Was ist ein Longhi-Ball?«

»Ach, venezianisch, weißt du. In den Sälen echtes Wasser mit echten Gondeln darauf. ›*O sole mio*‹ auf hundert Gitarren, alle Lakeien in Masken mit Umhängen, kein Licht, außer den Kerzen in venezianischen Lampions, bis die Gäste in den Ballsaal kommen, dann wird ein Scheinwerfer auf Cedric und deine Mutter gerichtet, die ihre Gäste aus einer Gondel begrüßen. Ein bißchen anders als dein Ball, wie, Polly? Ach ja, da fällt mir ein, Cedric wird auch nicht zulassen, daß irgendwelche königlichen Hoheiten eingeladen werden, er sagt, in London würden sie alles verderben; in Paris sei das ganz anders, da wüßten sie, wo ihr Platz sei.«

»Du liebe Güte«, sagte Polly, »wie die Zeiten sich ändern. Nicht mal die alte Super-Madam?«

»Nein, und die neue Infantin deiner Mutter auch nicht. Cedric blieb unerbittlich.«

»Fanny, du mußt unbedingt hingehen – das tust du doch?«

»Oh, Liebling, ich kann nicht. Ich werde so schläfrig nach dem Dinner, wenn ich schwanger bin, ich schaffe es einfach nicht. Aber wir werden uns alles erzählen lassen, von Cedric.«

»Und wann findet er statt?«

»In weniger als einem Monat, am sechzehnten, glaube ich.«

»Ach, genau an dem Tag erwarte ich das Baby, wie praktisch. Und wenn dann alles vorbei ist, können wir uns treffen, oder? Du sorgst dafür, daß es klappt, versprich es mir.«

»Oh, keine Sorge, wir werden Cedric gar nicht davon abhalten können. Er interessiert sich sehr für dich.«

Boy kam zurück, als wir in meinem Haus gerade mit dem Tee fertig waren. Er sah ganz verfroren und erschöpft aus, aber Polly wollte nicht warten, bis frischer Tee für ihn gemacht war. Sie gestattete ihm eine lauwarme Tasse und schleppte ihn dann fort.

»Ich nehme an, du hast den Wagenschlüssel wieder verloren, wie üblich«, sagte sie ungnädig, als sie nach unten ging.

»Nein, hier ist er, an meinem Schlüsselbund.«

»Manchmal geschehen noch Zeichen und Wunder«, sagte Polly. »Also dann, auf Wiedersehen, Liebling, ich rufe dich an, demnächst machen wir mal wieder eine Kneipentour.«

Als Alfred später kam, sagte ich:

»Ich habe Polly getroffen, stell dir vor, sie war den ganzen Tag hier, aber sie ist kein bißchen mehr in ihn verliebt, Alfred!«

»Denkst du denn immer nur daran, wer in wen verliebt ist und wer nicht?« fragte er aufgebracht.

Norma würde sich ebensowenig dafür interessieren, das wußte ich und sehnte mich nach Davey oder Cedric, um mit einem von ihnen noch einmal alles durchzusprechen.

8

Polly zog also jetzt in das Haus ihrer Tante in Silkin. Es war immer mehr das Haus von Lady Patricia als von Boy gewesen, denn sie hatte die ganze Zeit über dort gelebt, während er immer zwischen London und Hampton unterwegs war und gelegentlich einen Abstecher auf den Kontinent machte, und das Innere dieses Hauses war mit einer sehr weiblichen Art von Geschmacklosigkeit eingerichtet, das heißt, ohne Geschmack und ohne Komfort. Es war ein bißchen, aber nicht viel besser als Normas Haus, denn sein Alter war echt und nicht erkünstelt, und es stand wirklich auf dem Lande und nicht in einem Vorort von Oxford; es gab auch ein paar gute Möbelstücke darin, und wo man bei Norma Cretonnestoffe fand, da stieß man bei den Dougdales auf Boys Stickereien. Aber vieles war auch ähnlich, vor allem in den oberen Räumen, wo die Fußböden mit Linoleum belegt waren und wo, obgleich die Dougdales gar keine Kinder hatten, jedes Badezimmer als Kinderbadezimmer eingerichtet war und stark nach einer nicht besonders guten Seife roch.

Polly machte keinen Versuch, etwas zu verändern. Sie ließ sich einfach in Lady Patricias Bett plumpsen, das in Lady Patricias Schlafzimmer stand, von dessen Fenster aus man Lady Patricias Grab sehen konnte. »Geliebte Gattin von Harvey Dougdale« stand auf dem Grabstein, der einige Wochen nach der Verbindung des armen Harvey Dougdale mit einer neuen geliebten Gattin aufgestellt worden war. »Sie wird nicht altern, wir indessen müssen ausharren und altern.«

Ich glaube, Polly machte sich nicht viel aus Häusern, denn »ein Haus« – das war für sie Hampton und was dazu gehörte, aber dort konnte sie nicht mehr wohnen, und für andere Häuser interessierte sie sich nicht. Was immer im Leben ihr Interesse zu fesseln vermochte – und noch hatte die Zeit dieses Geheimnis nicht gelüftet –, ihr Zuhause war es gewiß nicht. Sie gehörte ganz und gar nicht zu dem Typus, den die Franzosen eine *femme d'intérieur* nennen, und ihre Haushaltsführung war von einer Zwanglosigkeit, die ans Chaos grenzte. Und leider vermochte auch Boy ihr Interesse nicht zu fesseln. Was ihn betraf, so war eine vollständige Desillusionierung eingetreten, und sie begegnete ihm mit der gleichen kurzangebundenen Kälte, die früher die Haltung zu ihrer Mutter geprägt hatte, nur daß sie sich vor Lady Montdore immer ein wenig gefürchtet hatte, während sich nun Boy ein wenig vor ihr fürchtete.

Boy war mit seinem neuen Buch sehr beschäftigt. Es sollte *Drei Herzöge* heißen, und die drei Herren, die es porträtierte, waren in Boys Augen typische Vertreter der Aristokratie des 19. Jahrhunderts in ihren drei Ländern. Die Herzöge waren Paddington, Souppes und Pincio, allesamt, so schien es, Meister in den Künsten des Klatschs, des Ehebruchs und der Schlemmerei, Mitglieder des Pariser Jockey Clubs, Spieler und Sportsleute. Er besaß ein Foto, das als Frontispiz in sein Buch aufgenommen werden sollte, auf dem sie alle drei bei einer Jagd in Landcut zu sehen waren. Sie standen vor einem Acre toter Tiere und sahen mit ihren Bäuchen, ihren Bärten, ihren Jagdmützen und ihren weißen Gamaschen wie eine Dreifaltigkeit von lauter König Edwards aus. Polly erzählte mir, den Abschnitt über Pincio habe er noch in Sizilien beendet, der derzeitige Herzog selbst habe ihm die notwendigen Dokumente zur Verfügung gestellt, und nun beschäftige er sich, unterstützt vom herzöglichen Bibliothekar, mit Paddington und fahre jeden Morgen mit seinem Notizbuch im Wagen nach Paddington Park. Wenn er diesen Abschnitt beendet habe, wolle er nach Frankreich und dort die Souppes heimsuchen. Niemand hatte etwas dagegen, daß Boy die Vorfahren einer Familie »behandelte«. Er zeichnete immer ein reizendes Bild von ihnen, stattete sie mit köstlichen Lastern aus und lieferte außerdem eine Art Garantie, sozusagen ein Zertifikat altadeliger Abkunft, denn er beschäftigte sich mit niemandem, dessen Familie nicht in die Zeit weit vor der Eroberung durch die Normannen zurückreichte, oder der, soweit es sich um Ausländer handelte, nicht wenigstens einen byzantinischen Kaiser, einen Papst oder einen Bourbonen vor Ludwig XV. in seinem Stammbaum aufwies.

Der Tag des Balls in Montdore House kam und verging, doch Pollys Baby erschien nicht. Tante Sadie meinte immer, die Frauen würden sich mit den Daten, an denen sie ihre Kinder erwarteten, selbst beschwindeln, um die Wartezeit abzukürzen, aber wenn das so war, dann mußten ihnen die letzten ein, zwei Wochen endlos vorkommen. Polly beanspruchte mich sehr und schickte an den meisten Tagen einen Wagen, der mich für ein oder zwei Stunden nach Silkin brachte. Das Wetter war endlich herrlich geworden, wir konnten kleine Spaziergänge machen und uns, in Decken gehüllt, in eine geschützte Ecke des Gartens setzen.

»Findest du es nicht auch wunderbar«, sagte Polly, »wenn es nach dem Winter plötzlich so warm wird und alle Ziegen und Hühner so glücklich aussehen?«

Sie machte nicht den Eindruck, als würde sie sich für das Kind, das sie bekommen sollte, sonderlich interessieren, aber einmal meinte sie:

»Findest du es nicht komisch, daß da nun Talkum-Puder und alles mögliche und die langweilige Schwester herumstehen und auf jemanden warten, der gar nicht da ist?«

»So kommt es mir auch immer vor«, sagte ich, »aber sobald sie da sind, werden sie ein so fester Teil deines Lebens, daß du dir gar nicht mehr vorstellen kannst, wie es ohne sie war.«

»Ja, vermutlich. Wenn sie sich nur ein bißchen beeilen würden. Wie war es denn bei dem Ball – hast du etwas gehört? Du hättest wirklich hingehen sollen, Fanny!«

»Ich konnte nicht. Aber der Direktor des Wadham-College und Norma waren da – nicht zusammen, aber sie sind die einzigen, mit denen ich seither gesprochen habe. Anscheinend war es sehr prächtig, Cedric hat sich fünfmal umgezogen, er fing an mit einem Rosenblütentrikot und einer rosa Perücke, und am Schluß war er Doris Keane in ›Romance‹ mit einer schwarzen Perücke und trug echte Diamanten an seiner Maske. Deine Mutter war eine junge Venezianerin, so daß sie ihre neuen Beine zeigen konnte, sie standen in einer Gondel und überreichten allen wunderbare Preise – Norma bekam eine silberne Schnupftabakdose –, es dauerte bis sieben. Die Leute können einfach keine Bälle beschreiben!«

»Macht nichts, der *Tatler* kommt ja noch.«

»Ja, sie sagten, die ganze Nacht hätten die Blitzlichter nur so gezuckt. Cedric besorgt sich die Aufnahmen bestimmt und zeigt sie uns.«

Da kam Boy herübergeschlendert und fragte:

»Na, Fanny, was hast du von dem Ball gehört?«

»Oh, über den Ball haben wir gerade gesprochen«, sagte Polly, »wir können jetzt nicht noch mal von vorn beginnen. Wie geht es mit deiner Arbeit voran?«

»Ich könnte sie nach draußen holen, wenn ihr wollt.«

»Du weißt doch, daß ich deine alberne Stickerei nicht als Arbeit ansehe.«

Boy machte ein gekränktes Gesicht und ging davon.

»Polly, du bist unausstehlich«, sagte ich.

»Ja, aber nur zu seinem Wohl. Er behauptet, er könne sich nicht mehr konzentrieren, bis das Baby da ist, deshalb läuft er herum und geht allen auf die Nerven, statt an seinem Paddington weiterzuarbeiten. Er muß sich beeilen, wenn das Buch zu Weihnachten da sein soll, Souppes hat er immer noch vor sich. Hast du eigentlich jemals Geoffrey Paddington gesehen, Fanny?«

»Ja«, sagte ich, »Onkel Matthew hat ihn früher einmal zu einer Hausparty nach Alconleigh eingeladen. Alt.«

»Kein bißchen alt«, sagte Polly, »und einfach wunderbar. Du machst dir keine Vorstellung, wie nett er ist. Zuerst hat er Boy wegen des Buches besucht, und jetzt kommt er ziemlich oft zum Plaudern. Ungeheuer freundlich von ihm, findest du nicht? Mama kann er auf den Tod nicht leiden, deshalb habe ich ihn vor meiner Hochzeit nie gesehen – ich weiß noch, wie sie immer versucht hat, ihn nach Hampton zu locken, und daß er nie kommen wollte. Vielleicht ist er ja mal da, wenn du kommst, ich fände es schön, wenn du ihn kennenlernen würdest.«

Die Begegnung kam tatsächlich zustande, mehrmals, nachdem ich vor Silkin seinen schäbigen kleinen Morris hatte stehen sehen. Er war ein armer Mann, denn seine Vorfahren hatten zwar viel Ruhm, aber wenig Bargeld hinterlassen, und sein Vater, der alte Herr in den weißen Gamaschen, hatte das meiste von dem, was übrig war, an die Païva und Damen ihres Schlages verschwendet. Ich fand ihn freundlich und sehr langweilig und sah, daß er sich in Polly verliebte.

»Findest du ihn nicht auch schrecklich nett?« fragte Polly. »Wirklich freundlich von ihm, jetzt zu kommen – bei meinem Aussehen!«

»Dein Gesicht ist so schön wie immer.«

»Ich sehne mich richtig danach, daß er mich sehen kann, wenn ich wieder so bin wie immer – falls das je der Fall sein wird. Langsam gebe ich die Hoffnung auf, daß dieses Baby noch zur Welt kommt.«

Es kam zur Welt, noch am gleichen Abend, warf, wie die Radletts es formulierten, einen kurzen Blick auf seinen Vater und verschied.

Polly war ziemlich krank, und zehn Tage lang gestattete Schwester keinen Besuch, aber sobald man wieder zu ihr durfte, fuhr ich hinüber. Unten in der Vorhalle traf ich Boy. Er blickte noch bedrückter drein als sonst. Armer Boy, dachte ich, jetzt saß er hier mit einer Frau, die keinen Hehl aus ihrer Abneigung gegen ihn machte, und hatte nicht einmal ein Kind zum Ausgleich.

Polly lag in einem Meer von Blumen, und Schwester trat deutlich in Erscheinung. Eigentlich hätte ein schreiendes Ungeheuer mit dunkelrotem Gesicht in einem Moses-Körbchen dieses Bild vervollständigen müssen, und ich spürte sein Fehlen so, als hätte ich dieses Wesen gut gekannt.

»Du Ärmste…«, begann ich. Aber Polly hatte viel von dem Talent ihrer Mutter geerbt, unangenehme Dinge beiseite zu schieben, und ich erkannte sofort, daß jede Mitleidsbekundung unangebracht wäre und sie ärgern würde, also begann ich nach Art der Radletts über zwei in voller Blüte stehende Kamelienbäumchen zu jubeln, die zu beiden Seiten ihres Bettes prangten.

»Geof Paddington hat sie mir geschickt«, erklärte sie. »Ein wirklich lieber Kerl, das mußt du zugeben, Fanny. Weißt du, Schwester hat sich auch um seine Schwester gekümmert, als sie ihre Kinder bekam.«

Um wen hatte sich Schwester eigentlich nicht gekümmert? Mir fiel ein, daß sie und Boy in den ersten Nächten von Pollys Fieber, als sie zusammen in seinem Ankleidezimmer wachten, ein paar herrliche Plauderstunden gehabt haben mußten. Auch während ich da war, kam Schwester immer wieder herein, brachte ein Tablett, nahm einen leeren Becher mit hinaus, brachte noch mehr Blumen, benutzte jeden Vorwand, um unser Gespräch zu unterbrechen und jedesmal eine nette kleine Portion Klatsch beizusteuern. Sie hatte meinen Zustand mit einem Blick bemerkt und sofort gesehen, daß ich ein zu kleiner Fisch für ihr Netz war, aber sie war die Freundlichkeit in Person und sagte, ich würde Lady Polly von nun an hoffentlich jeden Tag besuchen kommen.

»Sehen Sie in Oxford eigentlich schon mal Jeremy Chaddesley Corbett?« fragte sie mich. »Er ist eines meiner Lieblingsbabys.«

Wenig später kam sie schon wieder herein, diesmal mit leeren Händen und ziemlich rot. Sie wirkte, falls dies überhaupt möglich war, ziemlich fassungslos und verkündete, Lady Montdore stehe unten. Schwester hätte jede von uns seelenruhig in einen Sarg gestopft, aber die Ankunft von Lady Montdore brachte sogar ihre stählernen Nerven zum Flattern. Auch Polly geriet aus der Fassung und sagte mit schwacher Stimme:

»Oh! Ist Mr. – ich meine, mein – also ist Boy da?«

»Ja, er ist bei ihr. Er läßt fragen, ob Sie Ihre Mutter sehen möchten – wenn Sie nicht wollen, Lady Polly – ich kann ihr vollkommen wahrheitsgemäß erklären, daß Sie heute keinen weiteren Besuch empfangen dürfen. Eigentlich sollten Sie wirklich nicht, am ersten Tag.«

»Ich wollte ohnehin gehen«, sagte ich und stand auf.

»Nein, nein, nein, Fanny, bitte nicht, Liebling. Ich weiß noch nicht, ob ich sie sehen will, aber allein bleiben möchte ich mit ihr auf gar keinen Fall, setz dich sofort wieder hin, bitte.«

Draußen im Garten hörte man Stimmen.

»Geh doch mal ans Fenster«, bat Polly, »sind sie es?«

»Ja, Cedric ist auch dabei«, sagte ich, »sie gehen zu dritt im Garten umher.«

»Nein! Cedric muß ich einfach sehen, unbedingt – Schwester, seien Sie so nett und sagen Sie ihnen, sie sollen sofort heraufkommen.«

»Nein, Lady Polly, unmöglich! Und bitte regen Sie sich nicht auf, Sie müssen jede Erregung vermeiden. Es kommt überhaupt nicht in Frage, daß Sie heute einen Fremden empfangen – nahe Verwandte, hat Dr. Simpson gesagt, und jeweils nur einen. Ich denke, Ihre Mutter müssen wir für ein paar Minuten herauflassen, wenn Sie es wollen, aber sonst niemanden und ganz bestimmt keinen fremden jungen Mann.«

»Ich sollte wirklich mit Mami sprechen«, sagte Polly zu mir, »sonst geht dieser alberne Zwist ewig weiter, außerdem kann ich es gar nicht erwarten, ihr Haar und ihre Beine zu sehen. Aber vor allem sehne ich mich nach Cedric.«

»Anscheinend ist sie in sehr vergnügter Stimmung«, sagte ich von meinem Beobachtungsposten am Fenster aus, »sie lachen und plaudern. Sehr schick in Dunkelblau mit einem Matrosenhut. Boy ist wunderbar. Ich hätte gedacht, ihre Erscheinung würde ihm einen Schock versetzen, aber er tut so, als würde es ihm gar nicht auffallen, blickt die ganze Zeit auf Cedric. Die beiden kommen wunderbar miteinander aus.«

Sehr schlau von ihm, dachte ich insgeheim. Wenn er sich mit Cedric gut stellte, würde er auch sehr bald wieder in Lady Montdores Gunst stehen, und vielleicht ließe sich dann doch noch eine kleine Änderung an Lord Montdores Testament bewerkstelligen.

»Den Matrosenhut muß ich sehen; los, bringen wir es hinter uns. Also gut, Schwester, bitten Sie sie herauf – einen Augenblick – geben Sie mir zuerst einen Kamm und einen Spiegel, bitte. Mach weiter mit deiner Direktreportage, Fanny.«

»Also, Cedric und Boy schwatzen ununterbrochen miteinander, ich glaube, Boy bewundert Cedrics Anzug, eine Art grober blauer Tweed, sehr hübsch, mit scharlachroten Paspelierungen. Lady Montdore lächelt in einem fort und sieht sich um. Du kennst ja die Art.«

»Ich sehe es vor mir«, sagte Polly, während sie ihr Haar kämmte.

Ich erwähnte nicht, daß Lady Montdore in diesem Augenblick gerade über die Kirchhofmauer nach dem Grab ihrer Schwägerin spähte. Boy und Cedric hatten sie dort zurückgelassen und strebten lachend, redend, gestikulierend dem schmiedeeisernen Tor zu, das in den Küchengarten führte.

»Weiter«, sagte Polly, »bleib dran, Fanny.«

»Da ist Schwester, sie schwebt deiner Mutter entgegen, und die strahlt einfach – beide strahlen – ein solches Lächeln habe ich noch nie gesehen, Schwester genießt es ungemein! Da kommen sie. Deine Mutter sieht so froh aus, mir wird ganz anders ums Herz, man sieht wirklich, wie sie dich die ganze Zeit vermißt haben muß, tief in ihrem Herzen.«

»Unsinn«, sagte Polly, aber sie machte ein fröhliches Gesicht.

»Liebling, ich glaube wirklich, ich würde nur stören. Ich verschwinde einfach durch Boys Ankleidezimmer.«

»Kommt nicht in Frage, Fanny. Ich wäre dir ernsthaft böse, wenn du das tust – ich bestehe darauf, daß du bleibst – allein stehe ich das nicht durch, mit oder ohne Strahlen.«

Vielleicht war ihr, genau wie mir, der Gedanke gekommen, daß Lady Montdores Strahlen verblassen und ihr Unwille über das, was Polly getan hatte, neue Nahrung erhalten könnte, wenn sie Polly in Lady Patricias kaum verändertem Zimmer erblickte, in eben jenem Bett, in dem Lady Patricia ihren letzten Atemzug getan hatte. Auch mir war das alles zunächst ziemlich unerfreulich vorgekommen, bis ich mich an die Vorstellung gewöhnt hatte. Aber Überempfindlichkeit war nie eine Schwäche von Lady Montdore gewesen, außerdem hatte die große Flamme des Glücks, die Cedric in ihrem Herzen entfacht hatte, längst alle Empfindungen verbrannt, die sich nicht unmittelbar auf ihn bezogen. Er war jetzt der einzige Mensch auf der Welt, der für sie greifbare Realität besaß.

Deswegen geriet das Strahlen nicht ins Flackern, sie glänzte geradezu vor guter Laune, als sie zuerst Polly und dann mir einen Kuß gab. Sie sah sich im Zimmer um und sagte:

»Du hast die Frisierkommode umgestellt, es ist viel besser so, heller. Herrliche Blumen, Liebling, diese Kamelien – darf ich eine haben, für Cedrics Knopfloch? Ach, von Paddington sind sie? Der arme Geoffrey, ich fürchte, er ist ein bißchen größenwahnsinnig, ich bin nie dort gewesen, seit er die Nachfolge angetreten hat. Sein Vater war ganz anders, ein reizender Mann, ein guter Freund von uns, König Edward mochte ihn auch sehr, und Loelia Paddington war natürlich einfach hinreißend – die Leute sind auf die Stühle geklettert, wißt ihr. Das arme Baby ist also gestorben, na, ich denke, es hat auch sein Gutes, Kinder sind heutzutage eine furchtbar kostspielige Angelegenheit.«

Schwester, die gerade rechtzeitig eintrat, um diese Bemerkung noch mitzubekommen, griff sich ans Herz und wäre fast in Ohnmacht gefallen. Wieder etwas, das sie ihren nächsten Patientinnen erzählen konnte; in ihrer ganzen Schwesternlaufbahn hatte sie gewiß noch nie eine Mutter so zu ihrer einzigen Tochter sprechen hören. Aber Polly, die ihre Mutter mit offenem Mund anstarrte und ihr neues Äußeres in allen Einzelheiten in sich aufnahm, blieb ungerührt; es war zu typisch für Lady Montdores ganze Einstellung zum Leben, als daß jemand, der von ihr großgezogen worden war, sich darüber wundern oder empören konnte. Jedenfalls bezweifele ich, daß Polly die Sache mit dem Baby sehr zu Herzen ging; mir kam Polly eher wie eine Kuh vor, der man bei der Geburt das Kalb wegnimmt und die den Verlust gar nicht bemerkt.

»Schade, daß du nicht zu dem Ball kommen konntest, Fanny«, fuhr Lady Montdore fort. »Bloß für eine halbe Stunde, um einen Blick zu riskieren. Es war wirklich schön. Aus Paris kamen allerlei Freunde von Cedric, in den ausgefallensten Kleidern, und ich muß schon sagen, obwohl ich die Franzosen nie gemocht habe, sie waren wirklich sehr höflich und äußerst empfänglich für alles, was ihnen geboten wurde. Alle haben gesagt, so eine Party habe es seit den Tagen von Robert de Montesquiou nicht mehr gegeben, und das glaube ich ihnen gern – sie hat 4000 Pfund gekostet, wißt ihr –, allein schon das Wasser für die Gondeln! Aber damit zeigt man diesen Ausländern, daß England noch nicht am Ende ist, eine hervorragende Reklame. Ich habe alle meine Diamanten getragen, und Cedric habe ich einen Diamantenstern geschenkt, der sich dreht (er läuft mit Uhrwerk), er trug ihn an der Schulter – außerordentlich wirkungsvoll, muß ich sagen. Wir haben jede Minute genossen, und ihr müßtet mal die Briefe lesen, die ich danach bekommen habe, wirklich rührend, die Leute hatten in den letzten Jahren so wenig Spaß, deswegen sind sie natürlich um so dankbarer. Wenn wir das nächste Mal kommen, bringe ich die Fotos mit, sie vermitteln einen großartigen Eindruck.«

»Was hattest du denn an, Mami?«

»Longhi«, sagte Lady Montdore ausweichend. »Veronica Chaddesley Corbett war als Prostituierte wirklich hervorragend (früher nannte man sie noch anders), und Davey war auch da, Fanny, hast du schon mit ihm gesprochen? Er kam als der Schwarze Tod. Jeder hat sich wirklich Mühe gegeben, wißt ihr – wirklich schade, daß ihr Mädchen nicht kommen konntet.«

Es entstand eine Pause. Sie sah sich im Zimmer um und meinte mit einem Seufzer:

»Arme Patricia – na ja, das ist vorbei. Boy hat uns von seinem Buch erzählt, glänzende Idee, *Drei Herzöge*, und Cedric interessiert sich sehr dafür, denn der junge Souppes, der Sohn des Fürsten von Ressources, den wir in Trouville immer gesehen haben, ist ein Freund von ihm. Chèvres-Fontaine, wo Cedric früher immer den Sommer verbrachte, gehört einem Vetter von ihm. Ist das kein merkwürdiger Zufall? Deshalb kann Cedric Boy viel über sie erzählen, wovon Boy keine Ahnung hatte, und demnächst wollen sie vielleicht zusammen nach Paris, um ein bißchen zu forschen, wir könnten sogar alle hinfahren, wäre das nicht lustig?«

»Ohne mich«, sagte Polly, »ins Ausland – nie wieder!«

In diesem Augenblick trat Boy ein, und ich ging hinaus, trotz eines wütenden Blicks vom Bett. Ich ging in den Garten und suchte nach Cedric. Er saß an der Kirchhofmauer, mattes Sonnenlicht auf dem goldenen Haar, das, wie mir auffiel, in kleine Löckchen gedreht lag, ohne Zweifel noch eine Nachwirkung des Balls, und rupfte äußerst konzentriert an der Blüte eines Gänseblümchens.

»Er liebt mich, er liebt mich nicht, er liebt mich, er liebt mich nicht, bitte nicht stören, mein Engel, er liebt mich, er liebt mich nicht, oh, herrlich, himmlisch! Er liebt mich! Liebling, ich muß dir sagen, soeben hat die zweite ganz große Sache in meinem Leben begonnen.«

Plötzlich schien mir die Zukunft in ein sehr düsteres Licht getaucht.

»Oh, Cedric«, sagte ich. »Sei bloß vorsichtig!«

Ich hätte mir jedoch keine Sorgen zu machen brauchen, Cedric arrangierte alles ganz ausgezeichnet. Sobald Polly ihr Wohlbefinden und ihr gutes Aussehen wiedererlangt hatte, setzte er Lady Montdore und Boy in den großen Daimler und fuhr mit ihnen nach Frankreich. Auf diese Weise war reichlich Platz für einen kleinen Morris, den man nun Tag für Tag auf der Zufahrt von Silkin stehen sehen konnte. Es dauerte nicht lange, bis Polly einstieg und sich nach Paddington Park fahren ließ, wo sie auch blieb.

Wenig später rollte der Daimler nach Hampton zurück.

»Da sind wir wieder, Liebling. Wir behalten unsere Torte und wir essen sie auch, das war schon immer mein Lebensziel. *Man* kann es eben doch jedem recht machen!«

»Ja, ich weiß«, sagte ich, »die Boreleys fänden es einfach gräßlich.«

Dossier

Jessica Mitford

*Die Festung, der General und Nancy mit den grünen Augen**

Zwei Meilen oberhalb des Dorfes Swinbrook steht groß und rechteckig ein graues Gebäude mit zwei Stockwerken. Seinem Stil nach ist es weder »modern« noch »traditionell« noch »antikisierend«, es ist vielmehr von einer Zweckmäßigkeit, die ihre Anleihen bei der Behördenarchitektur nicht verhehlt. Es könnte eine kleine Kaserne sein, ein Mädcheninternat, eine private Irrenanstalt, in Amerika auch ein Country Club. Und man kann wohl behaupten, daß es während seiner kurzen Geschichte alle diese Funktionen tatsächlich erfüllte. In Wahrheit handelt es sich jedoch um Swinbrook House und wurde von meinem Vater erbaut, um den Bedürfnissen oder dem, was er dafür hielt, einer Familie mit sieben Kindern gerecht zu werden. Im Jahre 1926 zogen wir ein, ich war damals neun Jahre alt.

Swinbrook ähnelte in vieler Hinsicht einer mittelalterlichen Festung oder Zitadelle. Aus der Sicht der

* Auszüge aus Jessica Mitford, *Hons and Rebels,* zuerst erschienen in London: Victor Gollancz 1960, hier zitiert nach der Ausgabe London: Quartet Books 1978, S. 10, 20, 30 f., 32, 34 f., 38, 75. Aus dem Englischen von Reinhard Kaiser, der dieses Dossier auch zusammengestellt hat.

Insassen war Swinbrook insofern autark, als es nicht nötig und in aller Regel auch nicht möglich war, das Anwesen zu verlassen, um anderswo irgendwelchen normalen Betätigungen nachzugehen. Ein Klassenzimmer mit Hauslehrerin diente dem Unterricht, ein Reitstall und ein Tennisplatz der körperlichen Ertüchtigung, wir sieben Kinder leisteten einander Gesellschaft, die Dorfkirche diente zur geistlichen Tröstung und unsere Schlafzimmer als Krankenstation, selbst dann, wenn eine Operation notwendig war – alles stand zur Verfügung, entweder im Haus selbst oder bequem zu Fuß erreichbar. Aus der Sicht des Außenstehenden war der Zutritt, sofern der unwahrscheinliche Fall eingetreten wäre und jemand sich darum bemüht hätte, ein Ding der Unmöglichkeit. Für meinen Vater gehörten zur Gruppe der Außenstehenden nicht nur Hunnen, Frogs, Amerikaner, Schwarze und alle anderen Ausländer, sondern auch die Kinder anderer Leute, die Mehrzahl der Bekanntschaften meiner älteren Schwestern, fast alle jungen Männer – eigentlich die ganze wimmelnde Weltbevölkerung, ausgenommen einige, aber nicht alle, Verwandte und wenige in Tweed gewandete Nachbarn mit roten Gesichtern, zu denen mein Vater aus irgendeinem Grund eine Neigung gefaßt hatte. Dabei hegte er durchaus keine »Vorurteile« im modernen Sinne. Seit den dreißiger Jahren bezeichnet dieser Ausdruck die konzentrierte Absonderung leidenschaftlicher Haßgefühle gegen eine bestimmte Rasse oder Glaubensgemeinschaft, Neger, Asiaten oder Juden, und das Wort »Diskriminierung« ist beinahe zu einem Synonym für Vorurteil geworden. Mein Vater jedoch »diskriminierte« nicht; er nahm die Unterschiede zwischen verschiedenen Arten von Fremden überhaupt nicht wahr. Als ein Vetter von uns eine Argentinierin von rein spanischem Geblüt heiratete, bemerkte er: »Wie ich höre, hat Robin eine Schwarze geheiratet.«

*

Der Generalstreik von 1926 war eine außerordentlich aufregende Sache für uns. Ein prickelndes Krisengefühl lag in der Luft. Mit ungewöhnlich ernsten Gesichtern lauschten die Erwachsenen den Rundfunknachrichten, die an die Stelle der Zeitungen getreten waren. Es gelang mir, mein kleines Lieblingslamm Miranda abends in mein Schlafzimmer zu schmuggeln, so daß die Bolschis es nicht erschießen konnten. In dieser allgemeinen Notlage wurde jeder zwangsverpflichtet. Nancy und Pam, damals beide Anfang Zwanzig, richteten in einer alten Scheune an der Straße, ungefähr zwei Meilen von unserem Haus entfernt, eine Kantine ein, wo sie abwechselnd Schichtdienst taten und für die Streikbrecher unter den Lastwagenfahrern Tee, warme Suppe und Sandwiches bereithielten. Nach dem Unterricht erklommen Boud [die Schwester Unity] und ich mit unserer Hauslehrerin und Debo [die Schwester Deborah] mit ihrer Nanny mühsam den Berg, um zu helfen, wobei ich Miranda immer bei Fuß hielt, falls aus irgendeinem Gebüsch ein Bolschi hervorspringen sollte.

Da nun aber Lastwagen die ganze Nacht unterwegs sind (was sich vorher keiner von uns klargemacht hatte), mußte die erste Schicht sehr frühmorgens, noch vor Sonnenaufgang, beginnen. Für diese Schicht wurde Pam eingeteilt; sie hatte bei weitem das größte Talent, die Kantine zu organisieren, denn sie interessierte sich für Haushaltsführung, wußte, wie man Tee macht und Sandwiches schmiert und wie man Tassen spült. Nancy, das war allseits bekannt, versagte in diesen Dingen völlig und stöhnte schon, wenn sie etwas anderes tun sollte als Sandwiches austeilen: »Oje, oje – ich weiß gar nicht, wie man das aus dem Herd nehmen soll, meine armen Finger… außerdem hasse ich es, so früh aufzustehen.«

Eines Morgens gegen fünf war Pam wie üblich allein in der Kantine, als aus der unheimlichen Dunkelheit vor dem Morgengrauen ein schmuddeliger Landstreicher hereintorkelte. In seinem zerfetzten Anzug, eine Arbeiterkappe auf dem Kopf, das Gesicht verschmutzt und von scheußlichen Narben entstellt, bot er einen erschreckenden Anblick. »Kann'ch ne Tass Tee ham, Miss?« fragte er Pam mit lüsternem Blick, näherte sein abscheuliches Gesicht dem ihren und zwinkerte heftig mit seinen schauderhaften, leuchtend grünen Augen. Nervös begann Pam, ihm eine Tasse einzuschenken, aber schon war er um den Tresen herum und legte ihr einen Arm um die Hüfte: »Kann'ch 'n Kuß ham, Miss?« Zu Tode erschrocken, stieß Pam einen fürchterlichen Schrei aus und fuhr hastig zurück, aber sie stürzte und verstauchte sich den Fuß. Der Landstreicher entpuppte sich als Nancy, die sich verkleidet hatte. Alles in allem waren wir ziemlich traurig, als der Generalstreik zu Ende ging und das Leben zu seiner langweiligen Normalität zurückkehrte.

*

Monatelang saß Nancy am Kamin im Salon und wußte sich vor Kichern kaum zu lassen, während ihre seltsam dreieckigen, grünen Augen vor Vergnügen blitzten und ihr dünner Stift die Linien eines Schulheftes entlangflog. Manchmal las sie uns ein Stück daraus vor. »Das *kannst* du nicht unter deinem Namen veröffentlichen«, erklärte meine Mutter entrüstet, denn nicht nur notdürftig verkleidete Tanten, Onkel und Freunde der Familie bevölkerten die Seiten von *Highland Fling,* überlebensgroß trat darin auch unter dem treffenden Namen »General Murgatroyd« unser Vater, genannt »Farve«, auf. Aber Nancy veröffentlichte das Buch unter ihrem Namen, und die Leihbücherei von Burford dekorierte sogar ein Schaufenster mit einem handgeschriebenen Schild: *Nancy Mitford, Local Authoress.*

Der General war als ein begeisterter Veranstalter von Jagdgesellschaften porträtiert – ein Mann von ungestümem Temperament, der Schrecken aller Hausmädchen und Wildhüter, der die meiste Zeit damit verbrachte, auf die Hunnen zu schimpfen und über verschiedene blasierte, junge Ästheten in pastellfarbenen Seidenhemden herzuziehen, die in den unerwartetsten Augenblicken aufzutauchen pflegten. Das seltsame Kauderwelsch meines Vaters – »Verdammter Gulli!« – »Das stinkt zur lieben Hölle!« – und sein Abscheu gegen alles, was nach Literatur und Kunst schmeckte, waren sehr gut getroffen.

So wurde Farve – fast über Nacht – zu einer Gestalt, die eher der Literatur als dem wirklichen Leben angehörte, eine nahezu legendäre Gestalt, selbst für uns. In den folgenden Jahren vervollkommnete Nancy ihr Verfahren, ihn festzuhalten und zwischen zwei Romandeckel zu sperren – manchmal als General Murgatroyd, später dann, in *Englische Liebschaften* [und in *Liebe unter kaltem Himmel*] als den schrecklichen Onkel Matthew. Sie war darin so erfolgreich, daß sogar der Nachrufschreiber der *Times,* der meinen Vater kurz nach seinem Tod im Jahre 1958 schilderte, eine gewisse Verwirrung darüber verriet, ob er nun über den Rt. Hon. David Bertram Ogilvy Freeman-Mitford schrieb oder über den »aufbrausenden, freimütigen Onkel Matthew…«

Nachdem Farve erst einmal General Murgatroyd geworden war, machten wir alle mit. Ich entwickelte die Theorie, er sei ein Atavismus, ein Rückfall auf eine frühere Entwicklungsstufe der Menschheit, ein *missing link* zwischen Affe und *homo sapiens.* Meine Mutter konfiszierte mein Taschengeld, weil ich ihn »der alte Unter-Mensch« genannt hatte, aber in Wirklichkeit machte es ihm nichts aus.

*

Nancy fing an, sich für moderne Kunst zu begeistern. Wir vermuteten, daß zumindest ein Motiv für dieses Interesse der Wunsch war, »den alten Unter-Menschen zu ärgern« – und es ärgerte ihn, sogar nachhaltig. Die Plastiken von Jacob Epstein (»verdammter Hunne!«, wie Farve ihn irrigerweise nannte), die Werke von Picasso (»Schmuddelgulli!«) sorgten immer wieder für einen faszinierenden Krach im Erdgeschoß, von dem wir oben in unserem Klassenzimmer nur ein fernes Grollen mitbekamen. Der Höhepunkt war erreicht, als Nancy einen Druck von Stanley Spencers »Auferstehung« mit nach Hause brachte. Dieses Blatt, auf dem merkwürdig längliche Leute in moderner Kleidung zu sehen waren, die sich gerade aus ihren Gräbern erhoben, löste bei Farve einen seiner klassischen Wutanfälle aus, der das ganze Haus von oben bis unten beben ließ.

Seine Wut verdoppelte sich, als Nancy verkündete, sie beabsichtige, nach London zu ziehen und an der »Slade School« Kunst zu studieren. Wie üblich vernahmen wir nur das ferne Echo der titanischen Streitereien, die sich im Erdgeschoß abspielten. Wir kamen zu Mahlzeiten nach unten, die in einer Totenstille eingenommen wurden, und kehrten anschließend ins Klassenzimmer zurück, um wieder das quälende, dumpfe Gepolter der Stimme meines Vaters zu vernehmen. Mutter hat sich dann wohl als Fürsprecherin betätigt, jedenfalls setzte sich Nancy schließlich durch und zog in ein möbliertes Zimmer in Kensington. Ich verfolgte die ganze Aktion mit gespanntem Interesse und war maßlos enttäuscht, als Nancy nach ungefähr einem Monat wieder zurückkehrte.

»Wie *konntest* du nur! Wenn ich mich jemals in ein möbliertes Zimmer absetzen könnte, würde ich nie mehr wiederkommen.«

»Ach, Liebling, du hättest es sehen sollen. Nach einer Woche lag die Unterwäsche kniehoch. Ich mußte buchstäblich hindurchwaten. Und kein Mensch da, der sie wegräumte!«

*

Muv kämpfte ständig gegen die eher mythische Gefahr des finanziellen Ruins der Familie, indem sie an den seltsamsten Stellen Sparmaßnahmen einleitete. So errechnete sie einmal, was das Waschen und Bügeln von neun Servietten pro Mahlzeit, bei drei Mahlzeiten am Tag und dreihundertfünfundsechzig Tagen im Jahr, kostete, gelangte zu einem Betrag von schwindelerregender Höhe und verbannte fortan die Servietten für immer aus dem Eßzimmer. Papierservietten waren natürlich undenkbar, und der individuelle Serviettenring war eine namenlose Widerwärtigkeit. Zu ihrem Verdruß brachte der *Daily Express* den Artikel über unsere serviettenfreien Mahlzeiten unter der Überschrift »Pfennigfuchserische Peeress«.

Unsere Mutter machte hin und wieder Versuche, uns für das Thema Sparsamkeit im Haushalt zu interessieren, und einmal setzte sie einen Preis von einer halben Krone für dasjenige Kind aus, das den besten Finanzplan für den Haushalt eines jungen Ehepaares mit einem Einkommen von 500 Pfund entwerfen würde; aber Nancy verdarb alles, indem sie in die erste Zeile ihrer Ausgabenliste schrieb: »Blumen… 490 Pfund.«

*

Nancy hatte vor kurzem, während ich in Paris gewesen war, Peter Rodd geheiratet, und nach damaligem Brauch begleitete sie meine Mutter und mich, als ich im Buckingham Palace vorgestellt werden sollte – sie als Braut, ich als Debütantin. Ein Friseur kam zu uns ins Haus, um die vorschriftsmäßigen weißen Straußenfedern in unserem Haar zu befestigen, und dann machten wir uns in einem gemieteten Daimler auf die stundenlange Fahrt, die Londoner Mall hinunter, inmitten einer endlosen Prozession anderer Debütantinnen mit ihren Müttern. Wie immer säumten große Massen von Londonern die Straße, um die neuen Debütantinnen zu taxieren; man konnte ihre Bemerkungen hören, während sie durch die Autofenster hereinspähten:

»Mensch, da's ne Wuchtbrumme!«

»Die is doch nix. Schau dir mal *die* da an, die wär was für dich!«

»Hassu die Mutter jesehen, die Schreckschraube?«

Schließlich kletterten wir aus dem Wagen und stolperten durch die regnerische Finsternis in einen hell erleuchteten Gang, in dem ein dichtes Gedränge von nackten Schultern herrschte, darüber der Modergeruch von gemieteten Straußenfedern. Wieder schoben wir uns stundenlang Zentimeter um Zentimeter voran, diesmal, so schien es mir, durch ein meilenlanges Spalier von leicht überfütterten Körpern. Gelegentlich ein Keuchen:

»Ich glaube, ich falle in Ohnmacht!«

»Du *kannst* nicht! Es ist kein Platz.«

Plötzlich bleibt das Mädchen vor mir stehen und erstarrt.

»Hilfe!« flüstert sie gequält. »Ich glaube, mein Schlüpfer rutscht«, dann macht sie einen Schritt, steigt sehr elegant aus und stopft ihn in ihre Handtasche.

Schließlich das Ende des Weges; ein prächtiger Lakai ordnet unsere Schleppen, ein zweiter brüllt: *»The Lady Redesdale. The Honourable Mrs. Peter Rodd. The Honourable Jessica Mitford.«* Wir stehen, so scheint es, vor zwei großen, ausgestopften Figuren, die wie zwei Aufziehfiguren aus der Spielkiste von ihren Thronsesseln herab nicken und lächeln. Eine letzte Hürde: der Knicks, einen für jede der ausgestopften Figuren, dann ohne Stolpern zurücktreten, bis man die allerhöchste Gegenwart wieder verlassen hat – und der eigenartige Pubertätsritus der englischen Oberklasse ist vorüber.

*Selina Hastings über die Arbeit an »Love in a Cold Climate« und das erste Erscheinen des Buches**

Nancy hegte [nachdem ihr Buch *In Pursuit of Love / Englische Liebschaften* 1945 erschienen war] eine Zeitlang die Befürchtung, sie könne nicht mehr schreiben. Dabei wollte sie jetzt [Ende 1947, nachdem sie in Paris eine neue, schöne Wohnung gemietet hatte] unbedingt arbeiten. An Evelyn Waugh schrieb sie: »Ich fange an, mich zu langweilen, habe nichts zu tun und liebe das gesellschaftliche Leben nicht so sehr (habe es eigentlich nie getan), daß es für mich zur Ganztagsbeschäftigung werden könnte.« Mit anderen Worten, sie mußte etwas verdienen: Linda [die Hauptfigur in *Englische Liebschaften*] konnte Nancys kostspieliges Leben in Paris nicht mehr lange finanzieren. Das Problem bestand darin, daß »ich Farve [ihren Vater in der Gestalt des Onkel Matthew] und Fabrice [Lindas große Liebe in *E.L.*] aufgebraucht habe und jetzt erledigt bin – ich habe alle Vorräte in einem Kuchen verbacken. Und jetzt?«

Den ersten Anlauf zu einem neuen Buch hatte sie im Sommer [1947] gemacht, aber es war nichts daraus

* Selina Hastings, *Nancy Mitford. A Biography,* London: Hamish Hamilton 1985, S. 184 f., 189. Aus dem Englischen von R. K.

geworden, und sie hatte schon befürchtet, sie habe »die Kunst verloren«. »Der Colonel [Gaston Palewski, Nancy Mitfords große Liebe in Paris, das Modell für die Figur des Fabrice in *E.L.* und in den Kapiteln 4–5 des ersten Teils von *Liebe unter kaltem Himmel*] ermutigt mich ständig und sagt, ich würde nie ein gutes Buch schreiben, das nicht von ihm handelt, und zwar ganz und gar – ich muß mich eben irgendwie durchschlagen.« Aber unter den veränderten Lebensumständen kehrte die Inspiration zurück. Der Grundgedanke für die Handlung geht auf eine wahre Begebenheit zurück, die sie nun aufpolierte, ausschmückte und dann Evelyn mit der Frage vorlegte, wie sie am besten zu behandeln sei. »Die Sache ist die: zum ersten Mal schrecken mich die technischen Schwierigkeiten, die mir bisher nie Kopfzerbrechen bereitet haben.« Sie wollte wissen, ob sie noch einmal eine Ich-Erzählerin verwenden könnte. Muv [ihre Mutter] wurde wegen gesellschaftlicher Umgangsformen befragt (»Bei einem Ball trägt man nie Ringe über den Handschuhen (abscheulich), aber wie ist es mit Armreifen?«); und an Jamie Hamilton [Hamish Hamilton, ihren Verleger in London] richtete sie die Frage: »Sind Schwule in Büchern erlaubt? (Ich weiß, Sie sind sehr streng, aber denken sie an Proust)… *Selbstverständlich* keine Einzelheiten.«

Doch die eigentliche Niederschrift des Romans, die ihr bei *Englische Liebschaften* so leicht gefallen war, wurde diesmal zu einem Kampf. Nancy beschrieb nun nicht mehr ihre eigene Geschichte, und dies hatte zur Folge, daß sie sehr viel mehr Mühe auf die Konstruktion der Handlung und die Entwicklung der Charaktere wenden mußte. Außerdem wurde sie bei der Arbeit andauernd unterbrochen. Nachdem sie bisher ein reges gesellschaftliches Leben unter lauter Leuten gepflegt hatte, für die Arbeit nicht zu den Notwendigkeiten des Lebens gehörte, fiel es ihr nun schwer, sich, ohne jemanden zu kränken, von diesen Leuten abzuschotten, um die nötige Ruhe zu finden. Den ganzen Tag schrillte das Telefon und hielt Einladungen zum Dinner oder zum Lunch bereit. »Zählte heute morgen die Telefonanrufe – vor elf Uhr waren es zehn… Jemand ließ es vierzigmal läuten – ich zähle immer mit, das war bisher der beste.« […]

Love in a Cold Climate [Liebe unter kaltem Himmel] oder *Diversion,* wie der Titel zuerst hieß, wurde im September 1948 fertiggestellt. […] Das Buch erschien im Juli 1949 und fand noch größeren Beifall als sein Vorgänger *[Englische Liebschaften].* Die Kritik lobte es in den höchsten Tönen; es war der erste Roman, der jemals gleichzeitig von der Book Society, von der *Daily Mail* und vom *Evening Standard* zum »Buch des Monats« gewählt wurde; und der eingängige Titel war in aller Munde. (»Die Königin mußte *Love in a CC* in einer Scharade spielen – sie gab dem König einen Kuß und zitterte und alle haben es sofort erraten!!«) Es setzte sich an die Spitze der Bestseller-Listen auf beiden Seiten des Atlantik, und dies trotz amerikanischer Besprechungen, die »geradezu beleidigend« waren, das Buch wegen des Fehlens einer »Botschaft« verurteilten und den moralischen Charakter von Cedric als »widerwärtig« bezeichneten. Nancy meinte dazu nur: »Ob die *govs* (die Amerikaner) nun loben oder tadeln, *Man* macht sich nichts daraus.«

*Der kleinere Lord**

Cedric, sieben Jahre alt und blondgelockt, lebt mit seiner Mutter in New York und bezaubert alle Welt durch seinen Charme. Cedrics Vater ist seit langem tot. Er war der Sohn eines sehr vornehmen und sehr reichen, aber jähzornigen alten englischen Grafen, der Amerika und die Amerikaner haßt, der seinem Sohn die Heirat einer Amerikanerin nie verziehen und ihn deswegen regelrecht verstoßen hat. Als jedoch auch die beiden anderen Söhne des grimmigen Grafen ohne Nachkommen sterben, bleibt diesem keine andere Wahl – höchst widerwillig läßt er nach seinem letzten Erben schicken, nach Cedric. Der Rechtsanwalt, der eigens aus England gekommen ist, um die Nachricht zu überbringen und den Knaben mit seiner Mutter abzuholen, runzelt zunächst zwar die Stirn darüber, daß der künftige Graf Dorincourt in einer Straße mit einem Gemischtwarenladen an der Ecke

* Es gibt eine Reihe von gewitzten Parallelen zwischen *Liebe unter kaltem Himmel* und einem der bekanntesten Kinderbücher der angelsächsischen Welt: *Little Lord Fauntleroy (Der kleine Lord)* von Frances Eliza Hodgson Burnett (1849 im englischen Manchester geboren, 1865 nach Amerika ausgewandert, 1924 in Plandome, N.Y., gestorben). Ihr Buch erschien zuerst 1886 und wurde seither immer wieder aufgelegt, auch mehrfach verfilmt und übersetzt. Für diejenigen, denen seine Handlung und sein Held nicht mehr gegenwärtig sind, sei es hier in einigen seiner Grundzüge paraphrasiert.

aufgewachsen ist und obendrein freundschaftlichen Umgang mit dem Ladeninhaber selbst pflegt, der aus seinem freiheitlich-amerikanischen Abscheu vor den Adelstyrannen im einstigen »Mutterland« keinen Hehl macht. Indessen – kaum hat der Anwalt Cedric zu Gesicht bekommen, da wird er auch schon das erste Opfer der furchtlosen Offenheit, mit der der manierliche, blondgelockte Knabe alle Welt im Sturm erobert und für sich einnimmt.

In England zieht gleich nach Cedrics Ankunft dunkles Gewölk auf. Unerwünscht sind auf Schloß Dorincourt beide, der Enkel ebenso wie seine Mutter, aber die Amerikanerin will der Graf unter gar keinen Umständen sehen. Sie wird in einiger Entfernung im »Ulmenhof« untergebracht, wo der Knabe sie, wenn es sein muß, zuweilen besuchen kann und wo vor dem Kamin – nein, kein Eisbärenfell liegt, sondern das Fell eines unter heißerem Himmel erlegten Tigers, auf dem Cedric alsbald Freundschaft mit einer vornehmen weißen Katze schließt – so wie er nun mit allen Freundschaft schließt, mit einfachen und vornehmen Leuten, und natürlich auch mit seinem finsteren, tyrannischen, von der Gicht geplagten Großvater. Der kleine Cedric, dem alles gelingt und der sich wirklich darauf versteht, es allen recht zu machen, verwandelt selbst diesen ungnädigen Repräsentanten des alten England, diesen von niemandem geliebten Unterdrücker seiner Untertanen in einen liebenswürdigen Mann, der sich schon bald so jung zu fühlen beginnt wie seit vielen Jahren nicht mehr. Und am Ende, nachdem noch eine niederträchtige Intrige und allerlei unbillige Ansprüche auf Cedrics rechtmäßiges Erbe abgewehrt sind, läßt der Graf sogar Cedrics Mutter auf sein Schloß.

Die Mittel, die dem kleinen Cedric zu Gebote stehen, um solche Wunderdinge zu vollbringen, sind Liebe und Arglosigkeit, vor allem aber ein Vertrauen auf das Gute im Menschen, wie es uns nur in der Kinderliteratur begegnet, und ein alle Vorurteile überwältigender Charme, wie er uns nicht nur in der Kinderliteratur begegnet. Besonders anmutig kommt dieser Charme immer dann zur Geltung, wenn Cedric Lord Fauntleroy, kerzengerade im Sattel sitzend, auf dem stolzen, braunen Pony ausreitet, das ihm sein Großvater geschenkt hat – so einnehmend und überwältigend wirkt er in solchen Augenblicken, daß selbst Cedric Hampton in *Liebe unter kaltem Himmel* (S. 307) an diesem Punkt nicht mit ihm konkurrieren mag und gar nicht erst den Versuch unternimmt, die uralte Stute, die er soeben vor dem Abdecker gerettet hat, unter den Blicken von Fanny und Mrs. Cozens zu besteigen und mit ihr nach Hause zu reiten.

R. K.

Bücher von Nancy Mitford

Highland Fling, London: Butterworth 1931 (Neuausgabe 1975).

Christmas Pudding, London: Butterworth 1932 (Neuausgabe 1975).

Wigs on the Green, London: Butterworth 1935.

(Hrsg.:) *The Ladies of Alderly,* London: Chapman & Hall 1938 (Neuausgabe, London: Hamish Hamilton 1967).

(Hrsg.:) *The Stanleys of Alderly,* London: Chapman & Hall 1939 (Neuausgabe, London: Hamish Hamilton 1968).

Pigeon Pie: A Wartime Receipt, London: Hamish Hamilton 1940.

The Pursuit of Love, London: Hamish Hamilton 1945; dt. zuerst: *Heimweh nach Liebe,* übers. v. Hansjürgen Wille u. Barbara Klau, Hamburg: Marion v. Schröder 1955; dann: *Englische Liebschaften,* übers. v. Reinhard Kaiser, Nördlingen: Greno 1988 (Die Andere Bibliothek Bd. 39; Neuausgabe, Frankfurt: Eichborn 1990).

Love in a Cold Climate, London: Hamish Hamilton 1949; dt. zuerst: *Liebe eisgekühlt,* übers. v. Maria Vorwerk, Reinbek: Rowohlt 1953.

(Übers.:) Madame de Lafayette, *The Princess of Clives,* London: Euphorion 1950.

The Blessing, London: Hamish Hamilton 1951; dt. *Sein Sohn Sigi,* übers. von Ernst Sander, Hamburg: M. v. Schröder 1953. (Neuübersetzung geplant, Eichborn 1991)

(Übers.:) André Roussin, *The Little Hut,* Theaterstück, London: Hamish Hamilton 1951.

Madame de Pompadour, London: Hamish Hamilton 1954 (überarb. Neuausgabe 1968); dt. *Madame de Pompadour. Eine Biographie,* übers. v. Theresa Mutzenbecher u. Wilhelm Cordes, Hamburg: M. v. Schröder 1954.

(Hrsg.:) *Noblesse Oblige. An Enquiry into the Identifiable Characteristics of the English Aristocrat,* London: Hamish Hamilton 1956.

Voltaire in Love, London: Hamish Hamilton 1957.

Don't Tell Alfred, London: Hamish Hamilton 1960; dt. *Alfred darf's nicht wissen,* übers. v. Inge Marten, Hamburg: M. v. Schröder 1962. (Neuübersetzung geplant, Eichborn 1992)

The Water Beetle. Essays, London: Hamish Hamilton 1962.

The Sun King: Louis XIV at Versailles, London: Hamish Hamilton 1966, dt. *Der Sonnenkönig. Ludwig XIV. und sein Hof,* dt. v. Irmgard Kutscher, München: Piper 1966.

Frederick the Great, London: Hamish Hamilton 1970; dt. *Friedrich der Große,* dt. v. E. W. Graf Lynar, Frankfurt: Fischer 1976.